RAYMOND FEIST

Die Erben von Midkemia 1

Von Raymond Feist bereits erschienen

Die Midkemia-Saga
Die Kelewan-Saga
Die Midkemia-Chronik
Die Schlangenkrieg-Saga
Die Erben von Midkemia
Die Krondor-Saga
Die Legenden von Midkemia

Raymond Feist

Die Erben von Midkemia 1

Der Silberfalke

Roman

Deutsch von
Regina Winter

blanvalet

Die Originalausgabe erschien 2002 unter dem Titel
»Talon of the Silver Hawk. Conclave of Shadows (Vol 1)«
bei Harper Collins Publishers, London.

Dieses Buch ist auch als E-Book erhältlich.

MIX
Papier aus verantwortungsvollen Quellen
FSC® C014496

Verlagsgruppe Random House FSC® N001967

1. Auflage

Redaktion: Peter Thannisch
Umschlaggestaltung und -illustration: © Isabelle Hirtz, Inkcraft
Karten: © Melanie Korte, Inkcraft
DN · Herstellung: sam
Satz: Buch-Werkstatt GmbH, Bad Aibling
Druck und Bindung: GGP Media GmbH, Pößneck
Printed in Germany
ISBN 978-3-7341-6213-8

www.blanvalet.de

Für Jamie Ann,
die mir Dinge beigebracht hat,
von denen ich nicht einmal wusste,
dass ich sie lernen musste.

Der Tod beugt sich über mich
Und flüstert mir leise ins Ohr.

Walter Savage Landor

Der Übergang

Der Junge wartete.

Schaudernd rückte er näher zu den niedergebrannten Überresten seines jämmerlich kleinen Feuers. Er hatte viel zu wenig geschlafen und daher dunkle Ringe unter den hellblauen Augen. Leise wiederholte er die Rezitation, die er von seinem Vater gelernt hatte; er hatte die heiligen Worte schon so oft gesprochen, dass seine trockenen Lippen aufgerissen waren und seine Stimme heiser war.

Sein beinahe schwarzes Haar war verfilzt und staubig, weil er auf dem Boden geschlafen hatte – und dabei war er doch so entschlossen gewesen, wach zu bleiben, während er auf seine Vision wartete! Aber am Ende hatte ihn die Erschöpfung doch überwältigt. Er war ohnehin schlank, aber nun hatte er so abgenommen, dass er hager und bleich geworden war und sich seine ausgeprägten Wangenknochen noch deutlicher abzeichneten. Er war nur mit dem Lendenschurz eines Suchenden bekleidet. Schon in der ersten Nacht hier draußen hatten ihm sein Lederhemd und die Hose, seine festen Stiefel und der dunkelgrüne Umhang sehr gefehlt.

Am Himmel wich das Dunkel jenem Grau, das den Tagesanbruch ankündigt, und die Sterne verblassten allmählich. Es war, als hielte sogar der Wind die Luft an und wartete auf das erste Atemholen, die ersten Regungen des neuen Tages.

Diese Stille war ungewöhnlich, ebenso beunruhigend wie faszinierend, und der Junge hielt im Einklang mit seiner Umgebung ebenfalls einen Augenblick die Luft an. Dann berührte ihn ein Hauch, der sanfte Atem der Nacht erklang seufzend, und der Junge holte wieder Luft.

Als der Himmel im Osten heller wurde, streckte der Junge den Arm aus und griff nach einer Kürbisflasche. Er trank das Wasser darin und versuchte, es zu genießen, denn das war alles, was er zu sich nehmen durfte, bis er seine Vision gehabt hatte und den Bach erreichen würde, der auf seinem Rückweg zum Dorf den Weg kreuzte.

Seit zwei Tagen hatte er unterhalb des Gipfels des Shatana Higo gesessen, an jenem Ort, an dem die Jungen seines Volkes zu Männern wurden, und auf seine Vision gewartet. Er hatte bereits die letzten beiden Tage im Dorf gefastet und nur Kräutertee und Wasser getrunken, dann hatte er die traditionelle Kriegermahlzeit zu sich genommen – Trockenfleisch, hartes Fladenbrot und Wasser mit bitteren Kräutern – und war einen halben Tag den staubigen Weg zum Osthang des heiligen Bergs hinaufgestiegen bis zur kleinen Senke ein Dutzend Schritte unter dem Gipfel. Diese Lichtung war kaum groß genug, um einem halben Dutzend Menschen Platz zu bieten, aber als der Junge sie nach seiner Wanderung am dritten Tag der Zeremonie erreichte, war sie ihm riesig und leer vorgekommen. Seine Kindheit in einem großen Haus mit vielen Verwandten hatte ihn nicht auf solche Isolation vorbereitet, und dies war das erste Mal in seinem Leben, dass er mehr als ein paar Stunden allein verbracht hatte.

Wie es bei den Orosini üblich war, hatte der Junge die rituelle Vorbereitung auf den Tag, an dem er zum Mann werden würde, am dritten Tag vor dem Mittsommerfest begonnen, das die Tiefländer Banpis nannten. Er würde das neue Jahr und das Ende seiner Kindheit feierlich begehen, indem er über die Überlieferung seiner Familie und seines Clans, seines Stammes und seines Volkes nachdachte und versuchte, damit die Weisheit seiner Ahnen heraufzubeschwören. Es war eine Zeit tiefer Innenansicht und Meditation, in der ein Junge versuchte, seinen Platz im Universum zu begreifen, die Rolle, die die Götter ihm zugedacht hatten. Und an diesem Tag sollte er sich auch seinen Männernamen erwerben. Wenn alles so verlief, wie es geschehen sollte, würde er am Abend des Mittsommerfests wieder bei seiner Familie und seinem Clan sein.

Als Kind war er Kieli gerufen worden, eine Kurzform von Kielianapuna, dem Wort, mit dem sein Volk das Rote Eichhörnchen bezeichnete. Diese Waldbewohner, die man selten zu sehen bekam, obwohl sie sich stets in der Nähe aufhielten, wurden von den Orosini als Glücksbringer betrachtet, und man hielt Kieli im Dorf für ein Glückskind.

Der Junge konnte sein Zittern kaum mehr beherrschen, denn sein geringes Körperfett schützte ihn kaum vor der Kälte. Selbst jetzt, mitten im Sommer, wurde es nach Sonnenuntergang auf den Berggipfeln im Land der Orosini recht kalt.

Kieli wartete auf seine Vision. Er sah, wie der Himmel heller wurde, ein langsamer, aber stetiger Übergang von Grau zu Graublau und dann zu einem zarten Rosa, als sich die Sonne dem Horizont näherte. Er sah, wie sich die ersten Sonnenstrahlen über die Berge tasteten und dann die helle, weiß-golden leuchtende Scheibe selbst erschien, die ihm einen weiteren Tag der Einsamkeit ankündigte. Er wandte den Blick ab, als die Sonne endgültig aufgegangen war, um nicht geblendet zu werden.

Das Zittern ließ allmählich nach, als ihm ein wenig wärmer wurde. Er blieb sitzen, zunächst erwartungsvoll, aber dann überfiel ihn eine tiefe, von Erschöpfung geprägte Hoffnungslosigkeit.

Jeder Orosini-Junge musste sich an dem Mittsommertag, der seinem Geburtstag am nächsten lag, an einen der vielen heiligen Orte seines Volkes begeben und sich diesem Ritual unterziehen. Es schien, als wären schon vor Anbeginn der Zeit Jungen zu Aussichtspunkten wie dem aufgestiegen, an dem Kieli nun saß, und als Männer in ihre Dörfer zurückgekehrt.

Der Junge verspürte kurz so etwas wie Neid, als er daran dachte, dass die Mädchen seines Alters im Dorf im Augenblick mit den Frauen im Rundhaus saßen, wo sie aßen und schwatzten, sangen und beteten. Irgendwie gelang es den Mädchen, ihre Frauennamen ohne die Entbehrungen zu finden, die die Jungen über sich ergehen lassen mussten. Kieli ließ den Augenblick vorübergehen – sein Großvater hatte es immer für Zeitverschwendung gehalten, wenn man sich wegen Dingen Gedanken machte, die man nicht ändern konnte.

Er dachte an seinen Großvater, Lachende Augen. Der alte Mann war der Letzte gewesen, der mit Kieli gesprochen hatte, bevor sich der Junge auf den einsamen Weg aus dem Tal, in dem sein Volk lebte, zum Berggipfel gemacht hatte. Großvater hatte gelächelt wie immer – Kieli konnte sich kaum an einen Zeitpunkt erinnern, an dem nicht ein Lächeln auf dem Gesicht des alten Mannes gelegen hätte. Sein Gesicht war von beinahe achtzig Jahren in den Bergen gegerbt wie braunes Leder, aber die Clantätowierungen auf seiner linken Wange waren trotz vielen Jahren in der Sonne immer noch schwarz. Der alte Mann hatte immer noch scharfe Augen und ausgeprägte Züge, und sein Gesicht war von stahlgrauem Haar gerahmt, das ihm bis auf die Schultern fiel, und Kieli sah seinem Großvater ähnlicher als seinem Vater, denn sie hatten beide diese bräunliche Haut, die im Sommer nussbraun wurde und nur selten in der Sonne verbrannte, und als er noch jünger gewesen war, hatte auch Kielis Großvater rabenschwarzes Haar gehabt. Die Leute sagten hin und wieder, sie müssten wohl vor ein paar Generationen einen Fremden in ihre Familie aufgenommen haben, denn die Orosini waren überwiegend blond, und schon braunes Haar war ungewöhnlich.

»Wenn der Kürbis am Mittsommertag leer ist, vergiss eins nicht«, hatte Kielis Großvater seinem Enkel zugeflüstert. »Wenn die Götter nicht bereits einen Namen für dich vorgesehen haben, bedeutet das einfach, dass sie dir gestatten, selbst einen zu wählen.« Und dann hatte ihn der alte Häuptling fest umarmt und ihn mit einem spielerischen, aber immer noch kräftigen Schlag auf den Rücken auf den Weg geschickt. Die anderen Männer des Dorfes Kulaam hatten zugesehen, lächelnd oder lachend, denn die Zeit der Namensvision war eine Zeit der Freude, und bald würde es im Dorf ein Fest geben.

Nun erinnerte sich Kieli wieder an die Worte seines Großvaters und fragte sich, ob überhaupt ein Junge seinen Namen jemals tatsächlich von den Göttern erhalten hatte. Er warf einen Blick in den Kürbis. Das Wasser würde ihm voraussichtlich gegen Mittag ausgehen. Er wusste, dass er auf halbem Weg zum Dorf welches finden würde, aber dazu würde er den Berg spätestens dann verlassen müssen, wenn die Sonne ihren Höchststand erreicht hatte.

Er dachte eine Weile nach. Gedanken über sein Dorf plätscherten durch seinen Kopf wie der kleine Bach, der hinter dem Langhaus entlangrauschte. Er nahm an, dass sein Geist nur dann frei umherschweifen konnte, wenn er sich nicht zu sehr bemühte, seine Vision zu finden. Er wollte so schnell wie möglich zurückkehren, denn seine Familie fehlte ihm. Sein Vater war alles, was der Junge einmal werden wollte: stark, freundlich, sanft, entschlossen, furchtlos im Kampf und liebevoll zu seinen Kindern. Kieli vermisste seine Mutter, seine jüngere Schwester Miliana und vor allem seinen älteren Bruder Sonnenhand, der selbst erst vor zwei Jahren von seiner Namenssuche zurückgekehrt war, von der Sonne rot verbrannt bis auf einen hellen Abdruck seiner eigenen Hand, die den Tag über auf seiner Brust gelegen hatte. Großvater hatte erzählt, dass Sonnenhand nicht der erste Junge war, zu dem die Vision im Schlaf gekommen war.

Sonnenhand war immer sehr nett zu seinem kleinen Bruder und seiner kleinen Schwester, hatte auf die beiden aufgepasst, wenn ihre Mutter auf dem Feld gearbeitet hatte, und ihnen die besten Plätze zum Beerenpflücken gezeigt. Die Erinnerung an diese Beeren, zerdrückt, mit Honig gesüßt und auf frisches warmes Brot gestrichen, ließ Kieli das Wasser im Mund zusammenlaufen.

Das Fest würde wunderschön werden, und als Kieli an das Essen dachte, das schon auf ihn wartete, fing sein Magen laut an zu knurren. Wenn er ins Dorf zurückkehrte, würde er zusammen mit den Männern im Langhaus sitzen dürfen, und er bräuchte nicht mehr im Rundhaus mit seiner Mutter, den anderen Frauen und den Kindern zu bleiben. Ein klein wenig bedauerte er das, denn der Gesang der Frauen, wenn sie arbeiteten, ihr Lachen und Schwatzen, der Klatsch und die Scherze waren, so lange er sich erinnern konnte, Teil seines Alltags gewesen. Aber er freute sich auch voller Stolz darauf, bei den Männern des Clans zu sitzen.

Wieder schauderte er, wenn auch nur kurz, dann seufzte er, entspannte sich und ließ sich weiterhin von der Sonne wärmen. Er wartete, bis die steifen Muskeln etwas lockerer geworden waren, dann kam er auf die Knie hoch und kümmerte sich um sein Feuer. Er legte ein paar neue Zweige auf die glimmende Asche, blies hinein, und schon bald züngelten kleine Flammen hoch. Er würde das Feuer wieder niederbrennen lassen, wenn es am Berg erst wärmer geworden war, aber im Augenblick war er dankbar für die Wärme.

Er lehnte sich gegen die Felsen, die sich trotz der Kälte, die immer noch in der Luft hing, ebenfalls allmählich aufwärmten, und trank noch einen Schluck. Dann seufzte er tief und schaute zum Himmel. Warum habe ich keine Vision?, fragte er sich. Warum hatte er noch keine Botschaft von den Göttern erhalten, die ihm seinen Männernamen nannte?

Sein Name würde der Schlüssel zu seinem *Na'ha'tab* sein, der geheimen Natur seines Wesens, die nur er und die Götter wirklich kannten. Andere Menschen würden zwar den Namen erfahren, denn er würde ihn voller Stolz verkünden, aber niemand würde wissen, um was es in seiner Vision gegangen war und was ihm sein Name über seinen Platz im Universum, seinen Auftrag von den Göttern oder sein Schicksal verraten hatte. Sein Großvater hatte ihm einmal erzählt, dass nur wenige Männer ihr *Na'ha'tab* wirklich verstanden, selbst wenn sich die meisten einbildeten, es zu begreifen. Die Vision war nur ein erster Hinweis von den Göttern auf die Pläne, die sie mit einem Mann hatten. Manchmal, hatte Großvater gesagt, waren diese Pläne recht schlicht: Die Götter wollten, dass einer ein guter Ehemann und Vater war, dass er zum Wohl des Dorfes und des Volkes beitrug und ein gutes Beispiel für andere war, und es konnte sein, dass die Rolle eines Mannes einfach darin bestand, Vater eines ganz besonderen Kindes zu werden, eines *Na'rif*, und solch ein Plan fand erst lange nach dem Tod des Vaters seine wirkliche Erfüllung.

Kieli wusste, was sein Großvater jetzt zu ihm sagen würde: dass er sich zu viele Gedanken machte und er einfach die Sorgen beiseiteschieben und sich von den Göttern dorthin bringen lassen sollte, wo sie ihn haben wollten. Kieli wusste, dass ihm sein Vater das Gleiche raten und noch hinzufügen würde, dass man, um ein guter Jäger zu sein, um im Langhaus gute Ratschläge geben zu können und ein guter

Ehemann zu sein, zunächst einmal lernen müsse, still zu sein und zuzuhören.

Er schloss die Augen und lauschte dem Geräusch des Windes in den Bergen. Der Wind sprach zu ihm, wenn die Zedern und Kiefern rauschten. Manchmal konnte der Wind grausam sein und mit einer bitteren, eisigen Klinge durch die dicksten Pelze schneiden. Zu anderen Zeiten brachte er ersehnte Erleichterung und kühlte selbst die heißesten Sommertage. Sein Vater hatte Kieli von den Stimmen des Windes erzählt und ihm beigebracht, dass man sie verstehen konnte, wenn man lernte, eins mit dem Wind zu werden, wie es die Falken und Adler taten, die ihre Nester oben auf den zerklüfteten Gipfeln bauten.

Ein Kreischen gellte durch die Morgenluft, und Kieli fuhr herum, als ein Silberfalke keine zehn Schritte von ihm entfernt ein Kaninchen riss. Dieser seltenste Vogel des Hochgebirges hatte eigentlich graue Federn und ein paar schwarze Flecken an Kopf und Schultern, aber ein Schimmer auf den Flügeln ließ diese manchmal wie Silber blitzen, wenn sich der Falke in den klaren Himmel schraubte.

Der Raubvogel hatte das sich heftig wehrende Kaninchen fest gepackt und erhob sich mit kräftigen Flügelschlägen in die Luft. Das Kaninchen hing schlaff herab, ganz ähnlich wie ein kleines Kätzchen, das von seiner Mutter getragen wurde, als hätte es sich seinem Schicksal ergeben. Kieli wusste, dass sich das Tier in einem Schockzustand befand – eine Freundlichkeit der Natur, die die Schmerzen und die Angst verringerte. Er hatte einmal einen Hirsch reglos am Boden liegen sehen, den Gnadenstoß erwartend, den ihm der Jäger mit dem Messer versetzen würde, nachdem ihn ein Pfeil gefällt, aber nicht getötet hatte.

In der Ferne sah er Truthahngeier träge kreisen und die Aufwinde von den sich schnell erwärmenden Felsen ausnutzen, um im Segelflug nach Beute Ausschau zu halten. Ihre gewaltige Spannweite erlaubte es ihnen, auf den Aufwinden zu schweben, während sie sich nach Totem und Sterbendem am Boden umsahen. Wenn sie zu einem Tierkadaver hüpften, wirkten sie ungeschickt und hässlich, aber in der Luft bewegten sie sich geschmeidig und majestätisch.

Im Süden entdeckte Kieli eine Gabelweihe, die in der Luft zu hängen schien, den schwarzen Schwanz nach unten gerichtet, während sie rasch zwei- oder dreimal flatterte, dann innehielt, um ein Stück abzusacken, dann wieder flatterte, um über der erspähten Beute an Ort und Stelle zu verharren. Dann stieß sie mit verblüffender Geschwindigkeit zu, die Krallen nach unten gerichtet, und traf mit ans Übernatürliche grenzender Präzision ihr Ziel, nur um sich sogleich wieder zu erheben, eine quiekende Wühlmaus in den Krallen.

Aus der Ferne drangen die Geräusche des Waldes zu Kieli. Seine tagaktiven Bewohner ließen sich sehen, während die Nachttiere ihre Schlafplätze aufsuchten. Ein Specht pickte in der Rinde eines nahen Baumes fleißig nach Insekten. Dem Muster des Geräuschs entnahm Kieli, dass es einer von den Spechten mit rotem Kopf war; das Klopfen war langsam, laut und eindringlich, anders als das immer wieder abbrechende Stakkato seines Vetters mit den blauen Flügeln.

Die Sonne stieg höher in den Morgenhimmel, und bald schon ging das Feuer aus. Es brauchte es auch nicht mehr, denn nun war die Tageshitze in die Berge zurückgekehrt. Kieli widerstand der Versuchung, den letzten Rest seines Wassers zu trinken, denn er musste es aufheben, bis er ins Dorf zurückkehren konnte. Er würde unten am Bach trinken können, aber den musste er erst einmal erreichen, und wenn er sein Wasser jetzt verschwendete, konnte es durchaus sein, dass er es nicht bis dorthin schaffte.

Es kam nur sehr selten vor, dass ein Junge in den Bergen umkam, aber es war schon passiert. Der Stamm bereitete jeden Jungen so gut wie möglich auf das Namensritual vor, doch man glaubte, dass jene, die es nicht überlebten, von den Göttern für unzureichend gehalten wurden, und die Trauer ihrer Familien bildete einen bitteren Kontrast zum Mittsommerfest.

Es war heißer geworden, die Luft war trockener, und Kieli wurde klar, dass sich ein *Sa'tana* näherte. Der Wind, der aus dem Norden kam, war das ganze Jahr über kalt, aber der Westwind konnte im Sommer schnell trocken und heiß werden. Der Junge hatte schon erlebt, wie Gras in weniger als drei Tagen braun und brüchig wurde und Obst durch diesen Wind an den Zweigen vertrocknete. Männer wurden ruhelos und Frauen gereizt, wenn der *Sa'tana* länger als ein paar Tage anhielt, und die Haut begann zu jucken. Wenn Kieli und sein Bruder an solchen Tagen im Fluss geschwommen waren, waren sie schon wieder trocken gewesen, wenn sie das Dorf erreichten, so als hätte es die kühle Berührung des Wassers überhaupt nicht gegeben.

Kieli wusste, dass der *Sa'tana* ihm die Feuchtigkeit aus dem Körper saugen würde, wenn er hierblieb. Er warf einen Blick zum Himmel und erkannte, dass es nur noch zwei Stunden bis zur Mitte des Tages waren. Die Sonne hatte mehr als die Hälfte ihres Wegs zum Zenit zurückgelegt, und Kieli blinzelte, weil ihm von der Helligkeit Tränen in die Augen traten.

Er ließ seine Gedanken einen Augenblick schweifen, während er sich fragte, wen man wohl auswählen würde, um an seiner Seite zu sitzen. Denn während er sich selbst am Berg aufhielt, würde sich sein Vater mit dem Vater eines der jungen Mädchen aus den Dörfern treffen. In Kielis eigenem Dorf gab es drei mögliche Gefährtinnen für Kieli: Rapanuana, die Tochter von Waldrauch, Janatua, die Tochter von Gebrochener Speer, und Türkisauge, die Tochter von Windgesang.

Türkisauge war ein Jahr älter als Kieli und hatte schon im Jahr zuvor ihren Frauennamen erhalten, aber es hatte im Dorf keinen Jungen im richtigen Alter gegeben, der für eine Verbindung geeignet gewesen wäre. Dieses Jahr waren es sechs, Kieli eingeschlossen. Türkisauge hatte einen etwas merkwürdigen Sinn für Humor, und Kieli fragte sich oft, was sie eigentlich so komisch fand, wenn sie lachte oder lächelte. Sie schien sich häufig über ihn zu amüsieren, und er wurde dann in ihrer Gegenwart verlegen. Obwohl er es gut verbarg, hatte er sogar Angst vor ihr. Aber Rapanuana war dick und launisch, und Janatua hatte ein spitzes Gesicht und war so schüchtern, dass ihr in Gegenwart von Jungen die Worte fehlten. Türkisauge hatte einen geschmeidigen, hochgewachsenen Körper und leuchtende honigfarbene Augen, die sie stets zusammenkniff, wenn sie lachte. Ihre Haut war heller als die der anderen Mädchen, sie hatte ein paar Sommersprossen, und ihr herzförmiges Gesicht war umgeben von einer Haarmähne von der Farbe reifen Weizens. Kieli betete zu den Göttern, dass sich sein Vater am Abend vor Mittsommer mit *ihrem* Vater und nicht mit einem der Väter der anderen Mädchen zusammengesetzt hatte. Dann wurde ihm mit aufflackernder Panik klar, dass sein Vater sich vielleicht auch mit dem Vater eines der Mädchen aus den Nachbardörfern getroffen haben könnte, mit dem der trägen Pialua oder der hübschen, aber immer unzufriedenen Mandia!

Er seufzte. Er hatte darauf keinen Einfluss. Manchmal berichteten die Geschichtenerzähler am Feuer von Männern und Frauen, die sich nacheinander sehnten – viele von diesen Geschichten hatten sie von Sängern aus dem Tiefland gehört, die hin und wieder in die Berge kamen. Aber bei seinem Volk wählte ein Vater die Braut für seinen Sohn oder einen Mann für seine Tochter. Manchmal kehrte ein Junge – nein, verbesserte er sich, ein Mann – von seiner Suche zurück und musste feststellen, dass keine Braut auf ihn wartete und bei seinem Namensfest neben ihm sitzen würde, und er musste noch ein Jahr auf eine Braut warten. Und manchmal, wenn auch sehr selten, geschah es auch, dass kein Vater seine Tochter mit einem bestimmten jungen Mann verheiraten wollte, und er musste das Dorf verlassen, um sich eine Frau zu suchen, oder sich damit abfinden, allein zu leben. Er hatte einmal von einer Witwe gehört, deren Vater gestorben war, bevor er ihr einen Mann hatte aussuchen können, und danach hatte sie einen solch alleinstehenden Mann in ihre Hütte aufgenommen, aber niemand hielt das für eine richtige Ehe.

Wieder seufzte er. Er wollte die ganze Sache endlich hinter sich bringen. Er wollte etwas essen, er wollte wieder in seinem Bett schlafen, und er wollte Türkisauge, obwohl sie ihn verlegen machte.

Der Wind trug ein Geräusch heran, das er als das Knurren einer Bärin mit Jungen erkannte. Sie klang erschrocken, und Kieli wusste, dass ihre Jungen nun auf einen Baum klettern würden, um Schutz zu suchen.

Kieli setzte sich aufrecht hin. Was konnte einen Schwarzbären so nahe am Berg in Schrecken versetzen? Vielleicht eine große Katze wie ein Leopard oder Puma. Für die mächtigen Felsenlöwen waren sie zu hoch am Berg. Oder vielleicht war einer dieser geflügelten Drachen auf der Jagd, dachte er und fühlte sich hier draußen auf den Felsen plötzlich sehr klein und verwundbar.

Die kleineren Vettern der großen Drachen, die hier in den Bergen nisteten, konnten ein halbes Dutzend oder mehr erfahrene Krieger beschäftigen, und ein Junge mit nur einem Ritualdolch und einem Wasserkürbis wäre für ein solches Tier nichts weiter als ein leicht zu erbeutendes Frühstück.

Auch ein jagendes Rudel könnte die Bärin erschreckt haben. Wilde Hunde und Wölfe gingen Bären zwar für gewöhnlich lieber aus dem Weg, aber ein Junges wäre eine willkommene Mahlzeit, wenn man die Mutter von ihm weglocken konnte.

Oder es waren Menschen.

In der Ferne wurde der Kreis von Truthahngeiern größer. Der Junge erhob sich, um besser sehen zu können, und spürte, dass ihm schwindlig wurde, denn er war zu schnell aufgestanden. Er stützte sich mit einer Hand an die Felsen und spähte in die Ferne.

Die Sonne stand nun schon hoch am Himmel und hatte den morgendlichen Dunst weggebrannt, darum konnte Kieli die kreisenden Geier und Weihen deutlich sehen. Kieli war im Dorf für sein Sehvermögen berühmt; er konnte besser sehen als alle anderen. Großvater sagte immer, was dem Jungen sonst auch fehlen mochte, er hatte die Augen eines Falken.

Seine Augen sahen es tatsächlich ganz genau, aber sein Kopf wollte es noch nicht begreifen. Es dauerte einige Zeit, bis ihm wirklich klar wurde, dass die Vögel über Kapoma kreisten. Panik zündete in ihm wie ein Funke und, ohne zu zögern, rannte er los.

Kapoma war die Siedlung neben seinem eigenen Dorf!

Es gab nur eine mögliche Erklärung für so viele Aasfresser über Kapoma: einen Kampf!

Kieli spürte, wie seine Panik größer wurde. Die Vögel bedeuteten auch, dass sich niemand um die Toten kümmerte. Wenn sich Banditen in den Tälern herumtrieben, wäre Kulaam das nächste Dorf auf ihrer Liste.

Kielis Gedanken überschlugen sich bei der Vorstellung, dass seine Familie um ihr Leben kämpfen musste und er nicht bei ihr war. Als Junge war er zweimal im Rundhaus bei den Frauen geblieben, während die Männer das Dorf gegen einen Angriff verteidigt hatten. Einmal war es ein Kampf mit den Männern aus dem Dorf Kahanama gewesen, und ein anderes Mal hatte ein Trupp von Gnomen Kinder für ihre widerwärtigen Opferrituale gesucht, aber die feste Palisade hatte sie ferngehalten. Wer könnte es diesmal sein?, fragte er sich, während er weiter den Weg hinunterrannte und stolperte.

Die Moredhel, die im Tiefland Bruderschaft des Dunklen Pfades genannt wurden, hatten sich in diesen Bergen nicht mehr sehen lassen, seit Kielis Großvater noch ein Junge gewesen war, und Trolle machten für gewöhnlich einen großen Bogen um die Orosini-Dörfer. Derzeit gab es auch keine Clanfehden. Die Leute, die in den hohen Bergen im Nordosten lebten, waren friedlich, und Latagore und das Herzogtum Farinda im Süden hatte ebenfalls keinen Grund, die Orosini anzugreifen.

Es mussten Banditen sein – Sklavenhändler entweder aus Inaska oder aus der Hohen Wacht unten in Miskalon; die wagten sich manchmal in die Berge. Die hochgewachsenen rothaarigen oder blonden Orosini brachten auf den Sklavenmärkten unten in Groß-Kesh einen guten Preis.

Die Angst überwältigte Kieli nun beinahe. Es war, als beherrsche sie all seine Gedanken.

Er trank den Rest Kräuterwasser, der ihm noch geblieben war, band sich den Kürbis mit einer Schnur um die Taille und rannte dann ein halbes Dutzend zittriger Schritte weiter den Weg entlang, bis er abermals ins Stolpern geriet. Er versuchte, den Sturz mit der rechten Hand abzufangen, aber er stürzte dennoch, drehte sich im Fallen und prallte gegen einen großen Felsen. Ein stechender Schmerz war die Folge, und ihm wurde noch schwindliger, als er erkannte, dass sein linker Arm verletzt war. Es fühlte sich nicht an, als wäre der Knochen gebrochen, aber von seiner Schulter bis zum

Ellbogen breitete sich bereits ein großer roter Fleck aus. Es tat weh, wenn er Arm und Schulter bewegte.

Kieli versuchte aufzustehen, und ihm wurde vor Schmerzen so übel, dass er sich übergeben musste.

Vor seinen Augen verschwamm alles, und die Landschaft färbte sich grellgelb. Kieli fiel mit dem Rücken auf den Weg. Der Himmel über ihm wurde gleißend weiß, und er spürte die Sonne, die ihm die Haut verbrannte. Er starrte nach oben, aber schon bald konnte er überhaupt nichts mehr sehen. Der Boden unter ihm schien sich zu drehen, bis alles weggefegt wurde und er durch einen Tunnel ins Dunkel fiel.

Schmerzen weckten ihn. Er öffnete die Augen, als sie durch seinen linken Arm zuckten. Sein Blickfeld verengte sich, zog sich zusammen und wurde wieder weiter, als ihn abermals Schwindel überfiel. Dann sah er es.

Auf seinem Arm ruhte etwas, das aussah wie die Krallen eines Vogels. Kieli verdrehte die Augen, bewegte den Kopf aber nicht. Nur wenige Zoll von seiner Nase entfernt stand ein Silberfalke, ein Bein leicht angehoben, die Krallen auf Kielis Arm, wo sie sich in die Haut drückten, sie aber nicht aufrissen. Beinahe so, als wollte er den halb betäubten Jungen wecken, bog der Falke die Krallen noch einmal und drückte fester.

Kieli starrte in die schwarzen Augen des Vogels. Wieder krallte der Vogel, und wieder zuckte Schmerz durch Kielis Arm. Er starrte den Vogel an, und dann hörte er die Worte: *Erhebe dich, kleiner Bruder. Erhebe dich und sei eine Waffe für dein Volk.*

Du spürst meine Krallen an deinem Arm, und so wie sie kannst auch du festhalten und schützen, aber auch zerfetzen und vernichten.

Kieli hörte die Worte nicht laut, aber sie waren in seinem Kopf. Abrupt stand er auf, wobei er den Falken auf dem Arm mit hochhob. Der Vogel breitete die Flügel ein wenig aus, um die Bewegung auszubalancieren.

Als er dem Vogel direkt in die Augen sah, vergaß der Junge einen Augenblick alle Schmerzen. Der Falke starrte zurück, dann beugte er den Kopf vor, als würde er zustimmend nicken. Noch einmal sahen sie einander an, dann sprang der Vogel mit einem Kreischen in die Luft, und ein einziger Flügelschlag brachte ihn direkt am Ohr des jungen Mannes vorbei. Kieli spürte einen weiteren geringfügigen Schmerz und hob die Hand an die rechte Schulter. Am Arm sah er die Spuren der Vogelkrallen.

War das meine Vision?, fragte er sich. Ihm war nie zu Ohren gekommen, dass sich ein Falke so verhalten hätte, nicht einmal in einer der vielen wundersamen Geschichten. Dann erinnerte er sich mit dumpfem Schrecken an den Grund, wieso er so eilig den Berg hinuntergerannt war.

Die Tageshitze lag immer noch drückend auf den Felsen rings um ihn. Kieli fühlte sich schwach, und sein linker Arm pochte, aber sein Geist war klar, und er wusste, er würde den Bach rechtzeitig erreichen. Er achtete mehr auf den Weg, der zwischen den Felsen hindurchführte, denn er wollte nicht noch einmal stürzen und sich verletzen. Wenn seinem Dorf ein Kampf bevorstand, würde er neben seinem Vater, seinen Onkeln und dem Großvater stehen, um sein Heim zu verteidigen, denn er war nun ein Mann.

Kieli stolperte weiter den staubigen Pfad entlang, und bei jeder Bewegung zuckten heiße Schmerzen durch seinen linken Arm in die Schulter. Er erinnerte sich an eine bestimmte Art der Selbstversenkung, die angeblich Schmerzen dämpfen konnte, und murmelte leise die entsprechenden Worte. Bald schon wurden die Schmerzen tatsächlich schwächer, obwohl es nicht so gut funktionierte, wie sein Großvater ihm gegenüber behauptet hatte; der Arm tat immer noch weh, aber zumindest wurde ihm vor Schmerzen nicht mehr schwindlig.

Er erreichte den Bach und ließ sich vornüber hineinfallen, was so etwas wie eine Explosion von Schmerzen in seinem Arm bewirkte. Er keuchte gequält, wurde aber mit einem Mund voll Wasser belohnt. Dann rollte er sich auf den Rücken und spuckte das Wasser aus, wischte sich die Nase und hustete. Schließlich kam er auf die Knie und trank nun vorsichtiger. Danach füllte er schnell den Kürbis, band ihn wieder um seine Taille und machte sich erneut auf den Weg.

Er hatte Hunger, aber vom Bach aus waren es noch zwei Wegstunden bis in sein Dorf. Wenn er in gleichmäßigem Tempo lief, würde er in einem Drittel dieser Zeit dort sein. Doch so schwach, wie er nach dem Fasten war, und mit dem verletzten Arm konnte er kein gleichmäßiges Tempo halten.

Hinter dem Bach wurde der Wald dichter, und dort war es kühler. Kieli entschied sich für schnelles Gehen, und auf offenen Strecken lief er, beides so lautlos er konnte, und er konzentrierte sich auf den bevorstehenden Kampf.

Als er sich seinem Dorf näherte, hörte Kieli die Kampfgeräusche. Der Geruch nach Rauch hing in der Luft, und der Schrei einer Frau drang dem Jungen so tief ins Herz wie eine Messerklinge. War das seine Mutter gewesen? Aber es war ohne Bedeutung – wer immer es sein mochte, es handelte sich um eine Frau, die er sein Leben lang gekannt hatte.

Er nahm den Ritualdolch fest in die rechte Hand und wünschte sich sehnlichst, zwei gesunde Arme und ein Schwert oder einen Speer bei sich zu haben. Vom Laufen und von der Sonne war ihm so warm geworden, dass er vollkommen vergessen hatte, wie spärlich er bekleidet war, aber nun fühlte er sich besonders verwundbar. Dennoch eilte er weiter, und die Aussicht auf den Kampf dämpfte den Schmerz in seinem Arm noch mehr und zwang seine Müdigkeit beiseite.

Dicke Rauchwolken und das Knistern von Flammen warnten ihn schon vor dem Anblick, der sich ihm einen Moment später bot. Der Weg ließ den Wald hinter sich und zog sich durch die großen Gemüsegärten des Dorfes auf die Palisade zu. Das Tor stand offen, wie immer in friedlichen Zeiten. Kein Feind hatte je zu Mittsommer angegriffen, denn dies war ein Tag beinahe universellen Waffenstillstands, selbst in Kriegszeiten.

Der unversehrte Zustand des hölzernen Walls und der Erdwälle sagte dem Jungen, dass der Feind das Tor gestürmt hatte, bevor jemand hatte Alarm schlagen können. Die meisten Bewohner waren sicher auf dem Dorfplatz gewesen, um dort das Fest vorzubereiten.

Überall loderten Flammen, und Kieli konnte Gestalten im Rauch erkennen, viele davon zu Pferd, und reglose Menschen auf dem Boden. Er hielt inne. Einfach weiter den Pfad entlangzurennen, hätte ihn sofort zu einem Ziel gemacht. Es war besser, das Dorf hinter den Bäumen halb zu umkreisen, bis er zu der Stelle kam, wo der Wald direkt ans Dorf heranreichte.

Als er sich nach rechts bewegte, bemerkte er, dass der Rauch von ihm weggeweht wurde. Nun konnte er sehen, was die Angreifer im Dorf angerichtet hatten.

Viele seiner Freunde lagen reglos am Boden. Es fiel ihm schwer zu begreifen, was er da vor sich sah.

Männer zu Pferd, geschützt von bunt zusammengeflickten Rüstungen, ritten durchs Dorf, und viele von ihnen steckten mit Fackeln die Häuser und Hütten in Brand. Kieli wusste nun ganz sicher, dass er es mit Söldnern oder Sklavenhändlern zu tun hatte. Aber dann sah er auch Soldaten mit dem Wappen des Herzogs von Olasko, des Herrschers des mächtigen Herzogtums im Südosten. Warum unterstützten herzogliche Soldaten eine Bande von Banditen?

Kieli hatte die Rückseite des Hauses erreicht, das dem Wald am nächsten stand, und er schlich weiter. Er sah einen Soldaten aus Olasko reglos direkt neben dem Gebäude liegen und beschloss, sich das Schwert des Mannes zu holen. Wenn ihn dabei niemand bemerkte, würde er auch noch versuchen, den runden Schild zu nehmen, den der Mann am linken Arm trug. Es würde zwar wehtun, den Schild an seinem verletzten Arm zu tragen, aber es bedeutete vielleicht den Unterschied zwischen Leben und Tod.

Die Kampfgeräusche kamen vom anderen Ende des Dorfes, also nahm Kieli an, es wäre möglich, sich von hinten an die Eindringlinge anzuschleichen und sie anzugreifen. Er bewegte sich weiter auf den Soldaten am Boden zu, dem er Schild und Schwert abnehmen wollte, dann hielt er einen Augenblick inne.

Im Rauch konnte er mühsam ein paar Gestalten erkennen, und Zorn- und Schmerzensschreie wurden vom Wind auf ihn zugetragen, als seine Leute versuchten, die Eindringlinge abzuwehren.

Seine Augen brannten von dem beißenden Rauch, und er blinzelte Tränen weg, als er den am Boden liegenden Soldaten erreichte. Er drehte die Leiche um, um sich das Schwert zu nehmen, aber als er die Hand an den Schwertgriff legte, riss der Soldat die Augen auf. Kieli erstarrte einen kurzen Moment, und als er dann das Schwert wegzog, schlug der Soldat mit dem Schild zu und traf ihn im Gesicht.

Kieli stolperte nach hinten. Er konnte nur noch verschwommen sehen, und die Welt schien unter seinen Füßen zu schwanken. Nur seine Schnelligkeit rettete ihn, denn sobald der Soldat auf den Beinen war und mit dem Dolch nach ihm stach, wich Kieli aus.

Eine Sekunde glaubte er, der Klinge entgangen zu sein, dann spürte er die Schmerzen an der Brust und fühlte das Blut. Es war keine tiefe Wunde, aber sie war lang und zog sich von unter seinem linken Schlüsselbein bis zur rechten Brustmitte und von dort unter die Rippen.

Kieli stach mit der eigenen Waffe zu und spürte den Aufprall in seinem Arm, als der Soldat den Schlag geschickt mit dem Dolch abwehrte.

Ein weiterer Angriff, und der Junge wusste, dass er keine Chance hatte, denn er entging nur knapp dem Tod durch eine Bauchwunde. Hätte ihn der Soldat mit seinem Schwert angegriffen und nicht mit dem Dolch, dann hätte Kieli bereits mit hervorquellenden Gedärmen am Boden gelegen.

Die Angst drohte ihn zu überwältigen, aber der Gedanke, dass seine Verwandten nur Schritte entfernt um ihr Leben kämpften, verdrängte alles andere.

Der Soldat sah, dass der Junge zögerte, grinste boshaft und kam näher. Kieli wusste, dass sein einziger Vorteil in der Länge seiner Klinge bestand, also bot er seine bereits verwundete Brust als Ziel und hob das Schwert ungeschickt mit beiden Händen, als wollte er damit von oben dem Soldaten den Schädel einschlagen. Wie er gehofft hatte, hob der Soldat im Reflex den Schild, um den Schlag abzufangen, und zog den Dolch zum Todesstoß zurück.

Kieli jedoch ließ sich mit einer Drehung auf die Knie fallen, riss das Schwert in einem schwungvollen Bogen zur Seite und nach unten und durchtrennte das Bein des Soldaten.

Der Mann fiel schreiend zu Boden. Blut spritzte aus der durchtrennten Arterie unterhalb des Knies.

Kieli kam auf die Beine, trat auf die Dolchhand des Mannes und rammte ihm das Schwert in die Kehle.

Er bemerkte, dass die Wunde an seiner Brust weiterhin blutete, und er wusste, dass er bald keine Kraft mehr haben würde, wenn er sie nicht verband, obwohl sie wahrscheinlich erheblich schlimmer aussah, als sie war.

Als er auf die Kampfgeräusche zueilte, fegte ein Windstoß einen Augenblick den Rauch davon, sodass er für einen Moment klare Sicht auf den Dorfplatz hatte. Die Tische, die mit Essen beladen gewesen waren, waren umgekippt, das Festmahl des Tages und die Blumengirlanden waren in den Schlamm aus Erde und Blut getrampelt. Für einen panischen Augenblick erstarrte Kieli, und ihm wurde vor Entsetzen beinahe übel. Er blinzelte die Tränen weg – er wusste nicht einmal, ob es der Rauch oder sein Zorn war, der sie hervorgerufen hatte.

Ganz in der Nähe lagen die Leichen von drei Kindern, die man offenbar hinterrücks erschlagen hatte, als sie versucht hatten davonzulaufen. Dahinter konnte er sehen, wie die Männer seines Dorfes verzweifelt das Rundhaus verteidigten. Kieli wusste, dass sich dort drinnen die überlebenden Frauen und Kinder befanden – die Frauen mit Messern und Dolchen bewaffnet, um die Kinder zu schützen, falls die Männer fallen sollten.

Männer, die Kieli sein Leben lang gekannt hatte, wurden niedergemetzelt. Die Soldaten hatten eine Schildmauer gebildet und drängten mit gesenkten Speeren vorwärts, während hinter ihnen Soldaten zu Pferd mit Armbrüsten auf die Dorfbewohner schossen.

Die Bogenschützen der Orosini erwiderten den Beschuss, aber wie dieser Kampf enden würde, war selbst für einen unerfahrenen Jungen wie Kieli offensichtlich. Für ihn war klar, dass er diesen Tag nicht überleben würde, aber er konnte auch nicht einfach hinter den Eindringlingen stehen bleiben und überhaupt nichts unternehmen.

Mit zitternden Knien ging er vorwärts, auf einen Mann auf einem schwarzen Pferd zu, der offenbar der Anführer dieser Mörder war. Neben ihm befand sich ein anderer Reiter in einem schwarzen Waffenrock. Sein Haar war so dunkel wie seine Kleidung, hinter die Ohren zurückgestrichen und schulterlang.

Er schien irgendwie zu spüren, dass jemand hinter ihm war, denn er drehte sich genau in dem Augenblick um, als Kieli auf ihn zurannte. Kieli sah das Gesicht des Mannes ganz deutlich: den kurz geschnittenen dunklen Bart, die lange Nase, die ihm ein strenges Aussehen verlieh, und die nachdenkliche Miene, als wäre er gerade vollkommen in Gedanken versunken gewesen, als er Kielis Angriff bemerkte. Die Augen wurden ein wenig größer, als er den bewaffneten und bluttriefenden Jungen bemerkte, dann machte er eine Bemerkung zu dem Anführer der Soldaten, der sich daraufhin ebenfalls umdrehte. Der Mann in Schwarz hob den Arm. Er hatte eine kleine Armbrust in der Hand, mit der er in aller Ruhe zielte.

Kieli wusste, dass er zuschlagen musste, bevor der Mann den Finger am Abzug krümmte. Aber zwei Schritte von dem Reiter entfernt gaben seine Knie beinahe nach. Kielis neues Schwert fühlte sich an, als wäre es aus Blei und Stein, und sein Arm weigerte sich zu tun, was Kieli wollte, nämlich dem Eindringling einen tödlichen Schlag zu versetzen.

Der Junge war nur noch einen Schritt entfernt, als der Mann in Schwarz die Armbrust abschoss. Dann gaben Kielis Knie nach. Der Bolzen traf ihn in die Brust, hoch oben in den Muskel oberhalb der ersten Wunde.

Die Wucht des Treffers riss ihn herum, und Blut spritzte aus seiner Wunde, das Schwert fiel ihm aus der Hand, die es nicht mehr halten konnte. Seine Knie schlugen auf den Boden, und er sackte nach hinten; sein Blick trübte sich, als Schmerz und Schock ihn überwältigten.

Stimmen erklangen, aber die Laute waren gedämpft, und er konnte nicht verstehen, was gesagt wurde. Einen kurzen Moment lang sah er hoch am Himmel einen kreisenden Silberfalken, und es kam Kieli so vor, als blicke der Vogel direkt zu ihm herab. Im Kopf hörte er abermals die Stimme: *Lebe, kleiner Bruder, denn deine Zeit ist noch nicht gekommen. Sei meine Waffe und zerfetze unsere Feinde, wie ich es mit meinen Krallen tun würde.*

Sein letzter Gedanke galt dem Vogel.

Kendricks Gasthaus

Die Schmerzen bohrten sich durch die Dunkelheit. Er konnte sich nicht dazu zwingen, die Augen zu öffnen, aber er wusste, dass er noch am Leben war. Er spürte Hände, die ihn berührten, und hörte wie aus weiter Ferne: »Der hier lebt noch.«

»Schaffen wir ihn auf den Wagen«, sagte eine andere Stimme. »Er hat viel Blut verloren.«

Mit einem Teil seines Verstandes registrierte Kieli, dass er Worte in der Händlersprache hörte, die man die Allgemeine Sprache nannte, nicht in der Sprache der Orosini.

Er spürte ein weiteres Paar Hände. Als sie ihn bewegen, stöhnte er und verlor abermals das Bewusstsein.

Schmerzen durchzuckten seinen ganzen Körper, als er erwachte. Diesmal zwang er sich, die Augen zu öffnen und den Kopf zu heben. Die Anstrengung verursachte eine neue Welle von Qualen, und sein Magen zog sich zusammen, aber es war nichts mehr drin, was er hätte herauswürgen können. Die Schmerzen ließen ihn laut aufstöhnen.

Er konnte nicht richtig sehen, also erkannte er auch nicht, zu wem diese Hände gehörten, die ihn sanft aufs Lager zurückdrückten. Eine Stimme erklang: »Bleib still liegen, Junge, und atme gleichmäßig.«

Kieli erkannte undeutlich Gestalten vor sich: Köpfe im Schatten, Licht am Himmel über ihnen. Er blinzelte, um klarer sehen zu können.

»Hier«, sagte eine andere Stimme über ihm, und eine Kürbisflasche wurde ihm an die Lippen gehalten.

»Trink langsam«, sagte die erste Stimme. »Du hast viel Blut verloren. Wir dachten schon, du würdest es nicht schaffen.«

Der erste Schluck Wasser bewirkte, dass er wieder Magenkrämpfe bekam, und er gab das winzige Schlückchen Wasser gleich wieder von sich.

»Noch vorsichtiger«, sagte die Stimme.

Er tat, was man ihm gesagt hatte, und diesmal blieb das Wasser im Magen. Plötzlich hatte er unglaublichen Durst, aber der Mann nahm ihm die Kürbisflasche wieder ab. Er wollte die Hand heben, um sie festzuhalten, aber sein Arm gehorchte ihm nicht.

»Vorsichtig, hab ich gesagt«, mahnte die Stimme. Wieder wurde ihm das Gefäß an die Lippen gehalten, und er trank in kleinen Schlucken und spürte das kalte Wasser in seiner Kehle.

Er konzentrierte seine geringe Kraft darauf, das Wasser zu trinken und im Magen zu behalten. Dann hob er den Blick über den Rand der Kürbisflasche und bemühte sich, die Züge seines Wohltäters zu erkennen, aber er konnte nur verschwommen ein Gesicht und graues Haar ausmachen.

Dann sackte er wieder zurück in die Dunkelheit.

Irgendwann machten sie ein paar Tage Rast. Er bemerkte ein Gebäude um sich herum – eine Scheune oder ein Schuppen –, und für einige Zeit spürte er, dass es regnete, denn die Luft war schwer vom Geruch nach feuchter Erde und Schimmel auf Holz.

Danach kamen und gingen die Bilder. Er lag auf einem Wagen, und irgendwann, an einem Nachmittag, spürte er, dass er im Wald war, aber nicht im Wald in der Nähe seines Dorfes. Er wusste nicht, warum ihm das so klar war – vielleicht hatte er einen kurzen Blick auf die Bäume erhascht, die nicht die hohen Zedern und Espen des Waldes waren, den er kannte.

Er fiel wieder in unruhigen Schlaf.

Er erinnerte sich daran, dass man ihm kleine Bissen Essen in den Mund gesteckt hatte, er sie schluckte, wie sich sein Hals zusammengezogen und seine Brust beim Atmen gebrannt hatte. Er erinnert sich an Fieberträume, und dass er mehrmals schweißgebadet und mit heftig klopfendem Herzen erwacht war. Er erinnerte sich daran, nach seinem Vater gerufen zu haben.

Eines Nachts träumte er, dass er im Warmen war, zu Hause im Rundhaus bei seiner Mutter und den anderen Frauen. Er fühlte sich umgeben von ihrer Liebe. Dann erwachte er auf dem harten Boden, es roch nach nasser Erde, der Rauch eines vor Kurzem abgedeckten Lagerfeuers stach ihm in die Nase, und zu beiden Seiten von ihm schliefen Männer. Wieder sank er zurück und fragte sich, wie er an diesen Ort gekommen war. Dann erinnerte er sich an den Angriff auf sein Dorf. Tränen traten ihm in die Augen, und er weinte, als er spürte, wie alle Hoffnung und Freude in ihm starben.

Er konnte die Tage, die er unterwegs war, nicht zählen. Er wusste, dass sich zwei Männer um ihn kümmerten, aber er konnte sich nicht erinnern, ob sie ihm ihre Namen gesagt hatten. Er wusste, dass sie ihm Fragen gestellt hatten, und er hatte geantwortet, aber er konnte sich nicht mehr daran erinnern, um was es gegangen war.

Und dann kehrte eines Morgens die Klarheit zurück. Kieli schlug die Augen auf, und obwohl er sich immer noch schwach fühlte, begriff er nun mehr von seiner Umgebung. Er befand sich in einer großen Scheune mit Toren an beiden Enden. In einer Box in der Nähe konnte er Pferde fressen hören. Er lag auf einem Strohsack, über den eine doppelte Decke gelegt worden war, und war mit zwei weiteren Decken zugedeckt. Die Luft war rauchig von einem kleinen Lagerofen, einem Kasten aus gehämmertem Eisen mit glühenden Kohlen darin.

Kieli stützte sich auf den Ellbogen und sah sich um. Der Rauch brannte ihm ein wenig in den Augen, aber der größte Teil davon verschwand durch eine offene Klappe zum Heuboden. Es war still, also nahm Kieli an, dass es nicht mehr regnete.

Ihm tat alles weh, und er fühlte sich steif, aber wenn er sich ein wenig bewegte, verursachte das keine so stechenden Schmerzen mehr wie zuvor.

Ein Mann saß auf einem Holzhocker und sah ihn aus dunklen Augen an. Das Haar war überwiegend grau, obwohl noch ein wenig Schwarz geblieben war. Sein Schnurrbart hing zu beiden Seiten des Mundes nach unten, den er fest zusammengekniffen hatte, als würde er sich konzentrieren. Stirnfransen verbargen den größten Teil seiner Stirn, und das Haar hing ihm bis auf die Schultern.

Kieli blinzelte sich den Schlaf vollends aus den Augen und fragte: »Wo bin ich?«

Der Mann sah ihn neugierig an. »Du bist also wieder unter uns?«, fragte er überflüssigerweise. Er hielt einen Augenblick inne, dann rief er über die Schulter hinweg zum Scheunentor: »Robert!«

Einen Moment später öffnete sich das Tor, und ein anderer Mann kam herein und ließ sich neben Kieli auf die Knie nieder.

Dieser Mann war noch älter, sein Haar vollständig ergraut, sein Blick der eines Mannes, der daran gewöhnt war, Autorität auszuüben, und er sah den Jungen unverwandt an. »Nun, Talon, wie geht es dir?«, fragte er leise.

»Talon?«

»Du hast uns gesagt, dass du Talon Silberfalke heißt«, erklärte der ältere Mann.

Der Junge blinzelte und fragte sich, wieso er so etwas gesagt hatte. Dann erinnerte er sich an die Vision, und er begriff, dass es tatsächlich eine Namensvision gewesen war. Talon … das bedeutete »Kralle« … Er war die Kralle des Silberfalken!

Eine weit entfernte Stimme erklang in seinem Kopf: *Erhebe dich und sei eine Waffe für dein Volk.*

»Woran kannst du dich noch erinnern?«

»Ich erinnere mich an den Kampf …« Eine finstere Grube

öffnete sich in seinem Magen, und er spürte, dass ihm Tränen in die Augen traten. Er zwang die Traurigkeit nieder und sagte: »Sie sind alle tot, nicht wahr?«

»Ja«, antwortete der Mann namens Robert. »Woran kannst du dich aus der Zeit danach erinnern?«

»Ein Wagen …« Kieli schloss kurz die Augen, dann sagte er: »Ihr habt mich weggebracht.«

»Ja«, bestätigte Robert. »Wir konnten schließlich nicht zulassen, dass du an deinen Wunden stirbst.« Leise fügte er hinzu: »Außerdem gibt es vieles, was wir über dich und über den Kampf wissen wollen.«

»Was denn?«, fragte Talon.

»Das kann warten.«

»Wo bin ich?«, wiederholte der Junge seine Frage von vorhin.

»Du bist in der Scheune von *Kendricks Gasthaus*.«

Talon versuchte, sich zu erinnern. Er hatte von diesem Ort gehört, wusste aber keine Einzelheiten mehr. »Warum bin ich hier?«

Der Mann mit dem hängenden Schnurrbart lachte. »Weil wir dich gerettet haben, und das hier war ohnehin unser Ziel, also haben wir dich – oder das, was von dir übrig war – mitgeschleppt.«

»Und«, fuhr Robert fort, »das hier ist ein sehr guter Ort, um sich auszuruhen und gesund zu werden.« Er stand auf und ging davon, in leicht geduckter Haltung, weil die Decke so niedrig war. »Kendrick gestattet uns, diese Scheune zu benutzen. Im Gasthaus gibt es wärmere Zimmer, saubereres Bettzeug und besseres Essen …«

»Aber auch zu viele Augen und Ohren«, unterbrach ihn der erste Mann.

Robert warf ihm einen Blick zu und schüttelte beinahe unmerklich den Kopf.

»Du trägst einen Männernamen«, sagte der erste Mann, »aber ich sehe keine Tätowierungen in deinem Gesicht.«

»Der Tag des Kampfes war mein Namenstag«, erwiderte Talon mit leiser Stimme.

Der zweite Mann, Robert, sah erst seinen Gefährten an, dann wandte er sich wieder dem Jungen zu. »Das war vor über zwei Wochen, Junge. Du bist mit uns unterwegs gewesen, seit Pasko dich in deinem Dorf gefunden hat.«

»Hat außer mir nicht doch noch jemand überlebt?«, fragte Talon mit brüchiger Stimme.

Robert kehrte an die Seite des Jungen zurück, ging auf ein Knie nieder, legte ihm sanft die Hand auf die Schulter und sagte: »Sie sind alle tot.«

Und Pasko fügte hinzu: »Diese Dreckskerle haben gründliche Arbeit geleistet, das muss man ihnen lassen.«

»Wer waren sie?«, fragte Talon.

Sanft drückte Robert den Jungen zurück auf den Strohsack. »Ruh dich aus. Pasko wird dir bald ein wenig Suppe bringen. Du bist dem Tod gerade noch von der Schippe gesprungen. Lange Zeit haben wir befürchtet, dass du nicht überleben wirst. Wir haben dich mit kleinen Schlucken Wasser und kalter Brühe versorgt. Jetzt ist es Zeit für etwas Kräftigeres.« Er hielt inne. »Es gibt vieles, worüber wir reden müssen, aber dazu wird später noch Zeit sein. Und wir haben viel Zeit, Talon Silberfalke.«

Talon wollte sich nicht ausruhen, er wollte Antworten, aber sein geschwächter Körper ließ ihn im Stich, und sogleich schlief er wieder ein.

Vogelgezwitscher begrüßte ihn, als er ausgehungert erwachte. Pasko brachte ihm eine große Schale mit Brühe und nötigte ihn, nicht zu schnell zu trinken. Der andere Mann, Robert, war nirgends zu sehen.

Nachdem sich Talon an der heißen Flüssigkeit den Mund verbrannt hatte, fragte er: »Was ist das hier für ein Ort?«

»*Kendricks Gasthaus*, mitten im Wald von Latagore.«

»Warum?«

»Warum was? Warum sind wir hier, oder warum lebst du noch?«

»Beides«, antwortete Talon.

»Das Zweite zuerst«, erklärte Pasko, setzte sich auf den kleinen Hocker und griff nach seiner eigenen Schale Brühe. »Wir haben dich auf einem Schlachtfeld gefunden, wie ich es seit meiner Jugend nicht mehr gesehen habe, als ich Soldat im Dienst des Herzogs von Dungareen unten in Loren war. Wir hätten dich beinahe ebenso wie die anderen den Krähen überlassen, aber ich habe gehört, wie du gestöhnt hast ... Nun, es war nicht mal ein richtiges Stöhnen, eher ein lautes Seufzen. Es war wirklich eine glückliche Fügung des Schicksals, dass du überlebt hast. Du hattest so viel Blut auf dir und eine lang gezogene Wunde über der Brust ... Wir dachten beide zunächst, du wärst tot. Aber du hast noch geatmet, also hat mein Herr gesagt, dass wir dich mitnehmen sollten. Er ist ein weichherziger Mann, das kann ich dir sagen.«

»Ich sollte mich bei ihm bedanken«, sagte Talon, obwohl er sich absolut elend fühlte, weil er als Einziger überlebt hatte, während der Rest seines Volkes ausgelöscht worden war, und diese Empfindung ließ Dankbarkeit gegenüber seinem Lebensretter beinahe unangemessen wirken.

»Ich nehme an, er wird schon eine Möglichkeit finden, wie du es ihm zurückzahlen kannst«, sagte Pasko und erhob sich. »Möchtest du dir ein bisschen die Beine vertreten?«

Talon nickte. Er wollte aufstehen, aber ihm wurde schwindlig, und alles tat ihm weh. Er hatte nicht genug Kraft.

»Schön langsam, mein Junge.« Pasko reichte ihm die Hand. »Du bist schwächer als ein neugeborenes Kätzchen. Du wirst noch viel Ruhe und Essen brauchen, aber du solltest tatsächlich versuchen, dich ein bisschen zu bewegen.«

Pasko half Talon zum Scheunentor, und sie gingen nach draußen. Es war ein frischer Morgen, und Talon sah, dass sie sich in einem Tal im Tiefland befanden.

Die Luft roch anders als in den Bergen. Talons Knie zitterten, und er konnte nur ganz kleine Schritte machen. Pasko hielt inne und ließ dem Jungen Zeit, sich ein wenig umzusehen.

Sie befanden sich in einem großen Hof mit Ställen, umgeben von einer hohen Steinmauer. Talon erkannte sofort, dass es sich um eine Verteidigungsmauer handelte, denn an mehreren Stellen führten Steintreppen nach oben, und die Mauerkrone hatte Schießscharten und Zinnen und einen Wehrgang, der breit genug für zwei Männer nebeneinander war.

Das eigentliche Gasthaus war das größte Gebäude, das Talon je gesehen hatte, viel größer als das Rundhaus und das Langhaus seines Dorfes. Es war drei Stockwerke hoch, und das Dach war mit Steinschindeln gedeckt und nicht mit Stroh oder Holz. Das Haus selbst war weiß verputzt, mit Holzleisten rings um Türen und Fenster, und die Läden und Türen selbst waren leuchtend grün gestrichen. Durch mehrere Schornsteine quoll grauer Rauch in den Himmel.

Ein Wagen war neben die Scheune geschoben worden, und Talon nahm an, dass es sich um den handelte, auf dem er hierhergeschafft worden war. In einigem Abstand vom Anwesen konnte er ein paar Baumwipfel sehen; also hatte man den Wald direkt rings um das Gasthaus herum wahrscheinlich gerodet.

»Was siehst du?«, fragte Pasko zu Talons Erstaunen.

Talon drehte sich um und bemerkte, dass der ältere Mann ihn forschend betrachtete. Er setzte dazu an, etwas zu sagen, dann erinnerte er sich daran, dass Großvater immer gesagt hatte, er solle über das Offensichtliche hinausschauen, also antwortete er nicht, sondern bedeutete Pasko stattdessen, ihm zur nächsten Treppe und auf die Mauer zu helfen. Er stieg langsam nach oben, bis er imstande war, über die Mauer hinwegzusehen.

Das Gasthaus stand in der Mitte einer natürlichen Lichtung, aber die Stümpfe vieler Bäume zeigten, dass man sie schon vor Jahren erweitert hatte, denn die Stümpfe waren mit Gras und Brombeerranken überwachsen, aber die Straße in den Wald war frei.

»Was siehst du?«, fragte Pasko noch einmal.

Talon antwortete immer noch nicht, sondern wandte sich wieder dem Gasthaus zu, und während er das tat, konnte er nach und nach die gesamte Anlage vor seinem geistigen Auge erkennen. Er zögerte. Er beherrschte die Allgemeine Sprache besser als die meisten Jungen seines Dorfes, aber er hatte seine Kenntnisse selten anwenden können, es sei denn, wenn Händler kamen …

Er dachte an sein Dorf, und die kalte Hoffnungslosigkeit kehrte zurück. Er drängte den Schmerz beiseite und dachte darüber nach, wie er sich am besten ausdrücken sollte. Schließlich sagte er: »Das hier ist kein Gasthaus, sondern eine Festung.«

Pasko grinste. »Tatsächlich ist es beides. Kendrick hat für einige seiner Nachbarn nicht viel übrig.«

Talon nickte. Die Mauern waren fest, und der Wald war auf allen Seiten weit genug gerodet worden, dass Bogenschützen ein freies Schussfeld hatten. Die Straße führte aus dem Wald auf das Gasthaus zu, aber auf halbem Weg dorthin bog sie sich und führte um die Mauer herum zu einem Tor, das sich wohl auf der anderen Seite des Anwesens befand. Keine Ramme und kein brennender Wagen konnten einfach geradeaus auf das Tor zugeschoben werden.

Talon dachte auch über die Platzierung des Hauptgebäudes nach. Bogenschützen in den oberen Fenstern konnten den Verteidigern auf der Mauer zusätzlichen Schutz bieten.

Er wandte den Blick wieder den Türen zu und sah, dass sie schwer mit Eisen beschlagen waren, und er nahm an, dass man sie zusätzlich von innen verbarrikadieren konnte. Es würde kräftige Männer mit schweren Äxten brauchen, um diese Türen aufzubrechen. Er sah auch Pechnasen über jeder Tür. Man konnte durch sie auf jeden, der vor der

Tür stand, heißes Öl oder Wasser gießen und Pfeile abschießen.

»Das müssen recht schwierige Nachbarn sein.«

Pasko lachte leise. »Da könntest du recht haben.«

Während sie noch auf dem Hof standen und zum Gasthaus schauten, wurde eine Tür geöffnet, und ein junges Mädchen mit einem Eimer in der Hand kam heraus. Sie blickte auf, sah die beiden und winkte. »Hallo, Pasko!«

»Hallo, Lela!«

»Wen hast du denn da mitgebracht?«, fragte sie vergnügt. Sie schien ein paar Jahre älter zu sein als Talon, und anders als die Mädchen seines Volkes hatte sie dunkles Haar. Auch ihre Haut war viel dunkler als die der Orosini, und ihre großen braunen Augen schienen zu leuchten, wenn sie lachte.

»Einen Jungen, den wir unterwegs aufgelesen haben. Lass ihn in Ruhe. Du hast schon genug Bewunderer.«

»Bewunderer kann man nie genug haben!«, erwiderte sie, schwang den Eimer, drehte sich einmal um die eigene Achse und ging dann weiter. »Ich könnte ein bisschen Hilfe beim Wasserholen gebrauchen«, erklärte sie mit verlockendem Lächeln.

»Du bist kräftig genug, um das allein zu schaffen, und der Junge war schwer verletzt.« Pasko sah sich kurz um, dann fragte er: »Wo stecken denn Lars und Gibbs?«

»Kendrick hat sie ausgeschickt, um etwas für ihn zu erledigen«, sagte Lela und verschwand hinter der anderen Seite der Scheune.

Nachdem sie weg war, blieb Talon noch einen Augenblick schweigend stehen, dann fragte er: »Was soll ich tun?« Tief in seinem Inneren empfand er finsterste Hoffnungslosigkeit, einen Mangel an Entschlossenheit und Willenskraft, wie er ihn in seinem jungen Leben noch nie verspürt hatte. Die Erinnerung an sein Dorf ließ ihm Tränen in die Augen treten. Die Orosini konnten sehr gefühlsbetont sein, neigten zu lauten Freudenfesten, wenn es ihnen gut ging, und weinten ganz offen, wenn sie Kummer hatten. Da ihm nun alles vollkommen sinnlos vorkam, ließ Talon einfach zu, dass ihm die Tränen über die Wangen liefen.

Pasko ignorierte seine Tränen und sagte: »Du musst Robert danach fragen, wenn er zurückkehrt. Ich tue einfach nur, was man mir sagt. Du verdankst ihm dein Leben, also musst du diese Schuld begleichen. Und jetzt gehen wir noch ein bisschen spazieren, und dann bringen wir dich wieder rein, damit du dich ausruhen kannst.«

Talon hätte sich gern noch ein wenig umgesehen und die Wunder im Inneren des Gasthauses erforscht, denn ein so großes Gebäude hatte bestimmt viele zu bieten. Aber Pasko brachte ihn wieder zur Scheune, und als er seinen Strohsack erreicht hatte, war Talon froh darüber, denn er war zutiefst erschöpft. Seine Wunden stachen und brannten, und er wusste, dass selbst diese geringfügige Bewegung das Narbengewebe wieder zerrissen hatte. Er würde tatsächlich noch viel Zeit brauchen, um richtig gesund zu werden. Er erinnerte sich daran, wie Stehender Bär von einem wilden Eber angegriffen worden war. Danach hatte er beinahe ein halbes Jahr gehinkt, bis er sein Bein wieder vollkommen hatte bewegen können.

Talon lehnte sich zurück und schloss die Augen, während

sich Pasko mit ein paar Sachen beschäftigte, die er vom Wagen mit hereingebracht hatte. Obwohl er hellwach gewesen war, als er vor einer knappen halben Stunde aufgewacht war, schlief Talon wieder ein.

Talon war ein geduldiger Mensch, und ganze Tage vergingen, ohne dass er Pasko mit Fragen behelligte. Ihm war klar, dass der Mann nicht sonderlich gesprächig war und man ihn vermutlich auch noch angewiesen hatte, sich zurückzuhalten. Talon würde sich auf seine eigenen Beobachtungen verlassen müssen.

Der Schmerz über die Vernichtung seines Volkes wich niemals ganz. Talon hatte eine Woche lang jede Nacht geweint, aber im Lauf der Zeit wandte er sich von seinem Schmerz ab und gab sich mehr dem Zorn hin. Er wusste, irgendwo dort draußen waren die Männer, die für die Vernichtung seines Volkes verantwortlich waren. Irgendwann würde er sie finden und Rache nehmen – das war die Art der Orosini. Aber er war auch realistisch genug, um zu begreifen, dass ein einzelner junger Mann nicht viele Möglichkeiten hatte, sich an ihnen zu rächen. Er würde stärker werden müssen, und er musste mehr über Waffen und über viele andere Dinge erfahren. Er war überzeugt, dass seine Ahnen ihn dabei anleiten würden. Der Silberfalke war sein Zeichen – der Junge, der einmal Kielianapuna geheißen hatte, würde sein Volk in diesem Zeichen rächen.

Im Lauf der Tage entwickelte sich eine gewisse Routine. Jeden Morgen, nachdem Talon erwacht war, aß er etwas. Dann gingen Pasko und er nach draußen. Zunächst hielten sie sich bei ihren Spaziergängen ausschließlich im Hof des riesigen Gasthauses auf, später wagten sie sich auch in den Wald. Talons Kraft kehrte zurück, und er begann, Pasko bei dessen Tätigkeiten zu helfen, holte Wasser, hackte Holz und flickte Zügel, Halfter und Riemen für die Pferde. Er war nicht dumm, und man musste ihm etwas nur ein- oder zweimal zeigen, damit er es begriff. Er war leidenschaftlich darauf bedacht, alles so gut wie möglich zu machen.

Hin und wieder erhaschte Talon einen Blick auf Robert, wenn sich dieser auf dem Gasthausgelände bewegte, häufig in Gesellschaft von einem von drei anderen Männern. Talon fragte Pasko nicht nach ihren Namen, aber er merkte sie sich. Er vermutete, dass es sich bei dem hochgewachsenen grauhaarigen Mann um Kendrick handelte, denn er bewegte sich auf dem Anwesen, als gehöre es ihm. Er trug ein Hemd aus gutem Stoff, schlichte, praktische Hosen und Stiefel und am Finger einen einzelnen Ring mit einem dunklen Stein. Er blieb oft stehen, um den Dienern Anweisungen zu geben – dem Mädchen Lela und den beiden jüngeren Männern Lars und Gibbs. Lars und Gibbs waren häufige Besucher in der Scheune, wenn Reisende im Gasthaus eintrafen, denn sie kümmerten sich um die Pferde.

Den zweiten Mann nannte Talon im Stillen Schneekopf, denn sein Haar war so weiß wie Schnee, obwohl er ansonsten nicht älter aussah als dreißig. Er war nicht ganz so hochgewachsen wie Kendrick oder Robert, aber irgendwie schien er auf sie herabzusehen. Er hielt sich wie ein Häuptling oder ein Schamane, dachte Talon, und er hatte eine Aura der Macht um sich. Seine Augen waren hellblau, und sein Gesicht war sonnenverbrannt. Er trug ein dunkelgraues Gewand mit kompliziertem eingewebtem Muster an den Ärmeln und am Saum, der gerade noch hoch genug war, um Talon einen Blick auf gut gearbeitete Stiefel zu gewähren. Manchmal hatte er einen Holzstab dabei, manchmal trug er einen Schlapphut in der gleichen Farbe wie sein Gewand.

Der letzte Mann sah dem zweiten vage ähnlich, als wären sie verwandt, aber sein Haar war dunkelbraun, etwa so wie das von Talon. Auch seine Augen waren braun, und er verhielt sich wie ein Krieger und Jäger. Talon nannte ihn die Klinge, denn seine linke Hand war nie weit von seinem Schwertgriff entfernt. Er trug blaue Kniehosen, die er in kniehohe Stiefel gesteckt hatte, ein dunkelgraues Hemd, eine mit Schnüren geschlossene Weste und die ganze Zeit einen Schlapphut, der dem von Schneekopf recht ähnlich war, aber in Schwarz.

Einmal hatte Talon gesehen, wie er das Anwesen im Morgengrauen verließ und einen Langbogen mitnahm, und am Abend dieses Tages war er mit einem ausgenommenen Stück Wild auf der Schulter zurückgekehrt. Sofort hatte der junge Mann so etwas wie Bewunderung verspürt. Jäger waren bei den Orosini sehr wichtig gewesen.

Pasko und Talon wurden überwiegend behandelt, als gehörten sie zum Inventar des Gasthauses. Nur Lela nahm sich hin und wieder einen Augenblick Zeit und rief ihnen einen Gruß zu, nickte oder winkte.

Lars, ein untersetzter, rothaariger junger Mann, und Gibbs, schlank und etwas älter, redeten mitunter mit ihnen, baten um ein Stück Riemen oder Hilfe bei einem Pferd, um das sie sich gerade kümmerten. Aber beide vermieden jegliche weiteren Gespräche. Die meiste Zeit kam es Talon so vor, als existierten er und Pasko für die Leute aus dem Gasthaus überhaupt nicht.

Nachdem ein ganzer Monat verstrichen war, wachte Talon eines Morgens auf und bemerkte, dass Robert in der Scheune war und sich angeregt mit Pasko unterhielt. Er stand rasch auf und zog sich an, dann ging er zu den beiden.

»Ah, der junge Talon«, sagte Robert lächelnd. »Pasko hat mir erzählt, dass du dich gut erholst.«

Talon nickte. »Meine Wunden sind verheilt, und der größte Teil der Steifheit ist verschwunden.«

»Fühlst du dich wohl genug, um auf die Jagd zu gehen?«

»Ja«, antwortete Talon, ohne zu zögern.

»Gut, dann komm mit.«

Robert verließ die Scheune, und Talon begleitete ihn. Als sie auf das Gasthaus zugingen, sagte Talon: »Herr, ich stehe in Eurer Schuld, nicht wahr?«

»So ist es«, stimmte Robert zu.

»Wie soll ich diese Schuld begleichen?«

Robert blieb stehen. »Ich habe dir das Leben gerettet.«

»Ja«, erwiderte Talon.

»Wenn ich hinsichtlich deines Volkes richtig informiert bin, hast du mir gegenüber also eine Lebensschuld.«

»Ja«, sagte Talon ruhig. Eine Lebensschuld war eine komplizierte Angelegenheit, die jahrelangen Dienst direkter oder indirekter Art einschloss. Wenn ein Orosini-Mann das Leben eines anderen rettete, war der Gerettete dem anderen gegenüber zum Dienst verpflichtet. Es war, als würde er zu einem Familienmitglied, aber ohne die Vorrechte, die Familienmitgliedern üblicherweise zustanden. Seine Ehre verpflichtete ihn dazu, dafür zu sorgen, dass die Familie seines Retters zu essen hatte, selbst wenn das bedeutete, dass seine eigenen Verwandten hungerten. Er war verpflichtet, die Ernte seines Retters noch vor der eigenen einzubringen.

Robert hatte Talon mit dieser Bemerkung mitgeteilt, dass der ihn nun als seinen Herrn betrachten musste, bis Robert ihn aus seinem Dienst entließ.

»Dies ist eine große Schuld, nicht wahr?«

»Ja«, erwiderte Talon immer noch gefasst.

Der Wind wehte leicht und ließ die Blätter im Wald rascheln. Robert schwieg und schien nachzudenken. Dann sagte er: »Ich werde dich prüfen, junger Talon. Ich werde dich auf die Probe stellen und sehen, ob du geeignet bist.«

»Wofür soll ich geeignet sein, Herr?«

»Für viele Dinge. Und ich werde dir noch jahrelang nicht alles darüber sagen. Sollte es sich erweisen, dass es dir an den nötigen Fähigkeiten fehlt, werde ich dich für ein paar Jahre Kendrick überlassen, sodass du lernst, für dich selbst zu sorgen, und zwar in einer Welt, die ganz anders ist als das Hochland der Orosini, denn diese Welt ist dir nun für immer verschlossen.«

Talon hörte diese Worte und fühlte sich, als hätte man ihm einen Schlag versetzt. Aber seine Miene blieb ausdruckslos. Immerhin hatte Robert nur die Wahrheit ausgesprochen. Falls nicht andere den Angriff irgendwie überlebt und sich in die Berge gerettet hatten, war Talon nun der letzte Orosini, und in diesen Bergen konnte ein Mann auf sich allein gestellt nicht überleben.

»Und wenn ich die Prüfungen bestehe?«, sagte Talon schließlich.

»Dann wirst du Dinge sehen und lernen, die sich kein Orosini hätte vorstellen können, mein junger Freund.« Robert drehte sich um, als ein anderer Mann auf sie zukam. Es war Klinge, und er trug einen Langbogen sowie einen Köcher voller Pfeile auf dem Rücken und hielt einen weiteren Bogen in der Hand. »Ah, da ist er ja«, stellte Robert fest, und dann sagte er zu Talon: »Du hast ihn sicher schon gesehen, denn du bist, wie mir bereits aufgefallen ist, ein guter Beobachter. Talon, das hier ist Caleb. Er und sein Bruder Magnus sind Kollegen von mir.«

Talon nickte dem Mann zu, der weiterhin schwieg und ihn forschend betrachtete. Von Nahem gesehen wirkte Caleb noch jünger, als Talon angenommen hatte – vielleicht nicht einmal zehn Jahre älter als er selbst –, aber er strahlte die Selbstsicherheit eines Kriegers aus, der seinen Wert kannte.

Caleb reichte Talon Bogen und Köcher, und Talon band sich den Köcher um die Taille und betrachtete den Bogen. Er war länger als der, mit dem er zu schießen gelernt hatte, und als er die Spannung prüfte, bemerkte er, dass Caleb jede seiner Bewegungen genau beobachtete. Die Sehne war an einem Ende ein wenig abgenutzt, aber er hielt sie noch nicht für alt genug, dass es Probleme geben könnte. Dennoch fragte er: »Gibt es eine Ersatzsehne?«

Caleb nickte.

Talon nahm den Bogen auf den Rücken und sagte: »Dann gehen wir.«

Caleb marschierte voran, und bald schon waren sie im Wald. Sie bewegten sich leise durchs Unterholz.

Caleb hatte noch kein einziges Wort gesprochen. Nach einer halben Stunde führte er Talon vom Weg und einen Wildpfad entlang. Der junge Mann sah sich genau um und merkte sich die Wegzeichen, die ihn zum Weg zurückführen würden, falls das notwendig werden sollte.

Caleb ging stetig voran, in einem Tempo, das für Talon kein Problem gewesen wäre, wäre er nicht verwundet worden. Doch so war er immer noch schwach, und nach einer Stunde fiel es ihm schon schwerer, Schritt zu halten.

Er dachte gerade daran, Caleb um eine Rast zu bitten, als dieser langsamer wurde. Er hatte einen Wasserschlauch an der linken Hüfte, wo er sonst das Schwert trug, und nun schnallte er den Schlauch ab und reichte ihn Talon. Der nickte und trank ein wenig, gerade genug, um sich die Kehle und den Mund zu befeuchten. Belebt von dem Wasser reichte er Caleb den Schlauch zurück.

Der Jäger machte eine Geste, als wolle er fragen, ob Talon noch einen Schluck wollte, und Talon schüttelte den Kopf. So, wie es aussah, waren sie nicht weit entfernt von mehreren Stellen, wo sie Wasser bekommen könnten – Bäche, Teiche und Rinnsale –, aber da Talon aus dem Hochgebirge stammte, wo Wasser sehr viel schwieriger zu finden war, hatte er es sich schon lange angewöhnt, mit Wasser sparsam umzugehen.

Sie gingen weiter, aber nun bewegte sich Caleb langsamer und suchte nach Spuren. Als sie eine Waldwiese erreichten, blieb Talon stehen. Das Gras war beinahe hüfthoch und nach der Sommersonne und starkem Regen leuchtend grün.

Talon griff rasch nach dem Bogen und tippte Caleb damit auf die Schulter. Er zeigte mit der linken Hand über die Lichtung, und Caleb folgte seiner Bewegung mit dem Blick. Sie gingen weiter auf die Wiese hinaus und bemerkten, dass das Gras stellenweise geknickt und niedergetrampelt war. Talon ging auf ein Knie nieder und suchte nach Spuren. In einer Senke fand er welche.

»Bär«, sagte er leise. Er griff nach einem der abgebrochenen Grashalme. Sie waren an der Bruchstelle immer noch feucht. »Ganz nah.«

Caleb nickte. »Gute Augen.«

Sie folgten der Bärenspur, bis sie beinahe die halbe Wiese überquert hatten. Caleb hob die Hand, und sie blieben stehen. Dann hörte Talon es ebenfalls: In einiger Entfernung schnaufte ein Bär, und dann erklang ein dumpfes Krachen.

Sie schlichen weiter, bis sie einen kleinen Bach erreichten. Auf der anderen Seite stand ein großer brauner Bär, der eifrig damit beschäftigt war, einen toten Baumstamm hin- und herzuschaukeln und mit den Klauen daran zu reißen, um einen Bienenstock freizulegen, dessen Bewohnerinnen nun vergeblich den Bären angriffen. Der Bär riss das trockene Holz auf und legte die Waben frei, während die Bienen ohne viel Erfolg auf ihn einstachen und nur hin und wieder eine empfindlichere Stelle des Tieres fanden, wie zum Beispiel seine

Nase. Dann heulte der Bär zornig auf, aber einen Augenblick später machte er sich wieder daran, nach Honig zu suchen.

Talon tippte Caleb auf die Schulter und zeigte auf den Bären, aber der ältere Mann schüttelte den Kopf und bedeutete ihm mit einer Geste, den Rückweg einzuschlagen.

Nach kurzer Zeit bewegte Caleb sich wieder schneller und führte sie zurück zur Straße.

Am Abend kehrten die beiden Jäger ins Gasthaus zurück, Caleb mit einer Hirschkuh über der Schulter und Talon mit zwei wilden Truthähnen, die er an den Füßen zusammengebunden hatte.

Robert wartete am Tor. Als sie es erreichten, tauchte auch Gibbs auf und nahm Talon die Truthähne ab. Robert sah Caleb ab.

»Der Junge kann jagen«, erklärte der.

Talon sah, wie ein Ausdruck von Zufriedenheit über Roberts Gesicht huschte. Er war nicht sicher, was die unausgesprochene Bedeutung hinter Calebs Worten war, aber er war überzeugt, dass es dabei um mehr als um Wild und die Wälder ging.

Caleb folgte Gibbs zur Seite des Gasthauses, wo sich die Küchentür befand.

Robert legte die Hand auf Talons Schulter. »Und das war erst der Anfang.«

Der Diener

Talon schwitzte.

Von dem Bach aus, der durch den Wald floss, folgte er Lela den Hügel hinauf zurück zum Gasthaus, einen großen Korb mit klatschnasser Wäsche auf dem Rücken. In der ganzen letzten Woche hatte er mit der jungen Frau zusammengearbeitet und ihr die schweren Arbeiten abgenommen.

Das Seltsame dabei war jedoch gewesen, dass Robert darauf beharrte, sie solle ausschließlich in der Sprache von Roldem mit ihm reden und ihm nur dann antworten, wenn er eine Frage richtig formulierte. Ein paar Worte in dieser Sprache kamen auch in der Allgemeinen Sprache vor, aber die war überwiegend eine Mischung aus Keshianisch und der Sprache des Königreichs, die sich durch viele Jahre des Handels an der Grenze dieser beiden riesigen Länder entwickelt hatte.

Talon stellte zu seiner Überraschung fest, dass er ein Ohr für Sprachen hatte, und schnappte von dem stets gut gelaunten Mädchen vieles auf.

Sie war fünf Jahre älter als er, und wenn man ihr glauben durfte, war sie auf seltsamen Umwegen ins Gasthaus gelangt. Sie behauptete, einmal im Dienst der Prinzessin von Roldem gestanden zu haben, die auf dem Weg zu einer aus politischen Gründen arrangierten Heirat mit einem Adligen am Hof des Prinzen von Aranor gewesen war. Je nachdem, wie gut Talon die Sprache verstand und wie oft das Mädchen die Geschichte veränderte, war Lela entweder von Piraten oder Banditen entführt und in die Sklaverei verkauft worden, aus der sie entweder von einem Wohltäter freigelassen worden oder geflohen war. Jedenfalls hatte das Mädchen von dieser fernen Insel in der See des Königreichs seinen Weg zu Kendrick gefunden, wo es nun die letzten beiden Jahre gearbeitet hatte.

Lela war immer guter Laune, stets bereit zu einem Scherz und sehr hübsch. Und Talon begeisterte sich schnell für sie.

Der Gedanke an Türkisauge, die irgendwo mit dem Rest ihrer Familie lag, tot, unbegraben und Fraß für die Aasfresser, quälte ihn immer noch. Aber er schob diese Bilder rasch wieder beiseite und stapfte weiter mit dem riesigen Korb den Abhang hinauf.

Lela hatte sich mit Talons Hilfe ersparen wollen, mehrmals hintereinander zum Bach gehen zu müssen. Also hatte sie einen Korb gefunden, der vier Fuß hoch war, und Riemen daran befestigt, sodass Talon ihn auf dem Rücken den Berg hinauftragen konnte. Die Kleider zum Bach hinunterzutragen, war der leichtere Teil der Arbeit gewesen. Das klatschnasse Zeug zum Gasthaus zurückzubringen, war schon schwieriger.

»Caleb sagt, du wärst ein guter Jäger.«

Talon zögerte einen Augenblick, als müsse er über die Worte nachdenken, bevor er antwortete: »Ich habe mein Leben lang gejagt.«

Sie verbesserte seine Grammatik, und er wiederholte, was sie gesagt hatte: »Ich habe mein Leben lang gejagt.«

Talon spürte, wie gereizt er wurde, als Lela weiterschwatzte. Die Hälfte dessen, was sie sagte, begriff er nicht, und die andere Hälfte war überwiegend Küchentratsch und drehte sich um Menschen, die er kaum oder nur flüchtig kannte. Er strengte sich an, mehr zu verstehen, aber es gelang ihm nicht sonderlich gut.

Er war in mehr als nur einer Hinsicht verwirrt. Er schlief immer noch in der Scheune, nun allerdings als Einziger, da Pasko irgendeinen Auftrag für Robert außerhalb erledigte. Von Robert selbst bekam er wenig zu sehen, und dann nur durch ein Fenster des Gasthauses oder wenn Robert vom Gasthaus zur Latrine ging. Hin und wieder blieb der Mann, der Talons Leben gerettet hatte, bei ihm stehen und sagte ein paar Worte, entweder in der Händlersprache oder auf Roldemisch. Bei Letzterem antwortete er nur dann, wenn Talon ebenfalls diese Sprache benutzte.

Talon durfte das Gasthaus immer noch nicht betreten. Das kam ihm nicht ungewöhnlich vor. Außenseiter waren auch nicht in ein Orosini-Haus eingelassen worden, aber diese Leute hier waren keine Orosini. Nun ging er davon aus, dass es eben das Los einiger Diener war, in der Scheune zu schlafen. Es gab so vieles an diesen Leuten, was er nicht verstand.

Häufig war er müde. Er begriff nicht, warum; er war ein junger Mann und daran gewöhnt, energiegeladen und fröhlich zu sein, aber seit er hier war, hatte er mit finsterer Stimmung und beinahe überwältigender Traurigkeit zu kämpfen.

Wenn ihm Robert oder Pasko etwas zu tun gab oder er in Gesellschaft von Caleb oder Lela war, lenkte ihn das manchmal von den finsteren Gedanken ab, in die er oft verfiel, wenn er allein war. Er sehnte sich nach dem weisen Rat seines Großvaters, was all diese neuen Erfahrungen anging, aber schon der Gedanke an seine Familie stieß ihn noch tiefer in diese düstere Stimmung, die ihm das Gefühl vermittelte, an einem dunklen Ort gefangen zu sein, von dem es kein Entkommen gab.

Die Orosini waren untereinander sehr offen gewesen und hatten problemlos über ihre Gedanken und Gefühle sprechen können, selbst gegenüber jemandem, der kein naher Verwandter war, aber sie hatten auf Außenseiter unerschütterlich und schweigsam gewirkt. Talon, der selbst für einen von seinem Volk gesellig gewesen war, kam sich in seiner neuen Umgebung manchmal beinahe stumm vor. Tief in seinem Inneren sehnte er sich danach, seinen Gedanken und Gefühlen so frei Ausdruck verleihen zu können, wie er es aus seiner Kindheit gewöhnt war, aber obwohl diese Kindheit nur Wochen zurücklag, fühlte es sich nun an, als wären diese Tage Jahrzehnte her.

Pasko und Lela gaben sich nicht gerade verschlossen, wenn er eine Frage stellte, aber Lela antwortete für gewöhnlich mit einer Ausflucht oder auf eine Weise, die ihn nur in die Irre führte, und Pasko tat viele Fragen einfach als unwesentlich ab. Talons Frustration darüber wuchs zusehends und trug noch mehr zu seiner finsteren Stimmung bei.

Die einzige wirkliche Abwechslung von dieser bedrückenden Situation bildete die Jagd, doch Caleb war sogar noch schweigsamer als Talon, und manchmal wechselten sie an einem Jagdtag nicht mehr als ein Dutzend Worte miteinander.

Als er und Lela den Stallhof erreichten, sagte das Mädchen: »Oh, wir haben Gäste.«

Eine Kutsche, kunstvoll mit Goldverzierungen auf schwarz lackiertem Holz versehen, stand neben der Scheune. Gibbs und Lars waren damit beschäftigt, das schönste Paar schwarzer Wallache auszuschirren, das Talon je gesehen hatte. Pferde waren für die Bergstämme der Orosini nicht so wichtig wie für die der benachbarten Kulturen, aber er wusste ein schönes Tier dennoch zu schätzen. Der Kutscher beaufsichtigte die beiden Diener und sorgte dafür, dass das Gespann seines Herrn mit dem gebührenden Respekt behandelt wurde.

»Sieht so aus«, sagte Lela, »als wäre der Graf DeBarges mal wieder zu Besuch.«

Talon fragte sich, wer das wohl sein mochte, aber er schwieg.

»Stell den Korb auf die Hintertreppe«, wies Lela ihn an.

Das tat Talon, und das Mädchen lächelte, als sie durch die Hintertür in der Küche verschwand.

Er wartete einen Augenblick, denn er wusste nicht genau, was er tun sollte, dann drehte er sich um und ging wieder zur Scheune. Drinnen fand er Pasko, der wieder mal mit einer der Reparaturen beschäftigt war, die der alte Wagen offenbar stets brauchte, und dabei leise vor sich hin summte. Pasko blickte kurz auf, dann wandte er seine Aufmerksamkeit wieder der Arbeit zu. Nach einem Moment des Schweigens sagte er: »Reich mir mal die Ahle dort, Junge.«

Talon gab ihm das Werkzeug und sah zu, wie Pasko an dem neuen Riemen für das Geschirr arbeitete. »Wenn man in einer großen Stadt wohnt«, erklärte der ältere Mann, »kann man dort jede Menge Handwerker für solche Arbeiten finden, aber wenn man meilenweit von jeder Siedlung entfernt unterwegs ist und ein Riemen reißt, muss man selbst wissen, wie man so etwas macht.« Er hielt einen Augenblick inne, dann gab er Talon die Ahle zurück. »Sehen wir mal, wie du ein paar Löcher stichst.«

Talon hatte Pasko schon ein paar Tage an diesem neuen Geschirr arbeiten sehen und daher eine gewisse Ahnung davon, was zu tun war. Er begann mit dem Ende des Riemens, wo die Schnallen angebracht werden sollten. Wann immer er unsicher war, warf er Pasko einen Blick zu, der entweder zustimmend nickte oder den Kopf schüttelte. Schließlich war der Riemen fertig, und Pasko sagte: »Hast du schon mal Leder genäht?«

»Ich habe meiner Mutter dabei geholfen …« Talon brach ab. Jede Erwähnung seiner Familie brachte die Verzweiflung zurück, die stets drohte, ihn zu überwältigen.

»Das genügt«, sagte Pasko und reichte ihm ein Stück Leder, an dem die Löcher bereits gestanzt waren. »Nimm diese Schnalle«, er zeigte auf eine große Eisenschnalle, die dazu diente, die Pferde anzuschirren, »und näh sie ans Ende des Riemens.«

Talon betrachtete den Riemen einen Augenblick. Er sah, dass er aus zwei zusammengenähten Lederstücken bestand, damit er besonders fest war, und bemerkte, dass eine Seite flacher war als die andere. Er griff nach der Schnalle, zog den langen Riemen hindurch und platzierte dabei die Metallrolle gegenüber dem Dorn auf der flachen Seite.

Er blickte auf.

Pasko nickte, und ein kleines Lächeln umspielte seine Mundwinkel.

Talon griff nach der dicken Nadel und fing an, die Schnalle festzunähen. Als er fertig war, sagte Pasko: »Nicht schlecht, Junge, aber du hast einen Fehler gemacht.«

Talons Augen wurden ein wenig größer, als er den Mann fragend ansah.

»Schau dir mal den da drüben an«, sagte Pasko und zeigte auf einen anderen fertigen Riemen.

Talon tat wie ihm geheißen und erkannte, dass er die Schlinge mit der Schnalle zu kurz gemacht hatte; der andere Gurt war unter der Schnalle dreimal vernäht, damit er besser hielt.

Talon nickte, griff nach einem schweren Ledermesser und fing an, die Stiche wieder aufzuschneiden. Er zupfte das Garn vorsichtig heraus, um das Leder nicht zu beschädigen, und zog dann den Riemen so zurecht, dass die Löcher auf einer Seite dort waren, wo die erste Naht verlaufen sollte, und die Löcher auf der anderen Seite zur dritten Naht passten. Sorgfältig führte er diese beiden Nähte aus, dann eine dritte zwischen ihnen.

»So ist es richtig«, sagte Pasko, als Talon fertig war. »Wenn man etwas zum ersten Mal macht, und es gibt ein Arbeitsbeispiel ganz in der Nähe, sollte man sich einen Augenblick Zeit lassen, um zu sehen, was man da eigentlich versucht. Dann unterlaufen einem weniger Fehler, und Fehler können einem Mann das Leben kosten.«

Talon nickte, obwohl er diese letzte Bemerkung seltsam fand. »Pasko, kann ich mit dir reden?«

»Worüber?«, wollte der ältere Mann wissen.

»Über mein Leben.«

»Darüber solltest du mit Robert sprechen«, erklärte Pasko. »Er wird dich im Lauf der Zeit schon wissen lassen, was er erwartet, da bin ich sicher.«

»Wenn bei meinem Volk ein Junge zum Mann wird, gibt es immer andere Männer, die ihn anleiten und ihm helfen, die richtigen Entscheidungen zu treffen.« Talon hielt inne und starrte einen Moment ins Leere, als sähe er etwas durch die Scheunenwände. »Ich habe …«

Er verstummte.

Pasko sagte nichts, sondern blickte den Jungen nur forschend an.

Talon schwieg eine Weile, dann machte er sich wieder an die Arbeit an dem Ledergeschirr. Nach längerer Zeit sagte er: »Ich hätte heiraten sollen. Ich hätte bei den Männern im Langhaus sitzen sollen, an der Jagd teilzunehmen, Felder bebauen, Kinder zeugen sollen. Ich weiß, wozu ich geboren wurde, Pasko.« Er hielt inne und sah den älteren Mann an. »Und die anderen Männer hätten mich in diesen Dingen angeleitet. Aber nichts davon zählt jetzt mehr. Ich bin hier, in dieser Scheune, zusammen mit dir, und ich weiß nicht, was das Leben für mich bereithält. Was wird aus mir werden?«

Pasko seufzte und legte den Lederriemen hin, an dem er arbeitete. Er blickte Talon in die Augen und legte dem Jungen die Hand auf die Schulter. »Dinge ändern sich manchmal sehr schnell, Junge. Nichts ist ewig. Vergiss das nicht.

Aus irgendeinem Grund haben die Götter dich als Einzigen von deinem Volk verschont. Man hat dir dein Leben aus einem bestimmten Grund geschenkt. Ich maße mir nicht an, diesen Grund zu kennen.« Er verstummte kurz, als müsse er einen Moment darüber nachdenken, was er als Nächstes sagen wollte, dann fuhr er fort: »Vielleicht wird es deine erste Aufgabe sein, diesen Grund herauszufinden. Ich denke, du solltest heute Abend mit Robert sprechen.« Damit drehte er sich herum, um die Scheune zu verlassen. Über die Schulter hinweg sagte er: »Ich werde mit ihm reden und ihn fragen, ob er mit dir sprechen will.«

Talon blieb allein in der Scheune zurück. Er betrachtete die Arbeit, die vor ihm lag, und erinnerte sich an etwas, was sein Großvater immer gesagt hatte: *Kümmere dich um die Arbeit, die direkt vor dir liegt, und denke dabei nicht an das, was später auf dich zukommen wird.* Also wandte er sich wieder dem Lederriemen zu, den er in der Hand hielt, und konzentrierte sich darauf, die Stiche so gleichmäßig zu setzen, wie es ging.

Wochen vergingen, und aus dem Sommer wurde Herbst. Talon spürte die Veränderung in der Luft, so wie ein wildes Tier, das sein ganzes Leben in den Bergen verbracht hat. Das Tiefland rings um *Kendricks Gasthaus* unterschied sich in vielfältiger Weise von dem Hochland, in dem er aufgewachsen war, aber es gab genügend Ähnlichkeiten, dass er sich eins mit dem Rhythmus der Jahreszeiten fühlte.

Wenn er mit Caleb unterwegs war, sah er, wie die Felle von Kaninchen und anderen Tieren in Vorbereitung auf den Winter dichter wurden. Viele Bäume verloren die Blätter, und schon bald würde die erste Kälte sie rot, golden und hellgelb färben.

Vögel zogen nach Süden, und die Tiere, die im Herbst Junge bekamen, waren läufig.

Eines Nachmittags hörte er das Brüllen eines männlichen geflügelten Drachen, der eine Herausforderung an alle anderen Männchen hinausschrie. Mit den kürzer werdenden Tagen kam eine Melancholie auf, die manchmal drohte, Talon zu überwältigen. Herbst war die Zeit der Ernte, die Leute legten Fleisch und Fisch in Salz für den Winter ein, sammelten Nüsse, flickten Umhänge und Decken und bereiteten sich ganz allgemein auf die kalte Jahreszeit vor.

Der Winter würde Talons Kummer noch größer machen, denn immer, wenn der Bergschnee das kleine Dorf von der Welt abgeschnitten hatte, waren die Dorfbewohner einander noch nähergekommen, hatten im Langhaus oder im Rundhaus zusammengesessen und sich Geschichten erzählt. Familien waren ebenfalls näher zusammengerückt, manchmal zwei, drei oder sogar noch mehr im gleichen Haus, und hatten Trost in der Nähe der anderen gefunden; alte Geschichten waren wieder und wieder erzählt worden, denen man mit Freuden gelauscht hatte, ganz gleich, wie oft man sie schon gehört hatte.

Die Lieder der Frauen, wenn sie ihren Töchtern das Haar kämmten oder eine Mahlzeit zubereiteten, die Kochdüfte, die leisen Stimmen der Männer, die sich Witze erzählten ... Talon wusste, dass dieser Winter sein bisher schwerster sein würde.

Als er eines Tages von der Jagd zurückkehrte, stand die Kutsche des Grafen Ramon DeBarges wieder einmal im Hof.

Caleb hielt einen Augenblick inne, dann sagte er: »Eine gute Jagd, Talon.«

Talon nickte zur Antwort. Wie immer hatten sie den Tag über kaum ein Wort gewechselt, sich auf Gesten und auf ihr gemeinsames Gefühl für ihre Umgebung verlassen. Caleb war mindestens so gut wie die besten Jäger von Talons Volk, obwohl es etwa ein Dutzend im Dorf gab, die es durchaus mit ihm aufnehmen konnten … gekonnt hätten.

»Bring das Wild in die Küche«, sagte Caleb.

Talon zögerte einen Augenblick. Er hatte noch nie einen Fuß ins Gasthaus gesetzt und war nicht sicher, ob er das jetzt tun sollte. Aber Caleb würde ihn nicht um etwas Verbotenes bitten, also lud er sich die erlegte Hirschkuh wieder auf den Rücken und ging die breiten Stufen zur Hintertür hinauf.

Die Tür war aus Eichenholz mit festen Eisenbeschlägen, was mehr zu einer Festung als zu einem einfachen Gasthaus passte. Talon dachte nicht mehr viel darüber nach; *Kendricks Gasthaus* war ebenso zur Verteidigung wie zur Bequemlichkeit errichtet worden.

Er packte den schweren Eisengriff und drückte, und die Tür schwang nach innen auf. Er folgte dem Schwung in die Küche und entdeckte eine Welt, die ganz anders war als alles, was er je zuvor gesehen hatte.

Die Orosini kochten über offenem Feuer oder in großen Gemeinschaftsöfen, aber so etwas wie eine Küche gab es eigentlich nicht. Talons erste Empfindung war die von Chaos, aber als er einen Moment innehielt, wurde eine bestimmte Ordnung ersichtlich.

Lela blickte auf und sah ihn, grüßte ihn mit einem raschen

Lächeln und wandte ihre Aufmerksamkeit dann wieder einem großen Topf zu, der in einer der drei riesigen Feuerstellen hing. Eine rundliche Frau hatte Lelas Blick bemerkt, folgte ihm und entdeckte den hageren Jungen mit dem Wild.

»Ist es ausgenommen?«, wollte sie wissen.

Talon nickte. »Aber noch nicht gehäutet.«

Sie zeigte auf einen Fleischhaken über einer großen Metallpfanne, die wohl das Blut und die Eingeweide auffangen sollte. Er brachte die Hirschkuh dorthin und hängte sie an dem Riemen auf, mit dem die Hinterbeine zusammengebunden waren. Dann drehte er sich um und wartete.

Nach einiger Zeit schaute die ältere Frau wieder zu ihm hin und bemerkte, dass er sich nicht rührte. »Weißt du, wie man Wild häutet, Junge?«

Er nickte.

»Na, dann los!«

Talon zögerte nicht und machte sich daran, das Tier schnell und gekonnt zu häuten. Er dachte auch keinen Augenblick darüber nach, wer diese Frau war und wieso sie ihm Befehle erteilte; bei seinem Volk waren die Frauen für alles, was mit der Nahrungszubereitung zu tun hatte, zuständig gewesen, und die Männer waren an Herden, Öfen und Feuergruben ihren Anweisungen gefolgt.

Er war schnell fertig, und als er sich umdrehte, um einen Lappen zu suchen, mit dem er das Messer säubern konnte, warf ihm jemand einen zu. Er fing ihn auf und sah den grinsenden Gibbs, der vor einem großen Tisch stand und Gemüse putzte.

Hinter Gibbs entdeckte Talon andere Diener, die an einer

Feuerstelle Fleisch am Spieß brieten, während weitere damit beschäftigt waren, frisches Brot zu backen. Plötzlich war Talon überwältigt von den Küchendüften und empfand sowohl gewaltigen Hunger als auch einen brennenden Schmerz in der Brust, denn die Wärme und die Gerüche erinnerten ihn an seine Mutter und an die anderen Frauen, die im Dorf immer das Essen zubereitet hatten.

Als die Tränen schon zu fließen drohten, sah Talon, wie eine große Tür geöffnet wurde und ein Mann hereinkam. Er war in mittleren Jahren, kräftig und hatte einen großen Bauch, der ihm über den Gürtel hing; tatsächlich erinnerte dieser Gürtel Talon eher an einen Sattelgurt als an einen Gürtel. Er trug Kniehosen, die in hohen Stiefeln steckten, und ein weites weißes Hemd mit Spritzern von Soßen und Wein. Sein Gesicht war beinahe vollkommen rund, sein schwarzes Haar grau meliert und zu einem Pferdeschwanz gebunden, und sein Backenbart war so lang, dass sich die beiden Seiten beinahe am Kinn trafen. Er sah sich mit kritischem Blick um und konnte nichts Falsches erkennen, bis er Talon entdeckte.

»Du da, Junge«, sagte er und zeigte anklagend auf Talon, obwohl seine Augen dabei vergnügt blitzten und ein leichtes Lächeln seine Lippen umspielte. »Was machst du da gerade?«

»Ich habe dieses Wild gehäutet, Herr«, sagte Talon zögernd.

Der Mann hatte Roldemisch gesprochen und ging entschlossen auf ihn zu. »Das *hast* du gerade getan«, erklärte er übermäßig laut. »Ich habe dich gefragt, was du *jetzt* tust!«

Talon hielt einen Augenblick inne und sagte dann: »Ich

warte darauf, dass mir jemand sagt, was ich als Nächstes tun soll.«

Der Mann grinste. »Du bist der Junge aus der Scheune. Dein Name ist Talon, nicht wahr?«

»Ja.«

»Ich bin Leo, und das hier ist mein Königreich«, verkündete der Mann und breitete in einer umfassenden Geste beide Arme aus. »Ich habe von Roldem bis nach Krondor sowohl in adligen als auch bürgerlichen Haushalten als Koch gearbeitet, und es gibt niemand in diesen Ländern, der sich je über meine Kochkunst beschwert hätte.«

»Weil sie gestorben sind, bevor sie Gelegenheit dazu hatten«, murmelte jemand im Hintergrund.

Lachen ertönte, bevor es den Helfern gelang, ihre Heiterkeit zu unterdrücken, und Leo fuhr mit unerwarteter Schnelligkeit herum und bedachte sie mit einem finsteren Blick. »Du da, Gibbs! Ich erkenne dieses freche Mundwerk genau. Bring jetzt den Schweinefraß in den Stall!«

Gibbs richtete sich auf. »Aber das sollte der Neue tun, Leo! Ich soll bei Tisch bedienen.«

»Nicht heute Abend, mein lieber Gibbs. Der Junge wird bedienen, und du kannst dich um die Schweine kümmern.«

Während Gibbs betrübt die Küche verließ, zwinkerte Leo Talon zu. »Das wird seine Dreistigkeit ein bisschen dämpfen.« Er betrachtete die Kleidung des Jungen. »Komm mit.«

Ohne sich noch einmal umzudrehen und nachzusehen, ob Talon ihm wirklich folgte, machte sich Leo auf den Weg und schob die große Tür auf, durch die er hereingekommen war. Talon folgte ihm auf dem Fuß.

Der Raum war offenbar eine Art Dienstbotenbereich mit einer weiteren Tür in der gegenüberliegenden Wand. Große Tische standen an den Wänden links und rechts. Auf diesen Tischen waren Unmengen Teller, Schüsseln, Kelche und anderes Geschirr aufgestapelt. »Hier bewahren wir unser Geschirr auf«, erklärte Leo unnötigerweise. »Wenn wir Anlass dazu haben, werden wir dir zeigen, wie man den Tisch für Gäste deckt.« Er zeigte auf einen weiteren Tisch, der nun leer war. »Zum Abendessen gibt es warme Gerichte. Lela und Meggie werden bedienen.«

Er öffnete die zweite Tür, und Talon folgte ihm in einen langen Flur. An der Wand entlang zogen sich Regale mit unzähligen Gegenständen: Lampen, Kerzen, Krüge, Kelche, alles, was man für eine betriebsame Schankstube benötigte. »Hier bewahrt Kendrick all die Dinge auf, die wir brauchen«, erklärte Leo. Er zeigte auf die Tür am linken Ende des Flurs und fügte hinzu: »Dort geht es zur Schankstube. Wenn eine Karawane oder eine Patrouille aus einer der Burgen in der Nähe vorbeikommt, wimmelt es da nur so von lauten, betrunkenen Dummköpfen.«

Er zeigte auf die Tür am rechten Ende des Flurs. »Dort ist das Speisezimmer, wo die Adligen und wichtigeren Gäste essen. Heute Abend wirst du dort servieren.«

Er wühlte in den Regalen herum, bis er ein weites weißes Hemd gefunden hatte. »Zieh das über«, wies er Talon an.

Talon gehorchte und stellte fest, dass ihm das Hemd bis zum Oberschenkel reichte. An den weiten Ärmeln waren Schnüre, die er zuband.

»Zeig mir mal deine Hände, Junge«, verlangte Leo.

Talon streckte die Hände aus, und Leo sagte: »Ich bin nicht so versessen aufs Waschen wie viele andere Köche, aber mit Blut vom Wildhäuten unter den Nägeln kannst du keine Adligen bedienen.« Er zeigte in Richtung Küche und befahl: »Geh und wasch dir die Hände. Benutz die Bürste, um das Blut loszuwerden.«

Talon ging wieder in die Küche und fand dort einen großen Eimer mit Seifenwasser, das zum Spülen benutzt wurde. Er sah, dass nun Lela vor dem Tisch stand, an dem Gibbs das Gemüse geputzt hatte, und die Arbeit beendete. Er begann sich die Hände zu waschen, und sie warf ihm einen Blick zu und lächelte. »Du bedienst also heute Abend.«

»Wie soll ich das nur machen?«, fragte Talon und versuchte, ein nervöses Kribbeln in seinem Magen zu unterdrücken.

»Leo wird es dir schon beibringen«, erklärte Lela mit einem strahlenden Lächeln. »Es ist nicht schwer.«

Talon betrachtete seine Hände und sah, dass er alles Blut weggeschrubbt hatte. Er kehrte in den Flur zurück, wo Leo wartete.

»Das hat lange genug gedauert«, tadelte der Koch, aber sein Tonfall war lässig. Talon kam zu dem Schluss, dass dieser Mann seinem Großvater recht ähnlich war, der auch immer viel geschimpft, aber es nie wirklich ernst gemeint hatte. »Komm mit.«

Talon folgte ihm ins Speisezimmer. Es war ein lang gezogener Raum mit einem riesigen Tisch, dem größten, den der Orosini-Junge je gesehen hatte. An jedem Ende standen zwei hochlehnige Stühle und an jeder Seite acht. Der Tisch bestand aus Eichenholz, aber es war sehr alt, glänzte dunkelgolden und hatte Flecken von Tausenden von umgekippten Weinkelchen und Bierkrügen, was der Farbe viele Schattierungen verlieh.

Leo sah die Miene des Jungen und sage: »Kendricks Tisch ist legendär. Er wurde in einem einzigen Stück aus dem Stamm einer uralten Eiche geschnitten. Es brauchte ein Dutzend Männer und zwei Maultiere, um ihn herzuschaffen.« Er machte eine weitere ausgreifende Geste. »Kendrick hat diesen Raum hier um den Tisch herumgebaut.« Er lächelte und legte nachdenklich die Hand ans Kinn. »Ich weiß nicht, was er tun würde, wenn er ihn je ersetzen müsste. Wir könnten den Tisch hier drinnen zu Feuerholz zerhacken, aber wie sollen wir je einen anderen reinbringen?«

Talon fuhr mit der Hand über die Oberfläche und fand sie erstaunlich glatt.

»Tausend Lappen in den Händen von tausend Jungen, wie du einer bist. Du wirst auch noch drankommen.« Leo stemmte die Hände in die Hüften. »Doch heute tust du Folgendes.« Er zeigte auf einen langen Tisch an der Wand. »In ein paar Minuten werden ein paar große Bierkrüge hier hereingebracht, außerdem mehrere Weinkaraffen, und damit steht alles für dich bereit. Siehst du diese Kelche dort?« Er zeigte auf die, die schon auf dem Tisch standen.

Talon nickte.

»Einige davon werden mit Bier gefüllt, andere mit Wein. Kennst du den Unterschied?«

Talon hätte am liebsten gelacht, aber er wahrte eine ernste Miene, als er antwortete: »Ich habe schon beides getrunken.«

Leo runzelte dramatisch die Stirn. »Vor den Gästen wirst du mich mit ›Meister‹ ansprechen, verstanden?«

»Jawohl, Meister.«

»Nun gut, wo war ich stehen geblieben?« Er schien für einen Augenblick verwirrt. »O ja, du wirst auf dieser Seite des Tisches stehen. Nur auf dieser Seite, ist das klar?«

Talon nickte.

»Beobachte die Gäste vor dir. Auf dieser Seite werden sechs Personen sitzen, sieben auf der anderen, und zwei dort drüben.« Er zeigte auf die beiden Stühle am Tischende rechts von Talon. »Am anderen Ende sitzt niemand.«

»Sechs auf dieser Seite, Meister«, wiederholte Talon.

»Du bist dafür verantwortlich, ihre Kelche zu füllen. Sollte ein Gast darum bitten müssen, dass man ihm nachschenkt, beschmutzt das Kendricks Ehre, und ich werde es als persönliche Beleidigung betrachten. Ich werde vermutlich Robert de Lyes bitten, dich von Pasko verprügeln zu lassen.«

»Ja, Meister.«

»Sorg dafür, dass du Bier in die Kelche mit Bier gießt und Wein nur in jene, die bereits Wein enthielten. Ich habe gehört, dass es in Kesh ein barbarisches Volk gibt, das Wein und Bier mischt, aber es fällt mir schwer, so etwas zu glauben. Und es ist auch egal. Wenn du sie mischst, werde ich Robert de Lyes auf jeden Fall bitten, dich von Pasko verprügeln zu lassen.«

»Ja, Meister.«

Mit einem spielerischen Schlag auf Talons Hinterkopf fügte der Koch hinzu: »Ich bitte Robert de Lyes vielleicht sowieso, dich von Pasko verprügeln zu lassen, und sei es aus keinem anderen Grund als dass du nur ein Junge und demzufolge eine ausgesprochene Plage bist. Bleib hier.«

Mit diesen Worten verschwand der Koch und ließ Talon allein im Speisesaal zurück.

Talon ließ den Blick schweifen. Über dem Beistelltisch hinter ihm hingen Wandteppiche, und in der rechten Zimmerecke befand sich eine kleine Feuerstelle, ebenso wie in der abgelegenen linken Ecke. Die beiden Feuer würden dieses lang gezogene Speisezimmer selbst in den kältesten Nächten warm halten.

An der gegenüberliegenden Wand stand ein weiterer Tisch, und einen Augenblick später betrat Lars das Zimmer mit einem riesigen Tablett mit geschnittenem Lammbraten. Hektisch, aber einer gewissen Ordnung folgend, kamen danach Meggie und Lela und mehrere andere Diener herein, die Talon in der Küche gesehen hatte, deren Namen er aber nicht kannte, und brachten Tabletts mit dampfendem Gemüse, frischem Brot, Tiegeln mit Gewürzen und Honig, Fässchen mit frischer Butter, Entenbraten, Kaninchen und Huhn. Sie stellten rasch alles auf die Tische an den Wänden und eilten aneinander vorbei, ohne einander anzurempeln, an die Tische zu stoßen oder sich gegenseitig in den Weg zu geraten, und kehrten einen Augenblick später mit weiteren Tabletts zurück. Ein paar der Gerichte, die serviert werden sollten, hatte Talon noch nie zuvor gesehen. Obst von seltsamer Farbe und Form wurde neben die vertrauten Äpfel, Birnen und Pflaumen gelegt.

Dann wurden Wein und Bier hereingebracht, und Lars blieb gegenüber von Talon auf der anderen Seite des Tisches stehen, während Meggie sich ans linke und Lela ans rechte Ende des Beistelltischs neben Talon stellten.

Es schien nur eine kurze Pause zu geben, einen winzigen Moment, um zu Atem zu kommen und sich zu fassen, dann ging die Tür rechts von Talon auf, und eine Reihe gut gekleideter Männer und Frauen betrat den Speisesaal.

Sie traten nacheinander an den Tisch, entsprechend den Regeln eines Standessystems, nahm Talon an. Ein Mann und eine Frau stellten sich hinter die Stühle am Ende des Tischs, und jene, die ihnen folgten, fanden der Reihe nach ebenfalls einen Platz, an dem sie sich erwartungsvoll aufstellten. Talon erinnerte sich an die Sitzordnung im Langhaus der Männer in seinem Dorf. Dort saß der älteste Häuptling auf dem auffälligsten Sitz im Gebäude, der Rangnächste rechts von ihm, der Nächste links und so weiter, bis jeder Mann im Dorf seinen Platz hatte. Eine Veränderung dieser Ordnung trat nur ein, wenn ein hochstehender Mann starb, also konnte jeder im Dorf erwarten, jahrelang am selben Platz zu sitzen.

Als Letzter kam Kendrick, nicht sonderlich anders gekleidet als beim ersten Mal, als Talon ihn gesehen hatte. Sein Haar und sein Bart sahen frisch gewaschen und gekämmt aus, aber sein Hemd war von unauffälliger Farbe und schlichtem Schnitt, und die Hose und die Stiefel waren sauber, aber praktisch. Er trat zu dem Stuhl vor dem Mann am Kopf des Tisches und zog ihn ein wenig nach hinten.

Talon sah, wie sich Lars zu dem Stuhl bewegte, der dem Kopf des Tisches am nächsten stand, und ihn ebenfalls herauszog. Talon zögerte nur einen Augenblick, dann ging er nach rechts zu dem Stuhl, der dem Kopf dort am nächsten stand, und tat es Kendrick und Lars nach: Er zog den Stuhl mit einer leichten Drehung heraus, sodass sich der Gast – einer auffallenden Frau mittleren Alters mit einem glitzernden Smaragdhalsschmuck – setzen konnte, wobei Talon den Stuhl leicht wieder auf den Tisch zuschob, während sie sich niederließ. Dabei blieb er nur für einen Herzschlag hinter den anderen zurück und bewältigte seine Aufgabe problemlos.

Er nahm an, dass nun der nächste Stuhl drankommen würde, und schon bald saßen alle Gäste. Als Talon an seinen Platz zurückkehrte, bemerkte er, wie Kendrick ihn beobachtete und Lars auf der gegenüberliegenden Seite ebenfalls wieder vor den Beistelltisch zurückkehrte.

Die Mädchen begannen, das Essen aufzutragen, und anschließend griff Lars nach einem Bierkrug und einer Weinkaraffe und ging zum Kopf des Tisches. Talon zögerte und warf einen Blick zu Kendrick, der seinerseits die Augen ein wenig zusammenkniff und dann von Talon zum Beistelltisch schaute und danach wieder zu Talon zurück.

Talon tat es Lars abermals nach, war einen Augenblick später an der Seite des Mannes am Kopf des Tisches und bot ihm Wein oder Bier an. Der Mann hatte einen ausgeprägten Akzent, aber er sprach Roldemisch, und es war klar, dass er Talon mit einem Schwall von Worten anwies, ihm Wein einzugießen. Der junge Mann folgte diesem Befehl, und er strengte sich gewaltig an, dabei nichts auf den Tisch oder den Gast zu vergießen.

Dann ging er die Reihe der seitlich sitzenden Gäste entlang und füllte ebenfalls die Kelche je nach Wunsch.

Nachdem das erledigt war, verging der Rest des Abends

ziemlich ereignislos. Während der Mahlzeit goss Talon immer wieder Getränke nach, und wenn sein eigener Krug oder die Karaffe beinahe leer waren, brachte eins der Mädchen sie zum Auffüllen in die Küche.

Aus Talons unerfahrener Warte schien alles ziemlich gut zu gehen. Gegen Ende der Mahlzeit wollte er den Kelch des Mannes am Ende des Tischs noch einmal nachfüllen, aber dieser zeigte an, dass er nichts mehr wollte, indem er kurz die Hand über den Kelch hielt.

Talon hatte keine Ahnung, was er sagen sollte, also verbeugte er sich nur knapp und zog sich dann zurück.

Kendrick hielt sich diskret hinter dem Kopf des Tisches, beobachtete und hielt nach Anzeichen dafür Ausschau, dass ein Gast nicht bekam, was er wollte.

Als die Mahlzeit beendet war, deuteten die Gäste an, dass sie aufbrechen wollten. Talon eilte hinter den Stuhl des ersten Gasts auf seiner Seite, als er sah, wie Kendrick und Lars bei zwei anderen Gästen das Gleiche taten, und er war nur einen halben Herzschlag langsamer, als er die Stühle nacheinander sachte herauszog, sodass sich die Gäste bequem erheben konnten.

Als der letzte Gast gegangen war, folgte Kendrick ihm nach draußen, und als die Tür zur Schankstube zufiel, wurde die Tür am anderen Ende aufgerissen, und Leo kam herein und rief: »Also gut. Was steht ihr noch da? Fangt gefälligst an aufzuräumen!«

Meggie, Lela und Lars begannen sofort, die Teller und Tabletts von den Tischen abzuräumen, und Talon beeilte sich, ihnen zu helfen. Sie liefen zwischen dem Speisezimmer und der Küche hin und her, und als sie alles abgeräumt hatten, fingen sie mit dem Spülen an.

Talon nahm rasch den Rhythmus der Arbeiten wahr und erkannte, wer welche Aufgaben erledigte. Es fiel ihm leicht vorwegzunehmen, was als Nächstes zu tun war. Als sie fertig waren, kamen ihm seine Arbeiten bereits vertraut vor, und er wusste, dass er beim nächsten Mal noch besser sein würde.

Das Küchenpersonal bereitete alles für das Frühstück vor, und mehrere Leute blieben zurück, um den Brotteig für den nächsten Tag vorzubereiten. Lela kam auf Talon zu und sagte: »Bevor du schlafen gehst, möchte Kendrick dich noch sehen.«

Er blickte sich um und fragte leise: »Wo?«

»Im Schankraum«, antwortete sie.

Kendrick saß zusammen mit Robert de Lyes an einem langen Tisch, und beide hatten einen Bierkrug vor sich.

»Dein Name ist Talon?«, fragte Kendrick.

»Herr«, sagte Talon bestätigend.

»Talon Silberfalke«, ergänzte Robert.

»Das klingt wie ein Orosini-Name«, sagte Kendrick.

»Es ist einer.«

»Wir haben hier hin und wieder ein paar von deinem Volk gesehen, aber ihr neigt sonst eher dazu, in euren Bergen zu bleiben.«

Talon nickte, unsicher, ob eine Antwort erforderlich war.

Kendrick beobachtete ihn einen Augenblick. »Du weißt, wenn es besser ist, den Mund zu halten, das ist eine gute Eigenschaft.« Er erhob sich und stellte sich direkt vor Talon, als würde er in seinem Gesicht nach etwas suchen, das er aus der Ferne nicht erkennen konnte. »Welche Anweisungen hat Leo dir vor dem Servieren gegeben?«

»Ich sollte Wein in die Weinkelche und Bier in die Bierkelche gießen.«

»Das war alles?«

»Ja.«

Kendrick lächelte. »Leo hält es für witzig, einen Jungen ins kalte Wasser zu werfen, ohne ihm alles genau zu erklären. Ich werde mit ihm ein ernstes Wörtchen darüber reden müssen. Aber du hast dich wacker geschlagen, und die Gäste haben nicht bemerkt, dass du keine Erfahrung hast.« Er wandte sich Robert zu. »Ich überlasse ihn dir. Gute Nacht.«

Robert nickte Kendrick zum Abschied zu, dann bedeutete er Talon, sich hinzusetzen.

Talon tat, wie ihm geheißen, und Robert betrachtete ihn forschend.

Schließlich sagte er: »Kennst du den Namen des Mannes, der am Kopf des Tisches gesessen hat?«

»Ja.«

»Wer ist er?«

»Graf Ramon DeBarges.«

»Woher weißt du das?«

»Ich habe ihn schon gesehen, als er das Gasthaus zum letzten Mal besuchte. Lela hat mir seinen Namen genannt.«

»Wie viele Ringe trug er an der linken Hand?«

Talon war überrascht über diese Frage, aber er rief sich das Bild des Grafen noch einmal in Erinnerung, wie er ihm den Weinkelch entgegenhielt. »Drei. Einer mit einem großen roten Stein in silberner Fassung am kleinen Finger, ein gehämmerter Goldring am Ringfinger und ein goldener mit zwei grünen Steinen am Zeigefinger.«

»Gut«, antwortete Robert. »Die grünen Steine sind Smaragde. Der rote Stein ist ein Rubin.«

Talon fragte sich, um was es bei diesem seltsamen Gespräch ging.

»Wie viele Smaragde befanden sich in dem Halsschmuck der Dame links vom Grafen?«

Talon überlegte, dann sagte er: »Sieben, glaube ich.«

»Glaubst du oder weißt du es?«

Talon zögerte. »Ich glaube es.«

»Es waren neun.« Robert betrachtete den jungen Mann, als erwartete er eine Äußerung, aber Talon schwieg. Nach einiger Zeit fragte Robert: »Kannst du dich erinnern, worüber der Graf und der Mann zwei Plätze rechts von ihm gesprochen haben, als du der Dame zwischen ihnen Bier eingegossen hast?«

Talon brauchte einige Zeit, bis er sich erinnerte. »Ich glaube, sie sprachen über Hunde.«

»Glaubst du oder weißt du es?«

»Ich weiß es«, sagte Talon. »Sie sprachen über Hunde.«

»Um was ging es dabei genau?«

»Um Jagdhunde.« Er hielt inne, dann fügte er hinzu: »Ich spreche Roldemisch immer noch nicht gut genug, Robert.«

De Lyes regte sich ein paar Sekunden lang nicht, dann nickte er.

»Schon gut.« Darauf folgte eine ganze Reihe weiterer Fragen, von den jeweiligen Gesprächsthemen bis zur Menge des getrunkenen Alkohols, und Talon glaubte schon, es würde die ganze Nacht so weitergehen.

Doch schließlich sagte Robert: »Wir sind fertig. Geh wieder in die Scheune und schlaf, bis man dich ruft. Dann ziehst du hier ins Haus, in ein Zimmer, das du dir mit Gibbs und Lars teilen wirst.«

»Ich werde also Diener in Kendricks Haushalt sein?«

Robert lächelte dünn. »Eine Weile, junger Talon. Nur eine Weile.«

Talon erhob sich und ging durch die Küche, wo das Brot vor dem Ofen lag, um gleich am nächsten Morgen gebacken zu werden. Ihm wurde klar, dass er seit Stunden nichts mehr gegessen hatte, also nahm er sich einen Apfel aus einer großen Schale und biss hinein. Er vermutete, dass die Äpfel für Kuchen vorgesehen waren, aber Leo würde diesen einen wohl nicht sonderlich vermissen.

Als er nach draußen kam, sah er, dass der Himmel im Osten schon heller wurde. Bald würde jene Zeitspanne einsetzen, die man bei seinem Volk den Wolfsschwanz nannte, diese graue Stunde vor der ersten wirklichen Dämmerung, in der ein Mann unauffällig zur Jagd oder zu einer langen Reise aufbrechen konnte.

Er betrat die Scheune und ließ sich auf seinen Strohsack fallen. Die Müdigkeit überwältigte ihn sofort, und der halb gegessene Apfel fiel ihm aus der Hand. Noch während er sich fragte, was das Schicksal wohl für ihn vorgesehen hatte und was hinter Roberts scheinbar so sinnlosen Fragen stecken mochte, war Talon auch schon vor Erschöpfung eingeschlafen.

Spiele

Talon runzelte die Stirn.

Er starrte die Spielkarten an, die vor ihm auf dem Tisch lagen, und versuchte, zu einer Entscheidung zu kommen, die das Problem lösen würde. Nachdem er die vier Karten, die er gerade umgedreht hatte, längere Zeit angesehen hatte, kam er zu dem Schluss, dass es keine Möglichkeit gab, das Spiel fortzusetzen.

Er seufzte – halb aus Frustration, halb aus Langeweile –, hob die Karten auf und mischte sie noch einmal. Er widerstand der Versuchung, sich umzudrehen und nachzusehen, ob die beiden Männer, die ihn beobachteten, irgendwie reagierten.

Der weißhaarige Mann, den er für sich »Schneekopf« nannte, der aber eigentlich Magnus hieß, stand neben Robert. Der saß auf einem Hocker, den er aus dem Schankraum in den Speisesaal gebracht hatte. Robert hatte Talon vor einer Woche diese Karten gezeigt und ihn gelehrt, was man damit machen konnte.

Das Spiel hatte zweiundfünfzig Karten von vier Arten: Kelche, Stäbe, Schwerter und Münzen, alle jeweils in einer anderen Farbe, die Kelche blau, Stäbe grün, Schwerter schwarz und Münzen gelb. Sie wurden vor allem für Spiele wie Pashawa und Poker – oder Po-Kir, wie man es in Kesh nannte – benutzt. Robert hatte Talon mehrere Spiele gezeigt und ein paar Runden mit ihm gespielt, damit er mit der Reihenfolge vertraut wurde, beginnend mit der Karte, die »Ass« genannt wurde – Robert hatte ihm erklärt, dass der Name von einem Wort aus Bas-Tyra für »Eins« stamme –, bis zum Lord. Die geringeren Karten hatten Zahlen von zwei bis zehn, aber Talon konnte nicht so recht verstehen, wieso die Eins die wertvollste Karte sein sollte, sogar wertvoller als der Lord, die Dame oder der Hauptmann.

Talon lächelte dünn. Er wusste nicht, warum diese Kleinigkeit, dass die kleinste Zahl, die Eins, den größten Wert hatte, ihn so verärgerte. Dennoch kam er recht gut mit den Spielen zurecht, die Robert ihm beibrachte. Dann hatte Robert ihn noch andere Kartenspiele gelehrt, mit denen man sich allein beschäftigen konnte, wenn kein Mitspieler zur Verfügung stand. Diese Einzelspiele verlangten, dass man die Karten in Reihen entsprechend ihres Werts auslegte, abwechselnd in hellen und dunklen Farben, oder in einer anderen bestimmten numerischen Reihenfolge oder einer Kombination.

Am Tag zuvor hatte ihn Robert aus der Küche geholt – es waren keine Gäste da gewesen, also hatte es nicht viel zu tun gegeben – und ihn in den Speisesaal geführt. Dort hatte er ihm das Spiel der »Vier Lords« gezeigt.

Es war ein verwirrendes Spiel. Vier Lords wurden von rechts nach links ausgelegt, dazu vier Karten mit dem Bild nach oben. Ziel des Spiels war es, die Karten dem Zeichen entsprechend neben die Lords zu legen, und die einzige Regel bestand darin, dass die Karten neben Karten des gleichen Werts oder des gleichen Zeichens gelegt werden mussten. Als Nächstes strebte man an, »Päckchen« aus vier gleich nummerierten Karten in einem Rechteck anzuordnen. Das dauerte so lange, bis alle vier Asse beisammen waren und aus dem Spiel genommen wurden, dann folgten die Zweier und so weiter, bis nur noch die Lords übrig waren.

Talon hatte schon bald festgestellt, dass dieses Spiel schwer zu gewinnen war, denn man war viel zu abhängig davon, dass zufällig eine bestimmte Karte auftauchte. Aber man musste auch klug genug sein, um bestimmte Situationen vorhersehen zu können.

Einen halben Tag lang hatte Talon begeistert gespielt. Dann war ihm klar geworden, wie viel das Ganze mit Zufall zu tun hatte, und er hatte angefangen, sich zu langweilen. Robert hatte jedoch darauf bestanden, dass er weitermachte, und sich schweigend hinter ihn gesetzt und ihn beobachtet.

Während Talon das nächste Spiel begann, fragte er sich nicht zum ersten Mal, was Robert damit eigentlich bezweckte.

»Robert«, flüsterte Magnus, »was soll das alles?«

»Das Volk dieses Jungen hat im Alltag wenig abstrakte Logik angewendet.« Robert flüsterte ebenfalls. »Sie waren Jäger, Bauern, Dichter und Krieger, aber ihre Mathematik war sehr schlicht, und es fehlte ihnen an allen Disziplinen, die auf fortgeschrittener Logik basieren. Ja, es gab Baumeister, aber keine Ingenieure und viel weniger Magier als bei jedem anderen Volk, von dem ich je gehört habe, vielleicht einen oder zwei im ganzen Land der Orosini.«

Sie sprachen in der Sprache des Königreichs, damit Talon sie nicht verstand, zumal Robert davon ausging, dass der Junge ein sehr gutes Gehör hatte.

»Die Spiele sollen ihm also Logik beibringen?«

Robert nickte. »Sie wären zumindest ein Anfang. Es geht dabei um sehr grundlegendes Lösen von Problemen.«

Magnus hatte den Blick auf die Karten auf dem Tisch gerichtet. »Ich kenne dieses Spiel, Robert. Du hast es mir beigebracht, erinnerst du dich? Es ist recht schwierig, und er wird nicht oft gewinnen.«

Robert lächelte. »Es geht nicht ums Gewinnen. Es geht darum zu erkennen, wann man nicht gewinnen kann. Siehst du, er hat erkannt, dass er mit diesen vier Karten nicht gewinnen wird.« Sie sahen zu, wie Talon die meisten Karten wieder auflas, die Lords aber an Ort und Stelle ließ und mit einem neuen Spiel begann. »Anfangs musste er noch alle Karten durchgehen, bis er begriffen hat, dass er nicht gewinnen kann. Nun, nach kaum zwei Tagen erkennt er die subtileren Anzeichen dafür, dass ein Sieg unmöglich ist.«

»Nun gut. Er hat also Potenzial, vielleicht sogar ein gewisses Talent. Das beantwortet aber immer noch nicht die Frage, was du eigentlich mit dem Jungen vorhast.«

»Immer mit der Ruhe, mein ungeduldiger Freund.« Robert blickte Magnus an, der Talon mit starrer Miene beobachtete. »Es wäre besser gewesen, du hättest die Lebhaftigkeit deines Vaters geerbt statt die aufbrausende Art deiner Mutter.«

Der weißhaarige Mann wandte den Blick nicht von Talon ab, aber er lächelte. »Das habe ich von dir schon öfter gehört, alter Freund.« Dann sah er Robert an. »Aber ich lerne immer besser, mich zu beherrschen.«

»Ach, hast du in den letzten paar Wochen keine Stadt ausgelöscht?«

Magnus grinste. »Nicht, dass ich wüsste.« Dann wurde seine Miene wieder ernst. »Ich habe einfach Probleme mit all diesen Spielchen.«

»Ah«, sagte Robert. »Und damit erweist du dich erneut als Sohn deiner Mutter. Dein Vater hat mir mein ganzes Leben lang beigebracht, dass wir mit unseren Feinden nur fertigwerden können, wenn sie sich zeigen. In den letzten dreißig Jahren gab es unglaublich viele Angriffe auf uns. Und in dieser ganzen Zeit ließ sich nur eine einzige Konstante feststellen.«

»Und die wäre?« Magnus wandte die Aufmerksamkeit wieder Talons Spiel zu.

»Dass der Feind keinen Trick zweimal angewandt hat. Die Diener des Namenlosen sind schlau, und sie lernen aus ihren Fehlern. Rohe Gewalt hat versagt, also versuchen sie nun, ihre Ziele mit Tücke und List zu erreichen. Und wir müssen entsprechend listig reagieren.«

»Aber dieser Junge …«

»Ich glaube, das Schicksal hat ihn aus einem bestimmten Grund am Leben erhalten«, sagte Robert. »Oder zumindest versuche ich, mir diese unerwartete Möglichkeit zunutze zu machen. Talon hat … etwas an sich. Ich nehme an, wenn sich diese Tragödie mit seinem Volk nicht ereignet hätte, wäre er einfach ein weiterer durchschnittlicher Orosini-Mann geworden, ein Ehemann und Vater, ein Bauer, Jäger oder Fischer und auch Krieger, wenn das nötig geworden wäre. Er hätte seinen Söhnen beigebracht, so zu leben, wie es schon ihre Ahnen getan haben, und wäre in hohem Alter als zufriedener Mann gestorben. Aber das Schicksal nahm diesen Jungen und warf ihn in einen Schmelztiegel von Unglück und Elend, und wer weiß, was sich daraus schmieden lässt. Es ist, als würde man Eisen bearbeiten – wird er spröde werden und zerbricht dann, oder kann man ihn zu Stahl schmieden?«

»Ein Dolch, ganz gleich wie gut geschmiedet, hat zwei Schneiden, Robert.«

»Hör auf, mir beibringen zu wollen, was ich längst weiß, Magnus.« Dann sprach er wieder Roldemisch und rief: »Talon, das genügt. Es ist an der Zeit, dass du in die Küche zurückkehrst. Leo wird dir sagen, was du tun sollst.«

Talon steckte die Karten in eine kleine Schachtel und reichte sie Robert, dann eilte er in die Küche.

»Ich bin immer noch nicht sicher, was du dir von diesem Jungen versprichst«, sagte Magnus.

Robert zuckte mit den Schultern. »Dein Vater hat mir, als ich noch jung war, vieles beigebracht, aber die wichtigste Lektion bestand einfach darin zu sehen, wie es bei euch zu Hause zuging. Eure Insel hat Wesen Zuflucht geboten, wie ich sie mir in meinen wildesten Träumen nicht hatte vorstellen können.« Er wies in Richtung Küche. »Dieser Junge da wird vielleicht nur ein wertvoller Diener sein – oder ein gut gearbeitetes Werkzeug.« Er kniff die Augen zusammen. »Aber er könnte auch etwas erheblich Wichtigeres werden: ein unabhängiger Geist, der loyal zu unserer Sache steht.«

Magnus schwieg lange Zeit, dann sagte er: »Das bezweifle ich.«

Robert lächelte freundlich. »Wir hatten auch unsere Zweifel, was dich anging, als du jünger warst. Ich erinnere mich an einen gewissen Vorfall, nach dem man dir Hausarrest erteilen musste. Wie lange war das? Eine Woche?«

Magnus lächelte dünn. »Es war nicht meine Schuld, erinnerst du dich?«

Robert nickte. »Das war es doch nie.«

Magnus blickte in Richtung Küche. »Aber was ist nun mit dem Jungen?«

»Er muss noch viel lernen«, sagte Robert. »Logik ist nur ein Anfang. Er muss verstehen lernen, dass man selbst die wichtigsten Dinge im Leben als ein Spiel betrachten kann, und er muss dazu ein gewisses Gefühl für Risiken und Möglichkeiten entwickeln und dafür, wie man sie berechnet. Er muss lernen, wann man einem Konflikt lieber vermeidet und wann man vorpreschen sollte. Er muss das Spiel von Männern und Frauen lernen. Wusstest du, dass die Bräuche seines Volkes verlangten, dass sein Vater ihm seine zukünftige Frau suchte, während er selbst auf einem Berggipfel auf die Vision gewartet hat, die ihn zum Mann machen sollte?«

»Ich weiß nur wenig über die Orosini«, gestand Magnus.

»Er weiß nichts, aber auch *gar* nichts über Städte. Er hat keine Ahnung von Lügen und Heimtücke, also hat er überhaupt keinen Instinkt dafür, ob ihn jemand belügt. Aber er hat ein Gefühl für die Natur, wie es sonst nur die Pfadfinder aus Natal haben.«

»Caleb sagte, dass er vollkommen anders jagt als jeder Städter«, stimmte Magnus zu.

»Dein Bruder hat viele Jahre bei den Elben zugebracht. Er weiß, wovon er redet.«

»Nun ja, aber …«

»Unser Freund Talon bietet uns einfach eine Möglichkeit, und vielleicht ist er dadurch einzigartig. Und er ist jung genug, dass wir ihn eventuell zu etwas erziehen können, was nur wenige von uns sein können.«

»Und das wäre?«, fragte Magnus interessiert.

»Ein Mann, der nicht durch seine Herkunft eingeschränkt ist. Talon ist immer noch in der Lage zu lernen, während die meisten von uns in seinem Alter bereits überzeugt waren, dass wir alles wüssten.«

»Er scheint ein eifriger Schüler zu sein«, gab Magnus zu.

»Und er hat ein Ehrgefühl, das selbst einen Hauptmann mit Tsurani-Abstammung aus LaMut beschämen würde.«

Magnus zog die Brauen hoch. Tsurani-Abkömmlinge folgten dem strengsten Ehrenkodex, den man sich vorstellen konnte. Sie gingen sogar in den Tod, um eine Ehrenschuld zu zahlen. Er überlegte einen Moment, ob Robert vielleicht übertrieb, und erkannte dann, dass das nicht der Fall war. »Ehre kann manchmal nützlich sein.«

»Er hat bereits eine Mission, obwohl er das erst noch begreifen muss.«

»Mission?«

»Er ist Orosini. Er muss die Männer, die für die Ausrottung seines Volkes verantwortlich sind, finden und töten.«

Magnus seufzte tief. »Raven und seine Bande von Halsabschneidern. Das ist keine leichte Aufgabe.«

»Der Junge ist jetzt schon ein hervorragender Jäger. Wenn er bereit ist, wird er sie suchen. Für diesen Zweck will ich ihm bessere Waffen geben als seine bloßen Hände und seine angeborene Schläue. Und daher gibt es vieles, was wir ihm beibringen müssen – wir beide.«

»Er ist nicht magiebegabt, nehme ich an, sonst hättest du ihn zu Vater geschickt, statt ihn hierherzubringen.«

»Das stimmt, aber auch du hast außer den Fähigkeiten eines Magiers noch andere Talente, Magnus. Talon hat einen beweglichen Geist, und es gibt noch erheblich kompliziertere Arten, das Denken zu disziplinieren, als mit Kartenspielen. Wenn er uns dienen soll, muss er geistig und intellektuell ebenso zäh werden, wie er es körperlich bereits ist. Er mag kein Magier sein, aber er wird es mit Magie zu tun bekommen, und er wird Wesen gegenüberstehen, die in Sachen Betrug, Verrat und Täuschung erheblich geschickter sind, als er es sich jetzt vorstellen könnte.«

»Wenn du dir wegen Betrügereien Sorgen machst, hättest du Nakor herbringen sollen, um ihn zu unterrichten.«

»Das tue ich vielleicht noch, aber nicht jetzt. Außerdem hat dein Vater Nakor mit einem Auftrag nach Kesh geschickt.«

Magnus erhob sich. »Ah, dann droht also ein Krieg zwischen dem Königreich der Inseln und Groß-Kesh?«

Robert lachte. »Nakor stiftet nicht überall, wo er hingeht, Unfrieden.«

»Nein, aber an den meisten Orten. Nun, wenn du glaubst, dass du diesen Jungen einsetzen kannst, um Raven zu jagen und zu töten, kann man euch beiden nur Glück wünschen.«

»Oh, es geht nicht nur um Raven und seine Mörderbande. Sie zu jagen ist nur einer der Gründe für Talons Ausbildung, wenn es auch sein Gesellenstück sein wird. Sollte er versagen, dann braucht er die wahre Prüfung seiner Fähigkeiten erst gar nicht mehr anzutreten.«

»Jetzt hast du mich neugierig gemacht. Was hast du außerdem noch vor?«

»Talon wird sein Volk erst dann gerächt haben, wenn wirklich alle tot sind, die für die Vernichtung der Orosini verantwortlich sind. Und das bedeutet, dass er nicht ruhen wird, bis er den Mann gestellt und umgebracht hat, der hinter diesem Völkermord steht.«

Magnus kniff die Augen zusammen, und das helle Blau darin wurde eisig. »Du willst ihn zu einer Waffe machen?«

Robert nickte. »Er wird den derzeit gefährlichsten Mann der Welt töten müssen.«

Magnus setzte sich wieder und verschränkte die Arme vor der Brust. Er warf einen Blick dorthin, wo die Küche lag, als könnte er durch Wände schauen. »Du schickst eine Maus aus, um einen Drachen zu ködern.«

»Mag sein. Aber dann wollen wir wenigstens dafür sorgen, dass die Maus Zähne hat.«

Magnus schüttelte schweigend den Kopf.

Talon schleppte Wasser den Hügel hinauf und sah, dass Meggie vor dem Gasthaus bereits auf ihn wartete und das

Gesicht missbilligend verzogen hatte. Sie war das Gegenteil von Lela, zierlich, wo Lela üppig war, hellhäutig und hellhaarig, schlicht im Vergleich zu Lelas exotischem Flair, säuerlich, wo Lela überschwänglich war. Kurz gesagt, sie mochte noch nicht einmal zwanzig sein, aber sie hatte schon den halben Weg zu einem Hausdrachen mittleren Alters zurückgelegt.

»Das dauert vielleicht!«, rief sie.

»Mir war nicht klar, dass es dermaßen brennt«, erwiderte Talon, der inzwischen mit dem Roldemischen, das er stets sprechen sollte, recht vertraut war.

»Irgendwo brennt es immer!«, fauchte sie.

Talon folgte ihr den Hügel hinauf und fragte: »Warum bist du mir entgegengekommen?«

»Kendrick sagte, ich solle dich suchen und dir ausrichten, dass du heute Abend wieder im Speisezimmer servierst.« Sie trug ein graugrünes Tuch, das sie sich fest um die Schultern zog, als sie vor ihm herging. Die Tage wurden kalt, und die Nächte waren noch kälter; der Herbst wandte sich dem Winter zu, und bald würde es schneien. »Eine Karawane nach Farinda bleibt über Nacht, und es sieht so aus, als würde eine wichtige Person mitreisen. Also sollen Lela, Lars und ich uns um die Schankstube kümmern, und du übernimmst zusammen mit Gibbs den Speisesaal.«

»Du hättest auch warten können, bis ich wieder in der Küche bin, um mir das zu sagen«, meinte Talon.

»Wenn man mir etwas aufträgt, erledige ich es sofort«, erklärte sie bissig. Dann beschleunigte sie ihr Tempo und eilte voran. Talon sah ihren starren Rücken, als sie vor ihm herging. Etwas kam ihm einen Augenblick seltsam vor, dann erkannte er, was los war: Es gefiel ihm, wie sich ihre Hüften bewegten, wenn sie den Hügel hinaufstieg. Es weckte das gleiche Gefühl, das er oft empfand, wenn er mit Lela allein war, und er wunderte sich darüber. Er mochte Meggie nicht besonders, aber plötzlich musste er darüber nachdenken, dass ihre Nase an der Spitze leicht nach oben wies und wie sich bei den seltenen Gelegenheiten, bei denen sie über etwas lächelte, kleine Fältchen um ihre Augen bildeten – Lachfalten nannte Lela das.

Er wusste, dass Meggie und Lars eine Weile ein Paar gewesen waren, aber aus irgendeinem Grund redeten sie derzeit kaum miteinander.

Er wusste, was zwischen Männern und Frauen vorging – sein Volk war recht offen gewesen, was das anging, und er hatte, als er noch ein Kind gewesen war, viele Frauen am Badeteich nackt gesehen –, aber nun so nah bei einer jungen Frau zu sein, machte ihn unruhig. Diese Leute waren keine Orosini, sie waren Fremde, obwohl er nach weiterem Nachdenken schnell zu dem Schluss kam, dass *er* derjenige war, der hier fremd war. Er kannte die hiesigen Bräuche nicht, aber die Leute schienen in körperlichen Dingen sehr freigiebig zu sein, bevor sie sich einander verpflichteten. Vielleicht gab es hier ja keine Ehen wie bei den Orosini.

Kendrick hatte, soweit Talon wusste, keine Frau. Leo war mit der rundlichen Martha verheiratet, die sich um das Backen kümmerte, aber die beiden stammten auch aus einem weit entfernten Ort namens Ylith. Vielleicht lebten Männer und Frauen hier in Latagore ja getrennt voneinander und trafen sich nur … Er schüttelte innerlich den Kopf, als sie das Tor zum Hof erreicht hatten. Er wusste nicht, was er denken sollte. Er beschloss, darüber mit Robert zu sprechen, sobald sich eine Gelegenheit ergab.

Er bemerkte, dass Meggie auf der Veranda stand und auf ihn wartete. »Füll die Fässer!«, wies sie ihn an.

Leise sagte er: »Ich weiß, was zu tun ist.«

»Tatsächlich?«, entgegnete sie zu seiner Verwirrung.

Als sie sich umdrehte, um ihm die Tür aufzuhalten, zögerte er, dann ging er an ihr vorbei. Als sie die Tür hinter ihm schloss, stellte er die großen Wassereimer ab und sagte: »Meggie?«

»Was ist?«, fragte sie und wandte sich ihm mit nicht sonderlich freundlicher Miene zu.

»Warum kannst du mich nicht leiden?«

Die Offenheit der Frage schien sie zu verblüffen. Sie blieb einen Moment sprachlos stehen, dann rauschte sie an ihm vorbei, aber ihre Stimme klang eher sanft, als sie erwiderte: »Wer behauptet denn, dass ich dich nicht leiden kann?«

Bevor er noch etwas sagen konnte, hatte sie die Küche schon verlassen.

Talon griff wieder nach den Eimern und trug sie zu den Wasserfässern. Er verstand diese Leute wirklich nicht.

Nach dem Essen machte sich Talon auf, um mit Robert zu sprechen, der in einem Zimmer an der Rückseite des Gasthauses wohnte. Er wusste, dass er diesem Mann gegenüber eine Lebensschuld hatte. Er wusste, wenn man ihn nicht aus dieser Schuld entließ, würde er Robert de Lyes für den Rest seines Lebens dienen müssen – oder bis er Robert seinerseits das Leben retten konnte. Aber er wusste immer noch nicht, welche Pläne Robert mit ihm hatte. Er war lange Zeit von der Trauer um seine Familie und sein Volk wie betäubt und dann von der Veränderung seines Lebens seit Mittsommer überwältigt gewesen, aber nun, da es auf den Winter zuging, dachte er mehr über seine Zukunft nach und fragte sich, worin wohl sein Schicksal bestehen würde, wenn es Frühling und dann wieder Sommer wurde.

Er zögerte vor der Tür; er hatte sich noch nie auf diese Weise an Robert gewandt und wusste nicht einmal, ob das erlaubt war.

Er holte tief Luft, dann klopfte er leise.

»Herein.«

Langsam öffnete er die Tür und streckte den Kopf hinein. »Könnte ich vielleicht mit Euch sprechen?«

Roberts Zimmer enthielt nur vier Möbelstücke: ein Bett, eine Truhe für die Kleidung, einen kleinen Tisch und einen Hocker. Auf dem saß er vor dem Tisch und betrachtete etwas, das für Talon aussah wie mehrere Pergamente, die man zusammengebunden hatte. Daneben stand eine Kerze, die den Raum schwach erhellte. Ein Wasserbecken und ein Krug wiesen darauf hin, wozu der Tisch diente, wenn Robert ihn nicht für seine Arbeit brauchte.

»Komm herein und mach die Tür zu.«

Das tat Talon, und dann stand er verlegen vor Robert. »Ist es gestattet?«, fragte er schließlich.

»Ist was gestattet?«

»Dass ich Euch eine Frage stelle.«

Robert lächelte. »Na endlich! Es ist nicht nur gestattet, ich freue mich sogar darüber. Um was geht es?«

»Um vieles, Herr.«

Robert zog die Brauen hoch. »Herr?«

»Ich weiß nicht, wie ich Euch sonst ansprechen soll, und alle sagen, Ihr wärt mein Herr.«

Robert deutete aufs Bett. »Setz dich.«

Talon tat wie ihm geheißen.

»Also gut. Es mag angemessen sein, mich mit ›Herr‹ anzusprechen, wenn andere anwesend sind, aber wenn wir allein sind oder nur Pasko dabei ist, kannst du mich einfach Robert nennen. Verstanden?«

»Ich verstehe, dass ich das tun soll. Ich verstehe allerdings nicht, warum.«

Robert lächelte. »Dein Geist ist ebenso scharf wie dein Blick, Talon Silberfalke. Nun, was bringt dich zu mir?«

Talon sammelte sich und ließ sich einen Moment Zeit, um seine Worte abzuwägen. Dann fragte er: »Worin bestehen Eure Pläne für mich?«

»Das macht dir Sorgen?«

Talon senkte einen Moment den Blick, dann erinnerte er sich an die Worte seines Vaters, dass er einem anderen Mann immer direkt in die Augen sehen und sich einem Problem stellen sollte. »Ja, das macht mir Sorgen.«

»Und dennoch hast du monatelang gewartet, bis du gefragt hast.«

Wieder schwieg Talon, dann sagte er: »Es gab vieles, worüber ich nachdenken musste. Mein Volk gibt es nicht mehr. Alles, was ich kannte, ist fort. Ich weiß nicht mehr, wer ich bin.«

Robert lehnte sich zurück, trommelte leise mit den Fingern auf die Tischplatte, und nach einer Weile sagte er: »Weißt du, was das hier ist?« Er berührte den großen gebundenen Pergamentstapel.

»Ich denke, es ist etwas, das jemand geschrieben hat.«

»Das hier nennt man ein Buch. Darin befindet sich Wissen. Es gibt viele Bücher mit vielen unterschiedlichen Arten von Wissen, ebenso wie sich die Menschen voneinander unterscheiden. Einige führen ein Leben, in dem sie nicht viele Entscheidungen fällen müssen. Sie werden an einem bestimmten Ort geboren, wachsen dort auf, heiraten und zeugen Kinder, werden alt und sterben, alles am selben Ort. So hätte auch dein Leben verlaufen sollen, nicht wahr?«

Talon nickte.

»Andere werden vom Schicksal in die Welt hinausgetrieben und müssen sich ihr eigenes Leben schaffen. So ist es jetzt auch für dich.«

»Aber ich stehe in Eurer Schuld.«

»Und du wirst diese Schuld begleichen. Und dann?«

»Ich weiß es nicht.«

»Dann haben wir ein gemeinsames Ziel, nämlich zu entdecken, wie du mir am besten dienen kannst, und dabei werden wir auch herausfinden, worin dein Schicksal besteht.«

»Das verstehe ich nicht.«

Robert lächelte. »Das ist auch noch nicht notwendig. Du wirst es mit der Zeit verstehen. Und jetzt will ich dir ein paar Dinge sagen, die du wissen solltest. Du wirst das nächste Jahr hier bei Kendrick verbringen. Du wirst viele unterschiedliche Pflichten haben, zum Beispiel die Arbeit in der

Küche, die du schon kennst, aber du wirst auch im Stall eingesetzt werden und überall sonst, wo Kendrick dich hinschicken will. Du wirst auch hin und wieder Caleb oder Magnus dienen, wenn sie dich brauchen, während sie hier wohnen. Und von Zeit zu Zeit wirst du mit mir auf Reisen gehen.« Er drehte sich um und legte die Hand noch einmal auf das Buch. »Und morgen fangen wir damit an, dir das Lesen beizubringen.«

»Lesen, Robert?«

»Du bist ein kluger Junge, Talon Silberfalke, aber ziemlich ungebildet. Dein Volk hat dir beigebracht, wie man ein guter, echter Mann der Orosini ist. Nun müssen wir dich andere Dinge lehren.«

»Ich verstehe es immer noch nicht, Robert.«

Robert bedeutete Talon mit einer Geste aufzustehen. »Geh und schlafe. Du wirst es im Lauf der Zeit schon verstehen. Ich spüre in dir große Begabung, Talon. Es könnte sein, dass ich mich irre, aber wenn du diese Begabung nicht nutzt, dann wird es nicht daran liegen, dass wir uns beide nicht genug angestrengt hätten.«

Talon, der nicht mehr wusste, was er sagen sollte, nickte nur, drehte sich um und ging. Vor Roberts Tür blieb er noch einmal stehen und dachte: Begabung? Aber wozu?

Talon wartete, das Schwert bereit. Magnus stand nicht weit von ihm entfernt und beobachtete ihn. Der Junge war bereits schweißgebadet und hatte von den Schlägen, die er schon hatte einstecken müssen, mehrere rote Striemen auf Schultern und Rücken.

Kendrick stand vor ihm, ein hölzernes Übungsschwert in der Hand, und bedeutete dem Jungen, noch einmal anzugreifen. Er hatte Talon gestattet, eine echte Klinge zu benutzen, und behauptet, wenn der Junge ihn verletzen könne, hätte er es verdient zu bluten, doch bisher hatte er sich Talon tatsächlich erfolgreich vom Leib gehalten. Aber Talon war schnell und lernte rasch, und er wurde Kendrick immer gefährlicher.

Magnus hatte während der Übungen kein Wort gesagt, aber er beobachtete jede Bewegung genau.

Talon griff an und hielt sein Schwert diesmal zurück, als wollte er von oben nach unten zuschlagen. Plötzlich drehte er sich von Kendricks rechter Seite – der Schwertseite – weg und schlug seitlich nach unten, ein tückischer Angriff gegen Kendricks ungeschützte linke Seite. Kendrick erkannte die Bewegung erst im letzten Augenblick und konnte den Schlag kaum mehr abwehren, und plötzlich sprang Talon zurück und führte einen Rückhandschlag nach Kendricks rechter Seite, die nun ungeschützt war, da er sich für die Abwehr übermäßig weit gestreckt hatte.

Mit einem satten Klatschen landete die flache Seite von Talons Klinge auf dem Hinterteil des Wirts, der vor Schmerz ächzte und »Schluss!« schrie.

Talon atmete schwer, während ihn der Wirt forschend betrachtete. »Wer hat dir diese Bewegung beigebracht, Junge?«

»Niemand, Herr. Sie ist mir einfach eingefallen.«

Der Wirt griff nach hinten und rieb sich die Stelle, wo Talon ihn getroffen hatte. »Ein guter Versuch und erheblich besser, als die meisten Schwertkämpfer es können. Und du hast es gleich beim ersten Mal geschafft.«

Talon wusste nicht, was er sagen sollte. Er war sich nicht sicher, ob er gerade gelobt worden war. Er sprach Roldemisch nun beinahe fließend, aber einige Nuancen und Ausdrücke begriff er immer noch nicht.

Kendrick reichte Talon seine Übungsklinge und sagte: »Für heute sind wir fertig. Bring das hier weg, und dann sieh nach, was Leo in der Küche für dich zu tun hat.«

Talon wischte sich mit dem Ärmel die Stirn ab, griff nach der Waffe und eilte zur Küche.

Als er außer Hörweite war, sagte Magnus: »Nun, was hältst du von ihm?«

»Er bewegt sich wie eine Katze«, sagte Kendrick. »Ich hätte einen Beutel Gold darauf gesetzt, dass er mich nicht berühren kann, zumindest nicht in den ersten zwei, drei Unterrichtsstunden. Zuerst konnte ich mit ihm machen, was ich wollte. Dann hat er angefangen, meine Angriffe vorwegzunehmen, zunächst als instinktive Verteidigung, weil er weiß, dass Überleben wichtiger ist als ein Sieg. Er ist ebenso klug wie schnell.«

»Wie gut kann er werden?«

Kendrick zuckte mit den Schultern. »Wenn du nur jemanden willst, der in einer Schlacht die Gegner niedermetzelt, ist er in einem Monat so weit, Mauern zu stürmen. Wenn du einen guten Schwertkämpfer willst, braucht er bessere Lehrer als mich.«

»Und wo werde ich die finden?«

»Lass ihn noch ein Jahr hier, dann ist er bereit für den

Hof der Meister in Roldem. Ein oder zwei Jahre dort, und er wird einer der besten Schwertkämpfer sein, die ich je gesehen habe.«

»So gut?«

Kendrick nickte. »Besser. Er könnte der beste werden, wenn ihm nicht auf dem Weg dorthin irgendetwas widerfährt.«

Magnus stützte sich auf seinen eisenbeschlagenen Stab und starrte in die Richtung, in die Talon verschwunden war, als hätte er immer noch das Bild des erschöpften Jungen vor Augen, wie er zur Küche eilte, vor Schweiß triefend, mit klatschnassem Haar, das ihm am Kopf klebte. »Widerfährt? Was sollte ihm widerfahren?«

»Saufen. Drogen. Glücksspiel. Frauen. Das Übliche.« Kendrick sah Magnus an. »Oder die Intrigen, die dein Vater für ihn bereithält.«

Magnus nickte. »Vater hat den Jungen Robert überlassen. Talon ist nicht Teil unserer Pläne ... Noch nicht, aber Vater hat Roberts Bericht über ihn gehört und hält ihn für ungemein nützlich.«

»Nützlich für wen?«, fragte Kendrick. »Komm, ich muss mich waschen. Der Junge hat mich mehr ins Schwitzen gebracht, als ich gedacht hätte.«

»Wenn Robert und Pasko ihn nicht gefunden hätten«, sagte Magnus, »wäre der Junge mit seinem Stamm gestorben. Robert ist der Ansicht, dass jede Minute von diesem Augenblick an geliehene Zeit ist. Der Junge hat eine zweite Chance erhalten.«

»Ja, aber wer wird diese Chance nutzen?«, fragte Kendrick. »Das ist wohl die Frage.«

»Wir werden alle auf die eine oder andere Weise benutzt. Glaubst du auch nur einen Augenblick, mein Leben hätte anders verlaufen können, als es verlaufen ist?«

»Nein, dein Schicksal war schon dadurch bestimmt, wer deine Eltern waren. Dein Bruder hatte mehr Möglichkeiten, sich zu entscheiden.«

»Nicht sonderlich viele«, widersprach Magnus. »Dennoch – Caleb ist zwar nicht magiebegabt, aber er hätte mehr als ein einfacher Soldat werden können.«

»Dein Bruder *ist* mehr als ein einfacher Soldat. Er wurde von den Elben zum Jäger ausgebildet, er beherrscht mehr Sprachen, als ich aufzählen kann, und er ist ein hervorragender Beobachter. Ich wünschte, ich hätte ihn damals an meiner Seite gehabt, als wir diese Rebellion in Bradys Enge niedergeschlagen haben; es war kein Vergnügen, die Gefangenen in der Verräterbucht zu verhören, das kann ich dir sagen. Caleb weiß, wenn man ihn belügt. Er sieht es den Leuten an.« Kendrick schüttelte den Kopf. »Nein, kein Mitglied deiner Familie hat irgendwelche Mängel. Und ich glaube, mit dem Jungen ist es ganz ähnlich. Ich glaube, er könnte vieles sein.« Er schlug Magnus freundschaftlich auf die Schulter. »Verdirb ihn bloß nicht, indem du versuchst, zu viel aus ihm zu machen, mein Freund.«

Magnus schwieg. Er blieb stehen, um Kendrick vorausgehen zu lassen, dann drehte er sich um und blickte zum Himmel empor, als versuchte er, dort etwas zu lesen. Er lauschte den Geräuschen des Waldes, dann tastete er mit seinen Sinnen. Alles war, wie es sein sollte.

Er drehte sich um und schaute zurück. Was hatte ihn da

für einen Augenblick so beunruhigt? Vielleicht war es Kendricks Warnung wegen des Jungen. Dennoch, eine Klinge könnte nicht geschmiedet werden, wenn man das Metall nicht erhitzte, und wenn eine Unreinheit im Stahl existierte, dann fand man sie zu diesem Zeitpunkt, in der Esse.

Und für den Krieg, der ihnen bevorstand, wenn der Plan seines Vaters keinen Erfolg hatte, wurde jede Klinge benötigt.

Talon stemmte den letzten Mehlsack auf den Stapel. Eine Wagenladung Lebensmittel war aus Latagore eingetroffen, und er hatte den ganzen Nachmittag damit zugebracht, alles abzuladen und in den Keller unter der Küche zu schaffen. Nun gab es hier nicht nur genug Mehl für den Winter, sondern auch noch Körbe mit Gemüse und Obst aus anderen Ländern, die mit geheimnisvollen Künsten konserviert wurden, die Talon nicht begriff. In der Küche hatte er jedoch gehört, dass solch magischer Schutz unglaublich teuer war und sich eigentlich nur die Adligen und Reichen so etwas leisten konnten.

Leo und Martha hatten diverse kleine Schachteln vom Wagen in die Küche gebracht, in denen sich Gewürze und Kräuter befanden, die für den Koch wertvoller waren als ihr Gewicht in Gold. All ihre Vorräte, die sie gelagert hatten, würden sie zusammen mit dem, was sie im Garten anbauten und im Herbst ernteten, und dem, was Talon und Caleb von der Jagd nach Hause brachten, gut über den Winter bringen und mit Nahrung versorgen, die erheblich besser war als alles, was der Junge gewohnt war.

»Talon!«, erklang Lelas Stimme von oben. Er eilte die breite Holztreppe hinauf und sah sie neben dem Wagen stehen und hingerissen zum Himmel aufblicken. »Sieh nur!«

Es schneite. Kleine Flocken wurden von einem sanften, aber hartnäckigen Wind umhergeweht und schmolzen, als sie den Boden erreichten.

»Das ist doch nur Schnee«, sagte Talon.

Lela verzog das Gesicht, und wie immer, wenn sie das tat, bekam Talon ein hohles Gefühl im Bauch. »Es ist wunderschön«, sagte sie. »Findest du es nicht schön?«

Talon beobachtete die Schneeflocken einen Augenblick, dann sagte er: »Ich habe noch nie auf diese Weise darüber nachgedacht. In meinem Dorf bedeutet Schnee Monate im Haus oder Jagen in brusthohen Schneeverwehungen.« Aus irgendeinem Grund bewirkte schon das Wort ›Brust‹, dass sein Blick zu Lelas üppigem Busen wanderte, woraufhin er schnell wieder wegschaute. »Nach der Jagd haben mir immer die Zehen wehgetan.«

»Oh«, sagte sie mit gespielter Entrüstung, »du hast einfach keinen Sinn für Schönheit! Ich komme aus einem Land, in dem es nie schneit. Es ist … wunderschön!«

Talon lächelte. »Wenn du meinst.« Er spähte in den Wagen und sah, dass er leer war. »Ich muss dem Kutscher sagen, dass ich fertig bin.« Er schloss die großen Holztüren zum Keller und ging dann zur Küchentür. Drinnen wurde ihm erst bewusst, wie kalt es draußen geworden war, denn die Küche kam ihm heiß und stickig vor.

Der Kutscher und sein Lehrling saßen an einem kleinen Tisch in der Küchenecke und aßen, was Martha ihnen vorgesetzt hatte. Sie blickten auf, als Talon auf sie zutrat. »Der Wagen ist abgeladen«, sagte er.

Der Kutscher, ein hagerer Mann, dessen Nase wie ein Raubvogelschnabel aussah, grinste, wobei sich zeigte, dass ihm die Schneidezähne fehlten. »Sei ein guter Junge und schirr die Pferde aus. Wir sind noch nicht fertig, und es wäre nicht gut, sie draußen in der Kälte zu lassen. Wir bleiben über Nacht und fahren morgen früh wieder zurück nach Norden.«

Talon nickte und wandte sich wieder der Tür zu. Lars wollte ihn zurückhalten. »Das brauchst du nicht. Es sind seine Pferde.«

Talon zuckte mit den Schultern. »Es macht mir nichts aus. Im Moment sind keine Gäste da, die uns Arbeit machen, und ob ich mich nun um die Pferde kümmere oder hier die Töpfe schrubbe, ist kein großer Unterschied.«

»Wie du willst«, sagte Lars und wandte sich wieder seinen eigenen Pflichten zu.

Talon ging nach draußen. In diesem kurzen Moment in der Küche war die Luft draußen unangenehm geworden. Er eilte zum Wagen und führte die Pferde zum Scheunentor. Er konnte inzwischen recht gut mit diesen störrischen Tieren umgehen. Seine wenigen Reitversuche waren alles andere als angenehm gewesen, aber er fand Stallarbeit einfach und überwiegend angenehm.

Der schwere Wagen war von vier Pferden gezogen worden, und es brauchte ein wenig Überredung, um die Tiere dazu zu bewegen, genügend weit zurückzugehen, dann schirrte Talon die Tiere rasch ab, brachte sie nach drinnen und in die Boxen und machte sich daran, sie zu striegeln. Dampf stieg von ihren Rücken auf, als Talon sie bürstete, denn es wurde draußen bitterkalt.

Nachdem er Futter und Wasser in die Boxen gebracht hatte, war klar, dass es draußen wirklich unangenehm werden würde. Talon kehrte in den Hof zurück und blickte zum Himmel auf. Die Sonne war beinahe untergegangen, aber er konnte sehen, dass die Wolken dunkler und dichter wurden und der Schnee beharrlicher. Wenn sich der Kutscher und sein Lehrling nicht schnell wieder auf den Rückweg nach Latagore machten, würden sie in den nächsten Tagen bis zu den Radnaben im Schnee stecken. Wenn sie Glück hatten. Wenn sich da ein größeres Unwetter zusammenbraute, war es gut möglich, dass sie den Winter über im Gasthaus eingeschneit blieben.

Das Abendessen verlief ereignislos. Nachdem die Küche in Ordnung gebracht und das Brot für den nächsten Morgen vorbereitet war, wollte sich Talon gerade in das Zimmer zurückziehen, das er mit Lars und Gibbs teilte, als Lela auf ihn zukam. »Geh noch nicht in dein Zimmer«, flüsterte sie. Sie legte ihm die Hand auf den Arm, führte ihn in den Flur zwischen Schankstube und Speiseraum und schob die Tür zur Schankstube ein wenig auf.

Gibbs saß dort vor der Feuerstelle und starrte in die niederbrennenden Flammen, während er sein Bier trank. Lela schloss die Tür, ein breites Lächeln auf den Lippen. »Lars braucht das Zimmer eine Weile.«

»Wozu?«, fragte Talon.

Sie riss die Augen auf und kicherte. »Wozu? Das weißt du nicht?«

Er sah sie mürrisch an. »Würde ich fragen, wenn ich es wüsste?«

Sie legte ihm spielerisch die Hand auf den Bauch und schubste ihn sanft. »Er ist dort mit Meggie zusammen.«

»Sie … wollen allein sein?«, fragte er.

»Selbstverständlich, du Dummkopf«, antwortete sie vergnügt.

»Bei meinem Volk ist das anders«, erklärte er. »Wir leben im Winter in Gemeinschaftsgebäuden, und es kommt häufig vor, dass ein Mann und eine Frau unter den Bärenfellen beisammenliegen. Alle anderen tun dann einfach so, als würden sie es nicht bemerken.«

»Hier bemerken wir es«, erwiderte sie. Sie sah ihn mit glitzernden Augen an und sagte: »Das scheint dich nervös zu machen. Was ist denn?«

Talon musste wieder an Meggies schiefes Grinsen und ihre leicht nach oben gebogene Nase denken und daran, wie sich ihre schlanken Hüften bewegten, wenn sie ging. »Ich weiß es nicht.«

Plötzlich wurden Lelas Augen groß. »Du bist eifersüchtig!«

»Ich kenne dieses Wort nicht.«

»Du willst Meggie für dich!«, stellte sie mit einem vergnügten Lachen fest.

Talon wurde rot, und er wäre am liebsten ganz woanders gewesen. »Ich weiß nicht, wovon du redest«, stotterte er.

Lela bedachte ihn mit einem langen, abschätzenden Blick. Dann sagte sie: »Du bist zu einem recht gut aussehenden jungen Mann herangewachsen, Talon.« Sie legte die Arme um seine Taille und schmiegte sich an ihn, ihr Gesicht direkt vor seinem. »Warst du schon einmal mit einer Frau zusammen?«

Talon spürte, wie sein Herz zu rasen begann, und er war vollkommen sprachlos. Schließlich schüttelte er den Kopf.

Lela lachte und löste sich wieder von ihm. »Du bist so ein Junge!«

Plötzlich wurde Talon zornig. Aus irgendeinem Grund ärgerte ihn diese Bemerkung, und er hätte beinahe geschrien, als er entgegnete: »Nein, ich bin ein Mann! Ich habe meine Namenssuche hinter mir und …« Er hielt inne. »Ich hätte auch meine Tätowierung erhalten, wäre mein Volk nicht niedergemetzelt worden.«

Lelas Miene wurde sofort freundlicher, und sie kam wieder auf ihn zu. »Das tut mir leid. Das hatte ich vergessen.«

Sein Zorn verschwand, als sie sich wieder an ihn schmiegte und ihn küsste. Ihre weichen, warmen Lippen bewirkten Regungen, die ihn beinahe überwältigten. Er packte sie und zog sie an sich, was einen leisen Protestschrei hervorrief. Sie schob ihn ein wenig zurück und sagte: »Nicht so fest!«

Talon blinzelte verwirrt. In ihm überschlugen sich Gefühle, die er nicht benennen konnte; er wollte Lela unbedingt wieder umarmen.

Sie grinste. »Du hast also keine Ahnung von dem Spiel zwischen Frauen und Männern?«

»Spiel?«

Sie nahm ihn an der Hand. »Ich habe die Spiele gesehen, die Robert und Magnus dir beigebracht haben. Ich glaube, es ist jetzt an der Zeit, dich das beste Spiel von allen zu lehren.«

Nervös und vor Aufregung abermals errötend, klammerte sich Talon an Lelas Hand, als sie ihn durch den Schankraum zur Treppe führte.

Gibbs, der beobachtet hatte, was geschah, grinste und hob seinen Bierkrug zum Gruß. Als Lela und Talon die Treppe zu den leeren Gästezimmern hinaufstiegen, sagte er: »Wir brauchen noch ein Mädchen, das hier arbeitet, anders geht es nicht.«

Da er keinen anderen Trost fand, entschloss er sich, wenigstens noch ein Bier zu trinken, bevor er sich einen Schlafplatz suchte.

Die Reise

Talon nieste.

»Zu viel Pfeffer«, sagte Leo.

Talon wischte sich mit dem Schürzensaum die Tränen weg und nickte. Er hatte nun ein Jahr in der Küche gearbeitet, und in den letzten vier Monaten hatte er angefangen, sich dort zu Hause zu fühlen. Er arbeitete immer noch überall dort, wo Kendrick ihn brauchte, aber in der letzten Zeit hatte er am häufigsten mit dem Koch zusammengearbeitet.

Vor vier Monaten war Leo eines Tages hereinspaziert, hatte Talon zu sich gewinkt und ihm gezeigt, wie man die Formen für Pasteten vorbereitete, eine einfache Aufgabe, für die man Talg und Weizenmehl brauchte. Von da war es weitergegangen zum Waschen von Obst und Gemüse. Dann hatte er sich zu einfachen Gerichten hochgearbeitet. In den letzten Wochen hatte Talon die Grundbegriffe des Backens und Bratens gelernt und erfuhr nun, wie man Soßen zubereitete.

Er lächelte.

»Was ist so komisch, junger Mann?«, fragte Leo.

»Ich dachte nur gerade, dass die Vorbereitung eines guten Essens doch viel mehr erfordert, als ich als Junge gedacht habe. Mein Vater und die anderen Männer unseres Dorfes saßen für gewöhnlich um einen großen Spieß, an dem ein Stück Wild gebraten wurde, unterhielten sich über die Jagd, über die Ernte oder darüber, wessen Sohn der schnellste Läufer ist, und die Frauen backten Brot und kochten Eintöpfe. Meine Mutter hätte über die Gewürze in deinem Schrank nur gestaunt, Leo.«

»Auch einfache Gerichte können eine Herausforderung sein, Talon. Ein Rinderbraten am Spieß muss im richtigen Augenblick mit Salz und Pfeffer gewürzt und dann direkt vor dem Auftragen noch mit einem Hauch Knoblauch verfeinert werden.«

Talon grinste. »Meine Mutter hätte das mit dem Auftragen nicht verstanden.«

»Du hast bisher nur einen Bruchteil kennengelernt, Junge«, sagte Leo. »Was wir hier machen, ist an diese einfachen Leute ziemlich verschwendet, und die Lords und Ladys, die auf ihren Reisen hier Halt machen, halten unser Essen für ländlich schlicht, weil sie es mit dem vergleichen, was sie in den großen Städten vorgesetzt bekommen. Die adligen Tafeln von Rillanon und Roldem biegen sich jeden Abend unter den Ergebnissen der Anstrengung eines Dutzends von Köchen und von Hunderten von Küchenwelpen, wie du einer bist. Auf jedem Teller befindet sich nur eine kleine Portion eines Gerichts, ein winziger Anteil. Das ist eine Kunst, Junge.«

»Wie du meinst, Leo. Obwohl ich nicht sicher bin, ob ich verstehe, was du mit ›Kunst‹ sagen willst. In meiner Sprache gibt es kein solches Wort.«

Leo hielt beim Rühren der Soße, die er gerade einkochte, inne. »Nein?«

Talon beherrschte Roldemisch inzwischen fließend und musste nur noch hin und wieder bei der Aussprache korrigiert und in seiner Freude an Flüchen ein wenig gebremst werden, die Leo amüsierte, Robert verwirrte und Martha erzürnte. Es fiel den Orosini nicht schwer, über Sex und andere natürliche körperliche Dinge zu reden, und Talon fand es seltsam erheiternd, dass alles, was mit Ausscheidungsprozessen oder mit Beischlaf zusammenhing, von der roldemischen Gesellschaft für unsittlich gehalten wurde.

»Nein«, sagte Talon. »Am nächsten käme diesem Begriff in der Orosini-Sprache wahrscheinlich so etwas wie ›anmutig‹ oder ›schön‹, aber die Vorstellung, etwas nur um seiner selbst willen zu tun ist … nichts, womit ich aufgewachsen bin.« Talon kam in diesem letzten Jahr ein wenig besser damit zurecht, dass sein Volk ausgelöscht worden war. Es tat nicht mehr so schrecklich weh, sondern war zu einer finsteren Erinnerung geworden, die ihn hin und wieder heimsuchte. Die quälende Verzweiflung war verschwunden, jedenfalls meistens. Das lag zum Teil daran, dass er so viel Neues gelernt hatte, und zum Teil lag es an Lela.

»Na dann«, sagte Leo. »Du lernst jeden Tag mehr.«

Talon stimmte zu. »Es gibt allerdings«, er korrigierte sich, »nein, es *gab* ein paar Dinge, die die Frauen hergestellt haben, die man als Kunst bezeichnen könnte. Meine Großmutter hat gemusterte Decken genäht, die alle im Dorf begeistert haben. Unser Schamane und seine Schüler haben … ihr habt kein Wort dafür, es waren Gebetskreise mit Mustern aus gefärbtem Sand. Sie haben manchmal tagelang gebetet und rezitiert, während sie daran in einem besonderen Zelt arbeiteten, das ausschließlich zu diesem Zweck aufgestellt wurde. Wenn sie fertig waren, hat sich das ganze Dorf versammelt, um das Ergebnis zu sehen und zu singen, während der Wind die Gebete zu den Göttern trug. Diese Sandkreise waren … ja, sie waren sehr schön.« Talon hielt inne. »Die Gemälde, die Kendrick im Speisesaal aufgehängt hat …«

»Ja?«, fragte Leo.

»Ich wünschte, ein paar Decken meiner Großmutter und die Gebetskreise aus Sand hätten auch auf solche Weise aufbewahrt werden können, an einer Wand aufgehängt, damit die Leute sie sehen können. Sie waren schön.«

»Ein Auge für Schönheit, junger Talon«, erklärte Leo, »ist eine ganz besondere Begabung.«

In diesem Augenblick kam Lela herein.

»Da wir gerade von Schönheit sprechen …«, murmelte Leo grinsend.

Talon schaute das Mädchen an und lächelte. Bei seinem Volk hatte man in Gegenwart von Fremden keine Gefühle gezeigt, aber er betrachtete das Küchenpersonal inzwischen als seine Familie, und alle wussten von seiner Beziehung zu Lela. Er hatte im vergangenen Jahr fast jede Nacht in ihrem Bett verbracht. Immerhin war er beinahe sechzehn und nach den Maßstäben seines Volkes ein Mann. Hätte dieser Angriff auf sein Dorf nicht stattgefunden, wäre er nun verheiratet und vermutlich Vater gewesen.

Lela erwiderte sein Lächeln.

»Welchem Umstand verdanken wir dieses Vergnügen?«, fragte Leo. »Bist du fertig mit Waschen?«

»Ja«, erwiderte sie schnippisch. »Meggie und Martha falten die letzte Bettwäsche, und ich bin hergekommen, um zu sehen, was hier zu tun ist.«

»Aber selbstverständlich«, sagte der Koch leise lachend. Er schob Talon sanft beiseite, tauchte einen Löffel in die Soße, die der junge Mann zubereitet hatte, und probierte sie.

Er starrte einen Augenblick nachdenklich ins Leere, dann sagte er: »Schlicht, aber ... langweilig.«

Seine Finger tänzelten über die kleinen Tiegel mit den Gewürzen, dann fügten er der Soße eine Prise hiervon und einen Spritzer davon hinzu. »Diese Soße hier ist für Huhn, Junge, ein langsam gebratenes Huhn, und das bedeutet, dass das Fleisch keinen so kräftigen Geschmack hat wie diese wunderbaren Rebhühner und Truthähne, die du von der Jagd heimbringst. Die brauchen nur eine einfache Soße, die den Geschmack des Vogels hervorhebt. Diese Soße hier soll dem Huhn Geschmack *verleihen*. Hier!« Er hob den Löffel an Talons Lippen. »Probiere!«

Talon tat es und nickte. Das war genau die Soße, die er hatte zubereiten wollen. »Du meinst also, ich hätte mehr Gewürze nehmen sollen?«

»Doppelt so viele, doppelt so viele.« Der Koch legte den Löffel hin und wischte sich die Hände an der Schürze ab. »Und jetzt sei ein guter Junge und hilf Lela beim Gemüseputzen.«

Talon nickte und ging zu dem großen Holzbecken, das sich an der hinteren Wand der Küche befand. Es hatte einen Abfluss, der durch die Wand führte, in eine Rinne überging, die am Fundament des Gebäudes entlang verlief, und dann in eine unterirdische Röhre und schließlich in die Sickergrube mündete, die Kendrick vor der Außenmauer des Hofs gegraben hatte.

Talon hob einen Eimer hoch und goss das kalte Wasser darin langsam aus, während Lela die frisch ausgegrabenen Möhren und Rüben wusch. Es war die erste Frühlingsernte, und der Gedanke an frisches Gemüse ließ Talon das Wasser im Mund zusammenlaufen.

»Wieso die Soße?«, fragte Lela. »Wir haben heute Abend keine Gäste.«

»Genau deshalb«, antwortete Talon. »Leo meint, da niemand hier ist, der sich über die Soße beschweren kann, darf ich mich daran versuchen.«

»Du machst offenbar Fortschritte«, stellte Lela fest. »Zumindest hat Leo diesmal das Ergebnis nicht quer durch die Küche geworfen.«

»Stimmt«, sagte Talon. »Ihr seid manchmal wirklich seltsam.«

»*Wir* sind seltsam?« Sie schnippte Wasser nach ihm, als er den Eimer absetzte. »Nach allem, was du über dein Volk erzählt hast, seid *ihr* die seltsamen Leute.«

Talons Züge verfinsterten sich. »Das ist wohl kaum noch relevant. Ich bin der Einzige, der noch übrig ist.«

Sie versuchte, sich das Grinsen zu verkneifen. »Oh, jetzt habe ich dich gekränkt.« Sie drückte ihm einen Kuss auf die Wange. »Ich werde es wiedergutmachen.«

Sofort wurde seine Stimmung wieder besser. »Und wie?«

Sie war schon wieder auf dem Weg nach draußen. »Wenn du das Becken für mich sauber machst und mich heute Abend in meinem Zimmer besuchst, werde ich es dir zeigen.«

Lars kam mit einem großen Rinderviertel herein. »Das hier ist das letzte Rindfleisch aus den Wintervorräten«, erklärte er. »Der Kühlraum ist leer.« Der Kühlraum befand sich unter der Erde. Der Boden war dort steif gefroren, wie alles andere im Winter, und alle Vorräte, die man hineintat, gefroren ebenso. Aber der Kühlraum hielt die Kälte auch noch weit in den Frühling hinein, und die Lebensmittel darin blieben gefroren, bis der Frühling vorbei und es längst Sommer war, und auch dann blieb es dort bis zum nächsten Schnee noch kalt.

»Wir müssen Vorräte aus Latagore holen«, sagte Leo. »Und wir brauchen auch Vieh.«

»Darf ich mitkommen?«, fragte Talon.

Leo kratzte sich am Kinn. »Das weiß ich nicht, Junge. Das muss Robert entscheiden. Ich würde mich über die Gesellschaft freuen, aber normalerweise bin ich mit Kendrick oder einem der Jungs unterwegs.«

Lars hängte das Rinderviertel an den Haken, holte ein großes Messer und fing an, das Fleisch zu zerschneiden. »Warum willst denn unbedingt mit, Talon?«

»Ich war noch nie in einer Stadt«, antwortete Talon. »Ich würde gern einmal eine sehen.«

»Na dann«, sagte Leo. »Ich werde Robert fragen, was er davon hält.«

Während Talon die Gemüseabfälle aus dem Becken fischte und sie schrubbte, dachte er darüber nach, was ihn mehr in gespannte Erwartung versetzte, der Gedanke an seinen Besuch bei Lela nach dem Abendessen oder dass er vielleicht bald eine Stadt sehen würde.

Nachdem sie den Hügel überquert hatten, erschien der See wie durch Zauberkraft vor ihnen.

Sie waren aus den höheren Gefilden des ausgedehnten Waldes von Latagore, der als der Große Wald bekannt war, in eine weite Hügellandschaft und durch ein halbes Dutzend kleiner Täler gekommen, bis sie eine tiefe Schlucht erreicht hatten, die ein kleiner, aber rasch dahinfließender Fluss in den Stein geschnitten hatte. Die Landschaft links von ihnen war von einer Steilwand aus Felsen verdeckt gewesen, an die sich ein paar störrische Büsche klammerten. Rechts war es steil bis zum Fluss weitergegangen, und in der Ferne war eine Spur von Blau zu sehen gewesen, von der Talon annahm, dass es sich dabei um den großen See von Latagore handelte.

Er war fasziniert von allem, was er sah, und schwieg zufrieden, während sie weiterfuhren – was eine gute Idee war, wenn man bedachte, dass Kendrick aus Gründen, die Talon unbekannt waren, ausgerechnet Caleb dazu verdonnert hatte, zum Markt zu fahren.

Talon hatte lange genug im Gasthaus gewohnt, um ein paar Dinge über die seltsamen Beziehungen zwischen jenen, die dort arbeiteten, und den anderen Bewohnern herauszufinden. Das Gasthaus gehörte Kendrick, und er betrieb es, daran bestand kein Zweifel. Robert verfügte über eine gewisse Autorität im Hinblick auf Kendrick, aber Talon war nicht sicher, worauf diese gründete. Manchmal verließen Robert und Pasko das Gasthaus für Wochen – einmal sogar für zwei Monate –, dann kehrten sie zurück und blieben eine Weile dort. Sie waren gerade zu einer weiteren dieser Reisen aufgebrochen und würden wohl auch noch nicht wieder da sein, wenn Talon zurückkam.

Talon hatte eine Weile versucht, die Beziehungen der Menschen im Gasthaus nach den Maßstäben seines eigenen Volkes zu verstehen, bis ihm klar geworden war, dass dies jegliches Verständnis nur erschwerte. Er wusste, dass Kendrick irgendwo einen Sohn hatte, den er nur selten erwähnte. Er wusste, dass Leo und Martha Mann und Frau waren, aber keine eigenen Kinder hatten. Er wusste auch, dass Lars und Meggie hin und wieder ein Paar waren, obwohl sie sich gerade wieder einmal in einer dieser Phasen befanden, in denen sie kaum miteinander sprachen. Und er wusste, dass alle ihn für Lelas Liebhaber hielten, aber er war selbst immer noch unsicher, was Lela wohl davon hielt. Er hatte auch viel über die Beziehungen zwischen den anderen Leuten des Gasthauses herausgefunden – jenen, die entweder im Haus selbst oder auf einem der nahe gelegenen Bauernhöfe wohnten, die ebenfalls Kendrick gehörten, und das Gasthaus mit Gemüse belieferten. Aber vieles davon kam ihm immer noch sehr fremd vor, und obwohl er mit dem Küchenpersonal vertrauter geworden war, fühlte er sich ohne die traditionellen Bindungen von Familie und Clan isoliert.

Er schob diese Gedanken beiseite, denn wenn er an seine Vergangenheit dachte, führte das nur dazu, dass er traurig wurde, und er wusste, er musste das Beste aus dem machen, was das Leben ihm bot.

Er sah, wie der See größer zu werden schien, als sie den Wald verließen. Und als sie über den weiteren Hügel kamen, konnte er die Stadt Latagore sehen.

Die Mittagssonne schuf scharfe Kontraste, Ecken und Kanten, Umrisse und Konturen. Talons Augen weigerten sich beinahe, das Durcheinander zu begreifen, aber dann ließ sich nach und nach so etwas wie Ordnung erkennen. *Kendricks Gasthaus* war das größte Gebäude gewesen, das er bisher gesehen hatte, und daher war er beinahe überwältigt von der schieren Größe der Stadt. Latagore lag am Ufer einer Bucht, die mehrere Meilen breit war, und von Weitem sah es so aus, als wäre die Stadt von einer riesigen Hand in eine Biegung der Küstenlinie gedrückt worden.

Caleb warf Talon einen Blick zu und sah, wie der Junge staunte. »Was siehst du da?«

Talon kannte diese Frage schon. Robert stellte ständig solche Fragen, ebenso wie Magnus, wenn er Talon unterrichtete. Es ging dabei nicht um Talons Eindrücke oder Gefühle, sondern um die Einzelheiten seiner Beobachtungen – um Fakten, wie Robert es nannte.

Talon begann sofort zu analysieren. »Die Stadt ist von einer Mauer umgeben, die sich bis ins Wasser erstreckt ... ich schätze, hundert Schritt oder weiter ins Wasser.« Er kniff die Augen zusammen. »In der Stadtmitte gibt es ein großes Gebäude, das hoch genug ist, um von dort aus meilenweit ins Land sehen zu können. Ich weiß nicht, wie man so etwas nennt.«

»Man nennt es eine Zitadelle. Dort befand sich einmal eine Burg, um diesen Teil des Ufers zu verteidigen. Die Stadt ist rings herum gewachsen.«

»Es gibt fünf große ... Dinger, die ins Wasser hineinragen.«

»Kais.«

Talon ließ den Blick wandern, denn er war verblüfft über die Größe des Sees. Das konnte doch sicher kein See sein; es musste sich um ein Meer handeln!

Calebs Stimme riss ihn aus seinen Gedanken. »Was noch?«

Talon begann, die Einzelheiten aufzulisten, die ihm durch seine beinahe übernatürliche Sehkraft deutlich wurden. Jedes Mal, wenn er etwas entdeckte, das er nicht kannte, beschrieb er es ausführlich. Caleb lieferte ihm das Wort, und sie machten weiter.

Als sie die Ebene erreichten, auf der die Stadt lag, konnte Talon nicht mehr so viel sehen und war gezwungen, sich auf seine Erinnerung zu verlassen. Als sie schließlich ein Gehölz erreichten, das jeden Blick zur Stadt abschnitt, sagte Caleb: »Das hast du gut gemacht. Ein paar Dinge sind dir entgangen, aber schließlich ist diese ganze Sache mit der Aufmerksamkeit dir ja auch noch neu.«

»Aufmerksamkeit für was?«, fragte Talon.

Caleb lächelte – was selten vorkam – und sagte: »Für alles. Du solltest auf alles achten.«

»Warum?«

Sie fuhren weiter, durch den Wald und an einer Wiese vorbei, während Talon immer noch auf seine Antwort wartete. Schließlich sagte Caleb: »Wenn du jagst, worauf achtest du dann?«

»Auf alles«, antwortete Talon. »Auf die Windrichtung, die Gerüche in der Luft, die Geräusche im Wald, auf Spuren …«

Caleb nickte. »Betrachte dich einfach als ständig auf der Jagd.«

»Immer?«, fragte Talon.

»Immer.«

»Warum?«

»Es wird dich am Leben erhalten«, erwiderte Caleb.

Sie fuhren etwa eine Stunde schweigend weiter, bis sie eine Kreuzung und ein Gasthaus erreichten. Es war kurz nach Mittag, und Caleb sagte: »Wir machen hier Rast und essen etwas. Dann werden wir bis zum Abend in der Stadt sein.«

Talon widersprach nicht. Sie waren zwei Tage unterwegs gewesen, und es hatte ihn zwar nicht gestört, unter dem Wagen zu schlafen, aber er freute sich auf eine warme Mahlzeit.

Das Gasthaus war klein und für jene gedacht, die entweder ein bisschen zu spät dran waren, um Latagore noch bei Tageslicht zu erreichen, oder die wie Caleb und Talon zum Mittagessen Rast machten. Das Schild über der Tür zeigte einen Mann mit einer Mistgabel in einer und einem großen Bierkrug in der anderen Hand. Die Farbe war verblasst, aber Talon konnte immer noch erkennen, dass der Mann entzückt lächelte.

»Was ist das hier für ein Ort?«, fragte er Caleb leise, als der Wagen rumpelnd zum Stehen kam.

»Es heißt *Das Gasthaus zum Fröhlichen Landmann*.«

Ein Junge, der den Wagen gehört hatte, kam aus dem Hof, und Caleb erklärte ihm, was er mit den beiden Pferden machen sollte. Da der Wagen leer war, waren die Pferde immer noch kräftig und brauchten nur Wasser und ein wenig Heu. Sie würden auf dem langen Rückweg mit dem beladenen Wagen hinauf in die Hügel erheblich mehr Ruhepausen und Getreide benötigen.

Caleb führte Talon ins Gasthaus und ging zu einem leeren Tisch in der Ecke. Er setzte seinen schwarzen Schlapphut ab und rückte das Schwert an seiner Seite zurecht, damit er sich bequem niederlassen konnte, dann bedeutete er Talon, sich ihm gegenüber hinzusetzen.

Eine freundliche Frau in mittleren Jahren kam an den Tisch und fragte, womit sie ihnen dienen könne. Caleb bestellte Essen und Bier für beide und lehnte sich zurück, um die anderen Gäste zu beobachten.

Es war ruhig in der Schankstube, denn nur vier weitere Gäste hielten sich hier auf. Zwei davon waren offensichtlich Händler, kräftige Männer in solider, gut gearbeiteter Reisekleidung. Die beiden anderen saßen am nächsten Tisch, steckten die Köpfe zusammen und unterhielten sich leise. Sie waren offenbar so etwas wie Krieger. Beide trugen schlichte Kleidung – Hemden, Hosen und Jacken –, doch keinerlei Schmuck. Ihre Stiefel und Waffen waren jedoch gut gepflegt, woraus Talon schloss, dass sie viel Zeit entweder mit Laufen oder mit Kämpfen verbrachten.

Die Frau brachte das Essen, und Talon und Caleb aßen schweigend. Die Mahlzeit war nicht so gut, wie sie es von *Kendricks Gasthaus* gewohnt waren, aber sie war sättigend, und dem jungen Mann schmeckte das Bier.

Bevor sie fertig waren, sah Talon alle vier Männer aufstehen und gemeinsam die Schankstube verlassen. Nachdem sie draußen waren, fragte Caleb: »Wofür hältst du die da?«

»Zwei Kaufleute auf dem Weg nach Latagore und zwei Wachen, die sie begleiten.«

»Nicht schlecht. Obwohl ich wetten möchte, dass da noch mehr im Gange war.«

»Wie meinst du das?«

»Es ist sicher nicht ungewöhnlich für Wachen, an einem eigenen Tisch zu essen und nicht zusammen mit ihren Arbeitgebern, wie es auch diese beiden getan haben. Doch sie unterhielten sich offenbar angeregt über etwas, was die Kaufleute nicht hören sollten. Sie haben während des ganzen Essens geredet.«

Talon zuckte mit den Schultern. »Ich bin nicht sicher, was das bedeuten soll«, erklärte er.

»Es bedeutet eigentlich nur, dass die Situation für die Wachen irgendwie ungewöhnlich war. Einer hat nicht mal sein Essen angerührt.« Caleb zeigte auf den Tisch, an dem die beiden Männer gesessen hatten, und Talon sah, dass ein Teller tatsächlich unberührt geblieben war.

Talon hatte in dem Jahr in *Kendricks Gasthaus* genügend Karawanenwachen und Söldner gesehen, um zu wissen, dass die meisten von ihnen alles verschlangen, was man ihnen vorsetzte, als würde das ihre letzte Mahlzeit sein. »Also gut, Caleb. Was glaubst du, das es bedeutet?«

»Es gab keinen Wagen im Hof hinter dem Gasthaus und auch nicht an den Seiten, aber vier Pferde, um die sich der Junge gekümmert hat.«

Talon dachte über das nach, was er gesehen hatte und was er über reisende Kaufleute wusste. »Das bedeutet also, dass diese beiden Kaufleute unterwegs waren, um in Latagore Waren zu erwerben.«

»Oder sie woandershin transportieren zu lassen, aber jedenfalls wollen sie in der Stadt nichts verkaufen, sondern kaufen.«

»Was bedeutet, dass sie Gold dabeihaben.«

»Mag sein, und wahrscheinlich denken sich das auch die beiden Söldner.«

Talon beeilte sich nun mit dem Essen.

»Was machst du da?«, fragte Caleb.

»Wir fahren ihnen doch schnell hinterher und helfen ihnen, oder?«

»Nein«, sagte Caleb. »Du wirst auf der Straße genug Ärger finden, ohne dich um die Problemen anderer Leute zu kümmern.«

»Aber diese beiden Wachen werden die Männer sicher töten«, entgegnete Talon, trank sein Bier aus und stand auf. »Wir können einen Mord verhindern.«

Caleb schüttelte den Kopf. »Wahrscheinlich werden sie den Kaufleuten das Geld und die Pferde abnehmen und sie zu Fuß nach Latagore gehen lassen. Bis sie die Stadt erreicht haben, sitzen die Söldner schon in einem Boot zum anderen Ufer der Bucht oder sind auf dem Weg ins Gebirge oder nach Küstenwacht.«

»Oder sie schneiden den Kaufleuten die Kehlen durch und bleiben in Latagore. Der Nervöse könnte in Panik geraten und etwas Übereiltes tun.«

Caleb stand auf und winkte der Frau, die sie bedient hatte. »Sag dem Jungen, er soll unseren Wagen fertig machen.« Dann fügte er mit einem Blick auf Talon hinzu: »Wir werden die Pferde ordentlich scheuchen müssen, um sie noch einzuholen.«

»Das glaube ich nicht«, sagte Talon. »Die Söldner sahen nicht aus wie Leute, die schnell reiten wollen. Sie werden versuchen, die Kaufleute noch eine Weile zu täuschen, bevor sie sie angreifen. Du kennst diese Straße hier doch – was wäre der beste Ort für einen Mord?«

»Es gibt etwa fünf Meilen von hier eine Stelle, wo eine tiefe Schlucht dicht an die Straße grenzt. Wenn ich jemanden angreifen wollte, würde ich es dort tun, denn es wäre das Einfachste, die Leichen in die Schlucht zu werfen und dann schnell und unauffällig zur Straße zurückzukehren. Es könnte Monate dauern, bis irgendwer die Leichen findet, falls überhaupt.«

»Dann müssen wir uns also doch beeilen. Sie sind bestimmt schon eine Meile weit gekommen.«

Caleb bedachte Talon mit einem seltsamen Blick, dann sagte er: »Also los.«

Sie mussten ein paar Minuten warten, bis der Wagen gebracht wurde. Der Junge hatte die Pferde gestriegelt, während sie sich ausgeruht hatten, und Caleb gab ihm eine Kupfermünze für die zusätzliche Arbeit.

Er trieb die Pferde zu einem raschen Tempo an, was dazu führte, dass sie protestierend schnaubten. »Wenn du recht hast, werden wir die Kaufleute und Wachen gerade einholen, wenn sie die Schlucht erreichen.« Er warf einen Blick zu Talon und bemerkte, wie entschlossen der Junge dreinschaute. »Wieso ist es dir so wichtig, dich einzumischen, mein junger Freund?«

Talons Miene wurde finster. »Ich habe etwas gegen Mord.«

Caleb nickte. »Wenn du schon den Helden spielen willst, solltest du lieber bewaffnet sein.«

Talon nickte. Er drehte sich um und holte ein Schwert und einen Gürtel mit einem Messer hinter dem Kutschbock hervor. Bisher hatte er keinen Grund gesehen, sich zu bewaffnen.

Caleb trieb die Pferde weiter an, und nach ein paar Minuten des Schweigens fragte er: »Wie sind diese beiden Söldner bewaffnet?«

Ohne zu zögern, antwortete Talon: »Der Größere, der Ruhige, hatte ein Langschwert an der rechten Hüfte – er ist Linkshänder. Er hatte einen langen Dolch an der linken Hüfte, und ich habe am Rand seines rechten Stiefels den Griff eines Wurfmessers blitzen sehen. Der Nervöse hat ein Kurzschwert an der linken Hüfte und zwei Dolche rechts an seinem Gürtel. Er hat auch zwei Messer in diesem schwarzen ärmellosen Wams und außerdem eine kleine Klinge im Band seines Huts, auf der Seite mit der schwarzen Krähenfeder.«

Caleb lachte – das war sogar noch seltener als sein Lächeln. »Das ist mir entgangen. Du hast bei Kendrick wirklich viel gelernt. Dir ist nur die Klinge hinter der Gürtelschnalle des nervösen Mannes entgangen, und auch mir ist sie nur aufgefallen, weil ich mich gefragt habe, wieso er beim Aufstehen so vorsichtig war und einen Augenblick den Daumen dahintergeschoben hat, als wollte er vermeiden, sich zu schneiden.«

»Klingt nach einem schlechten Platz für eine Klinge.«

»Wenn man es gut macht, ist es eigentlich ein guter Platz. Wenn nicht …« Caleb zuckte mit den Schultern.

Sie kamen gut voran, während die Sonne weiter nach Westen zog. Als sie eine Hügelkuppe erreichten, sagte Caleb: »Da.«

In der Ferne konnte Talon sehen, wie sich die Straße nach links einen Hügel hinaufzog und dann nach einer Rechtskurve aus dem Blickfeld verschwand. Die Stadt war in der Ferne gut auszumachen – wenn alles so liefe wie geplant, würden sie sie problemlos einige Zeit vor Einbruch der Dunkelheit erreichen.

Am anderen Ende der Straße sah Talon, dass sich etwas bewegte. »Vier Reiter.«

Caleb schnalzte mit den Zügeln und trieb die Pferde zu einem schnelleren Trab an. »Sie werden die Schlucht eher erreichen, als ich dachte!«

Der Wagen fuhr nun noch schneller, und Talon klammerte sich mit beiden Händen an den Bock, als die starren Achsen jede Unebenheit der Straße direkt an seinen Rücken weitergaben. Dieser Wagen war für schwere Lasten gebaut, nicht zur Bequemlichkeit derer, die damit fuhren.

Das Geräusch des Wagens, der die Straße entlangrumpelte, hätte den Reitern auffallen sollen, aber als Talon und Caleb näher kamen, sahen sie, dass die vier Männer einander gegenüberstanden und sich die beiden Kaufleute mit den Wachen stritten. Der Söldner, den Talon als »den Nervösen« bezeichnet hatte, zog gerade sein Schwert, als sein Kumpan sich umdrehte und den Wagen entdeckte. Er rief etwas, und der erste Mann drehte sich ebenfalls um, um zu sehen, was los war.

Die beiden Kaufleute wendeten ihre Pferde und versuchten davonzureiten, was bewirkte, dass sich der nervöse Söldner gegen den Kaufmann wandte, der ihm am nächsten war, und ihn an der linken Schulter verletzte. Der Mann schrie auf und fiel vom Pferd.

Caleb lenkte die nun galoppierenden Pferde nach links und an den dreien vorbei. Der Kaufmann, der vom Pferd gefallen war, kroch rückwärts von den beiden Reitern weg. Der andere raste die Straße entlang, mit fuchtelnden Armen, als versuche er, vom Rücken seines Pferdes wegzuflattern.

Talon stand auf, warf sich vom Wagen aus auf den nervösen Söldner und riss ihn vom Pferd. Caleb tat sein Bestes, den Wagen vor einem Überschlag zu bewahren. Der andere Söldner hatte die Situation schnell eingeschätzt und spornte sein Tier zu einem Galopp die Straße entlang an, zurück dorthin, wo sie hergekommen waren.

Talon war auf dem Nervösen gelandet, der ächzte, weil ihm die Luft aus der Lunge gedrückt worden war, und dann um sich schlug, als Talon von ihm herunterrollte. Talon kam auf die Beine, das Schwert in der Hand, und erwartete, dass der Mann ebenfalls aufstehen würde.

Stattdessen blieb der Söldner am Boden liegen und hielt sich den Bauch. Blut lief zwischen seinen Fingern hindurch, und er blickte zu Talon auf. »Schau, was du mir angetan hast. Du hast mich umgebracht!«

Talon behielt das Schwert in der Hand, als er sich neben den Mann kniete. »Die Klinge hinter dem Gürtel?«, fragte er.

»Das verdammte Ding war nie zu irgendwas gut«, sagte der Verletzte. »Und jetzt blute ich wie ein Schwein.«

Caleb hatte den Wagen gewendet und war zurück zu der Stelle gefahren, wo Talon und die beiden anderen Männer warteten. Talon schob die Hände des Verwundeten zur Seite und löste die Schnalle. Er zog die Klinge heraus, ein drei Zoll langes Stück scharfen Stahls mit einem T-förmigen Griff; sie sollte eigentlich aus der Schnalle und zwischen die beiden mittleren Finger der Hand rutschen, der Griff gegen die Handfläche gestützt. Dann wäre sie eine gefährliche Stichwaffe gewesen.

Caleb fragte den Kaufmann: »Seid Ihr schwer verletzt?«

Der Mann drückte die Hand auf seine blutende Schulter. »Ich lebe noch, und das habe ich nicht diesem Schurken da zu verdanken.« Er war ein untersetzter Mann mit schütterem grauem Haar, das einen Kranz um seinen Hinterkopf bildete. Seine Augen waren dunkel, und am Kinn trug er einen kurzen Bart.

Caleb stieg vom Wagen und stellte sich neben Talon. Er blickte zu dem Söldner hinab, der am Boden lag, sah das Messer und die Wunde und sagte: »Du wirst noch lang genug leben, dass sie dich hängen können. Die Klinge ist nicht allzu tief eingedrungen.«

Er nahm Talon das Messer ab, schnitt ein Stück Tuch aus dem Hemd des Söldners und knäulte es zusammen. »Drück das fest gegen die Wunde, mit beiden Händen.« Zu Talon sagte er: »Hilf mir, ihn auf den Wagen zu laden.«

Zusammen hoben sie den verwundeten Möchtegernräuber auf den Wagen. Dann sah sich Caleb die Schulter des Kaufmanns an. Nach einem Augenblick sagte er: »Das wird schon wieder.«

»Warum helft Ihr mir?«, fragte der Mann. »Ich bedanke mich herzlich für die Rettung, aber warum tut Ihr das?«

Caleb nickte in Richtung Talon, der hinten im Wagen neben dem Verwundeten hockte. »Ich fürchte, mein junger Freund hier verfügt über so etwas wie Anstand. Sieht aus, als hätte er etwas gegen Mord.«

»Dann danke ich den Göttern, dass Ihr beide vorbeigekommen seid.«

»Fahren wir weiter nach Latagore«, sagte Caleb. »Ihr könnt neben mir auf dem Bock sitzen.«

»Ich bin übrigens Dustin Webanks, Kaufmann aus Olasko. Ich war mit meinem Partner auf dem Weg nach Latagore, um dort Holz zu kaufen.«

»Und diese beiden Söldner haben versucht, Euch Euer Gold abzunehmen.«

»Dummerweise, ja. Dabei haben wir überhaupt kein Gold, sondern nur Kreditbriefe des herzoglichen Finanzverwalters in Opardum, um unsere Geschäfte zu tätigen.«

»Ihr vertretet also den Herzog?«

Der Kaufmann stieg vorsichtig auf den Wagen und sagte: »Ja. Herzog Kaspar baut ein neues Jagdhaus, und er möchte ein paar Holzschnitzereien kopieren lassen, die er anderswo gesehen hat. Dafür braucht es ein bestimmtes Holz, das anscheinend nur hier oben in Latagore wächst. Deshalb waren wir unterwegs.«

Caleb zuckte mit den Schultern, als interessiere ihn das alles nicht. »Ich nehme an, Euer Freund wird die Stadtwache schicken, um Euch zu helfen.«

»Sehr wahrscheinlich«, meinte Dustin.

»Dann können sie uns in die Stadt begleiten.«

Danach schwiegen sie alle und dachten über die Ereignisse der letzten Minuten nach.

Talon schaute den Gefangenen an, der offenbar in finsteres Brüten darüber versunken war, wie sein Plan hatte schiefgehen können, und fragte sich, was den Mann auf die Idee gebracht hatte, den Kaufmann zu berauben. Dann kam er zu dem Schluss, dass es ihm besser dienen würde herauszufinden, was ihn selbst bewogen hatte, sich so übereilt zu entschließen, einem Fremden zu helfen.

Latagore

Talon machte große Augen.

Er hatte geschwiegen, als sie sich der Stadt näherten und schließlich eine Stunde vor Einbruch der Nacht eines der westlichen Tore erreichten. Die Größe von Latagore hatte ihn, als sie näher gekommen waren, verblüfft, aber als sie die Außenbezirke der Stadt erreichten, war er vollkommen überwältigt.

Nichts in seinem bisherigen Leben hatte ihn auf den Anblick von so vielen Menschen vorbereitet, die so dicht beieinanderwohnten. Die Geschäftigkeit und der Lärm waren beinahe zu viel für ihn, doch dann begann er, alles in sich aufzusaugen.

Hausierer warteten nahe den Stadttoren und boten jedem in Reichweite ihre Waren an – kleine Schmuckstücke, Glücksbringer, Gegenstände, deren Zweck Talon nicht einmal erahnen konnte. Viele, die sich näherten, waren nichts weiter als zerlumpte Bettler, die alle, die ihnen etwas gaben, segneten und die anderen verfluchten.

Caleb warf dem sprachlosen Jungen einen Blick zu und sagte: »Mach lieber den Mund zu, bevor ein Vogel sein Nest drin baut.«

»So viele Leute«, murmelte Talon.

Dustin Webanks blickte den Jungen über die Schulter hinweg an. »Bist du nie zuvor in einer Stadt gewesen?«

»Nein, Herr.«

Selbst der Gefangene, der bisher mürrisch geschwiegen hatte, wenn man von dem einen oder andern gequälten Stöhnen absah, wenn der Wagen besonders heftig rumpelte, meldete sich jetzt zu Wort: »Das hier ist gar nichts, Junge. Wenn du je nach Opardum oder Kalesh'kaar kommst, werden dir die Augen aus dem Kopf fallen. Latagore ist kaum groß genug, um als Stadt durchzugehen. Eher ein zu groß geratenes Dorf.«

Caleb schnaubte. »Es ist groß genug, dass es dort Wachen und einen Strick gibt.« Zu Talon sagte er: »Das hier ist das richtige Tor, um bequem in die Stadt zu gelangen. Die meisten Ortsansässigen bevorzugen dieses Tor, denn die anderen werden von Reisenden und Karawanen benutzt, und es dauert dort viel länger, bis man durchkommt. Dieses Tor hier nennt man auch das Städtertor.«

»Wie viele Tore hat Latagore?«, fragte Talon, der an die einfache Palisade rings um sein Dorf dachte, die nur ein einziges Tor gehabt hatte.

»Ich glaube, diese Stadt hier hat … vierundzwanzig? Ja, vierundzwanzig Tore.«

Sie reihten sich hinter den anderen ein, die darauf warteten, noch vor Einbruch der Dunkelheit in die Stadt eingelassen zu werden, denn dann wurden die Tore geschlossen. Nur zwei Wagen und eine Gruppe von Reitern befanden sich vor ihnen, also hatten sie das eigentliche Tor bald erreicht.

»Ho, Roderick!«, rief Caleb und zügelte die Pferde.

»Caleb!«, erwiderte ein Soldat in der dunkelgrünen Uniform der Stadt. »Bist du zum Kaufen oder Verkaufen hier?«

»Kaufen«, sagte Caleb. »Wir haben keine Ladung.«

Der Soldat winkte sie herein.

»Kann ich bei dir einen Banditen loswerden?«, fragte Caleb.

Ein rasches Gespräch mit dem Soldaten führte dazu, dass man ihren Gefangenen wegbrachte. Auch Dustin Webanks verließ sie, um Anklage gegen den Banditen zu erheben, und versprach eine Belohnung, wenn sie am nächsten Tag zu ihm in den *Eiligen Lakaien* kamen.

Caleb fuhr den Wagen weiter durch die Stadt und zu einem Gasthaus, in dem Kendricks Leute immer übernachteten, wenn sie in der Stadt waren. Als es dunkel wurde, erreichten sie ein gepflegt wirkendes Gebäude mit einem großen Hof und Ställen. Das Schild zeigte einen Mann, der mit verbundenen Augen Bälle jonglierte. Ein junger Mann etwa im gleichen Alter wie Talon kam auf den Hof hinaus, als er den Wagen hörte.

»Hallo, Caleb!«, rief er, als er erkannte, wer den Wagen fuhr.

»Jacob«, erwiderte Caleb.

Der junge Mann war hager und schlaksig und hatte dunkelblondes Haar. Er trug ein schlichtes Baumwollhemd, eine lederne Hose und schwere Arbeitsstiefel.

Er nahm die Pferde und fragte: »Wer ist dein Freund?«

»Talon, das hier ist Jacob.«

Talon nickte und sprang vom Wagen.

»Vater wird froh sein, dich zu sehen«, sagte Jacob. »Er hat ein paar neue Jagdgeschichten für dich.«

»Er hat Zeit genug, um auf die Jagd zu gehen?«, fragte Caleb.

Grinsend antwortete Jacob: »Nein, aber er hat ein paar neue Geschichten.«

Caleb lächelte. »Ist das nicht immer so?«

Sie überließen Wagen und Pferde Jacob und betraten die Schankstube.

Eine rundliche Frau lächelte, als sie Caleb entdeckte, kam hinter der lang gezogenen Theke hervor und umarmte ihn. »Caleb, du Schuft! Du warst schon viel zu lange nicht mehr hier! Wir haben dich seit dem letzten Sommer nicht mehr zu sehen bekommen!«

Dem sonst so zurückhaltenden Jäger war nicht anzumerken, ob ihn die Umarmung verlegen machte oder nicht; er ließ sie lächelnd über sich ergehen, und als die Frau ihn schließlich wieder losließ, sagte er: »Hallo, Angelica.« Dann zeigte er auf seinen Begleiter. »Talon hier hilft mir bei dieser Reise.«

Plötzlich fand sich der Junge von kräftigen, duftenden Armen umschlungen und fest gedrückt.

»Willkommen im *Blinden Jongleur*, Talon.« Zu Caleb sagte sie zwinkernd: »Ella ist in der Küche.«

Caleb lächelte nur, dann sagte er: »Wir brauchen ein Zimmer für zwei oder drei Tage.«

»Das habt ihr«, erwiderte die Frau. »Und jetzt sucht euch einen schönen Tisch am Feuer. Die Lastenträger und Fuhrleute kommen rein, sobald es dunkel wird, und dann wird es hier voll.«

Caleb zeigte auf einen kleinen Tisch in der Ecke nahe der Feuerstelle, und Talon setzte sich. »Wir waschen uns nacheinander«, sagte Caleb. »Angelica hat recht. In ein paar Minuten wird hier kaum genug Platz sein, um sich umzudrehen.«

Angelica kam einen Augenblick später mit zwei großen Krügen Bier zurück. Sie reichte Caleb einen davon und sagte: »Das erste Zimmer, ganz oben. Es ist das beste.«

»Danke«, erwiderte Caleb.

Talon trank einen Schluck und stellte fest, dass das Bier sehr stark war.

»Sei vorsichtig damit, Talon. Dieses Bier kann tückisch sein, wenn du es nicht gewöhnt bist.« Caleb beugte sich vor und fuhr fort: »Du musst lernen, kleine Schlucke zu nehmen und es so aussehen zu lassen, als würdest du mehr trinken, als du tatsächlich tust.«

»Und wie mache ich das?«

Caleb zeigte es ihm. Er griff nach dem Krug und schien einen großen Schluck zu trinken, aber als er Talon dann in den Krug hineinschauen ließ, erkannte der Junge, dass kaum ein Tropfen Bier verschwunden war. »Wenn die Gesellschaft ein wenig rauer ist, kannst du auch ein bisschen was vergießen oder übers Kinn laufen lassen. Wenn du in besserer Gesellschaft bist, winkst du hin und wieder dem Diener, dir einen frischen Kelch zu bringen. Niemand außer dem Diener wird merken, dass er einen halb vollen Kelch wegbringt, und der wird es niemandem verraten – wahrscheinlich wird er ihn austrinken, bevor er in die Küche kommt.«

»Warum?«

»Warum der Diener dein Bier trinkt?«

Talon schüttelte grinsend den Kopf. »Nein, das kann ich mir schon denken. Nein, warum soll ich den Eindruck erwecken, als würde ich mehr trinken, als ich tatsächlich tue?«

»Mach es dir zur Gewohnheit. Männer, die getrunken haben, benehmen sich häufig dumm. Und manchmal kann es klug sein, einen dummen Eindruck zu erwecken.« Caleb stand auf. »Ich gehe mich jetzt waschen.«

Talon nickte und lehnte sich zurück.

Caleb verließ die Schankstube durch eine Tür neben der Theke, von der Talon annahm, dass sie zur Küche führte. Wie die meisten von seinem Volk war Talon außer in den kältesten Monaten in Flüssen und Seen geschwommen. Er hatte sich im Schwitzhaus seines Dorfes gesäubert, hatte dort bei den anderen Männern und Frauen gesessen, während sie sich mit sanft gebogenen Stöcken den Dreck von der Haut geschabt und sich dann mit einem Eimer lauwarmen Wassers abgespült hatten, das nahe den Heizsteinen stand. Seife und Wasser zu benutzen – und auch noch kaltes Wasser – war Talon seltsam vorgekommen, aber inzwischen hatte er sich daran gewöhnt. Er hatte bemerkt, dass viele Leute, selbst Adlige, badeten oder sich Hände und Gesicht wuschen, wie es ihnen gerade passte, aber die Leute in *Kendricks Gasthaus* verbrachten relativ viel Zeit damit. Talon hatte Lela danach gefragt, und sie hatte gesagt, diese Gewohnheit hätte schon bestanden, als sie dort eingetroffen war, und sie hatte nichts dagegen gehabt.

Der Gedanke an Lela bewirkte, dass sich Talons Magen zusammenzog. Sie fehlte ihm, trotz der Aufregung der Reise. Er war nie zuvor mit einer Frau zusammen gewesen; es war Brauch bei seinem Volk, bis zur Hochzeitsnacht unberührt zu bleiben. Dieser Brauch war nicht immer eingehalten worden, besonders nicht von denen, die in dem Jahr, in dem sie zum Mann oder zur Frau wurden, keinen Gefährten fanden, aber es war eine Tradition, der die meisten Orosini gefolgt waren. Talon dachte manchmal noch an Türkisauge und die anderen Mädchen in seinem Dorf; er fragte sich, ob sie die Liebe ebenso freudig genossen hätten wie Lela, die häufig lachte und ebenso spielerisch wie leidenschaftlich sein konnte. Er schob die Gedanken an sein Dorf und die Mädchen, mit denen er aufgewachsen war, wieder beiseite, denn das war immer noch ein schmerzliches Thema. Robert hatte ihn gelehrt, seine Gedanken auf die Gegenwart oder die nahe Zukunft zu konzentrieren: »In der Vergangenheit zu verweilen bedeutet, im Bedauern zu leben.«

Talon begann, seine Umgebung genauer in Augenschein zu nehmen, wie er es sich zur Gewohnheit gemacht hatte. Es gab etwa ein Dutzend Tische, also hatten ungefähr fünfzig Gäste bequem Platz oder auch mehr, wenn es sie nicht störte, an der Theke zu stehen. Talon erinnerte sich an das Äußere des Hauses, verglich es mit *Kendricks Gasthaus* und nahm an, dass es oben noch sechs oder acht Zimmer geben musste. Wie in vielen Gasthäusern der Gegend schliefen wahrscheinlich einige Gäste für ein paar Kupferstücke auch hier in der Schankstube unter den Tischen. Der Boden war vielleicht unbequem, aber mit einem dicken Umhang, auf den man sich legen konnte, war es eindeutig besser, als im Freien zu übernachten. Das zugedeckte Feuer im Kamin würde die ganze Nacht schwelen, und beim Aufwachen stand eine warme Mahlzeit bereit.

Nach einem Augenblick stillen Nachdenkens sah Talon, wie die Vordertür aufging und ein halbes Dutzend kräftiger Männer hereinkam. Sie waren alle staubig und trugen Kleidung aus grob gewebtem Tuch. Aus ihren schweren Stiefeln mit doppelt verstärkten Kappen und ihrem gleichmäßig massiven Körperbau schloss Talon, dass es sich um Lastenträger handelte, die die Kaufmannswagen abluden und Kisten in Läden und Lagerhäuser trugen. Sie gingen direkt zur Theke, und einer rief: »Angelica! Ella! Ist jemand hier? Wir sind am Verdursten!«

Die anderen Männer lachten leise, aber sie warteten alle ruhig, bis Angelica aus der Küchentür kam. Sie grüßte sie mit Namen und zapfte ihre Getränke, ohne fragen zu müssen, was sie wollten – offensichtlich handelte es sich um Stammgäste.

Im Lauf der nächsten Minuten betrat noch ein weiteres Dutzend Männer das Gasthaus, alles Arbeiter, entweder Lastenträger wie die erste Gruppe oder Fuhrleute.

Caleb kam zurück und setzte sich. »Was hast du herausgefunden?«

Talon warf ihm einen verdutzten Blick zu. Einen Moment verstand er die Frage nicht, denn schließlich hatte er ganz allein dagesessen. Aber dann wurde ihm klar, dass Caleb wissen wollte, was er aus seinen Beobachtungen geschlossen hatte. Also begann er mit seinen Vermutungen, was die Größe des Gasthauses anging, dann fügte er hinzu: »Der Hof hinter dem Haus muss groß sein, denn sie haben unseren Wagen ohne Murren dort abgestellt. Ich nehme an, im Stall ist mindestens Platz für ein Dutzend Pferde, vielleicht auch für mehr.«

»Mehr«, sagte Caleb, während ein hübsches Mädchen mit einem Tablett mit Essen aus der Küche kam. »Talon, das hier ist Ella.«

Talon sah das Mädchen an. Sie war schlank wie eine Tanne, aber er erkannte sofort die Ähnlichkeit mit Angelica. Sie war vielleicht ein paar Jahre älter als Talon, mit blauen Augen und dunklem Haar, was durch die blasse Haut und die zart rosigen Wangen noch hervorgehoben wurde. Sie trug ein schlichtes Kleid aus blauem Leinen und eine weiße Schürze, aber der Gürtel um ihre Taille zeigte, dass sie trotz ihrer Schlankheit an den richtigen Stellen gerundet war.

»Hallo«, sagte er.

Sie lächelte, und Talon fiel auf, wie hübsch sie war. Sie stellte das Tablett ab und sah Caleb dann voller Zuneigung an. »Ich bin gleich wieder da, falls ihr noch etwas braucht.«

Während sie auf die Küchentür zuging, kamen noch mehr Arbeiter herein, und gerade als Ella die Theke erreicht hatte, rief einer der Neuankömmlinge ihren Namen.

Sie hielt einen Moment inne, und ihre Miene verfinsterte sich. »Guten Abend, Forney«, sagte sie, dann ging sie ohne ein weiteres Wort in die Küche.

Talon betrachtete den Mann, der Ella zugerufen hatte. Er war noch jung, vielleicht in Calebs Alter, kräftig gebaut und hatte dichtes schwarzes Haar. Seine Kleidung war ebenso einfach wie die der anderen, aber relativ sauber.

Er ging mit seinen Kumpanen zur Theke.

Jacob kam aus der Küche zur Theke, begrüßte ein paar Stammgäste und ging dann zu Talons und Calebs Tisch. Caleb zog einen Stuhl für ihn heraus, und der junge Mann setzte sich. »Eure Pferde sind gefüttert und gestriegelt. Die braune Stute hat ihren linken Vorderhuf geschont, also habe ich ihn mir einmal angesehen. Sie hat sich einen kleinen Stein eingetreten. Das könnte ein Abszess werden.«

Talon hatte die Hufe jeden Abend und bei jeder Mittagsrast gesäubert, also musste sich das Tier den Stein auf dem letzten Abschnitt ihres Weges eingetreten haben.

»Ich werde sie im Auge behalten«, fuhr Jacob fort, dann beugte er sich vor, senkte die Stimme und fragte mit boshaftem Grinsen: »Und, hat Forney schon gesehen, wie Ella mit dir umgeht?«

Caleb schien nicht erfreut über diese Frage zu sein.

Jacob wandte sich Talon zu. »Meine Schwester hat ein Auge auf unseren Freund hier geworfen, aber der junge Forney da drüben ist entschlossen, sie zu heiraten.«

Talon wusste immer noch nicht allzu viel über die Heiratsbräuche dieser Menschen, aber er begriff allmählich, dass die Dinge bei den Städtern – und für ihn war jeder Nicht-Orosini einer – nicht so förmlich geregelt waren wie in seinem Dorf. Er wusste nicht recht, was er sagen sollte, also schwieg er lieber.

Caleb warf einen Blick zu Forney, dann sagte er zu Jacob: »Ich habe deiner Schwester gesagt, dass ich sie gernhabe, aber du weißt ebenso gut wie ich, dass ich nicht heiraten kann.« Er starrte einen Moment ins Leere, dann fügte er leise hinzu: »Außerdem denke ich, Forney hätte auch dann keine Chance, wenn ich niemals in Latagore aufgetaucht wäre.«

Jacob lachte. »Er geht Ella ziemlich auf die Nerven, so viel ist sicher. Aber es ist immer das Gleiche, nicht wahr? Wenn man etwas nicht haben kann, will man es nur umso mehr.«

Talon sah ihn fragend an. Jacob bemerkte es und sagte: »Ella will Caleb, aber sie kann ihn nicht haben, und Forney will Ella, und die kann er nicht haben. Immer die gleiche Geschichte.«

Talon verstand das immer noch nicht so recht, aber er nickte. Nach einem Moment fragte er: »Wer ist er eigentlich?«

»Forney?«, sagte Jacob achselzuckend. »Er ist kein übler Bursche, aber nichts Besonderes.«

Caleb zog eine Braue hoch und grinste schief.

»Also gut, sein Vater ist der reichste Spediteur in der Gegend.«

Talon wusste nicht viel über reiche Leute, wenn man von denen, die *Kendricks Gasthaus* besuchten, einmal absah, also sagte er: »Er zieht sich ganz wie die andern an.«

»Das liegt an seinem Vater. Der alte Mann will, dass sein Sohn das Geschäft von den Radnaben aufwärts lernt. Und wie ich sagte, er ist kein schlechter Kerl.« Dann fügte er hinzu: »Aber nicht so wie unser geheimnisvoller Reisender hier.« Er schlug Caleb auf die Schulter. »Ella hat es auf ihn abgesehen, seit sie … wie alt war? Fünfzehn?«

»Das war vor vier Jahren.«

Jacob nickte. »Ich sage ihr immer wieder, wenn sie dich

besser kennen würde, würde sie es sich anders überlegen, aber du weißt ja, wie Schwestern sind.«

»Eigentlich nicht«, erwiderte Caleb. »Ich habe einen Bruder, schon vergessen?«

Ein seltsamer Ausdruck huschte über Jacobs Gesicht. Es dauerte nur einen Augenblick, aber Talon bemerkte es. Dann zwang Jacob so etwas wie Unbeschwertheit in seine Stimme und sagte: »Magnus kann man wohl schwer vergessen.« Er schob den Stuhl unter lautem Scharren zurück und stand auf. »Nun, ich habe zu tun. Wenn ihr irgendwas braucht, ruft mich einfach.«

»Schon in Ordnung«, sagte Caleb.

Talon wartete, bis Jacob gegangen war, dann sagte er zu Caleb: »Es gibt so vieles, was ich bei euch nicht verstehe.«

»Bei uns?«, wiederholte Caleb.

»Bei dir und Jacob und denen in *Kendricks Gasthaus*.« Er versuchte, seine Gedanken zu ordnen. »Bei Leuten, die keine Orosini sind.«

Caleb sah sich um. »Du solltest lieber vergessen, dass du Orosini bist, zumindest, solange wir in Hörweite von Fremden sind.«

»Warum?«

»Jemand hat sich einige Mühe gegeben, deinen Stamm auszulöschen, Talon. Obwohl du allein sicher keine Gefahr für diese Leute darstellst, könntest du als Zeuge eines Völkermords eine mögliche Quelle der ... Verlegenheit sein.« Er hob die Stimme. »Und nun zurück zu dem, was du vorhin gesagt hast. Was genau ist es, das du nicht verstehst?«

Talon wandte den Blick ab. Als er wieder sprach, war seine

Stimme ruhig und tonlos. »Diese … *Neckereien* wäre, glaube ich, das richtige Wort. Diese Art zu reden, die nach Scherzen klingt, aber keine Scherze sind.«

»Die Hänseleien.«

»Ja, das ist der Begriff, nach dem ich gesucht habe. Lela macht das manchmal mit mir, und es gibt Augenblicke, in denen ich nicht weiß, ob sie das, was sie sagt, ernst meint oder nicht.«

Caleb zuckte mit den Schultern. »Damit bist du unter jungen Männern keinesfalls allein, Talon.«

»Vielleicht, aber du bist älter als ich, und ich dachte …«

Caleb schnitt ihm mit seinem seltenen Lachen das Wort ab. »Ich kann dir da nicht helfen, junger Freund.« Er beugte sich vor und starrte in sein Bier. »Eines Tages wirst du vielleicht den Rest meiner Familie kennenlernen und sehen, wo ich aufgewachsen bin. Aber selbst, wenn das nie der Fall sein sollte, solltest du wissen, dass ich nicht gerade auf gewöhnliche Art erzogen wurde.« Er blickte auf und lächelte. »Ich bin aufgewachsen wie ein Blinder unter Sehenden.«

»Wie meinst du das?«

»Eines Tages werde ich es dir erklären, aber im Augenblick genügt es, wenn du weißt, dass ich keine glückliche Kindheit hatte. Meine Eltern sind außergewöhnliche Leute und ausgesprochen begabt, aber sie hatten keine Möglichkeit zu beheben, was sie bei mir als Mangel betrachtet haben.«

Talon schaute seinen Freund verblüfft an. »Ich sehe keinen Mangel an dir, Caleb. Ich halte dich für den besten Jäger, den ich kenne, und mein Volk war berühmt für seine Jäger. Ich habe mit Kendrick genug Schwertkampf geübt, um zu wissen, dass du mit der Klinge so begabt bist wie mit dem Bogen. Du sprichst nicht viel, aber du denkst, bevor du etwas sagst. Du hast Geduld und tiefe Einsicht in die Dinge. Was sollte dir noch fehlen?«

Caleb lächelte und lehnte sich zurück. »Du entwickelst dich wohl zu einem Erforscher des menschlichen Wesens, wie? Ja, so wirkt Robert auf Leute, wenn man ihm genug Zeit lässt. Das ist eine seiner Begabungen. Was mir fehlt«, sagte er leise, »ist Magie. Mein Bruder ist nicht der einzige Magier in der Familie. Tatsächlich bin *ich* der Einzige, der nicht magiebegabt ist. Ich bin auf einer Insel aufgewachsen, wo ich praktisch der einzige Nichtmagier war.«

»Robert und dein Bruder sind also beide Magier?« Talon sprach sehr leise.

»Das hast du nicht gewusst?«

»Ich habe nie einen von ihnen bei der Arbeit gesehen, allerdings …« Talon hielt inne. »Bei dem, was dein Bruder lehrt, geht es darum, den Kopf zu benutzen, auf noch …«, er suchte nach der richtigen Art, es auszudrücken, »auf noch seltsamere Weise als in dem Logikunterricht, den Robert mir erteilt. Magnus zeigt mir, wie ich hier drinnen«, er tippte sich an den Kopf, »Dinge tun kann, die ich mir zuvor nicht vorstellen konnte. Aber ich habe keinerlei Begabung zur Magie.«

»Weißt du das sicher?«, fragte Caleb beinahe beiläufig, als wäre das ein ziemlich unwichtiges Thema.

»Bei meinem Volk gab es nur sehr wenige, die zum Schamanen berufen waren, einer Art magischem Priester. Alle

Kinder werden schon in den ersten Jahren geprüft, und die, die dieses Talent haben, verlassen ihre Dörfer bereits in frühen Jahren, um von den Schamanen ausgebildet zu werden. Bei meinem Volk gab es nur eine Handvoll, und sie ...« Plötzlich konnte Talon nicht mehr weiter, schluckte und sagte: »Es ist ohne Bedeutung. Sie sind alle tot.« Er spürte, wie ihm Tränen in die Augen traten, und blinzelte. »Es ist eine Weile her, seit ich mich so gefühlt habe.«

Caleb nickte. »Es wird niemals vollkommen verschwinden. Aber du wirst andere Dinge im Leben entdecken.« Er hielt einen Moment inne. »Was ich sagen wollte, ist: Ich habe mich zwar schon lange von den eingebildeten Kränkungen meiner Jugend erholt, aber Frauen verstehe ich deshalb immer noch nicht. Ebenso wie du war auch ich ein ›Außenseiter‹, als ich in diesen Teil der Welt kam, und hatte keine Ahnung, wie ich mich verhalten sollte.« Er trank einen Schluck, dann sagte er: »Andererseits kann das Lernen manchmal auch sehr erfreulich sein.«

Talon grinste. »Das stimmt. Lela ist ...«

»... ein lebhaftes Mädchen, das kann ich dir sagen«, erklärte Caleb.

»Woher weißt du ...«

»Was?«

Talon versuchte, seine Gedanken in Worte zu fassen. Nach einem längeren Schweigen sagte er: »Bei den Orosini werden die jungen Leute von den Eltern verheiratet. Ich habe keine Eltern mehr, und ich weiß nichts über Lelas Eltern.«

»Du denkst daran, sie zu heiraten?«

Talon blinzelte, als wäre er überrascht, dass jemand es so ausdrückte, aber schließlich nickte er. »Ich weiß nicht, was ich tun soll.«

Caleb sagte leise: »Sprich mit Robert.«

Talon nickte.

»Aber ich muss dich warnen«, fügte Caleb hinzu. »Ich glaube nicht, dass es wirklich passieren wird, auch nicht, falls Lela einwilligen sollte, was ich nicht glaube.«

»Aber sie liebt mich!«, rief Talon laut genug, dass sich zwei Lastenträger umdrehten und ihn ansahen, um sich dann mit einem Lachen und einer unverschämten Bemerkung wieder ihrem Gespräch zuzuwenden.

»Wie ich schon sagte, ich bin kein Fachmann in Sachen Frauen, Talon. Aber eins muss ich dir sagen: Du bist nicht der Erste, der Lela das Bett wärmt.«

»Das weiß ich«, erwiderte Talon.

Caleb schien nachzudenken. »Was zwischen einem Mann und einer Frau vorgeht, geht nur die beiden etwas an. Aber eins will ich dir sagen: Du kennst einige der Männer, die in Lelas Armen gelegen haben.«

Talon blinzelte, als hätte er darüber noch nicht nachgedacht. »Gibbs?«

Caleb nickte.

»Lars?«

Caleb nickte abermals.

»Aber Lars ist mit Meggie zusammen.«

»Jetzt, aber sie streiten sich oft. Meggie hat nicht gerade ein sonniges Gemüt. Sie hat ihre guten Eigenschaften, aber sie kann schwierig sein.«

»Aber so etwas ist nicht recht!«, meinte Talon.

»Talon, es geht hier nicht um richtig oder falsch. Solche Dinge sind, wie sie sind. Bei deinem Volk werden die Gefährten von den Eltern ausgesucht, und du hast vielleicht dein ganzes Leben lang nur eine Frau, aber hier …« Er seufzte. »Hier ist es anders.«

Talon war bedrückt.

»Du solltest wissen, dass auch ich schon mit Lela geschlafen habe.«

Talon war schockiert. »Du!«

»Am letzten Mittsommertag, dem Tag, an dem Pasko und Robert dich gefunden haben. Lela und ich haben zu viel Bier getrunken und schließlich die Nacht zusammen verbracht. Ähnliches ist ein paar gut aussehenden Reisenden widerfahren.«

Talon blickte drein, als wäre seine ganze Welt zusammengebrochen. »Ist sie eine … wie sagt man?«

»Was denn?«

»Eine Frau, die sich für Geld zu Männern legt.«

»Eine Hure«, half Caleb ihm aus. »Nein, mein junger Freund, das ist sie nicht. Aber sie ist ein gesundes Mädchen, das Männer mag, und sie kommt aus einem Land, wo die Leute nicht lange darüber nachdenken, ob sie nun rein zum Vergnügen mit jemandem ins Bett gehen oder nicht.«

Talon spürte, wie sich dort, wo sein Magen war, eine Leere auftat. »Das ist einfach nicht richtig«, murmelte er.

»Geh und wasch dir die Hände.« Caleb zeigte auf die Tür zur Küche. »Das Essen wird jeden Augenblick hier sein. Aber vergiss nicht, dass Begriffe wie ›richtig‹ oder ›falsch‹

meistens relativ sind. Das Volk meines Vaters würde die Auswahl einer Lebensgefährtin durch die Eltern für … nun ja, für barbarisch halten.« Als Talons Miene sich verfinsterte, fügte er hinzu: »Das war nicht beleidigend gemeint. Ich will dir nur klarmachen, dass Dinge oft auf bestimmte Art bewertet werden, weil man das als Kind so gelernt hat. Aber der Rest der Welt kann sich ungemein von dem unterscheiden, was sich ein Kind vorstellt. Und jetzt geh und wasch dich.«

Talon stand auf, ging an der Theke vorbei und in die Küche. Der Anblick dort war ihm vertraut: Angelica und Ella arbeiteten zusammen mit zwei anderen, einem Mann, der der Ähnlichkeit nach wohl Jacobs Vater war, und einem anderen Mann, vermutlich dem Koch.

Talon fand einen Eimer und Seife und wusch sich. Als er aufblickte, sah er, wie ihm Ella einen abschätzenden Blick zuwarf.

Er wagte ein zögerndes Lächeln und wischte sich die Hände an einem Tuch ab, das neben dem Eimer hing. Obwohl Ella Caleb offensichtlich sehr gernhatte, sah sie Talon auf eine verstörende Weise an.

Er verließ die Küche wieder und kehrte zu Caleb zurück, setzte sich hin und schaute den Mann an, den er für einen Freund gehalten hatte, der aber mit der Frau geschlafen hatte, die Talon liebte!

Schließlich seufzte Talon laut und verkündete: »Ich werde die Frauen nie verstehen.«

Caleb lachte. »Willkommen in der Bruderschaft, mein Freund.«

Früh am nächsten Tag begann Caleb mit seiner Runde in der Stadt. Fünf- oder sechsmal im Jahr ließ Kendrick bestimmte Waren zum Gasthaus bringen, darunter Weizenmehl, Reis, Zucker, Honig und andere Dinge, die in der Jahreszeit zu haben waren. Aber zweimal im Jahr wurde auch eine besondere Liste aufgestellt, und jemand musste in die Stadt, um diese Dinge zu kaufen. Häufig war das Kendrick selbst, aber diesmal hatte er sich entschlossen, Caleb zu schicken.

Nach dem dritten Geschäft, das sie aufsuchten, verstand Talon allmählich, warum. Caleb schien einen sechsten Sinn fürs Feilschen zu haben. Er konnte spüren, wenn ein Kaufmann bereit war, einen niedrigeren Preis zu akzeptieren, und wenn er seine Grenzen erreicht hatte. Als sie die Straße entlang zum nächsten Laden gingen, fragte Talon: »Woher weißt du das?«

»Woher weiß ich was?«

»Wann du aufhören musst zu feilschen.«

Caleb wich einer Bande von Jungen aus, die die Straße entlang auf sie zugerannt kam, verfolgt von einem zornigen Kaufmann. »Es gibt bestimmte Dinge, auf die man achten muss. Es ist ganz ähnlich wie beim Kartenspiel oder wenn man erkennen will, ob jemand lügt.«

»Auf welche Dinge muss ich denn achten?«

»Oh, da gibt es viele – aber fangen wir mit dem Offensichtlichen an. Die Miene. Der Gewürzhändler heute früh zum Beispiel war erfreut, einen Kunden zu haben. Man konnte ihm seine Freude über unser Kommen ansehen.«

»Woran?«

»Sobald du in einen Laden kommst, beobachte das Gesicht des Händlers. Die meisten Kaufleute halten einen Augenblick inne, um zu sehen, wer da kommt. In diesem Moment kannst du die Wahrheit erkennen. Es braucht einige Zeit, das zu lernen, aber du wirst den Unterschied zwischen einem Mann, der ehrlich erfreut ist, einen Kunden zu haben, und einem, der nur so tut, schon bald herausfinden. Der erste ist versessen darauf, dir etwas zu verkaufen, während der zweite es vielleicht tun wird, vielleicht aber auch nicht. Es gibt noch viele andere Wahrheiten hinter einem falschen Lächeln, einem freundlichen Gruß oder der Behauptung, dass ein Preis zu hoch oder zu niedrig sei. Für den Anfang solltest du am besten einfach nur die Männer beobachten, mit denen ich feilsche, und nicht mich, und selbst herausfinden, was es da zu sehen gibt.«

Talon beobachtete den ganzen Tag, und nach jedem Geschäftsabschluss stellte er Caleb Fragen. Allmählich fing er an zu begreifen, was der ihm gesagt hatte, dass es nämlich eindeutige Zeichen gab, die man erkannte, wenn man auf sie achtete.

Kurz nach Mittag erreichten sie einen kleinen Markt nahe der Ostmauer der Stadt und drängten sich an den Buden vorbei, an denen es Essen, Kleidung, lebendes Geflügel, Schmuck, Werkzeuge und Waffen zu kaufen gab. Ein Mann vermietete sogar Söldner. Ein paar Leute, die hier einkauften, sahen anders aus als die Menschen, die den Rest der Stadt bevölkerten, und Talon glaubte beinahe, sie wiederzuerkennen. Einen kurzen Moment fühlte er sich wieder wie unter seinem eigenen Volk. Die Männer hatten Tätowierungen im

Gesicht, obwohl die Zeichen als solche ihm unbekannt waren. Sie trugen Felljacken ganz ähnlich wie die der Orosini, und sie waren in Gruppen unterwegs, die auch Kinder und alte Leute einschlossen.

Talon hörte Worte, die quälend vertraut klangen, und hier und dort ein Wort, das er kannte. Er hielt Caleb am Arm fest, und der Jäger drehte sich um und sah ihn fragend an. Als er Talons konzentrierte Miene bemerkte, schwieg Caleb und wartete, während Talon sich weiterhin anstrengte zu verstehen, was er da hörte.

Nachdem er einen Augenblick einem Mann gelauscht hatte, der sich mit seiner Frau unterhielt, wurde ihm klar, dass er die Sprache tatsächlich verstehen konnte, obwohl der Mann einen ausgeprägten Akzent hatte und seltsame Wörter und Ausdrücke benutzte. Er beugte sich dicht zu Caleb und fragte leise: »Was sind das für Leute?«

Caleb bedeutete Talon, ihm zu folgen, und als sie weit genug von den Fremden entfernt waren, antwortete er: »Das sind die Orodon. Sie leben auf der anderen Seite eines Gebirgszugs im Norden. Sie sind entfernte Verwandte der Orosini, obwohl sie auf der Ebene leben und Tiefseefischer sind, kein Bergvolk. Sie haben Dörfer, aber keine Städte, also reisen viele von ihnen im Winter nach Süden und kommen hierher nach Latagore zum Markt. Es gibt Händler, die regelmäßig in den Küstendörfern im Land der Orodon Halt machen.«

»Warum habe ich noch nie von ihnen gehört?«

Caleb zuckte mit den Schultern. »Da müsstest du jemanden fragen, der jetzt tot ist – deinen Vater oder Großvater.

Einstmals gehörte dieses ganze Land deinen Ahnen, Talon. Menschen aus dem Süden, Stadtmenschen, zogen hierher und verdrängten dein Volk in die Berge und die Orodon nach Norden. Die Völker im Süden sind alle irgendwie mit Roldem verwandt, und deshalb wird diese Sprache auch überall in diesen Königreichen verstanden.«

Talon warf einen Blick über die Schulter, als sie den Markt verließen und eine andere Straße entlanggingen. »Ich würde gern mehr über diese Leute wissen.«

»Magnus wird begeistert sein«, war Caleb überzeugt. »Er hat viel für Geschichte übrig und wird dir gern alles erzählen. Ich fürchte, mich langweilt das eher.«

Sie kamen zu einem Gasthaus, dessen Schild einen livrierten Lakaien zeigte, der eilig hinter einer abfahrenden Kutsche herrannte. »*Der Eilige Lakai*«, sagte Caleb. »Wo wir unseren Freund Dustin Webanks finden.«

Sie betraten den relativ dunklen Schankraum des Gasthauses und standen einen Moment lang blinzelnd da, während sich ihre Augen an die trübe Beleuchtung gewöhnten.

Dann stieß Talon einen zornigen Schrei aus, zog sein Schwert und stürzte auf einen Mann zu, der an der Theke stand.

Die Ausbildung

Caleb reagierte sofort.

Er sah, wie Talon sein Schwert zog und mit einem zornigen Schrei einen Mann angriff, der an der Theke stand. Der Mann – seiner Kleidung und den Waffen nach ein Söldner – war ein erfahrener Veteran, der nur einen Moment lang erschrocken war und dann sofort die Gefahr erkannte. Aber noch während seine Hand zum Schwert zuckte, schoss Calebs linkes Bein vor, sein Fuß hakte sich um Talons rechtes Fußgelenk und brachte ihn zu Fall.

Eine Sekunde später hatte Caleb sein eigenes Schwert in der Hand und stand zwischen Talon, der ungeschickt wieder auf die Beine kam, und dem Mann an der Theke. Er senkte die Schwertspitze vage in Richtung des Fremden, und mit der linken Hand drückte er Talon auf die Knie nieder, als dieser versuchte aufzustehen.

»Immer mit der Ruhe!«, rief Caleb. »Wartet einen Moment!«

Der Söldner nahm eine eher defensive Haltung ein und griff die beiden Männer nicht an. »Also gut«, erwiderte er. »Aber ich werde nicht lange auf eine Erklärung warten.«

Talon versuchte abermals aufzustehen, und Caleb packte

ihn an der Schulter und riss ihn hoch. Statt des Widerstands, den er erwartet hatte, fand Talon seine Aufwärtsbewegung unterstützt, sodass er plötzlich auf den Zehenspitzen stand. Dann ließ Caleb ihn los, und Talon sackte wieder auf den Boden und landete diesmal auf dem Rücken.

»Warte gefälligst!«, schrie Caleb.

Talon wartete.

»Um was geht es hier eigentlich?«, fragte der Söldner verärgert.

»Der Mann da ist ein Mörder!«, schrie Talon und wollte erneut aufstehen, das Gesicht vor Zorn verzerrt. In seiner Wut war er wieder in seine eigene Sprache zurückgefallen.

Caleb ließ ihn halb auf die Beine kommen, dann trat er gegen seine linke Ferse, was Talon abermals zu Boden schickte. In der Sprache der Orosini sagte Caleb: »Niemand hier außer mir versteht, was du gerade gesagt hast. Wieso glaubst du, dass dieser Mann ein Mörder ist?«

»Er gehörte zu den Männern, die mein Volk massakriert haben!«

Caleb hatte den Blick nicht von dem Söldner abgewandt. »Euer Name?«, fragte er den Mann auf Roldemisch.

»Wer will das wissen?«

»Jemand, der versucht, das Blutvergießen auf ein Minimum zu beschränken«, antwortete Caleb.

»Ich heiße John Creed und komme aus Inaska.«

Mit einem Blick zu Talon, um sich zu überzeugen, dass sich der Junge zurückhielt, fragte Caleb: »Habt Ihr je unter Raven gearbeitet?«

Creed hätte beinahe ausgespuckt. »Ich würde nicht mal

auf Raven pissen, wenn sein Arsch in Flammen stünde. Ich bin ein Söldner, kein Kindermörder.«

Caleb ließ Talon langsam aufstehen.

Der Söldner, der erkannt hatte, dass die Gefahr vorüber war, fragte: »Wer ist denn Euer heißblütiger Freund?«

»Das hier ist Talon, und ich heiße Caleb.«

John Creed steckte sein Schwert ein und sagte: »Wenn dieser Junge nach Ravens Bande sucht und sich weiterhin so benimmt, solltet Ihr lieber dafür sorgen, dass er genug Silber für seinen Scheiterhaufen bei sich hat. Sie werden ihn zu Hundefutter verarbeiten und sich dabei halb totlachen.«

Caleb wandte sich an Talon. »Was hast du dir dabei gedacht?«

Talon steckte langsam das Schwert ein und behielt Creed weiter im Auge. »Er sieht aus wie …«

»Er sieht aus wie ein anderer, also stürzt du dich einfach kopflos in den Kampf und vergisst alles, was man dir beigebracht hat?«

Talon betrachtete den Mann und versuchte, ihn mit den Bildern in Übereinstimmung zu bringen, die immer noch lebhaft vor seinem geistigen Auge standen. Allmählich begriff er, wie dumm er gewesen war. Creed war ein kräftiger Mann mit schwarzem Haar, das ihm bis auf die Schultern fiel. Seine Nase war offenbar mehr als nur einmal gebrochen worden und kaum mehr als ein Brocken Fleisch in seinem Gesicht. Sein Schnurrbart zog sich beinahe bis zum Kinn, und sein Gesicht war insgesamt wenig bemerkenswert, wenn man einmal von den Augen absah, die er zusammenkniff, während er seinerseits Talon musterte. Diese Augen waren wie die von Caleb, dunkel und forschend, und ihnen entging nichts.

Dieser Mann sah einem der Männer, die sein Dorf zerstört hatten, ähnlich, einem der Männer, die Talon überrascht hatte, bevor man ihn mit der Armbrust angeschossen hatte, aber es war nicht derselbe Mann.

»Es tut mir leid«, sagte er zu Caleb.

»Sag das nicht mir, sondern ihm.«

Talon ging an Caleb vorbei auf John Creed zu. »Ich habe mich geirrt. Es tut mir leid.« Er sah dem Söldner direkt in die Augen.

Creed schwieg einen Moment, dann zuckte sein rechter Mundwinkel nach oben, und mit einem schiefen Grinsen sagte er: »Schon gut, Junge. Aufbrausend zu sein ist das Vorrecht der Jugend. Das verwächst sich mit der Zeit ... wenn du das Glück hast, lange genug zu leben.«

Talon nickte. »Ich habe übereilt gehandelt.«

Creed sah ihn weiterhin forschend an. Schließlich sagte er: »Ravens Männer müssen dir Schlimmes angetan haben, wenn du so heftig reagierst.«

»Das haben sie.«

»Nun, wenn du nach Raven und seiner Bande suchst ... Es heißt, dass er in den letzten Jahren für den Herzog von Olasko gearbeitet habe. Der junge Kaspar hat sie bei Schwierigkeiten drunten im ›Umstrittenen Land‹ eingesetzt, gegen die Leute des Herzogs von Maladon und Semrick. Also befindest du dich am falschen Ende der Welt, wenn du Raven suchst.«

»Dürfen wir Euch zur Entschuldigung zu einem Bier einladen?«, fragte Caleb.

»Gern«, erwiderte Creed.

Caleb sah sich in dem vollen Gasthaus um, in dem nun, nachdem klar geworden war, dass es keinen Kampf geben würde, alle wieder zur Tagesordnung übergingen. Er bestellte beim Wirt ein Bier für Creed, dann packte er Talon am Ellbogen und steuerte ihn durch die Menge. An einem Ecktisch schob er den Jungen auf einen Stuhl. Er sah ihn lange Zeit an. Nach ein paar Minuten des Schweigens sagte er: »Für jemanden, der normalerweise nachdenkt, bevor er etwas tut, warst du ausgesprochen voreilig.«

Talon kämpfte mit einer Frustration und einem Zorn, die ihm Tränen in die Augen trieben. »Ich habe diesen Mann gesehen … und etwas in mir ist aufgebrochen und hat mich einfach überwältigt. Ich war sicher, dass er … einer der Männer war, gegen die ich gekämpft habe, als mein Dorf vernichtet wurde.«

Caleb winkte einer Kellnerin, ihnen etwas zu essen und zu trinken zu bringen, dann zog er die Handschuhe aus und warf sie auf den Tisch. »Du bist noch jung. Wie Creed schon sagte, der Jähzorn wird sich verwachsen, falls du lange genug lebst.«

Talon schwieg. Essen und Bier wurden gebracht, und sie aßen, ohne miteinander zu sprechen. Talon dachte über das nach, was geschehen war, und als sie mit dem Essen fertig waren, fragte er: »Caleb, warum hast du mir das nicht gesagt?«

»Was?«

»Dass du wusstest, wer mein Dorf überfallen hat.«

Calebs Blick flackerte einen Moment. »Du hast mir oft von dem Überfall erzählt.«

»Aber nicht, dass der Anführer Raven heißt! Du wusstest, wer diese Männer waren.«

Caleb seufzte tief. »Nun, Raven und seine Truppe sind wohlbekannt. Ich nehme an, ich habe nicht daran gedacht, dass du ihn nicht kennen könntest.«

»Nein, da gibt es noch etwas. Was ist es?«

»Nichts.« Caleb sprach leise, aber sein Blick warnte Talon, ihn nicht weiter zu bedrängen.

Ruhig sagte Talon: »Du weißt mehr. Sag es mir.«

Caleb betrachtete den jungen Mann eine Weile, dann antwortete er: »Nicht heute.«

»Wann?«

»Wenn du in der Lage bist, es zu verstehen.«

»Bei meinem Volk wäre ich schon seit fast zwei Jahren ein Mann, Caleb. Wenn … wenn es mein Dorf immer noch gäbe, wäre ich jetzt mit ziemlicher Sicherheit Vater. Was ist bei dieser Sache so schwer zu verstehen?«

Caleb trank einen Schluck Bier, und schließlich sagte er: »Es sind viel mehr Dinge in diese Sache verwickelt, als ich dir jetzt verraten könnte. Ich halte dich für sehr fähig, Talon, fähiger als die meisten jungen Männer deines Alters, und sogar als viele, die doppelt so alt sind, aber es war nicht nur meine Entscheidung.«

»War Robert an dieser Entscheidung beteiligt?«

Caleb nickte. »Er ist für deine Ausbildung verantwortlich.«

»Ausbildung wozu?«

»Zu vielerlei, Talon«, antwortete Caleb.

»Zum Beispiel?«

»Über dieses Thema solltest du lieber mit Robert reden. Aber zumindest eins kann ich dir sagen, Talon Silberfalke. Solltest du alles lernen, was man dir beizubringen versucht, wirst du ein ungewöhnlicher und gefährlicher Mann werden. Und genau das wirst du auch sein müssen, wenn du dein Volk rächen willst.«

»In dieser Sache habe ich keine Wahl«, erwiderte Talon ruhig. »Sobald ich meine Schuld gegenüber Robert beglichen habe, muss ich die Männer finden, die mein Dorf vernichtet haben.«

Caleb wusste genau, was Talon mit diesen Männern machen würde, wenn er sie erst einmal gefunden hatte. »Dann arbeite fleißig und lerne, was es zu lernen gibt, Talon, denn jene, die du suchst, haben mächtige und tödliche Freunde und Herren.«

Talon saß still da und dachte über das nach, was Caleb gesagt hatte, während es ringsumher in der Schankstube voller und lauter wurde. Unter denen, die gerade eintrafen, war auch Dustin Webanks, und er hatte seinen Freund vom Vortag dabei.

»Hallo!«, rief Dustin, als er die beiden in der Ecke bemerkte. »Ich habe schon befürchtet, Ihr würdet nicht kommen, und ich bin froh, euch zu sehen, denn ich stehe tief in Eurer Schuld.«

Er kam auf sie zu, und Caleb bedeutete ihm, dass er und sein Begleiter sich zu ihnen setzen sollten, aber Webanks lehnte ab. »Wir haben viel zu tun, denn wir müssen uns bald wieder auf den Weg machen.« Er nahm einen Beutel mit Münzen vom Gürtel. »Mein Leben ist für mich mit Geld nicht zu bezahlen, aber bitte nehmt dieses Gold als Belohnung für Eure Hilfe.«

Sein Begleiter wandte den Blick ab. Er war offenbar verlegen, weil er geflohen war, als sich Webanks in Gefahr befunden hatte.

Der Beutel fiel mit einem lauten Klirren auf den Tisch, und Caleb warf Talon einen Blick zu. Als der Junge nicht reagierte, sagte Caleb: »Es war deine Idee zu helfen; du bist vom Wagen gesprungen, um den Mörder von seinem Pferd zu reißen. Du verdienst die Belohnung.«

Talon starrte auf den Beutel. Er hatte lange genug im Gasthaus gearbeitet, um eine Vorstellung davon zu haben, wie viele Münzen in einem Beutel dieser Größe steckten, und um berechnen zu können, dass dies mehr Gold war, als er sich mit einem Jahrzehnt schwerer Arbeit verdienen konnte. Dennoch zögerte er. Schließlich streckte er die Hand aus und schob Webanks den Beutel wieder zu.

»Du lehnst es ab?«, fragte der Kaufmann verblüfft.

»Wie Ihr schon gesagt habt, ist Euer Leben mit Geld nicht zu bezahlen. Ich möchte kein Gold, aber ich möchte Euch um etwas bitten.«

»Sprich.«

»Sollte ich in der Zukunft je nach Opardum kommen, werde ich Euch vielleicht aufsuchen, und Ihr könnt mir dann einen Gefallen tun.«

Webanks schien verwirrt, aber er sagte: »Also gut, ich stehe weiterhin in deiner Schuld.« Er griff nach dem Gold, dann warf er seinem Begleiter einen Seitenblick zu, der offensichtlich ebenfalls irritiert darüber war, dass der junge

Mann so viel Gold zurückgewiesen hatte. Sie verbeugten sich knapp und gingen.

Caleb wartete, bis sie weit genug entfernt waren, dann fragte er: »Warum?«

»Mit dem Gold hätte ich mir nur Dinge gekauft, die ich nicht brauche. Ich habe Essen, Kleidung und Freunde in *Kendricks Gasthaus*. Aber wenn es stimmt, was du sagst, dass meine Feinde gefährliche Freunde und mächtige Herren haben, brauche ich mehr Freunde. Kaufmann Webanks könnte sich in der Zukunft als recht nützlicher Freund erweisen.«

Caleb lehnte sich zurück und dachte über Talons Worte nach. Nach einer Weile lächelte er und sagte: »Du lernst schnell, mein Junge.«

Statt auf die Bemerkung einzugehen, wurde Talon bleich, und seine Hand zuckte zum Schwertgriff. Aber er sprang nicht auf, sondern blieb so angespannt wie eine Bogensehne sitzen. Caleb drehte sich langsam um, um zu sehen, wo er hinstarrte. »Was ist?«

»Dieser Mann da«, sagte Talon.

Caleb sah, dass ein Mann das Gasthaus betreten hatte und nun an der Theke mit Webanks und seinem Begleiter sprach. Auch Calebs Hand bewegte sich auf seinen Schwertgriff zu. Er drehte sich wieder um und blickte Talon an. »Was ist mit ihm?«

»Er ist tatsächlich einer von denen, die mein Dorf überfallen haben.«

»Bist du sicher?«

»Ja«, sagte Talon, und seine Stimme war wie das Zischen einer Schlange. »Er trug das Wappen des Herzogs von

Olasko, saß auf einem Rappen und befehligte die Mörder, die mein Volk getötet haben.«

Caleb sah sich um und bemerkte, dass vier weitere Männer hinter dem ersten hereingekommen waren. Sie blickten sich im Schankraum um, als hielten sie nach Anzeichen von Ärger Ausschau. Caleb wandte die Aufmerksamkeit wieder Talon zu und fragte: »Was schlägst du vor?«

»Beobachten.«

»Gut. Du lernst wirklich schnell.«

Eine Viertelstunde saßen sie da und nippten an halb leeren Bierkrügen, bis die fünf Männer wieder gegangen waren. Sofort stand Talon auf und ging zu Webanks. Mit ruhiger Stimme sagte er: »Erlaubt mir eine Frage, Meister Webanks.«

»Selbstverständlich, junger Talon.«

Als Caleb zu ihnen getreten war, sagte Talon: »Ich sah, dass Ihr Euch intensiv mit einem Mann unterhalten habt, der mir irgendwie bekannt vorkam. Ich glaube, er war vielleicht einmal zu Besuch in dem Gasthof, in dem Caleb und ich arbeiten. Aber ich kann mich nicht an seinen Namen erinnern.«

»Er ist nur ein Mann, den ich für die Rückreise nach Opardum als Wache eingestellt habe. Er und seine vier Männer warten darauf, dass wir unsere Geschäfte im Auftrag des Herzogs erledigen und dann aufbrechen.« Mit einem nervösen Lachen fügte Webanks hinzu: »Ich kann mich im Moment nicht an seinen Namen erinnern. Doch … Stark! Ja, ich glaube, er heißt Stark.«

»Danke«, sagte Talon. »Ich habe mich wohl geirrt.«

Talon verließ das Gasthaus so schnell, dass Caleb Mühe

hatte, ihn einzuholen. Draußen blickte er nach links und rechts und entdeckte die Männer, die gerade um eine Ecke bogen.

»Was machst du?«, fragte Caleb.

»Ich verfolge sie.«

Caleb nickte, und sie folgten den Männern. Talons scharfer Blick verhinderte, dass sie die fünf aus den Augen verloren, selbst als diese sich rasch über den geschäftigen Markt bewegten und durch Straßen gingen, in denen sich Wagen, Karren und Reisende drängten. Schließlich sahen sie, wie die Männer innehielten, sich umblickten, um sich zu überzeugen, dass ihnen niemand folgte, zu dem Schluss kamen, dass dies auch der Fall war, und ein unauffälliges Gebäude betraten.

»Was jetzt?«, fragte Caleb.

»Wir warten.«

»Worauf?«

»Auf das, was als Nächstes passiert«, sagte Talon und ließ sich mit dem Rücken an einer Hauswand nieder, sodass er aussah wie ein Jäger vom Land, der sich ein wenig ausruht.

»Hast du den Mann mit Sicherheit erkannt?«

»Ja.«

Auch Caleb lehnte sich an die Wand und behielt die Tür des Hauses im Auge.

Die Zeit verging, und dann kamen zwei weitere Männer zur Tür und gingen, ohne anzuklopfen, hinein.

»Also gut«, sagte Caleb.

»Was?«

»Gehen wir zurück zum Gasthaus.«

»Ich will sehen, was als Nächstes passiert.«

Caleb streckte die Hand aus, packte Talon am Oberarm und zog ihn auf die Beine. »Was als Nächstes passiert, mein junger Freund, ist Krieg.«

»Was?«

Caleb drehte sich um und ging in Richtung des *Blinden Jongleurs* davon. »Ich erzähle dir alles, wenn wir erst aus der Stadt raus sind.«

Talon folgte ihm rasch.

Der Wagen holperte durchs Tor, und Talon blickte über die Schulter zur Stadt zurück. Es war ungewöhnlich, dass ein Wagen mit Waren die Stadt so spät am Tag verließ, und aus diesem Grund hatte sich kein anderer Wagen vor ihnen befunden, ihre Ladung war schnell von den Soldaten inspiziert worden, und dann hatten sie weiterfahren dürfen. Sie würden im *Fröhlichen Landmann* übernachten und am nächsten Morgen weiterfahren.

Caleb hatte seine Einkäufe so schnell wie möglich zu Ende geführt und lieber dafür gesorgt, dass diverse Dinge zu *Kendricks Gasthaus* geliefert wurden, als darauf zu warten, bis sie verladen waren. Es würde mehr kosten, aber das schien Caleb nicht zu stören.

Als sie weit genug vor der Stadt entfernt waren, forderte Talon: »Erzähl mir, was los ist.«

»Dieser Mann, den Webanks ›Stark‹ genannt hat, ist kein Söldner.«

»Das dachte ich mir schon, denn als er unser Dorf überfiel, trug er das Wappen des Herzogs von Olasko.«

»Er heißt Quentin Havrevrulen, und er ist der viertjüngste

Sohn eines geringen Adligen aus Roldem. Er dient nun als Hauptmann mit Sonderauftrag in der Truppe von Kaspar, Herzog von Olasko. Hauptmann Quint, wie man ihn nennt, ist ausgesprochen zäh und ein hervorragender Soldat. Er wird von Herzog Kaspar für alle schwierigen Unternehmungen eingesetzt.«

»Und was macht ein Hauptmann des Herzogs von Olasko in Latagore, verkleidet als Wache für Kaufleute?«

»Er hat sich mit zwei Offizieren der Armee von Latagore getroffen.«

»Die beiden Männer, die das Gebäude später betreten haben?«

»Genau. Einen kenne ich nur vom Sehen, aber von dem anderen weiß ich auch den Namen und habe auch schon mit ihm gesprochen. Er heißt Janish. Hauptmann Janish, und dass er mit Quint spricht, bedeutet, dass man Latagore verraten hat.«

»Warum?«

Caleb trieb die Pferde an und sagte: »Weil Janish für die Verteidigung der Stadt zuständig ist, und wenn er sich insgeheim mit einem Offizier einer anderen Armee trifft, ist das Verrat.«

»Also wird es Krieg geben?«

»Es gibt ihn schon, mein junger Freund. Ich wette jede einzelne Münze, die Webanks dir angeboten hat, dass Olaskos Armee bereits auf dem Marsch ist.«

»Warum sollte der Herzog von Olasko Latagore angreifen?«

»Frag Robert.«

Talon warf seinem Freund einen Blick zu und erkannte, dass weitere Fragen nutzlos waren.

Ihre Rückfahrt dauerte länger, weil der Wagen nun beladen war und die Pferde mehr Rast brauchten. Caleb wurde jeden Tag unruhiger.

Schließlich erreichten sie das Gasthaus, und sobald Caleb das Tor hinter sich gebracht hatte, wies er Talon an, sich um die Pferde zu kümmern und sich beim Abladen von Gibbs und Lars helfen zu lassen, während er sich selbst auf die Suche nach Kendrick machte. Talon tat, was man ihm gesagt hatte, und als er mit dem Wagen und den Pferden fertig war, eilte er nach drinnen.

Er ging durch die Küche und grüßte Leo, Martha und Meggie nur knapp. Leo wollte etwas zu ihm sagen, aber seine Worte gingen ins Leere, denn der junge Mann war schon zum Schankraum weitergeeilt.

Dort saßen Robert und Pasko bei Kendrick. Das Gespräch war wohl gerade ins Stocken geraten, denn als Talon erschien, schwiegen alle. Robert bedeutete Talon, sich zu setzen. Dann wandte er sich an Caleb und sagte: »Ich werde sofort deinen Vater benachrichtigen und ihn bitten, deinen Bruder so schnell wie möglich zurückzuschicken.«

Mit einem ironischen Lächeln erwiderte Caleb: »Was bedeutet, dass Magnus hier sein wird, sobald deine Botschaft die Insel erreicht.«

Robert sah Talon an. »Nach dem, was Caleb mir erzählt hat, hast du Dinge erfahren, die du besser nicht hättest erfahren sollen.«

Talon zuckte mit den Schultern. »Ich kann nicht behaupten zu wissen, ob das stimmt oder nicht. Ich weiß nur, dass Ihr einiges vor mir verborgen habt und dass Ihr mehr über die Ausrottung meines Volkes wisst, als Ihr bisher zugegeben habt. Ich weiß auch, dass sich einige der Männer, die für diesen Überfall verantwortlich waren, nun in Latagore befinden, wo sie daran arbeiten, den Dominar und seinen Rat zu stürzen.«

Kendrick warf Robert einen Blick zu, als würde er ihn um Erlaubnis bitten zu sprechen, doch der schüttelte leicht den Kopf und wandte sich wieder an Talon. »Das alles wissen wir – und mehr.« Er sah Talon lange Zeit an, dann fragte er: »Was hältst du von alldem?«

Talon war hin- und hergerissen zwischen seinem Ärger über diese scheinbar sinnlose Frage und dem Verdacht, dass Roberts Fragen niemals wirklich sinnlos waren. Er dachte nach, und schließlich sagte er: »Es gibt mehrere Möglichkeiten, die Situation zu betrachten, Robert. Was die Politik angeht, weiß ich von den Gesprächen bei Graf DeBarges' Besuchen hier, dass es in Latagore eine royalistische Bewegung gibt.«

Caleb lächelte.

»Es mag also sein, dass es der Herzog von Olasko für vorteilhaft hält, diesen Leuten zu helfen, den Dominar zu entmachten und den Enkel des alten Königs wieder auf den Thron zu setzen«, fuhr Talon fort. »Das aber wirft wiederum die Frage auf, wieso es Herzog Kaspar von Olasko überhaupt interessiert, wer das Oberhaupt des Rats von Latagore ist.«

»Hast du eine Vermutung?«, fragte Robert.

»Ja, aber ich weiß es nicht sicher.« Talon beugte sich vor. »Aus militärischen Gründen.«

»Und die wären?«, wollte Kendrick wissen.

»Bis zu dieser Woche konnte ich mir nicht vorstellen, wieso die Leute des Herzogs von Olasko einer Armee von Mördern dabei geholfen haben, mein Volk zu vernichten. Aber nun begreife ich, dass ich es verkehrt herum betrachtet habe. Die Armee von Olasko hat nicht den Söldnern geholfen, sondern Raven und seine Truppe haben für den Herzog gearbeitet. Ihre Belohnung bestand in Gold und vielleicht in Sklaven. Der Herzog jedoch hatte es darauf abgesehen, dass die Orosini aus den Bergen verschwinden.« Er hielt kurz inne. »Bisher konnte ich mir nicht vorstellen, was der Grund dafür sein sollte.«

»Der militärische Grund?«, fragte Kendrick.

»Ja. Aber da ich nun weiß, dass es ihm nicht nur darum ging, die Orosini auszulöschen, sondern er auch einen ihm freundlich gesinnten Herrscher in Latagore haben will oder zumindest, dass dort Bürgerkrieg herrscht, gibt es nur noch einen möglichen Schluss für mich: Herzog Kaspar will alle Mächte an seinen Flanken neutralisieren, damit er ungestört das Herzogtum Farinda angreifen kann.«

»Wo bist du in militärischer Strategie ausgebildet worden?«, fragte Kendrick.

Talon war verlegen. »Nirgends. Aber Ihr redet viel über Eure Kämpfe, und es scheint sehr wichtig zu sein, dass man seine Flanken schützt.«

»Er ist wirklich schlau, nicht wahr?«, wandte sich Kendrick an Robert.

Der lächelte und sagte zu Talon: »Deine Schlüsse sind klug, aber falsch.«

»Tatsächlich?«

»Ja. Es steht viel mehr auf dem Spiel, als du begreifst, aber zu welchen Schlüssen du gekommen bist, ist durchaus bemerkenswert. Der Herzog von Olasko wünscht sich tatsächlich einen befreundeten Herrscher in Latagore, und er wird auch irgendwann in Farinda einmarschieren, aber wahrscheinlich erst in ein paar Jahren. Es war wirklich klug von dir, ein paar Einzelteile dieses Puzzles zu erkennen und zusammenzusetzen.«

Talon fühlte sich noch immer ein wenig verlegen. »Was wird also geschehen?«

Kendrick stand auf. »Nun, demnächst werden sich hier in den Wäldern eine Menge Soldaten aus Olasko herumtreiben, und ich werde dafür sorgen, dass wir auf sie vorbereitet sind.«

Er ging, und Talon fragte: »Werden sie das Gasthaus angreifen?«

»Wahrscheinlich nicht«, antwortete Caleb. »Sie halten uns nicht für eine große Gefahr, und sie haben nicht genug Zeit, uns zu belagern.«

»Außerdem ist weithin bekannt, dass wir über mehr Mittel verfügen, als auf den ersten Blick zu erkennen ist«, sagte Robert. »Ich nehme an, Kaspar wird uns in Ruhe lassen, während er allerdings weiteres Blutvergießen unter Unschuldigen anrichtet.«

»Und was werden wir tun?«, fragte Talon.

»Nun, wir werden hierbleiben«, erklärte Robert. »Latagore kann sich um sich selbst kümmern. Es ist nicht wichtig, ob dort Kaspars Freunde oder der Dominar die Macht innehaben. Wichtig ist, dass wir mit unseren eigenen …« Er verstummte gerade rechtzeitig, um nicht zu viel zu verraten. »Du kannst jetzt gehen, Talon. Sieh nach, ob Leo Hilfe braucht.«

Talon zögerte, dann stand er auf und verließ den Raum.

Als Talon in die Küche kam, fragte Meggie: »Um was ging es da eigentlich?«

Talon hatte das Gefühl, einer auserwählten Gruppe anzugehören, deren Informationen er nicht einfach weitergeben durfte, und sagte nur: »Das darf ich dir nicht verraten.« Er erwartete eine Reaktion von dem Mädchen, aber Meggie zuckte nur mit den Schultern, als wären Geheimnisse nichts Neues für sie, also fragte er: »Gibt es etwas für mich zu tun?«

»Wir sind beinahe fertig«, antwortete sie. »Du kannst den Eimer raustragen und auskippen.«

Talon griff nach dem Eimer, auf den sie gezeigt hatte, dann sagte er: »Ich habe Lela noch gar nicht gesehen. Wo steckt sie?«

Meggie wurde plötzlich nervös. »Das habe ich ja versucht dir zu sagen, als du hier durchgerauscht bist. Lela ist … nicht da.«

»Wo ist sie denn?«

Meggie senkte den Blick, als wollte sie ihm nicht in die Augen blicken. »Weg. Sie ist gestern mit Graf Ramon DeBarges' Gefolge abgereist. Der Graf und seine Leute sind vor zwei Tagen hier aufgetaucht, und als sie wieder nach Süden zogen, ist Lela mitgegangen.«

Talon wusste nicht, was er sagen sollte. Er trug den Eimer nach draußen und kippte den Inhalt in einen Graben an der Mauer. Er hielt einen Augenblick inne, um zu lauschen, wie sich die Geräusche im Wald veränderten, während es langsam dunkler wurde. Er genoss die Geräusche der Nachttiere, die ihm so vertraut und so anders als in der Stadt waren.

Als er zurückkehrte, fragte er: »Und wo sind Lars und Gibbs?«

»Die sind ebenfalls mitgegangen.« Mit einem schüchternen Lächeln fügte Meggie hinzu: »Ich fürchte, eine Weile werden wir beide hier allein sein, Talon.«

Talon sah das Mädchen an und war plötzlich verwirrt. Sie kokettierte mit ihm, so wie sie es mit Lars gemacht hatte, wenn sie sich gerade nicht gestritten hatten. Aber Lela war weg! Er hatte geglaubt, in Lela verliebt zu sein, bis Caleb ihm gesagt hatte, dass er mit ihr geschlafen hätte, ebenso wie Lars und Gibbs. Nun wandte das Mädchen, das er für Lars' Frau gehalten hatte, ihm seine Aufmerksamkeit zu.

Plötzlich war er sehr müde. Die Anspannung der Reise, der Zorn beim Anblick der Männer, die für den Tod seiner Familie verantwortlich waren, das Wissen, dass sie nach Norden zurückkehrten, und nun seine Verwirrung über die seltsamen Spiele, in die Robert und die anderen verwickelt waren … all das forderte seinen Tribut.

In diesem Augenblick erklang ein seltsames Ploppen von draußen, gefolgt von einem Zischen wie von einem Kugelblitz, der über eine weit entfernte Wiese rollt.

»Magnus ist da!«, rief Meggie.

Bevor Talon noch fragen konnte, woher sie das wusste, wurde die Küchentür weit aufgerissen, und der weißhaarige Mann trat ein. Er sah sich in der Küche um und machte sich dann ohne ein Wort auf den Weg in den Schankraum.

»Ich dachte, er wäre unterwegs, um seine Verwandten zu besuchen«, sagte Talon.

Meggie beugte sich vor. »Hast du es denn immer noch nicht begriffen? Magnus und Robert sind Magier! Sie können von einem Augenblick auf den anderen auftauchen oder verschwinden, wie es ihnen gerade passt.«

Talon erinnerte sich an sein Gespräch mit Caleb, das seinen Verdacht bestätigt hatte, und fühlte sich ein wenig unbehaglich. Diese Sache mit der Magie war auch etwas, das Robert ihm bewusst verschwiegen hatte, noch etwas, das er allein hatte herausfinden müssen.

Leo und Martha bereiteten eine kleine Mahlzeit für die vier vor, dann brachte Leo den anderen ihr Essen in den Schankraum. Während sie aßen, wurde kaum ein Wort geredet. Nur Leo und Martha fragten Talon hin und wieder nach etwas, das ihm in der Stadt aufgefallen sein könnte. Häufig ging es dabei um Dinge, die er überhaupt nicht bemerkt hatte. Danach breitete sich wieder unbehagliches Schweigen aus.

Nachdem die Küche aufgeräumt und alles fürs Frühstück vorbereitet war, gingen alle in ihre Zimmer, bis auf Talon, der in der Küche zurückblieb. Er spähte in den Schankraum und sah Robert, Caleb, Pasko und Magnus, die in ein Gespräch vertieft waren. Robert blickte auf, und als er den jungen Mann in der Tür bemerkte, sagte er: »Gute Nacht, Talon.«

Talon schloss die Tür und blieb einen Moment draußen stehen, unsicher, was er tun sollte. Er hatte kein eigenes Zimmer, in das er gehen konnte, da er aus der Scheune fast direkt in Lelas Zimmer gezogen war. Nach einiger Überlegung beschloss er, er könnte den Raum nun auch für sich nutzen, da sie ohnehin weg war.

Er ging die Treppe hinauf und öffnete die Tür. Das Zimmer war leer. Die schlichte Truhe stand offen, und das Bett war gemacht, aber nichts von Lelas Sachen war geblieben. Ihre Haarbürste lag nicht mehr auf dem kleinen Tisch, ebenso wenig wie die kleinen Schachteln, in denen sie ihre geringe Habe aufbewahrt hatte.

Er ließ sich auf die Strohmatratze sinken und dachte nach. Was sollte aus ihm werden? Einiges von dem, was rings um ihn her geschah, hatte er inzwischen begriffen, aber er wusste, dass es um viel mehr ging, als er sich vorgestellt hatte. Robert hatte offenbar mit noch erheblich wichtigeren Leuten zu tun als mit Kendrick.

Caleb hatte seinen Vater nur nebenbei erwähnt, und Talon hatte keine Ahnung, wie der Name dieses Mannes lautete und wieso er solches Interesse an diesen Dingen hatte.

Die Gespräche unten im Schankraum schienen erheblich ernster zu sein, als sie es gewesen wären, wenn sie nur über den kommenden Krieg geredet hätten oder wegen der Verteidigung des Gasthauses besorgt gewesen wären.

Nein, es ging hier um wesentlich mehr, als Talon begriff, und es frustrierte ihn, nicht das gesamte Bild zu kennen.

Er war so in Gedanken versunken, dass er kaum hörte, wie die Tür geöffnet wurde. Er drehte sich um und sah, wie Meggie hereinschlüpfte. Sie lächelte ihn an und flüsterte: »Ich dachte schon, dass ich dich hier finden würde.«

Er wollte sie gerade fragen, was sie wollte, als er sah, wie sie nach oben griff und die Träger ihres Hemds nach unten schob. Das schlichte Kleidungsstück fiel zu Boden, und sie kam zum Bett und kniete sich neben Talon auf die Matratze. »Mach Platz«, zischelte sie, als wäre er begriffsstutzig, und als er das tat, schlüpfte sie unter die Decke.

Er blieb verdutzt sitzen, bis sie sagte: »Es ist kalt, und du hast nicht den Eindruck gemacht, als wolltest du mir die Decke anbieten.« Als er weiterhin schwieg, sagte sie: »Komm schon, sei nicht dumm. Komm unter die Decke!«

Er drängte seine Verwirrung beiseite und gehorchte.

Sie schob ihn aus dem Bett, und er landete auf dem Boden. »Was soll das?«

Sie lachte leise. »Es ist einfacher, wenn du dich ausziehst, bevor du ins Bett gehst, Dummkopf.«

Er tat rasch, was sie ihm gesagt hatte, und schlüpfte dann neben sie unter die Decke.

Sie schlang die Arme um seinen Hals und flüsterte: »Lela hat dich offenbar nicht sonderlich gut unterrichtet. Dagegen müssen wir etwas unternehmen.«

Dann küsste sie ihn, und alle Sorgen um das, was unten im Schankraum besprochen wurde, waren schnell vergessen.

Magie

Talon richtete sich auf.

Sein Herz klopfte laut, als er hörte, wie Schritte auf der Treppe erklangen, und einen Augenblick wusste er nicht, wo er war. Neben ihm regte sich Meggie, und er schaute zu ihr hin und war noch verwirrter, wenn auch diesmal emotional. Wie leicht Lela doch zu einer trüben Erinnerung geworden war, als er erst in Meggies Armen gelegen hatte!

Die Tür wurde geöffnet, und Magnus trat ein. Er trug seinen Schlapphut und hatte den Stab in der Hand, und an einem breiten schwarzen Gurt über einer Schulter hing eine Ledertasche.

Meggie regte sich erneut und öffnete die Augen. Als sie den Magier entdeckte, zog sie sich die Decke bis ans Kinn.

Magnus ignorierte sie. »Talon, zieh dich an und such deine Sachen zusammen. Wir brechen sofort auf.«

»Was?«

Aber die Tür war bereits wieder hinter dem Magier zugefallen.

Talon stolperte aus dem Bett und sah sich um. Er hatte nicht viel zu packen. Er besaß zwei saubere Hemden und eine zweite Hose, außerdem die Stiefel, die neben dem Bett standen, und einen kleinen Beutel mit Geld, das er mit Sonderarbeiten für die Gäste verdient hatte. Selbst das Schwert und der Dolch, die er benutzte, gehörten nicht ihm, sondern Caleb.

Er blickte Meggie an, die schüchtern lächelte. Er wusste nicht, was er sonst sagen sollte, also erklärte er nur: »Ich muss gehen.«

Sie nickte. Er zog sich an, nahm sein jämmerliches Bündel und eilte hinunter zum Schankraum, wo Magnus zusammen mit Robert wartete.

»Talon, du wirst mit Magnus gehen«, sagte Robert. »Tu, was er von dir verlangt, als spräche er für mich. Ich werde dich wiedersehen, aber erst in einer Weile.«

»Wohin gehen wir?«, fragte Talon, der endlich ganz wach war.

»Du wirst alles erfahren, wenn du erst dort bist.« Roberts Tonfall verbot weitere Fragen.

Magnus ging zur Küche und sagte: »Komm mit.«

Talon tat wie ihm geheißen und ging hinter dem Magier durch die Küche, wo Leo und Martha die Mahlzeiten für den nächsten Tag vorbereiteten. Er folgte Magnus in den Hof, wo der Magier sagte: »Stell dich neben mich und halte dich an meinem Stab fest.«

Talon stellte sich neben Magnus, rückte seinen Geldbeutel ein wenig beiseite und nahm die saubere Kleidung in die linke Ellbogenbeuge, sodass er den Stab mit der rechten Hand packen konnte.

Ohne ein Wort holte der Magier ein Gerät aus den Falten etwas hervor, eine Kugel aus einem Metall, das wie Bronze oder vielleicht sogar wie Gold schimmerte. Talon sah, dass

Magnus einen Knopf an der Seite mit dem Daumen drückte, und das Geräusch eines zornigen Bienenschwarms umgab sie.

Talon fühlte sich, als wäre die Welt unter seinen Füßen weggebrochen, und das Herz schlug ihm bis zum Hals. Einen Augenblick lang befürchtete er, blind geworden zu sein, aber dann stellte er fest, dass er statt schwarz eher ein tiefes Grau sah, eine Leere, das absolute Nichts. Dann hatte er wieder Boden unter den Füßen, aber es fühlte sich an, als bewege sich dieser Boden. Er musste sich fest an Magnus' Stab klammern, um nicht zu stürzen.

Plötzlich hatte er das eindeutige Gefühl, sehr weit vom Gasthaus entfernt zu sein.

Es war immer noch dunkel, und in der Luft hing ein merkwürdiger Geruch, den er noch nie zuvor wahrgenommen hatte. Aus der Ferne war ein seltsames Geräusch zu vernehmen, ähnlich wie Donner, aber sehr tief und rollend, und es wiederholte sich regelmäßig.

Der Magier beobachtete ihn einen Augenblick, dann sagte er: »Was du da hörst, sind die Brecher.«

Talon sah ihn im Dunkeln an. Magnus' Züge waren von dem Schatten verborgen, den die Krempe seines Hutes warf, und das einzige Licht kam von dem kleinen Mond, der gerade unterging. »Brecher?«

»Wellen, die sich an Felsen brechen.«

»Wir sind nahe am Meer?«, fragte Talon, und noch während er sprach, erkannte er, wie dumm diese Frage war.

Aber Magnus tadelte ihn nicht dafür, sondern sagte nur: »Komm.«

Sie gingen einen Pfad entlang und einen Hügel hinauf

und standen dann vor einer kleinen Hütte. Aus irgendeinem Grund war das Geräusch der Wellen auf den Felsen hier lauter. »Bei Sonnenaufgang kannst du den Nordstrand der Insel von hier aus sehen«, sagte Magnus und betrat die Hütte.

Talon folgte ihm in einen kleinen Raum mit Wänden aus Flechtwerk und Lehm und einem Strohdach. Der Boden sah zunächst aus, als bestünde er aus gestampfter Erde, aber als Talon noch einen Schritt vorwärtsmachte, sah er ein Glimmen, den Widerschein des niedergebrannten Feuers im Kamin. Er kniete sich hin und berührte den Boden.

Magnus stellte seinen Stab in die Ecke, setzte den Hut ab und nahm die Tasche von der Schulter. Er warf einen Blick zu Talon und lächelte. »Der Boden ist dir also aufgefallen«, stellte er fest.

»Woraus besteht er?«

»Stein. Es war einmal Schlamm, aber ein schlauer Zauberspruch hat ihn in Stein verwandelt. Ich hatte eigentlich an Marmor gedacht, aber bei der Rezitation muss ich etwas verwechselt haben.« Er zuckte mit den Schultern. »Das ist nichts als Eitelkeit«, sagte er und zeigte dann auf die Wände und das Dach. »Die Wände brauchen nie ausgebessert zu werden, und das Dach ist ebenfalls ziemlich beständig.«

In dem kleinen Raum befanden sich fünf Gegenstände: eine riesige Truhe, ein Tisch mit zwei Stühlen und ein Strohsack. »Das hier ist mein Strohsack«, sagte Magnus. »Du wirst vor der Feuerstelle schlafen.«

Talon nickte. Er zeigte auf seine wenigen Besitztümer und fragte: »Wo soll ich diese Sachen hintun?«

Der Magier zog die Brauen hoch, als er die geringe Habe

des jungen Mannes betrachtete. »Benutz die Kleidung als Kissen. Und den Beutel legst du irgendwohin, wo er nicht im Weg ist.«

Talon nickte und sah sich um. In einer Ecke neben der Feuerstelle gab es eine Feuerzange, einen Kessel und einen Besen, aber die andere Ecke war leer. Er legte sein kleines Kleiderbündel dorthin.

»Komm mit raus«, sagte Magnus, und als sie wieder unter dem Nachthimmel standen, verlangte er: »Du bist kein dummer Junge. Sieh dir die Sterne an und sag mir, wo wir deiner Ansicht nach sind.«

Talon blickte auf und verglich den Himmel mit dem, den er als Kind in seinen heimatlichen Bergen gesehen hatte. Er schaute den kleinen untergehenden Mond an und warf dann einen Blick nach Osten, wo ein Schimmern das Aufgehen des großen Mondes ankündigte. »Noch vier Stunden bis zur Dämmerung«, stellte er fest. »Aber als du mich in *Kendricks Gasthaus* geweckt hast, dämmerte es dort bereits.« Er kannte sich mit Geografie nur wenig aus, hatte nur ein paar Landkarten gesehen, mit denen sich Robert beschäftigt hatte. Doch mit dem Wenigen, was er wusste, kam er zu dem Schluss: »Wir sind auf einer Insel im Bitteren Meer.«

»Gut. Wie bist du darauf gekommen?«

»Wir sind westlich von *Kendricks Gasthaus*, denn ansonsten wäre es schon Morgen, oder wenn wir weiter östlich wären, wäre es später Nachmittag oder frühe Nacht, und der kleine Mond würde tief am östlichen Himmel stehen statt im Westen untergehen. Aber wir befinden uns nicht weit genug im Westen, um hinter der Straße der Finsternis und in der Endlosen See zu sein. Wir sind … südlich von unserem Ausgangsort.«

»Gut«, wiederholte Magnus.

»Darf ich wissen, wieso ich hier bin?«, fragte Talon.

»Halte dich noch einmal am Stab fest und lass auf keinen Fall los.«

Talon packte den Stab, und plötzlich wurde er wie von der Hand eines Riesen nach oben in die Luft gerissen. Der Boden verschwand mit schwindelerregender Schnelligkeit, und sie rasten durch die Wolken.

Dann hielten sie inne. Und Talon wusste, ohne hinzusehen, dass die Knöchel seiner Hände weiß waren, denn er klammerte sich mit all seiner Kraft an den Stab.

»Sieh dir die Welt an, Talon Silberfalke.«

Im Osten überzog der aufgehende große Mond die weit entfernte Landschaft mit seinem Silberlicht. Ein frischer Wind wehte, aber Talon schauderte aus anderen Gründen. Er hatte schreckliche Angst.

Er nahm sich jedoch zusammen und blickte sich um. Die Insel unter ihnen war in Wolken und Dunkelheit verborgen, aber er hatte ein Gefühl von ihrer Größe erhalten, als sie nach oben geschossen waren. Die Hütte befand sich am nördlichen Strand der Insel, und das Land senkte sich nach Süden hin ab, vielleicht zu einem Tal. Talon wusste nicht viel über Meere und Inseln, nur, was er auf Roberts Landkarten gesehen hatte, aber er hielt die Insel für ziemlich groß – größer als den Wald rings um *Kendricks Gasthaus*, wenn er sich nicht verschätzte.

Schließlich ließ seine Angst nach, und er sah sich in alle

Richtungen um. Das Licht des aufgehenden Mondes berührte die Wolken unter ihnen, und das Glitzern des Meeres im Norden reichte bis zur Biegung des Planeten am Horizont.

»So groß?«, sagte er schließlich.

»Gut«, erklärte Magnus, und sie stiegen wieder hinab. »Du kannst das Ganze jetzt in Perspektive setzen.« Als sie wieder sicher auf dem Boden waren, fuhr er fort: »Du bist nur aus einem einzigen Grund hier, Talon Silberfalke, nämlich um zu lernen.«

»Um was zu lernen, Magnus?«, fragte Talon.

Der Magier legte Talon die Hand auf die Schulter und drückte sie sanft. »So viel, wie ich dir nur beibringen kann.« Dann drehte er sich ohne ein weiteres Wort um, betrat die Hütte, und nach kurzem Zögern folgte Talon ihm in die Behausung, die nun offenbar für einige Zeit sein Heim sein würde.

Talon las die Passage zum fünften Mal laut vor, und Magnus lauschte angestrengt. Als Talon fertig war, sagte der Magier: »In Ordnung.«

Während des ersten Monats, nachdem sie auf der Insel angekommen waren, hatte Talon laut lesen müssen, und Magnus hatte seine Grammatik und seine Aussprache, die Satzmelodie und den Tonfall verbessert. Talon wusste von den Stunden, in denen er Graf Ramon DeBarges belauscht hatte, dass Magnus versuchte, ihm die Sprechweise eines Adligen beizubringen.

»Das hier ist etwas Neues«, sagte Magnus und hielt ihm ein Buch hin.

Es war in einer ihm unbekannten Schrift verfasst. »Was ist das?«

»Ein eher langweiliges Buch über das Leben eines unwichtigen Königs der Insel, Henry des Dritten. Aber es ist schlicht geschrieben und wird dir helfen, wenn du die Sprache des Königreichs lesen und schreiben lernen willst.«

»Magnus, können wir eine Pause machen?«

»Eine Pause?«

»In meinem Kopf dreht sich alles, und die Wörter auf der Seite verschwimmen vor meinen Augen. Ich bin jetzt seit einer Woche nicht mehr aus dieser Hütte rausgekommen. Das letzte Mal war ein Spaziergang zum Strand an dem Nachmittag, als du weg warst.«

Es lag etwas Nörglerisches in Talons Tonfall, und das war für ihn ziemlich ungewöhnlich. Der Magier lächelte. »Ruhelos, wie?«

»Sehr. Vielleicht könnte ich auf die Jagd gehen?« Talon hielt inne. »Wenn du einen Bogen hättest …«

»Habe ich nicht. Aber kannst du angeln?«

Talon setzte sich aufrechter hin, und seine Augen schienen vor Begeisterung zu leuchten. »Ich habe in den Seen und Flüssen meiner Heimat geangelt, seit ich laufen konnte.«

Magnus betrachtete ihn einen Moment schweigend, dann sagte er: »Also gut. Ich zeige dir, wie man im Meer angelt.«

Mit einer Geste schuf er eine schwarze Leere in der Luft. Dann griff er hinein und schien nach etwas zu suchen. »Ah!«, rief er schließlich zufrieden, und als er den Arm zurückzog, hatte er eine Angel in der Hand. Er zog sie aus der Leere und reichte sie Talon.

Diese Angel war anders als alle, die Talon bisher gesehen hatte. Sie war lang – einen Fuß länger als die sechs Fuß, die er selbst maß –, und es befand sich ein seltsames Gerät daran, ein Zylinder mit einer Sperrklinke und einer Kurbel, um den eine Menge Schnur gewickelt war. Die Schnur war entlang der eigentlichen Angel durch eine Reihe Ösen gefädelt – sie sahen aus, als bestünden sie aus Bambus – und verlief zu einer Metallöse an der Spitze.

Magnus holte eine weitere solche Angel aus der schwarzen Leere und dann einen Fischkorb an einem Gürtel.

»Komm, gehen wir also angeln. Aber du wirst auch dabei etwas lernen.«

Seufzend griff Talon nach dem Fischkorb und den beiden Angeln und folgte dem Magier. Nun gut, der Unterricht würde weitergehen, aber er konnte zumindest den Nachmittag im Freien verbringen.

Er folgte dem Magier den felsigen Weg entlang von der Klippe zum Strand darunter. Der Wind peitschte die Wellen auf und ließ Gischt von den Brechern wehen. Talon fand das Geräusch der Wellen auf den Felsen inzwischen beruhigend und den Geruch des Meeres so belebend wie den der Kiefern und Espen seiner Heimat.

Als sie den Strand erreichten, zog Magnus sein Gewand hoch und steckte es sich unter den Gürtel. Bei einem anderen Mann wäre es ein komischer Anblick gewesen, aber an Magnus war nichts Komisches. Talon bemerkte, dass der Magier muskulöse Beine hatte, und kam zu dem Schluss, dass Magnus zwar nicht in erster Linie Krieger oder Jäger sein mochte, aber ebenso kräftig gebaut war wie sein jüngerer Bruder.

Der Magier zeigte Talon, wie man die Angelrute hielt. Er erklärte, wie die »Rolle« funktionierte, wie er das Gerät nannte, das an der Rute befestigt war, und erläuterte, dass der Riegel eine »Bremse« war, die die Rolle verlangsamte, wenn ein großer Fisch angebissen hatte und zu fliehen versuchte. Die Kurbel erlaubte dem Angler, den Fisch an Land zu ziehen, und hielt den Fisch davon ab, weiterzuzerren, bis der Angler die Sperre löste.

Talon war fasziniert. Seine gesamte bisherige Erfahrung, was das Fischen betraf, beschränkte sich auf Netze und eine Leine am Ende eines langen Stocks. Er sah zu, wie Magnus ein wenig Trockenfleisch aus dem Fischkorb holte und es auf einen großen Metallhaken spießte. Mit zwei Schritten und einer Bewegung, die halb Schritt, halb Sprung war, schleuderte er das Ende der Rute auf die Wellen zu und warf den Haken damit weit in die Brecher hinaus.

»Achte darauf, dass du genau weißt, wo sich der Haken befindet, bevor du wirfst«, warnte er Talon. »Es macht keinen Spaß, sich selbst damit zu fangen. Du musst das verdammte Ding durch die Haut drücken und abschneiden, um den Haken wieder aus dem Fleisch zu kriegen.«

Talon war klar, dass Magnus aus bitterer Erfahrung sprach. Er ging ein Stück von dem Magier weg und steckte ebenfalls Trockenfleisch auf den Haken. Dann ließ er die Schnur auf dem Sand ruhen, machte einen weiteren Schritt vorwärts und warf mit einer peitschenden Bewegung den Haken weiter aus, als Magnus es getan hatte.

»Gut gemacht«, lobte der Magier.

Schweigend standen sie etwa eine halbe Stunde lang da.

Keiner von beiden hatte etwas gegen die Stille. Dann fragte Magnus: »Was dachte dein Volk über diese Welt?«

»Ich bin nicht sicher, was du meinst.«

»Welche Geschichten erzählten sich deine Leute über die Natur der Welt?«

Talon dachte an die Geschichten, die die alten Männer im Sommer am Feuer erzählt, und an das, was der Schamane über die Geschichte ihres Volkes berichtet hatte. »Die Orosini glaubten, dass die Welt ein Traum ist, erfunden von den Göttern, im Geist eines göttlichen Wesens, das wir Schläfer nannten.«

»Und was ist mit den Menschen und anderen Lebewesen auf dieser Welt?«

»Wir sind auch Teil dieses Traums«, antwortete Talon. »Wir aber halten alles für echt. Und wer weiß schon, ob der Traum eines Gottes nicht auch die Wirklichkeit ist.«

Magnus schwieg eine Weile. Dann sagte er: »Dein Volk mag durchaus recht haben, denn diese Weltsicht steht nicht im Widerspruch zu dem, was wir wissen. Aber im Augenblick solltest du einmal den Glauben deines Volkes beiseiteschieben, denn ich sage dir etwas, wovon ich weiß, dass es wahr ist: Die Welt ist eine große Kugel aus Erde, Schlamm, Stein und Wasser, umgeben von Luft. Aber so groß sie auch sein mag, sie ist nur ein kleiner Teil eines Universums, das unvorstellbar riesig ist und voll anderer Welten, auf denen es häufig auch Leben gibt. Es gibt Milliarden Welten im Universum.«

»Milliarden?«

»Was hat Robert dir über Zahlen beigebracht?«, fragte Magnus.

»Ich kann addieren und subtrahieren, multiplizieren und wenn ich mich konzentriere auch dividieren.«

»Das ist schon mehr, als die meisten können. Wie groß waren die Zahlen, mit denen du gearbeitet hast?«

»Ich kann vierstellige Zahlen mit vierstelligen Zahlen multiplizieren.«

»Dann weißt du auch, was eintausend ist.«

»Zehn mal hundert«, antwortete Talon.

»Und zehntausend mal zehn ist hunderttausend.«

»Ja, ich verstehe.«

»Und zehnmal so viel ist eine Million.«

»Ah«, sagte Talon ein wenig unsicher.

Magnus bedachte ihn mit einem Seitenblick und sah, dass Talon nicht mehr weiterwusste. »Also gut, lass es mich auf diese Weise erklären. Wenn ich dir Sandkörner gebe, eines pro Sekunde, hättest du nach einer Minute sechzig in der Hand.«

»Und wenn du das tausend Sekunden lang tust«, nahm Talon die Richtung der Lektion voraus, »hätte ich tausend in der Hand. Ja, ich verstehe.«

»Es würde mehr als dreizehn Tage brauchen, bis ich dir eine Million Sandkörner gegeben hätte, ohne innezuhalten eins pro Sekunde.«

Talon war verblüfft. »So lange?«

»Eine Milliarde würde mehr als dreißig Jahre dauern.«

Talon sah Magnus vollkommen ungläubig an. »Kann eine Zahl so groß sein?«

»Größer« sagte Magnus. Mit einem kleinen Lächeln fügte er hinzu: »Zwei Milliarden.«

Talon lachte. »Und dann drei Milliarden und vier … Ja, ich verstehe.«

»Es gibt viele Milliarden Welten im Universum, Talon, vielleicht sogar zu viele, als dass unsere Götter sie alle kennen.«

Talon ließ es sich nicht anmerken, aber er fand den Gedanken faszinierend. Magnus machte weiter und beschrieb ein Universum von unendlicher Vielfalt und unendlichen Möglichkeiten.

»Was ist mit dem Leben auf diesen anderen Welten?«, fragte Talon schließlich.

»Hast du die Geschichten vom Spaltkrieg gehört?«

»Ja, mein Großvater hat mir davon erzählt. Er sagte, im Westen …« Talon hielt inne, warf dann einen Blick aufs Meer und fuhr fort: »Im Westen unserer Heimat … Ich nehme an, es ist östlich von hier …«

»Nein, es ist immer noch westlich von hier, an der Fernen Küste. Fahr fort.«

»Er sagte, dass Menschen aus einer anderen Welt durch Magie hergekommen seien, um uns zu bekriegen, aber das Königreich habe sie abgewehrt.«

»Das ist *eine* Version der Geschehnisse«, sagte Magnus trocken. »Ich werde dir ein anderes Mal erzählen, was wirklich geschehen ist.«

»Ähneln uns diese Leute?«

»So sehr, wie die Orosini den Menschen aus Roldem.«

»Also nicht sonderlich«, stellte Talon fest.

»Es genügte, um sich am Ende zu einigen und den Krieg zu beenden. Du kannst heute einigen ihrer Nachkommen begegnen.«

»Wo?«

»Vor allem in der Provinz Yabon im Königreich der Inseln. Viele haben sich in LaMut niedergelassen.«

»Ah«, sagte Talon, als würde er es verstehen.

Sie blieben eine weitere halbe Stunde stehen und schwiegen, bis Talon schließlich sagte: »Wir kommen offenbar nicht sonderlich gut voran.«

»Mit dem Angeln?«

»Ja.«

»Das liegt daran, dass wir den falschen Köder verwenden.«

Talon blickte seinen Lehrer überrascht an. »Den falschen Köder?«

»Wir können mit Trockenfleisch vielleicht einen Hai fischen, aber wenn wir etwas anderes wollen, hätten wir frische Makrelen auf den Haken spießen müssen.«

»Warum tun wir das hier also?«

»Weil es beim Angeln nicht ums Fischefangen geht.« Der Magier schaute aufs Wasser, und Talon spürte, wie sich die Haare auf seinem Arm sträubten, was besagte, dass Magnus magische Energien sammelte. »Da«, sagte er und zeigte aufs Meer hinaus. Dann bewegte er die rechte Hand nach oben, und etwas Großes schien aus dem Wasser zu springen. Es hatte etwa die Größe eines kleinen Pferds, war mit roten Schuppen bedeckt, und seine Zahnreihen sahen mörderisch aus. Als es außerhalb des Wassers war, zuckte es und versuchte, diesen unsichtbaren Feind zu beißen, der es in der Luft hielt.

Mit einer Bewegung seines Handgelenks ließ Magnus den

Fisch wieder in die Wellen fallen. »Wenn ich Fisch haben will, greife ich sie mir einfach.«

»Weshalb stehen wir dann mit diesen Angeln hier?«

»Weil es Spaß macht«, sagte Magnus. »Es ist eine Möglichkeit, sich zu entspannen und in aller Ruhe nachzudenken.«

Obwohl er sich vollkommen albern vorkam, behielt Talon weiterhin die Angel in der Hand und musste feststellen, dass seine Gedanken rasch zu dem zurückkehrten, was er darüber erfahren hatte.

Als der Abend dämmerte, sagte er: »Magnus, kann ich dich etwas fragen?«

»Wie soll ich dich unterrichten, wenn du das nicht tust?«

»Nun …«

»Raus damit«, sagte Magnus und warf die Angel wieder aus. Der Wind wurde stärker und blies dem Magier das weiße Haar aus dem Gesicht.

»Es gibt da etwas, das mich verwirrt.«

»Was denn?«

»Frauen.«

Magnus drehte sich um und starrte Talon an. »Etwas Bestimmtes an Frauen oder Frauen im Allgemeinen?«

»Ich denke, im Allgemeinen.«

»Du bist kaum der erste Mann, der das sagt.«

»Das weiß ich inzwischen«, erwiderte Talon. »Es ist einfach so, dass bei meinem Volk die Dinge zwischen Männern und Frauen … nun ja, *vorhersehbar* waren. Einem jungen Mann wurde die Braut ausgesucht, wenn er von seiner Namenssuche zurückkehrte, und er heiratete kurz danach und blieb bei dieser Frau …« Er senkte die Stimme. »Aber ich habe bereits zwei Frauen gekannt, und ich bin mit keiner von ihnen verheiratet.«

»Und das beunruhigt dich?«

»Ja … Nein … Ich weiß es nicht.«

Magnus steckte die Angel in den Sand und ging zu Talon. »Ich kann dir nicht viel sagen, mein junger Freund. Meine Erfahrungen in diesem Bereich sind sehr begrenzt.«

Talon starrte den Magier an. »Magst du keine Frauen?«

Magnus lächelte. »Das ist es nicht … Ich hatte einige Erfahrungen, als ich jünger war … etwa in deinem Alter. Es ist nur so, dass ein paar von uns Magiern es vorziehen, Abstand zu halten. Herzensangelegenheiten verkomplizieren alles nur.« Er blickte erneut aufs Meer hinaus. »Ich bilde mir gern ein, dass ich klarer denken kann, wenn ich solche Dinge vermeide.« Er sah wieder Talon an. »Aber wir beide sind da wohl verschieden. Was willst du wissen?«

»Ich war für eine Weile mit Lela zusammen. Ich dachte, wir würden vielleicht …« Talon schaute in den Sand und wirkte sehr verlegen. »Ich dachte, wir würden vielleicht heiraten.«

Als er Magnus einen Blick von der Seite her zuwarf, sah er, wie der Magier rasch einen amüsierten Ausdruck verbarg und dann wieder ernst wurde.

Talon fuhr fort: »Aber als ich mit Caleb aus Latagore zurückkehrte, war sie weg. Ich hatte kaum genug Zeit, darüber nachzudenken, dass ich sie nie wiedersehen würde, als Meggie …«

»Ah«, sagte Magnus. »Ja, du warst mit ihr zusammen, als ich dich an dem Morgen geweckt habe, ich erinnere mich.«

»Nur, wie kann ich so intensiv für Lela empfinden und dann Meggie beiliegen? Und ich habe, während ich mit Meggie zusammen war, nicht ein Mal an Lela gedacht.«

Magnus nickte. »Ich will dich eins fragen: Wenn ich eines der Mädchen sofort hierherbringen könnte, welches würdest du sehen wollen?«

Talon stand schweigend da und hielt weiterhin seine Angel fest. »Ich weiß es nicht«, antwortete er schließlich. »Ich dachte, dass ich Lela liebe … Ich liebe sie auch. Aber Meggie hat diese Art, sich zu bewegen. Sie ist … feurig. Das ist doch das richtige Wort, oder?«

Magnus schwieg eine Weile, dann sagte er: »Die Wege des Herzens sind kompliziert.« Er schaute wieder aufs Meer hinaus. »Die Wellen kochen und brechen sich an den Felsen, Talon. So geht es auch mit menschlichen Empfindungen. Leidenschaft kann der Untergang eines Mannes sein. Wenn du nur leidenschaftlich und nicht auch weise bist, haben deine Feinde eine gefährliche Waffe gegen dich in der Hand.«

»Das verstehe ich nicht.«

»Die meisten Menschen empfinden leidenschaftlich für etwas oder jemanden, zumindest zu bestimmten Zeiten ihres Lebens. Ein Mann mag eine Frau leidenschaftlich lieben oder seinen Beruf oder leidenschaftlich einem Ideal anhängen.«

»Einem Ideal?«

Magnus nickte. »Es gibt Menschen, die ihr Leben für ein Ideal geben. Menschen, denen das große Ganze wichtiger ist als ihr persönlicher Gewinn.« Er sah Talon an. »Und es gibt auch dunkle Leidenschaften: Ehrgeiz, Gier, Lust, Machthunger. Was du für Lela und Meggie empfindest, liegt irgendwo zwischen diesen Extremen, zwischen dem Ideal und dem Dunklen. Schlimmstenfalls ist es blinde Lust, die den Frauen, die du verführst, keinen Respekt erweist. Im anderen Extrem gerätst du zu schnell in den Bann von Frauen und glaubst, dass jede von ihnen vollkommen selbstlose Anbetung wert wäre. Beide Extreme sind falsch.«

Talon nickte.

»Du bist jung. Es wird noch viele Frauen in deinem Leben geben, wenn du das willst. Aber die Umstände bringen dich vielleicht auch in eine Situation, in der du dich schnell entscheiden musst, ob es um reine Lust oder um tiefere Liebe geht. Die beiden jungen Frauen, die du gekannt hast, sind überwiegend gute Frauen. Zumindest hatten sie keine bösen Absichten mit dir. Auf ihre Art hatten sie dich gern. Und du sie. Aber ich erinnere mich auch, wie es in deinem Alter war, in ein Paar grüne Augen zu schauen und von Gefühlen überwältigt zu werden, die so heftig waren, dass ich dachte, mein Herzschlag würde aussetzen, nur um das Gleiche ein paar Tage später erneut zu erleben, als ich in ein Paar braune Augen schaute. So ist nun mal das Herz eines jungen Mannes, Talon. Es muss gezähmt und gezügelt werden. Man muss es dazu bringen, dem Geist zu folgen, denn du wirst bald erfahren, dass Liebe etwas sehr Schwieriges ist.«

»Ich weiß nicht, ob das meine Frage beantwortet.«

»Ich weiß nicht einmal, ob du verstanden hast, was du fragen wolltest.« Magnus griff nach seiner Angel, rollte die Schnur auf und warf sie wieder in die Brandung hinaus. »Wir werden später noch darüber sprechen. Und bald schon wird es andere geben, die du nach diesen Dingen fragen kannst. Andere, die dir bessere Antworten geben können als ich.«

»Danke, Magnus.«

»Gern geschehen. Du wirst mir noch viele andere Fragen stellen, bevor deine Zeit auf dieser Insel vorbei ist.«

»Wie viel länger werde ich noch hierbleiben?«

»So lange wie nötig.«

»So lange wie nötig?«

»Um zu erreichen, was wir erreichen wollen«, antwortete Magnus.

Talon setzte zu einer weiteren Frage an, dann überlegte er es sich anders.

Der Nachmittag ging weiter, und Talon bekam Hunger. »Besteht überhaupt Hoffnung, dass wir uns hier unser Abendessen fangen?«

»Hungrig?«

»Ja.«

»Weißt du, wie man Fisch zubereitet?«

Talon hatte von Leo diverse Fischgerichte gelernt. »Ja, aber du hast nur den Kessel zum Kochen und den Spieß zum Braten. Ich nehme an, ich könnte einen Eintopf machen …«

»Nein«, sagte Magnus, »ich dachte an etwas Komplizierteres. Wir haben seit einem Monat oder mehr Eintopf und Braten gegessen. Heute Abend haben wir uns eine richtig gute Mahlzeit verdient.«

»Und wie sollen wir das machen?«

»Keine Sorge«, erwiderte Magnus. »Als Erstes müssen wir natürlich einen angemessenen Hauptgang finden.« Er schloss die Augen, dann öffnete er sie wieder, und Talon glaubte, ein schwaches Glitzern darin auszumachen. Magnus streckte die Hand aus, mit der Handfläche nach oben, dann hob er sie langsam, und aus dem Meer stieg ein etwa vier Fuß langer Fisch. Magnus zeigte auf eine Stelle vor Talons Füßen, und der Fisch flog durch die Luft und landete dort und zappelte und wand sich im Sand.

»Sei vorsichtig, diese Flossen können schneiden, wenn du sie zu fest packst.«

Talon schaute Magnus an. »Soll ich ihn zur Hütte tragen?«

»Wie soll er sonst dorthin gelangen?«, fragte der Magier.

Talon versuchte, das zappelnde Geschöpf zu packen, aber der Fisch war ebenso glitschig wie schwer. »Hast du etwas, womit ich ihn erschlagen kann?«, fragte er nach mehreren vergeblichen Versuchen, mit dem Fisch zurechtzukommen.

»Oh«, sagte Magnus, machte eine Handbewegung, und der Fisch wurde schlaff. »Er lebt noch, also wird er schön frisch sein, wenn du ihn filetierst. Dieses Geschöpf nennt man Thunfisch, und du kannst ihn leicht grillen und unterschiedlich würzen. Leicht gewürzter Reis und gedämpftes Gemüse wären eine passende Beilage. Und kühler Wein, vielleicht ein halbtrockener aus Ravensburg.«

Talon griff nach dem großen Fisch und blickte zu dem steilen Weg, der die Klippen hinaufführte. »Sonst noch etwas?«

»Wenn mir noch etwas einfällt, lasse ich es dich wissen.«

Talon stapfte langsam den Weg hinauf, und als er die Hütte erreichte, tat ihm alles weh. Seine Arme und Schultern waren wie verknotet, und seine Knie zitterten. Er war überzeugt, dass der Fisch fast so viel wog wie er selbst, und fragte sich, was er damit machen sollte. Er hätte ihn auf dem Tisch ausnehmen können, aber das hätte eine Riesenschweinerei verursachen. Vielleicht auf dem Boden draußen, dann würde er die Eingeweide mit Wasser wegwaschen können. Und wenn die Filets groß genug waren, konnte er sie auf den Spieß stecken und braten.

Aber wo sollte er Reis und Gewürze finden? Das Essen in Magnus' Hütte war bisher sehr schlicht gewesen, und das war noch freundlich ausgedrückt.

Er legte den Fisch hin, und als er sich erhob, ermahnte ihn sein Rücken mit stechenden Schmerzen daran, etwas derart Dummes nicht so bald wieder zu tun. Er rieb ihn mit den Knöcheln der einen Hand, während er mit der rechten die Tür öffnete.

Als er in die Hütte kam, wäre er vor Schreck beinahe wieder nach draußen gestolpert. Statt des kleinen Innenraums, den er inzwischen so gut kannte, sah er eine riesige Küche, größer als die Hütte selbst. Er schaute über die Schulter noch einmal zur Tür hinaus und sah dort die vertraute Landschaft, aber drinnen sah es vollkommen anders aus.

Er entdeckte einen großen Tisch mit einer Pumpe, an der er den Fisch säubern konnte, und dahinter einen Herd. Daneben brannte ein Feuer unter einem Metallgrill. Er sah Regale weiter hinten an der Wand und zweifelte nicht daran, dass er dort Gewürze und Reis finden würde. Und er war sicher, dass diese Tür dort zu einem Weinkeller führte, wo genau der richtige Wein zu diesem Essen kühl lagerte.

Talon kratzte sich am Kopf. »Wie hat er das bloß gemacht?«

Verwirrung

Talon blinzelte.

Er las gerade ein weiteres Buch in der Sprache des Königreichs, diesmal die Lebensgeschichte eines Kaufmanns aus Krondor namens Rupert Avery. Der Kaufmann hatte dieses Buch vor seinem Tod in Auftrag gegeben und veröffentlichen lassen, und Talon kam es vor wie ein einziger eitler Lobgesang auf diesen Rupert Avery. Es war schlecht geschrieben, und die Geschichte an sich war reichlich unglaubwürdig, denn wenn man ihr glaubte, war Avery für das Königreich unentbehrlich gewesen und hatte beinahe allein die Handlanger des Chaos besiegt, die versucht hatten, sein Land zu erobern.

Talon nahm an, dass die Geschichte an einem Lagerfeuer ganz gut klingen mochte, aber nur, wenn man mehr auf die Krieger und Magier in dem Bericht achtete und weniger auf die Hauptperson, einen Jungen, der fast sagenhaft reich geworden war. Er kippte auf dem Stuhl, auf dem er saß, leicht nach hinten, bis die Rückenlehne gegen die Wand stieß. So allmählich fing er an zu begreifen, was Reichtum bedeutete. Viele Menschen schienen sich daran zu erfreuen, Wohlstand anzuhäufen. Talon war Orosini, und vom Standpunkt dieses Volkes aus war alles, was man nicht essen, anziehen oder benutzen konnte, reiner Luxus, und über einen gewissen Punkt hinaus Luxus anzuhäufen war eine Verschwendung von Zeit und Kraft.

Dadurch, dass Talon nun dieses für ihn neue Konzept von Reichtum verstand, begriff er auch, wieso Macht für einige Menschen so wichtig war. Aus ihm vollkommen unbegreiflichen Gründen gab es Leute, die ebenso nach Macht gierten, wie dieser Avery nach Geld gegiert hatte. Männer wie der Herzog von Olasko, die unbedingt eine Krone tragen und König genannt werden wollten, obwohl er nach dem, was Caleb und Magnus Talon erzählt hatten, inzwischen vielleicht schon König von Olasko und Aranor war.

Talon kippte den Stuhl wieder nach vorn und legte das Buch auf den Tisch. Er war die letzten drei Tage allein gewesen, denn Magnus war zu einer seiner mysteriösen Reisen aufgebrochen, hatte Talon aber zuvor eine Reihe von Aufgaben übertragen: Er sollte bestimmte Bücher lesen – was Talon genoss, nachdem er nun seit über einem Jahr lesen konnte – und eine seltsame, einem Tanz nicht unähnliche Reihe von Bewegungen üben, die der Magier ihm beigebracht hatte. Magnus behauptete, der Tanz sei eine Form des waffenlosen Kampfes, Isalani genannt, wenn Talon das richtig verstanden hatte, und dass ein jahrelanges Studium dieser Bewegungen ihn auch in anderen Formen des Kampfes besser machen würde. Darüber hinaus musste er die Hütte sauber halten und sich zu essen kochen.

Damit war der größte Teil des Tages bereits ausgefüllt, aber die freie Zeit, die ihm blieb, nutzte Talon dafür, die

Insel zu erkunden, auch wenn Magnus ihn ausdrücklich angewiesen hatte, am nördlichen Strand zu bleiben. Im Süden erhob sich eine Hügelkette, die vielleicht einen halben Tagesmarsch entfernt war, und Magnus hatte ihm befohlen, sich von diesen Hügeln und dem Teil des Strandes, der sich weiter nach Süden zog, fernzuhalten. Der Magier hatte nicht erklärt, wieso Talon nicht nach Süden gehen sollte oder was geschehen würde, wenn er diese Anweisung ignorierte, aber Talon hatte nicht vor, Magnus herauszufordern.

Ein großer Teil von Talons Leben bestand nun aus Warten. Er wartete darauf, endlich herauszufinden, wofür man ihn ausbildete, denn inzwischen war er sicher, dass Robert und die anderen mit seiner Ausbildung einen ganz bestimmten Zweck verfolgten.

Die Ausbildung als solche machte rasch Fortschritte: Er beherrschte die Sprache des Königreichs nun beinahe fließend, sprach Roldemisch makellos und lernte auch Dialekte aus dem Kaiserreich Groß-Kesh, und außerdem beschäftigte er sich mit Geografie, Geschichte und Musik.

Die Musik genoss er am meisten. Magnus beherrschte einen Bannspruch, mit dem er Konzerte von Musikern heraufbeschwören konnte, die er im Lauf der Jahre gehört hatte. Die schlichtere Musik kam Talon relativ vertraut vor, aber Komplizierteres, gespielt von begabten Musikern zur Unterhaltung von Adligen, war ebenso bezaubernd. Damit er die Musik noch besser verstand, wollte Magnus, dass er Instrumente zu spielen lernte, und sie hatten mit einer einfachen Flöte begonnen, die nun auf dem Tisch lag – ein langes Holzrohr mit sechs Löchern darin. Die Flöte war ganz ähnlich wie die, die Talons Vater gespielt hatte, und Talon hatte schnell ein paar unkomplizierte Melodien darauf gelernt.

Er rieb sich mit der Hand übers Gesicht. Seine Augen brannten, und der Rücken tat ihm weh. Er stand auf und warf einen Blick aus dem Fenster. Die Sonne ging allmählich unter. Talon fiel auf, dass er schon den ganzen Nachmittag gelesen hatte.

Er warf einen Blick zum Herd, wo ein großer Kessel stand, halb voll mit dem Eintopf, den er vor zwei Tagen gekocht hatte. Er war immer noch essbar, aber Talon hatte genug von dem immer gleichen Essen. Er nahm an, dass er noch etwa eine Stunde Tageslicht hatte, um zu jagen oder zum Strand zu gehen und zu angeln.

Die Abenddämmerung war für beides eine gute Zeit. Es gab einen kleinen Teich in der Nähe der Hütte, an den Wild bei Sonnenaufgang und Sonnenuntergang zum Trinken kam, und die Fische in der Brandung schienen bei Sonnenuntergang aktiver zu werden.

Er rang einen Moment mit der Frage, was er denn nun tun sollte, dann kam er zu dem Schluss, dass er lieber angeln würde. Wild zu verfolgen verlangte zu viel Konzentration, und im Augenblick war ihm eher danach, am Strand zu stehen, den Wind im Gesicht zu spüren und den Blick auf etwas gerichtet, das viel weiter entfernt war als das Ende seiner Arme.

Talon griff nach der Angel und dem Fischkorb und ging nach draußen.

Als er wieder hinauf zur Hütte ging, war die Sonne bereits untergegangen. In wenigen Minuten hatte er vier große Stinte fangen können, die für sein Abendessen mehr als genügen würden. Er würde sie auf einem Metallgrill über dem Holzfeuer braten und ein paar von den Gewürzen benutzen, die Magnus in einer kleinen Truhe aufbewahrte. Er hätte auch gern ein wenig Reis dazu gehabt, und erst jetzt wurde ihm klar, welchen Luxus er durch Leo in der Küche von *Kendricks Gasthaus* kennengelernt hatte. Talons Mutter hatte oft Fisch gekocht, den sie zusammen mit Wurzeln und Beeren aßen, die die Frauen gesammelt hatten. Manchmal hatte es auch Maiskuchen gegeben, mit der Hand gerollt und am Feuer gebraten, dazu Honig, Beeren oder Nüsse. Aber Talon wusste nun Essen zu schätzen, das um einiges besser war, als seine Mutter sich je hätte träumen lassen. Es war seltsam, aber er war wahrscheinlich der beste Koch in der Geschichte seines Volkes.

Als er die Hügelkuppe schon fast erreicht hatte und der Weg eine kleine Biegung machte, blieb Talon stehen. Der Himmel war immer noch hell von der gerade erst untergegangenen Sonne, aber es wurde schnell dunkler.

Er spürte etwas und lauschte. Der Wald nahe der Hütte war still. Es hätte Geräusche geben sollen, wie das Huschen der Tagtiere, die ihre Höhlen und Nester aufsuchten, während sich die nachtaktiven Raubtiere auf Beutezug machten. Erste Nachtvögel hätten auf der Suche nach Insekten unterwegs sein sollen.

Stattdessen herrschte eine Stille, die nur eins bedeuten konnte: Es war jemand in der Nähe!

Einen Augenblick lang fragte sich Talon, ob Magnus wohl schon zurückgekehrt war, aber irgendwie wusste er, dass das nicht der Fall war. Es fühlte sich einfach falsch an.

Talon nahm an, dass auch noch andere auf dieser Insel lebten, vermutlich südlich der Hügelkette, dass er diese Leute aber vorerst nicht treffen sollte. Er hielt es jedoch für unwahrscheinlich, dass einer von ihnen unerwartet vorbeigekommen war, ohne sich vorher mit Magnus in Verbindung gesetzt zu haben.

Er legte die Angelrute und den Fischkorb zu Boden, dann bemerkte er, dass er seine Waffen in der Hütte gelassen hatte.

Er holte ein Messer, das er zum Abschuppen der Fische benutzte, aus dem Korb – eine jämmerliche Waffe, aber besser als nichts – und ging langsam auf die Hütte zu, alle Sinne geschärft. Er lauschte, sah sich um, schnupperte.

Es schien eine Präsenz in der Nähe der Hütte zu geben, etwas vollkommen Unvertrautes, das außerhalb seiner Erfahrung lag. Er hatte zunächst geglaubt, es könnte *jemand* bei oder in der Hütte sein, aber nun fühlte es sich irgendwie eher nach einem *Etwas* an.

Eine Gestalt kam aus der Hütte, beinahe zu schnell, als dass er die Bewegung wahrnehmen konnte, aber er erkannte einen menschenähnlichen Umriss, der jedoch kein Gesicht hatte.

Es war nur eine einheitlich schwarze Silhouette, die an Talons Wahrnehmung vorbei ins Dunkel der Nacht flatterte.

Er hielt inne, atmete so flach wie möglich und benutzte all seine Sinne, um herauszufinden, wohin das Wesen verschwunden war. Eine leichte Bewegung in der Luft hinter ihm machte ihn auf etwas aufmerksam, das sich schnell und lautlos in seinem Rücken bewegte, und er sackte in die Knie, stieß, ohne zu zögern, mit dem Fischmesser nach hinten und hätte einen Menschen irgendwo zwischen Knie und Lende getroffen.

Ein unmenschliches Trillern gellte durch die Nacht, als die Klinge etwas traf, und Talon wurde von einem fürchterlichen Schlag gegen die rechte Schulter niedergerissen, als wäre etwas Großes auf ihn gefallen.

Talon nutzte den Schwung des Sturzes, um sich abzurollen und wieder auf die Beine zu kommen, und als ein Windstoß an ihm vorbeirauschte, wusste er, dass er irgendwie einem Angriff eines weiteren unsichtbaren Gegners entgangen war. Sein Instinkt sagte ihm, dass sich zwei Angreifer hinter ihm befanden, und er sprang vorwärts, auf die Hütte zu. Wenn er überhaupt eine Hoffnung haben wollte, diesen Angriff zu überleben, brauchte er zumindest sein Schwert.

Seine Nackenhaare sträubten sich, als er sich der Hüttentür näherte, und ohne einen Blick zurück warf er sich durch die Tür und landete unsanft auf dem Boden, als etwas Unsichtbares durch die Luft schnitt, wo noch einen Herzschlag zuvor seine Brust gewesen war.

Er rutschte auf dem Bauch unter den Tisch, drehte sich um und sprang schnell auf, das Schwert in der Hand, warf den Tisch um, um die Wesen abzulenken, die ihm sicherlich folgen würden.

Der Tisch traf etwas, das direkt in der Tür stand, und Talon sah Dunkelheit, die sich bewegte. Eine Gestalt wurde sichtbar, aber Talon konnte sie nur deshalb erkennen, weil sie sich gegen das trübe Licht des frühabendlichen Himmels abzeichnete, das immer noch auf Zweige und Blätter fiel.

Dann war das Ding in der Hütte. Talon sah nur eine menschenähnliche Gestalt, die so schwarz war, als würde das Licht, das sie traf, von ihr verschluckt werden. Er wusste, dass es noch ein weiteres dieser Geschöpfe gab, das sich immer noch draußen befand, also zog er sich zur Feuerstelle zurück, griff nach einem brennenden Scheit und hielt es mit der linken Hand hoch.

Die Hand des Geschöpfs zuckte auf ihn zu, und Talon duckte sich nach rechts. Schmerz glühte in seiner linken Schulter. Das Geschöpf zog die Hand zurück, und einen winzigen Augenblick glaubte Talon, eine schnippende Bewegung in der Luft zu sehen, als würde ein Peitschenende zurückgezogen.

Talon brauchte nicht hinzusehen, um zu wissen, dass ihn eine unsichtbare Waffe getroffen hatte. Er spürte das Brennen an seiner Schulter und Feuchtigkeit, die sich ausbreitete, als das Blut aus der Wunde strömte.

Dann gab es ein Flackern nahe der Tür, und Talon wusste, dass der andere unsichtbare Angreifer die Hütte betreten hatte. Ein weiteres Flackern, das er nur aus den Augenwinkeln wahrnahm, warnte ihn, und er ließ sich nach rechts fallen. Wieder diese Schmerzen im Arm, aber er wusste, wenn er sich nicht bewegt hätte, wäre seine Kehle getroffen worden.

Er fiel gegen die schmiedeeiserne Halterung des Kessels über dem Feuer und rollte sich dann am Boden von der Stelle weg, wo er den Attentäter vermutete. Der Kessel schwang wieder zur Feuerstelle zurück und kippte um, und der Rest des Eintopfs ergoss sich ins Feuer, und plötzlich war die Hütte voller Rauch und Ruß.

Talon sah ein Bein vor sich, das sich in der raucherfüllten Luft abzeichnete. Ohne zu zögern, schlug er mit dem Schwert zu, und der gellend trillernde Schmerzensschrei, den er schon draußen vernommen hatte, erklang abermals, und diesmal lauter.

Im Rauch konnte Talon deutlich die Umrisse von zwei Gestalten ausmachen. Sie hatten in etwa die Form von Menschen und wirkten unbewaffnet, aber er wusste, dass dieser Eindruck trog.

Er huschte zurück an die Wand. Die anderen schienen nach ihm zu tasten, ihn aber nicht sehen zu können.

Talon packte sein Schwert, ignorierte das Feuer in seiner linken Schulter und stemmte sich mit dem Rücken an der Wand in eine stehende Position. Er war zum Teil verborgen von einem vom Boden bis zur Decke reichenden Regal, das Magnus ihn für die Bücher hatte bauen lassen.

Die beiden Geschöpfe bewegten sich wieder, eines blockierte die Tür, das andere kam auf Talon zu. Dieses Geschöpf hinkte, und Talon wusste, dass es jenes war, das er mit der Klinge getroffen hatte.

Nun, da er sein Schwert in der Hand hielt, war Talon auch bereit, es zu benutzen. Am besten tat er dies draußen, aber direkt vor der Tür, sodass seine Gegner nur einer nach dem anderen angreifen konnten.

Die Gestalt, die ihm am nächsten war, hob den Arm und bewegte ihn nach hinten, als wollte sie wieder mit einer Art Peitsche angreifen, und Talon sprang vor und versuchte, das

Geschöpf mit dem Schwert abzuwehren. Er sprang über den umgestürzten Tisch, senkte die unverletzte Schulter und rammte sie in die Mitte des Wesens, das in der Tür wartete.

Schmerzen zogen sich über seinen Rücken und die linke Hüfte. Er keuchte gequält. Das Geschöpf links von ihm hatte ihn getroffen, und Talon spürte, wie seine Knie weich wurden.

Als er zu Boden fiel, riss er das Schwert nach unten und wurde mit einem tiefen, fleischigen Geräusch und einem unmenschlichen Schrei belohnt, der abrupt endete.

Er rollte sich weg und versuchte gerade, wieder auf die Beine zu gelangen, als etwas durch die Tür huschte. Es gab tatsächlich noch einen dritten Angreifer!

Talon versuchte einen Rückhandschlag in Richtung der Tür, und es wäre ihm beinahe gelungen, sich aufzurichten, als brennende Schmerzen über seine linke Wange, Schulter und Brust zuckten.

Atemlosigkeit, ein klatschnasses Hemd und zitternde Knie sagten ihm, dass er zu viel Blut verlor. Sein Herz pochte heftig, und er wusste, falls er diese Geschöpfe nicht tötete, war sein Schicksal besiegelt.

Es gab ein weiteres Flackern an der Tür, was Talon verriet, dass nun beide wieder draußen waren. Er blinzelte und drehte den Kopf, versuchte die dunklen Gestalten auszumachen, aber inzwischen waren sie wirklich wieder unsichtbar.

Er spürte eine Bewegung von rechts und ließ sich nach links fallen. Er hatte vorgehabt, den Sturz abzufangen und sich wieder aufzurichten, aber sein linkes Bein gehorchte ihm nicht, und er stürzte zu Boden. Er spürte einen stechenden Schmerz in seinem rechten Bein. Er hatte sein Schwert verloren, und so sehr er sich auch dazu zwingen wollte, sich wegzurollen, sich von den beiden Geschöpfen zu entfernen, er konnte seinen Körper nicht dazu bringen, ihm zu gehorchen.

Eine weitere Feuerlinie brannte sich in seine rechte Schulter, und Talon schrie laut auf. Er war sich sicher, nun sterben zu müssen.

Sein Volk würde nicht gerächt werden, und er würde nie erfahren, wer seine Mörder waren oder wieso man ihn überhaupt umbringen wollte.

Seine letzten Gedanken waren voll finsterster Verzweiflung und tiefstem Bedauern, als gleißend weißes Licht um ihn herum explodierte und er ins Nichts fiel.

Talon trieb in einem Meer von Schmerzen. Seine Haut brannte, und er versank in Qualen. Aber er konnte sich nicht bewegen, konnte nichts dagegen tun. Stimmen und Bilder kamen und gingen, ein paar davon vertraut, die meisten aber fremd.

»... zu viel Blut verloren. Ich weiß nicht ...«

Dunkelheit umgab ihn wieder, und dann wurden die Schmerzen noch schlimmer.

»... überlebt hat, ist beinahe ein Wunder ...«

Ein seltsames Geräusch erklang für einige Zeit in seinem Ohr, dann wurde es plötzlich zu Musik. Irgendwo in der Nähe spielte jemand Flöte.

Dann wurde es wieder dunkel.

Die Zeit verging in verwirrtem Aufschrecken, vage erinnerten Bildern, Gerüchen und Strukturen. Das Gesicht einer Frau erschien mehrere Male vor ihm. Sie war sehr schön, aber ihre Miene war streng. Sie sprach mit anderen in der Nähe, aber Talon konnte die Worte nicht verstehen.

Er hatte Fieber, und in seinen Träumen erschienen Albtraumgeschöpfe. Ein blaues Wesen mit silbernen Hörnern beugte sich eine Weile über ihn und gab Pfeif- und Heultöne von sich. Andere Gesichter kamen und gingen, einige eindeutig menschlich, andere mit subtilen Abweichungen: ein zu langes Ohr, Augenbrauen aus Federn oder eine Nase mit einem kleinen Dorn am Ende.

Er hatte noch andere Träume, die sich um seine Kindheit im Dorf Kulaam drehten. Er sah das Gesicht von Türkisauge, die ihn traurig ansah. Er sah seinen Großvater, der ihn anlächelte. Er sah seine Mutter, seine Schwester und die anderen Frauen, die ihrer Arbeit nachgingen.

Er sah sich selbst, wie er den Berg hinunter aufs Dorf zurannte, erschöpft, aber so schnell er konnte.

Er sah Rauch, Tod und Feuer. Und er sah einen Mann auf einem schwarzen Pferd.

»Raven!«, rief er und fuhr auf.

Eine Frau packte ihn an den Schultern und sagte: »Ruhig, ganz ruhig. Es wird alles wieder gut.«

Talon bemerkte, dass er nass geschwitzt war. Ihm war schwindlig. Er bebte unter den Bandagen, die um einen großen Teil seines Körpers gewickelt waren, und plötzlich wurde ihm kalt. Er sah sich um.

Er befand sich in einem weißen Zimmer mit mehreren

schönen Möbelstücken, und durch ein großes Fenster konnte er einen blauen Himmel sehen, einen warmen Tag. Sanfter Wind wehte durch ein Fenster herein, und er hörte in der Ferne Stimmen.

»Wo bin ich?«

Die Frau stand auf. »Du bist unter Freunden. Ich werde Magnus holen.«

Talon ließ sich wieder in drei schwere Kissen sinken, die mit Daunen gefüllt waren. Er ruhte nackt zwischen feinen weißen Laken. Die Laken waren nass, seine Schulter war verbunden, ebenso wie der Rücken, die Rippen auf der linken Seite, beide Oberschenkel und die rechte Wade.

Ein paar Minuten später erschien Magnus, gefolgt von der Frau. »Wie geht es dir?«, fragte der weißhaarige Magier.

Talon lehnte sich in die Kissen zurück und sagte: »Ich könnte mich nicht mal gegen ein Kätzchen wehren.«

Magnus setzte sich auf die Bettkante und legte Talon eine Hand auf die Stirn. »Das Fieber ist weg.« Er berührte mit dem Daumen Talons linkes Augenlid und hob es ein wenig. »Und die Gelbsucht auch.«

»Was ist geschehen?«, fragte Talon.

»Das ist eine lange Geschichte. Die Kurzfassung lautet, dass jemand drei Todestänzer geschickt hat, um mich umzubringen. Stattdessen sind sie auf dich getroffen.«

»Todestänzer?«

»Ich werde es dir später erklären, aber im Augenblick musst du dich ausruhen. Hast du Hunger?«

Talon nickte. »Ich könnte etwas vertragen.«

»Ich hole ein wenig Brühe«, sagte die Frau und ging hinaus.

»Wie lange war ich in diesem Zustand?«, fragte Talon.

»Zehn Tage.«

»Ich bin seit zehn Tagen hier?«

Magnus nickte. »Du wärst beinahe gestorben, Talon. Wenn du irgendwo anders gewesen wärst als auf dieser Insel, wäre das sehr wahrscheinlich geschehen. Vielleicht hätte ein mächtiger Tempelpriester dich retten können, aber nur wenige außer denen, die hier wohnen, verfügen über die Fähigkeiten, einen so schwer Verwundeten am Leben zu erhalten. Die Berührung eines Todestänzers ist giftig, also überleben die Opfer selten, selbst wenn die Angreifer ihn nicht sofort töten.«

»Wie bin ich hierhergekommen?«

»Als die Todestänzer auf der Insel eintrafen, haben das einige von uns sofort gespürt. Wir sind zur Hütte geeilt, sobald klar war, dass sie es nicht auf diese Siedlung hier abgesehen hatten. Die Todestänzer hatten erwartet, einen Magier anzutreffen, der sich allein in der Hütte befand, doch stattdessen stießen sie auf einen Schwertkämpfer. Wenn du ihr auserkorenes Opfer gewesen wärst, wärst du gestorben, ohne auch nur zu erfahren, wie. Aber sie waren auf magischen Widerstand gefasst, nicht auf Stahl, und das hat uns genügend Zeit verschafft, um dich zu retten.«

»Wer ist ›uns‹?«

»Ich und andere«, erwiderte Magnus. Er stand auf, als die Frau mit einer großen Schale Brühe und einem Stück Brot zurückkehrte.

Talon setzte sich ein bisschen weiter auf, damit er essen konnte, aber schon diese Anstrengung bewirkte, dass ihm schwindlig wurde. Die Frau setzte sich neben ihn und griff nach dem Löffel, und er ließ sich ohne Widerspruch füttern.

Sie war sehr schön, vermutlich Mitte dreißig, hatte dunkles Haar, hinreißende blaue Augen und einen entschlossenen Zug um den Mund, der sie streng wirken ließ.

Er schaute von ihrem Gesicht zu dem von Magnus, und zwischen zwei Löffeln von Brühe bemerkte er: »Ich kann eine gewisse Ähnlichkeit erkennen. Du hast nie gesagt, dass du eine Schwester hast.«

Die Frau lächelte, und Magnus lächelte ebenfalls, was die Ähnlichkeit noch deutlicher machte, und die Frau sagte: »Du schmeichelst mir.«

»Talon, darf ich dir Miranda vorstellen? Sie ist meine Mutter.«

Talon schluckte. »Es ... es fällt mir schwer, das zu glauben.« Wenn überhaupt, dann sah sie jünger aus als ihr Sohn.

»Glaub es ruhig«, erwiderte Miranda. »Das hier ist ein ziemlich bemerkenswerter Ort.«

Talon schwieg und aß weiter. Als er fertig war, stellte Miranda die Schale ab. »Also gut«, sagte er. »Was ...«

»Nicht jetzt«, unterbrach sie ihn. »Du wirst später Zeit für Fragen haben, aber jetzt musst du dich ausruhen.«

Tatsächlich war Talons Müdigkeit größer als seine Neugier, und noch bevor Miranda das Zimmer verlassen hatte, hatte er die Augen wieder geschlossen und atmete gleichmäßig.

Zwei Tage, nachdem er das Bewusstsein wiedererlangt hatte, erlaubte man Talon aufzustehen und ein paar Schritte zu machen. Magnus gab ihm einen Stock, auf den er sich stützen konnte, denn seine Beine waren noch schwach, und sie schmerzten von den Wunden. So hinkte er nun neben dem Magier her, der sagte: »Willkommen in Villa Beata.«

»So heißt dieser Ort?«

»Ja. Die Worte stammen aus einer uralten Sprache und bedeuten ›Glückliches Haus‹.«

Sie befanden sich in einem großen Innenhof, der von einer niedrigen Mauer umgeben war. Die Gebäude ringsumher waren alle weiß verputzt und hatten rote Ziegeldächer.

»Ich hätte mir einen solchen Ort nie vorstellen können.«

»Jene, die ihn erbaut haben, haben sich weniger Sorgen um die Verteidigung gemacht als um Bequemlichkeit. Es gibt viele Geschichten darüber, wie die Siedlung entstanden ist.«

»Kennst du die wahre Version?«

Magnus lächelte. »Nein. Mein Vater meint, die Wahrheit zu kennen, aber der Mann, der ihm die Geschichte erzählt hat, war dafür bekannt, Geschichten zu erfinden, also werden wir vielleicht nie erfahren, wie dieser Ort entstanden ist.«

»Ist das hier dein Zuhause?«

»Hier bin ich aufgewachsen, ja«, sagte Magnus.

Talon sah sich um und riss verdutzt die Augen auf, als er ein Geschöpf mit blauer Haut und silbernen Hörnern erblickte, das einen großen Korb mit nasser Wäsche um die Ecke und in ein Gebäude trug. »Was war das denn?«, fragte er.

»Das war Regar, ein Cahlozier. Du wirst hier vielen Geschöpfen begegnen, die nicht wie du oder ich aussehen,

Talon. Vergiss nie, dass es empfindsame Wesen sind. Du wärst in ihrer Heimat so fehl am Platz, wie du glaubst, dass sie es hier sind.«

»Bevor ich dich kennengelernt habe, Magnus, hätte ich gedacht, er stamme aus einer Lagerfeuergeschichte, und als ich ihn während meiner Krankheit gesehen habe, habe ich ihn für eine Fiebervision gehalten. Inzwischen kann mich nicht mehr viel überraschen.«

»Oh, warte nur ein bisschen ab, junger Freund. Auf dich warten noch viele Überraschungen. Aber im Augenblick solltest du einfach den warmen Nachmittag genießen und dich hier eine Weile umsehen. Du musst wieder zu Kräften kommen.«

Während sie langsam weitergingen, entdeckte Talon immer wieder Leute, die unterwegs waren, und die meisten von ihnen sahen ziemlich normal aus, aber auf den einen oder anderen traf das ganz und gar nicht zu. Talon geriet schnell außer Atem, also hob er sich die meisten Fragen für später auf, aber es gelang ihm, sich lange genug auf den Beinen zu halten, um zu fragen: »Magnus, wer wollte dich umbringen?«

»Das, mein junger Freund«, erwiderte der Magier, »ist eine sehr lange Geschichte.«

Talon lächelte – zu lachen hätte ihm wehgetan. »Es sieht nicht so aus, als könnte ich bald von hier weggehen.«

Hinter ihm erklang eine Stimme: »Er hat Sinn für Humor. Das ist gut so.«

Talon drehte sich um und sah einen kleinen, beinahe gebrechlich wirkenden Mann hinter ihnen stehen. Er war kahl und trug ein schlichtes langes Gewand, das sich über der linken Schulter schloss und die rechte frei ließ. An den Füßen trug er Sandalen mit Riemen, in der linken Hand hielt er einen Stab, und über seiner Schulter hing eine Tasche. Der Mann sah gleichzeitig uralt und kindlich aus, und er betrachtete Talon forschend aus dunklen, ein wenig mandelförmigen Augen.

»Talon, das hier ist Nakor.« Mit einer leichten Veränderung des Tonfalls, den Talon nicht so recht verstand, fügte Magnus hinzu: »Er war einer von meinen … Lehrern.«

Nakor nickte. »Manchmal. Zu anderen Zeiten kam ich mir eher wie ein Gefängniswärter vor. Magnus war in jungen Jahren ein ziemlicher Unruhestifter.«

Talon sah Magnus an, der missbilligend das Gesicht verzog, aber nicht widersprach. Er schien etwas sagen zu wollen, aber dann war es Nakor, der weitersprach.

»Und was deine Frage angeht, junger Mann, so ist das eine ziemlich wilde Geschichte, und eine, die du hören musst, aber noch nicht jetzt.«

Talon sah von einem zum andern, bemerkte eine lautlose Verständigung zwischen den beiden Männern und begriff irgendwie, dass Nakor dem anderen zu verstehen gab, er solle nicht mehr über den Angriff sprechen.

»Magnus«, sagte Nakor, »ich glaube, dein Vater wollte mit dir sprechen.«

Magnus zog die Brauen hoch und erwiderte: »Zweifellos.« An Talon gewandt, sagte er: »Ich überlasse dich also Nakors Obhut, und ich kann dir nur raten, dich nicht zu sehr zu ermüden. Du warst schwer verwundet und brauchst Ruhe und Essen mehr als alles andere.«

»Ich bringe ihn zurück zu seinem Zimmer«, versprach Nakor.

Talon verabschiedete sich von Magnus, und als er sein Zimmer erreichte, zitterten seine Knie so sehr, dass Nakor ihn stützen musste.

Etwas an diesem scheinbar so zerbrechlichen alten Mann faszinierte ihn. Er war sicher, dass Nakor über große Macht verfügte, aber Magnus' ehemaliger Lehrer hatte auf dem Rückweg zum Haus kein Wort gesprochen.

»Nakor?«

»Ja, Talon?«

»Wann werde ich es erfahren?«

Nakor sah dem jungen Mann ins Gesicht und bemerkte, wie sehr der sich anstrengen musste, die Augen offen zu halten. Als die Müdigkeit Talon schließlich überwältigte und er die Augen schloss, antwortete Nakor: »Bald, Talon. Bald.«

Eine Woche verging, und Talons Kraft kehrte allmählich zurück. Er sah interessiert zu, als die Verbände schließlich abgenommen wurden, und entdeckte Narben, die jedem älteren Mitglied seines Clans gut angestanden hätten.

Er war noch nicht einmal zwanzig und sah aus, als wäre er ein Veteran vieler Kämpfe, ein beinahe doppelt so alter Mann. Einen Augenblick spürte er tiefe Traurigkeit, denn ihm wurde klar, dass es niemanden von seinem Volk mehr gab, dem er diese Zeichen eines Kriegers voller Stolz zeigen konnte. Und selbst wenn ein solcher Überlebender tatsächlich noch existierte, hätte Talon keine Tätowierungen gehabt, die ihn als Orosini auswiesen.

Miranda entfernte den letzten Verband und bemerkte, dass Talon unwillkürlich die Hand an seine Wange gehoben hatte. »Woran denkst du?«

»An mein Volk«, sagte Talon.

Miranda nickte. »Es gibt hier viele, die Schlimmes hinter sich haben, Talon. Die Geschichten, die du auf dieser Insel hören wirst, werden dir deutlich machen, dass du nicht allein bist.« Sie setzte sich auf die Bettkante und griff nach seiner Hand. »Einige hier sind Flüchtlinge, die vor Mord und anderen Grausamkeiten geflohen sind, ganz ähnlich wie du, und andere sind Überlebende, ebenfalls wie du, die ihre Heimat verloren hatten.«

»Was ist das hier für ein Ort, Miranda? Magnus weicht meinen Fragen aus, und Nakor sagt manchmal Dinge, die man ...«

»Nicht ernst nehmen kann?«

Talon lächelte. »Er ist manchmal sehr ... witzig.«

»Lass dich davon nicht hinters Licht führen, Junge«, riet ihm Miranda und tätschelte seine Hand. »Er ist vielleicht der gefährlichste Mann, dem ich je begegnet bin.«

»Nakor?«

»Nakor«, bestätigte sie und stand auf. »Und nun warte hier und ruh dich noch ein wenig aus, und bald wird jemand zu dir kommen.«

»Wozu?«, fragte er, denn er war ruhelos und wollte das Zimmer wieder verlassen.

»Um dich mitzunehmen.«

»Wohin?«

Sie stand schon in der Tür. »Du wirst schon sehen.«

Talon lehnte sich im Bett zurück. Ihm tat immer noch alles weh, doch er hatte das intensive Bedürfnis, nach draußen zu gehen und etwas zu tun, und sei es nur für eine Weile, um die Muskeln zu strecken und die frische Luft tief in seine Lunge zu zwingen. Er wollte laufen oder klettern oder ein Tier im Wald verfolgen. Selbst Angeln wäre ihm willkommen gewesen, denn auf dem Weg zum Strand und zurück wäre er ins Schwitzen geraten.

Talon schloss die Augen und versank in seinen Erinnerungen – er dachte an die Männer, die vor einem hellen Feuer im Langhaus gesessen und Geschichten erzählt hatten. Er dachte an die Reinigungszeremonien, denen sie sich unterzogen hatten, wenn der Schnee sich von den Berghängen zurückzog, und für die es besondere Gebäude gab. Dort hatte der Dampf, der von heißen Steinen aufstieg, die versammelten Gruppen von zehn oder mehr Männern und Frauen, Jungen und Mädchen eingehüllt, die dem Frühling ein Willkommenslied gesungen und sich dann den Dreck eines ganzen Winters von der Haut geschabt hatten.

Er dachte an seinen Vater und seine Mutter und wurde wieder traurig. Die schmerzliche Bitterkeit, die er im ersten Jahr nach der Auslöschung seines Volkes empfunden hatte, war einer stillen Sehnsucht gewichen, einer Art von Resignation, mit der er sich bewusst war, der letzte Orosini zu sein und die Last der Rache allein tragen zu müssen. Jenseits dieses Punkts war die Zukunft unbekannt.

Er war beinahe eingedöst, als er plötzlich bemerkte, dass jemand hereingekommen war.

Er riss die Augen auf, und sein Herz begann zu rasen, denn

er blickte in das Gesicht einer jungen Frau, die er nie zuvor gesehen hatte. Sie hatte die verblüffendsten blauen Augen, die er je gesehen hatte, riesengroß und kornblumenblau. Ihr Gesicht war zart, mit einem fein gezeichneten Kinn, einem vollen Mund und einer beinahe vollendet geraden Nase. Ihr Haar hatte die Farbe hellen Honigs, und ein paar Strähnen waren von der Sonne noch heller geworden. Sie trug ein schlichtes, ärmelloses blaues Kleid mit einem runden Ausschnitt, wie er es schon an mehreren Frauen in dieser Siedlung gesehen hatte, aber an ihr sah es hinreißend aus, denn sie war hochgewachsen und schlank und bewegte sich wie ein Jäger.

»Du bist Talon?«

»Ja«, antwortete er, und er musste sich schon zu diesem einzigen Wort zwingen, denn sie war atemberaubend.

»Folge mir«, sagte sie.

Er stand auf und ging ihr nach, als sie das Zimmer verließ. Draußen holte er sie schnell ein, um dann neben ihr zu gehen, und fragte: »Wie heißt du?«

Sie drehte sich um und sah ihn ernst an, dann neigte sie den Kopf leicht zur Seite, als wollte sie ihn noch besser betrachten. Schließlich lächelte sie und antwortete mit leiser, wohlklingender Stimme: »Ich heiße Alysandra.«

Er wusste nicht, was er sagen sollte. Sie raubte ihm die Worte. Jede Erinnerung an Lela oder Meggie verschwand angesichts der Schönheit dieser jungen Frau, und plötzlich spürte er einen Schmerz in seiner Mitte.

Sie überquerten einen großen Hof und gingen auf einen Flügel des Hauptgebäudes zu, in dem Talon noch nicht gewesen war.

»Dort hinein«, sagte sie hastig und zeigte auf eine Tür. Dann drehte sie sich sofort um und ging, und Talon blieb mit weit aufgerissenem Mund stehen und blickte ihr nach, und alles, was er sah, schnürte den Knoten in seinem Magen noch fester zusammen. Er wartete noch einen Moment, dann betrat sie ein Nebengebäude, und er stand allein da.

Schließlich nahm er sich zusammen und betrachtete die Tür, vor der er stand. Es war eine schlichte Holztür mit einem einfachen Knauf. Er packte ihn und öffnete die Tür.

Drei Männer standen in dem leeren Zimmer dahinter. Zwei von ihnen erkannte Talon: Nakor und Robert.

»Herr!«, rief Talon überrascht.

Robert nickte. »Stell dich dorthin, Talon.« Er zeigte auf eine Stelle mitten im Zimmer.

Der dritte Mann war klein, hatte einen Bart und dunkles Haar und bedachte Talon mit einem Blick, der diesem ein wenig Unbehagen bereitete. Es war nicht zu übersehen, dass dieser Mann Macht hatte. Seine Haltung allein zeigte das, aber das war noch nicht alles. In der Zeit, die Talon mit Magnus und davor mit Robert verbracht hatte, hatte er gelernt, ein wenig von den Zauberkräften eines Menschen zu spüren, und dieser Mann hier roch förmlich danach.

»Ich heiße Pug. Man nennt mich auch den Schwarzen Zauberer.«

Talon nickte schweigend.

»Dies hier ist meine Insel, und alle, die sich hier aufhalten, sind meine Freunde und Schüler.«

»Pug war auch mein Lehrer, Talon«, erklärte Robert, »ebenso wie Nakor.«

Talon schwieg.

»Der Angriff der Todestänzer hat die Dinge verändert, Junge«, sagte Nakor. »Bis dahin haben wir einfach deinen Fortschritt beobachtet und uns mit einem endgültigen Urteil noch zurückgehalten.«

Talon schwieg weiterhin, aber in seinen Augen standen viele Fragen.

»Wir wollten darüber entscheiden, ob du in meinem Dienst bleiben solltest, bis ich dich aus deiner Lebensschuld entlasse, Talon«, fuhr Robert fort, »oder ob du vielleicht begabt genug wärst, um dich hier in diese Siedlung einzuladen, damit du dich dieser Vereinigung anschließt.«

Nun fragte Talon doch: »Welche Vereinigung, Herr?«

Die drei Männer wechselten einen Blick, und Robert sagte: »Man nennt uns das Konklave des Schattens, Talon. Wer wir sind, wirst du mit der Zeit erfahren, falls du in unsere Ränge aufgenommen wirst. Was wir tun, wird dir dann ebenfalls erläutert werden.«

»Aber bevor man dir diese und viele andere Dinge anvertrauen kann«, fügte Pug hinzu, »musst du dich entscheiden, Mitglied zu werden. Deine Schuld gegenüber Robert gilt dann als abgetragen, und du bist ein freier Mann und kannst tun, was dein Gewissen von dir verlangt, obwohl du auch gegenüber dem Konklave Verpflichtungen haben wirst. Aber wir bieten dir nicht nur Verpflichtungen, sondern auch Annehmlichkeiten. Wir sind wohlhabend genug, um dir alles zu geben, was du dein Leben lang brauchen wirst. Wir haben mächtige Verbündete, und du wirst dich unbeschwert in den höchsten Kreisen bewegen können, wenn du das willst.«

»Wir haben jedoch auch mächtige Feinde«, erklärte Nakor. »Die Todestänzer waren nur ein Versuch von vielen, uns unserer wichtigsten Mitglieder zu berauben. Wenn sie Erfolg gehabt und Magnus getötet hätten, hätte uns das um Jahre zurückgeworfen.«

»Und was würde man von mir erwarten?«

»Wir werden dich bitten, einen Treueschwur abzulegen«, sagte Robert, »nicht mir, sondern dem Konklave gegenüber. Du wirst dieses Zimmer als Mitglied unserer Gesellschaft verlassen, und mit diesem Eid erhältst du die Vorteile und Verantwortlichkeiten, die wir bisher nur angedeutet haben.«

»Das klingt, als hätte ich eine Wahl und könnte mich auch dagegen entscheiden.«

»Das kannst du«, entgegnete Nakor.

»Und was wäre die andere Option?«

Pug warf Robert und Nakor einen Blick zu, dann antwortete er: »Tod.«

Treueschwur

Talon stand schweigend da.

Er ließ den Blick von einem Gesicht zum anderen schweifen, betrachtete die drei Männer forschend und suchte in ihren Mienen nach einem Hinweis darauf, was man von ihm erwartete.

Alle drei warteten reglos, und an ihren Gesichtern war nicht zu erkennen, was sie dachten. Pug beobachtete ihn, als wollte er seine Gedanken lesen. Robert schien einfach darauf zu warten, was er sagen würde. Nakor versuchte eindeutig, etwas aus Talons Haltung abzulesen, aus seiner Miene oder irgendeiner anderen körperlichen Reaktion.

Nach langem Schweigen sagte Talon: »Anscheinend habe ich keine Wahl.«

»Es gibt immer eine Wahl«, widersprach Robert. »Aber diesmal ist es eine sehr schwierige.« Er hielt inne, dann sagte er: »Pug ist mein Lehrer und der Anführer unserer Gemeinschaft.«

Pug betrachtete Talon einen Augenblick, dann lächelte er. Wenn sich seine Züge entspannten, schien er plötzlich viel jünger zu sein als sein Schüler Robert. »Es war nicht vorgesehen, dass du hierherkommst, Talon. Mein Sohn hat dich an den nördlichen Strand der Insel gebracht, damit du dich dort in vollkommener Einsamkeit auf deine Studien konzentrierst und er dich besser erforschen konnte.« Der Magier bewegte die Hand, und in einem Metallring, der an der Decke hing, flackerten Kerzen auf, sodass das Zimmer nun hell beleuchtet war.

Robert und Nakor holten vier Hocker aus einer Ecke. Robert stellte einen hinter Talon und den nächsten neben Pug, und die drei Magier setzten sich hin. Pug bedeutete Talon, es ihm gleichzutun.

Talon setzte sich und fragte: »Ihr würdet mich wirklich umbringen, wenn ich Nein sagte?«

»Nein«, antwortete Pug, »aber du würdest dennoch in gewisser Weise ›sterben‹. Wir wären gezwungen, dir deine Erinnerungen zu nehmen. Du würdest einfach einschlafen, und wenn du wieder aufwachst, wärst du ein anderer. Ein junger Mann, der eine Kriegsverletzung erlitten hat oder vielleicht bei Reparaturen von einem Dach gefallen ist. Menschen, die behaupten würden, dich dein ganzes Leben lang gekannt zu haben, würden sich darüber freuen, dass du das Bewusstsein wiedererlangt hast, und dir erzählen, was du angeblich vergessen hast. Wir können dafür sorgen, dass das sehr überzeugend geschieht, und mit der Zeit würdest du wirklich glauben, dieser Mann zu sein.«

»Aber in gewisser Weise hättet Ihr recht«, sagte Talon. »Talon Silberfalke wäre tot.«

Robert nickte, und Nakor fügte hinzu: »Der Letzte der Orosini wäre verloren.«

Talon schwieg lange und dachte über das nach, was er gehört hatte. Schließlich sagte er: »Erzählt mir mehr, damit ich meine Wahl treffen kann. Ich habe nicht den Wunsch, das, was ich bin, zu vergessen – obwohl es vielleicht ein Segen wäre, mich nicht mehr an die Ausrottung meines Volkes erinnern zu müssen. Aber ich habe eine Schuld abzutragen, und die kann ich nicht ignorieren.«

»Solltest du dich entscheiden zu dienen«, erklärte Robert, »wäre deine Schuld gegenüber mir vollkommen beglichen.«

»Es gibt noch eine andere«, erwiderte Talon.

Pug nickte. »Du hast eine Blutschuld.«

»Meinem Volk gegenüber. Auch wenn nur ein einziger Verwandter oder ein einziges Clanmitglied umgebracht worden wäre, hätte ich die Mörder gejagt, bis jeder Einzelne für seine Taten bezahlt hätte. Aber diese Männer haben mein gesamtes Volk vernichtet, denn falls nicht einer von ihnen dem Tod entgangen ist, ohne dass ich davon erfahren habe, bin ich tatsächlich der Letzte der Orosini.« Er nickte Nakor zu. »Ich darf nicht sterben, in keinem Sinne des Wortes – körperlich oder in meinen Erinnerungen –, bis sie gerächt sind.«

»Wir vertreten hier nicht unbedingt unterschiedliche Interessen.« Nakor warf Pug einen Blick zu und fragte: »Darf ich?«

Pug nickte.

Nakor lehnte sich zurück, griff in einen Beutel, den er an der Hüfte trug, holte eine Orange heraus und grub den Daumennagel in die Schale. Er warf einen Blick zu den beiden anderen Männern und zog die Brauen hoch. Beide schüttelten den Kopf, und Nakor wandte sich wieder Talon zu.

»Vor dir siehst du die Anführer einer Gruppe von Leuten«, begann Nakor. »Dieser Ort, diese Insel, war einmal die Zuflucht eines Volkes, das vor einem Krieg geflohen ist, so erzählt man sich zumindest. Später war er das Heim des ersten Schwarzen Zauberers, eines Mannes namens Marcos. Miranda ist seine Tochter, und Pug ist Mirandas Mann. Sie sind Herrin und Herr dieser Insel, Talon. Ihre beiden Söhne kennst du ja bereits. Im Lauf der Jahre sind viele hier zu uns auf die Insel gekommen. Schüler von … nun, von vielen Orten, die sich die meisten Menschen nicht einmal vorstellen könnten.« Er grinste. »Einige hätte sogar ich mir zuvor nicht in meinen wildesten Träumen ausmalen können, und meine Fantasie ist eigentlich recht gut entwickelt.«

Pug unterbrach ihn. »Die Geschichtsstunde können wir uns für später aufheben, Nakor. Erklär ihm einfach nur, was auf ihn zukommen wird.«

Nakor wurde ernst. Er biss in die Orange und kaute einen Augenblick gedankenverloren. »Wie ich schon sagte, wir sind die Anführer einer Gruppe. Viele sind hergekommen, um zu lernen und zu dienen.«

»Dienen?«, fragte Talon.

Nakor grinste. »Weißt du, ich habe noch nie jemandem bei einer einzigen Begegnung erklären müssen, was wir hier eigentlich machen, Pug.«

Pug nickte. »Und das musst du auch jetzt nicht. Gib ihm einfach eine allgemeine Vorstellung dessen, wer wir sind, und wenn er sich bereit erklärt zu dienen, werden wir ihm den Rest nach und nach beibringen.«

Robert hob die Hand. »Darf ich?«

Pug nickte.

»Talon, wir drei gehören zum Konklave der Schatten. Das Konklave besteht aus Männern und Frauen, die sich aus einem bestimmten Grund zusammengetan haben. Dieser Grund wird dir im Lauf der Zeit klarer werden, aber im Augenblick gibt es Dinge, die du noch nicht verstehen kannst. Eins kann ich dir allerdings sagen: Wir stellen uns dem Bösen in der heutigen Welt entgegen, darunter auch den Kräften, die sich zusammengetan haben, um deine Heimat zu zerstören. Wenn dein derzeitiges Ziel darin besteht, dein Volk zu rächen, dann hast du die beste Gelegenheit dazu, indem du uns dienst.«

Talon blickte Robert in die Augen. »Ich schulde Euch mein Leben, Herr, und ich will diese Schuld auch gerne begleichen. Aber Ihr verlangt von mir, dass ich eine sehr ernste Behauptung einfach glaube. Ich habe in *Kendricks Gasthaus* oder hier nichts erlebt, was mich diese Behauptung bezweifeln lässt, und nichts, was mich glauben ließe, Ihr und diese anderen wären böse. Aber mein Großvater hat mir einmal gesagt, dass Menschen, die Böses tun, häufig behaupten, im Namen des Guten zu handeln, und selbst in der Geschichte der Orosini gab es Schamanen und Häuptlinge, die das Volk in die Irre geführt haben, aber behaupteten, sie täten das Richtige. Ich habe an dem Tag, als mein Volk unterging, das Böse mit eigenen Augen gesehen. Ich weiß nicht, worin der Grund für die Vernichtung meines Volkes bestand. Ich weiß nur, dass die Männer, die die Frauen und Kinder meines Clans getötet haben, etwas Böses taten.«

Robert hob die Hand. »So viel kann ich dir sagen: Die Männer, die deine Heimat zerstört haben, handelten nicht aus dem fehlgeleiteten Bedürfnis, etwas Gutes zu tun. Sie waren Söldner, die für Gold töten, unterstützt von Soldaten des Herzogtums Olasko. Wir werden demnächst noch ausführlicher darüber sprechen. Im Augenblick solltest du wissen, dass wir gemeinsame Sache gegen jene machen, an denen du dich rächen willst.«

»Robert, Ihr habt mir das Leben gerettet, wo andere mich einfach den Krähen und Geiern überlassen hätten«, sagte Talon. »Ich habe keine Spur von Ehrlosigkeit an Euch oder Euren Freunden bemerkt. Caleb und Magnus haben mir vieles beigebracht, und als ich hier lag und meine Wunden heilten, habe ich Lachen gehört …« Er musste plötzlich wieder an Alysandra denken. »Es gibt hier offenbar vieles, was den Bewohnern der Siedlung Freude bereitet.« Er holte tief Luft. »Die Götter haben meine Füße auf einen Weg gelenkt, dessen Ziel ich nicht einmal im Traum erahnen könnte. Aber seit dem Tag, als ich in Eurem Wagen erwacht bin, Robert, war ich in Eurer Obhut. Sagt mir, was ich tun soll.«

»Das kann ich nicht, Talon. Und das solltest du eigentlich wissen. Jeder Eid gegenüber dem Konklave der Schatten muss freiwillig und ohne jeden Zweifel geleistet werden. Denn sobald du dich zu uns gesellst, gibt es kein Zurück mehr. Diesen Eid zu brechen bedeutet den Tod.«

Pug fügte hinzu: »Und dann wäre es nicht nur der Tod der Erinnerung. Denn wenn du erst einer von uns bist, wirst du Dinge erfahren, die du keinem Außenstehenden mitteilen darfst. Dinge, für deren Geheimhaltung du zu sterben bereit sein musst.«

Nakor grinste. »Aber es hat auch seine guten Seiten. Wir

können dir viele Wunder zeigen. Du wirst in einem Jahr hier mehr lernen, als du in einem Dutzend Leben in deinen heimatlichen Bergen erfahren hättest.«

»Ich habe bereits viel gelernt«, sagte Talon.

»Wenn du Rache suchst«, sagte Nakor, »brauchst du Mittel und Verbündete. Wir können dir beides bieten.«

»Was muss ich tun?«

Pug erhob sich von seinem Hocker und baute sich vor Talon auf, während Nakor und Robert sich neben den Magier stellten.

»Schwörst du, Talon Silberfalke, dass deine erste Loyalität stets dem Konklave der Schatten gelten wird? Trittst du uns freiwillig und ungezwungen bei? Wirst du schwören, denen zu gehorchen, die über dir stehen, und jene, die deiner Obhut unterstellt werden, mit deinem Leben zu verteidigen? Schwörst du, die Geheimnisse zu wahren, die dir anvertraut wurden? Du musst allem zustimmen können, oder du solltest es nicht tun. Alles oder nichts, Talon. Wie lautet deine Entscheidung?«

Talon schwieg einen Moment, dann holte er tief Luft und erklärte: »Ja, ich werde dienen.«

»Gut. Das ist gut.« Nakor legte dem Jungen die Hand auf die Schulter und holte noch eine Orange aus seinem Beutel. »Magst du eine?«

Talon nahm sie. »Danke.«

»Nun«, sagte Robert, »dann sollte ich Magnus wohl mitteilen, dass er diese kleine Hütte zumachen und sich uns hier anschließen kann. Talons Erziehung wird jetzt erst wirklich beginnen.«

Und damit verließ er das Zimmer.

»Nakor«, sagte Pug, »zeig Talon, wo er wohnen wird. Er wird sich ein Zimmer mit Rondar und Demetrius teilen.«

Nakor lachte. »Komm mit, Junge.«

Nachdem die anderen gegangen waren, blieb Pug noch einen Moment stehen und sagte dann scheinbar in die Luft: »Was hältst du davon?«

Aus dem Schatten in der abgelegensten Ecke des Zimmers erklang eine Stimme: »Ich finde, ihr habt dem Jungen keine Wahl gelassen.«

Miranda trat ins Licht.

»Was hätte ich denn tun können?«

»Ihn heilen und ihm von mir die Erinnerung nehmen lassen. Dann hättest du ihn in Magnus' Hütte zurückbringen können. Magnus hätte ihm eine Geschichte über einen Sturz von der Klippe oder ein wildes Tier erzählen können. Der Junge hätte das früher oder später geglaubt.«

Pug nickte. »Du hast recht.«

Sie lächelte ironisch und legte ihrem Mann den Arm um die Taille. »Ich habe immer recht.«

»Selbstverständlich, Liebste«, erwiderte Pug ebenfalls lächelnd.

»Also bleibt nun die Frage, wieso ihr ihm keine Wahl gelassen habt.«

Pug schwieg einen Augenblick, dann sagte er: »Ich weiß es nicht. Es war etwas, das ich gespürt habe. Ich glaube, er wird wichtig für uns sein.«

»Warum?«

»Das weiß ich nicht«, wiederholte er. »Ich weiß nur, dass unser Feind in der letzten Zeit sehr subtil geworden ist. Diese Todestänzer kamen vollkommen unerwartet. Sie erinnern mich an vergangene Zeiten.«

»Sie fürchten Magnus' wachsende Macht.«

»Das sollten sie auch. Er könnte vielleicht der mächtigste Magier werden, der je einen Fuß auf diese Welt gesetzt hat.«

»Wenn es uns gelingt, ihn vor weiteren Attentaten zu schützen«, sagte Miranda, und die Sorge einer Mutter war ihr deutlich anzuhören.

»Diese Todestänzer erinnern mich an die Zeiten, als wir von Armeen und Dämonen angegriffen wurden.«

»Etwas muss sie verärgert haben.«

Pug lachte. »Vielleicht, dass Magnus den Tempel dieses Todeskults unten im südlichen Kesh zerstört hat. Das hat sie womöglich ein wenig provoziert.«

»Todestänzer sind nicht gerade das Ergebnis schlichter Magie, Liebster. Angenommen, ich hätte die Neigung, eine solch finstere Magie zu praktizieren, und drei Menschen wären gewillt, ihre Seelen dafür zu geben ... Dann würde ich immer noch Monate dazu brauchen!« Sie sah ihren Mann an. »Und ich bin, was diese Dinge angeht, erheblich besser als du.«

Pug lächelte. »Das weiß ich. Und genau deshalb glaube ich, dass Talon wichtig werden könnte.«

»Warum?«

»Weil Wölfe dazu neigen, sich um den Kadaver eines Hirschs zu streiten, und währenddessen kann eine Maus an ihnen vorbeischlüpfen und sich einen Bissen schnappen.«

»Wölfe fressen Mäuse«, erinnerte sie ihn.

»Nur wenn sie wissen, dass die Mäuse da sind. Aber es kann sein, dass sich unsere Feinde so darauf konzentrieren, unseren Sohn zu töten, dass sie Talon gar nicht kommen sehen.«

Miranda schmiegte sich an ihren Mann, als wäre ihr plötzlich kalt. »Um des Jungen willen hoffe ich, dass du recht hast.«

»Von welchem Jungen redest du jetzt? Talon oder Magnus?«

Miranda seufzte. »Von beiden.«

Talon folgte Nakor den Flur entlang, sein kleines Bündel an die Brust gedrückt. Er fühlte sich immer noch schwach, war aber eindeutig auf dem Weg der Besserung. Sie kamen an einer Reihe von Türen vorbei, von denen die meisten geschlossen waren, aber durch ein paar offene konnte Talon jeweils vier Betten in einem Raum sehen.

Als sie an einer weiteren offenen Tür vorbeikamen, sah er Alysandra, die auf einem Bett saß und sich leise mit einem dunkelhaarigen Mädchen unterhielt, das hinter vorgehaltener Hand kicherte. Beide Mädchen blickten auf, als Talon vorbeikam, und er hörte, wie sie anfingen zu lachen.

Ein seltsames Gefühl stieg in ihm auf, ein Gefühl, das Talon nicht so recht deuten konnte. Zudem kam ihm das Kichern irgendwie unangemessen vor, denn immerhin hatte er gerade einen feierlichen Schwur abgelegt und sein Leben in den Dienst einer Organisation gestellt, deren Ziele er kaum verstand.

Schließlich erreichten sie eine Tür, die in einen etwas größeren Raum führte. Wie in den anderen Zimmern standen auch hier vier Betten. Nakor bedeutete Talon, sich auf das zu setzen, das links an der Fensterseite stand, während er sich auf dem gegenüberliegenden niederließ. »Hier wird dein neues Leben beginnen.«

Talon zuckte mit den Schultern. »Ich nehme an, mein neues Leben hat bereits begonnen, als Robert mich gefunden hat.«

Nakor schüttelte den Kopf. »Nein, aber dein altes Leben endete an diesem Tag. In den letzten Jahren warst du damit beschäftigt, gesund zu werden und zu lernen, aber du hattest kein Ziel.«

»Und nun habe ich eines?«

»Ein viel größeres, als du denkst«, sagte Nakor. »Es gibt viel zu lernen, aber du hast Zeit. Ich erinnere mich noch gut an die Ungeduld der Jugend«, fügte er grinsend hinzu, »doch du scheinst mir ungeduldiger zu sein als die meisten Jungen in deinem Alter. Ich weiß, du willst natürlich, dass deine Fragen beantwortet werden, dass alle hier ihre Motive deutlich machen. Aber auch das braucht Zeit.«

»Seit ich mich in Roberts Obhut befinde, habe ich das Gefühl, mich in eine Richtung zu bewegen, die ich selbst nicht kenne«, sagte Talon. »Ich glaube, ich bin erwachsener geworden …«

»Sehr, wenn man deinen Lehrern glauben darf.«

»Seid Ihr nun auch einer meiner Lehrer?«

Nakor zuckte mit den Schultern und stand auf. »Wir werden sehen. Aber ich höre, dass deine Mitbewohner zurückkehren, also überlasse ich es euch, einander kennenzulernen.«

Als er an der Tür stand, kamen zwei junge Männer, die etwa in Talons Alter waren, herein. Sie traten eilig beiseite, um Nakor durchzulassen, und verneigten sich knapp, aber respektvoll vor ihm. »Ihr habt einen neuen Mitbewohner«, sagte Nakor im Vorbeigehen.

»Ja, Meister Nakor«, erwiderte einer der jungen Männer, ein blonder, breitschultriger Bursche mit grünen Augen und einer Spur von Sommersprossen auf der Nase.

Der andere junge Mann hatte dunkles Haar, aber helle Haut, und Talon wusste nicht, ob er versuchte, sich einen Bart wachsen zu lassen, oder sich nur am Vortag schlecht rasiert hatte. Seine Augen waren beinahe schwarz, und er kniff sie ein wenig zusammen, als er Talon sah. Er warf sich auf das Bett, das an derselben Wand stand wie Talons, während der Blonde sich auf das gegenüberliegende setzte.

»Ich heiße Demetrius«, sagte er und zeigte dann auf den dunkelhaarigen Jungen. »Und das da ist Rondar. Er redet nicht viel.« Er benutzte die Sprache des Königreichs, die auf der Insel offenbar bevorzugt wurde.

Rondar nickte, schwieg aber weiterhin.

»Ich heiße Talon«, sagte Talon.

»Hab schon von dir gehört«, sagte Demetrius. »Offenbar hast du es vermieden, von drei Todestänzern getötet zu werden. Beeindruckend.«

Talon ließ sich auf dem Bett zurücksinken. »Ich weiß immer noch nicht, was ein Todestänzer überhaupt ist.«

Rondar sagte: »Übel.«

»Sehr übel«, stimmte Demetrius zu. »Diese Wesen werden geschaffen, indem man die Seelen von Verdammten heraufbeschwört. Sie haben nur ein einziges Ziel: eine bestimmte Person zu töten. Es ist schon schwer, mit einem von ihnen fertigzuwerden, aber drei …«

»Beeindruckend«, sagte Rondar.

»Seid ihr schon lange hier?«, fragte Talon.

»Fünf Jahre«, antwortete Demetrius. »Mein Vater hat in einem Dorf im Süden von Kesh, in der Nähe von Anticostinas, Heiltränke und Salben gebraut. Ein paar Priester von Guis-Wa haben ihn der Ketzerei bezichtigt, obwohl ich nicht viel Magie bemerken konnte, nur Kräuter und gesunden Menschenverstand. Aber eines Nachts kamen Betrunkene aus der Stadt und brannten das Haus nieder. Meine Familie ist dabei umgekommen. Ich habe mich eine Weile herumgetrieben, bis ich Nakor begegnet bin, der mir ein paar Tricks gezeigt hat. Obwohl mein Vater vermutlich kein Magier war, stellte sich heraus, dass ich magiebegabt bin. Also bin ich hier, um zu lernen.«

»Ich habe meine Familie ebenfalls verloren«, sagte Talon. Er warf einen Blick zu Rondar, der Demetrius anschaute und nickte.

»Sein Vater ist der Häuptling einer Truppe von Ashunta-Reitern unten im Norden von Kesh. Sehr gute Reiter …«

»Die besten«, fügte Rondar hinzu.

»… gute Jäger …«

»Die besten«, wiederholte Rondar.

Talon grinste. »Das werden wir noch sehen!«

»Und ansonsten ein Haufen starrsinniger, ungewaschener Barbaren, die Frauen wie Vieh und Vieh wie Schoßhündchen behandeln.«

Rondar zuckte mit den Schultern. »Stimmt.«

Talons Grinsen wurde breiter. »Und wie findet Miranda das?«

Demetrius lachte. »Sie versucht, ihm Respekt vor Frauen beizubringen.«

Rondars Miene wurde finsterer. Mit einem resignierten Seufzer stützte er das Kinn auf die Arme und sagte: »Stimmt leider auch.«

»Wie bist du hergekommen?«, fragte Talon.

Rondar drehte sich um. Er schwieg noch einen Moment, dann begann er seufzend, als wäre Sprechen eine schwere Prüfung für ihn. »Meine Leute sind ein Reitervolk. Wenn du nicht reiten und jagen kannst, kriegst du keine Frauen. Keine Frauen, keine Kinder.« Er legte den Unterarm über die Augen, als würde ihn schon die Erinnerung daran erschöpfen. »Männer, die nicht reiten können, sind … minderwertig. Sie sammeln Feuerholz, helfen beim Kochen, ziehen die Jungen groß.«

Talon warf Demetrius einen Blick zu. »Was machen die Frauen?«

Rondar verzog das Gesicht und sagte: »Sie sind Eigentum. Sie kriegen Kinder. Die Jungen werden von Männern erzogen.«

Demetrius fügte hinzu: »Es ist nicht ganz klar, was einem Ashunta-Reiter wichtiger ist, ein gutes Pferd oder eine Frau.«

»Kommt darauf an, ob es gerade mehr Pferde oder mehr Frauen gibt.« Wieder drehte sich Rondar um und stützte sich auf die Ellbogen. Er starrte Talon aus seinen dunklen Augen an. »Wir haben unsere eigene Art. Ich bin kein guter Reiter, aber der Schamane sagte, ich wäre begabt. Also habe ich beim Schamanen gelebt.« Er wirkte, als hätte er die Grenzen seiner Geduld erreicht, und sagte zu Demetrius: »Erzähl du weiter.«

Demetrius verzog das Gesicht. »Die Ashunta leben im Westen des Reichs, im Grasland, das niemand sonst haben will, wo es aber viele Sklavenhändler und Abtrünnige gibt, die der kaiserlichen Armee aus dem Weg gehen wollen. Rondar und der Schamane waren unterwegs, um Kräuter für ein Ritual zu sammeln, als sie einer Bande von Sklavenhändlern begegnet sind. Der Schamane war zu alt für sie, aber unser kraftstrotzender junger Freund hier versprach einen guten Preis auf dem Markt.«

»Nakor hat mich gekauft«, erklärte Rondar. »Er redet zu viel.«

Talon lächelte. »Wer, Nakor oder Demetrius?«

Rondar sagte: »Ja.«

Demetrius streckte den Arm aus und versetzte Rondar einen spielerischen Schlag gegen den Hinterkopf. »Unser schweigsamer Freund hier ist eigentlich ein ganz netter Bursche, und wenn er auch vorgibt, ein Mann weniger Worte zu sein – er kann durchaus reden, wenn eines der Mädchen in der Stimmung ist, sich seinen Unsinn anzuhören.«

Rondar hob den Kopf und grinste. »Stimmt.«

»Was die Mädchen angeht …«, sagte Talon.

Rondar und Demetrius wechselten einen Blick, dann sagten sie wie aus einem Mund: »Alysandra!«, und brachen in Gelächter aus.

Talon spürte, wie er rot wurde, aber er bemühte sich weiterhin zu lächeln. »Was ist mit ihr?«

»Ich habe gehört, sie hat sich hin und wieder um dich gekümmert«, sagte Demetrius.

»Alle wollen sie«, erklärte Rondar.

»Ihr beiden auch?«, fragte Talon.

»*Alle* haben es versucht«, erklärte Demetrius mit Nachdruck. »Sie ist anders als die anderen. Aber sie hat diese Art, einen zu ihrem Freund zu machen, und dann kommt man sich wie ein Idiot vor, wenn man versucht, irgendwo allein mit ihr zu sein.«

Rondar seufzte. »Sie ist viele Pferde wert.«

Talon lachte. »Du klingst, als wärst du verliebt.«

»Stimmt«, sagte Rondar. »*Alle* sind in sie verliebt.«

»Wer ist sie?«

»Das weiß keiner«, antwortete Demetrius. »Oder zumindest redet keiner von denen, die es wissen, über sie. Sie ist länger hier als wir alle, und sie ist offenbar eine ganz besondere Person. Ich weiß, dass sie mehrere Sprachen beherrscht, denn ich habe gehört, wie sie mit Fremden gesprochen hat, und sie verbringt viel Zeit mit Miranda.«

»Warum ist das etwas Besonderes?«, fragte Talon.

Demetrius erhob sich, als eine Glocke erklang. »Essen«, erklärte er. »Wir reden unterwegs weiter.«

Auf dem Weg über den Hof zum Hauptgebäude musste Talon sich ein wenig anstrengen, aber er konnte Schritt halten, da Demetrius nicht allzu schnell ging.

»Du weißt, dass Miranda Pugs Frau ist?«, fragte Demetrius.

Talon nickte. »Ich kenne ihre Söhne.«

»Pug ist der … nun, sagen wir ›Herrscher‹ dieses Orts. Aber Miranda ist ihm in allem gleichgestellt. Und einige sagen, ihre Zauberkräfte seien größer als seine. Ich weiß nur, dass sie im Allgemeinen wenig Zeit mit den Schülern hier verbringt, aber sie unterrichtet Alysandra persönlich.«

»Deshalb ist Alysandra also etwas Besonderes«, sagte Talon.

»Hat viele Worte gebraucht, bis du das begriffen hast«, meinte Rondar.

Talon lachte. »Ich weiß.«

»Wenn du also dein Glück bei ihr versuchen willst, wird dir das niemand übel nehmen«, erklärte Demetrius.

»Stimmt«, sagte Rondar.

»Aber erwarte nicht, etwas zu erreichen.«

Talon entdeckte Alysandra, die sich mit zwei anderen Mädchen unterhielt. »Eins hat mein Vater mir beigebracht«, sagte er zu seinen beiden neuen Freunden. »Wer kein Risiko eingeht, wird auch nicht belohnt, und man kann nur versagen, wenn man es nicht wirklich versucht.«

»Umarmung«, sagte Rondar.

»Was?«, fragte Talon erstaunt.

Demetrius schüttelte den Kopf. »Nein, Küsschen auf die Wange.«

»Wovon redet ihr da?«

»Alysandra wird sich von dir den Hof machen lassen, mein Freund«, erklärte Demetrius. »Ich glaube, es erheitert sie insgeheim, dass sie so viel Aufmerksamkeit erhält. Und sie ist wirklich sehr liebenswert. Ich glaube nicht, dass sie es böse meint. Aber am Ende des ersten Abends, an dem du ihr den Hof machst, wird sie dich dazu bringen zu schwören, dass du wie ein Bruder für sie sein wirst. Bevor sie dich dann wieder in dein eigenes Zimmer zurückschickt, erhältst du entweder eine kleine Umarmung, so kurz, dass du es kaum spürst, oder einen Hauch von einem Kuss auf die Wange, bei dem ihre Lippen kaum dein Gesicht berühren. Ein Küsschen auf die Wange wird hier tatsächlich als hohe Ehre betrachtet.«

Als würde sie spüren, dass sie das Thema des Gesprächs war, schaute Alysandra über die Schulter. Sie entdeckte Talon und die anderen und lächelte.

Talon bemerkte, dass seine beiden Freunde den Blickkontakt mit der jungen Frau mieden. Also konzentrierte er sich wieder auf Alysandra und lächelte sie so strahlend an, wie er konnte. Sie schaute ihn noch einen Moment länger an, dann senkte sie den Blick und wandte sich wieder ihren Freundinnen zu.

»Ein Kupferstück auf eine Umarmung«, sagte Rondar.

»In Ordnung« erwiderte Demetrius. »Ich wette, er kriegt ein Küsschen.«

Talon senkte die Stimme. »Ich wette gegen beides, denn ich werde mehr als eine Umarmung und ein Küsschen von ihr bekommen.«

»Sehr entschlossen«, sagte Demetrius. »Das gefällt mir.«

»Hmpf«, war alles, was Rondar dazu einfiel.

Talon sah dem schlanken Mädchen hinterher, als es das Gemeinschaftsgebäude betrat, wo die Schüler aßen. »Ich werde viel mehr bekommen«, sagte er leise.

Alysandra

Die Pferde preschten über die Wiese.

Nakor und Magnus sahen zu, wie sich Talon über den Hals seiner Stute beugte und sie ebenso mit seiner eigenen Willenskraft wie mit all seiner Fähigkeit als Reiter vorwärtstrieb. Rondars Wallach entfernte sich langsam, während der Ashunta weiter aufrecht dasaß, die Hände leicht an den Zügeln.

»Für einen, der von seinem Volk für einen schlechten Reiter gehalten wurde«, sagte Nakor, »kennt sich Rondar recht gut mit Pferden aus.«

Magnus nickte. »Du kennst die Ashunta besser als ich, aber gelten sie nicht als die besten Reiter der Welt?«

»Sie haben zweifellos die beste leichte Kavallerie. Das Kaiserreich musste fünfzehn Legionen in ihr Land bringen, um sie zu besiegen. Es war der Schlüssel zur Eroberung des westlichen Reichs vor zwei Jahrhunderten, aber eine Revolte der Ashunta-Häuptlinge machte dem ein Ende.« Nakor betrachtete die Reiter, während Demetrius johlend und jubelnd ein Stück entfernt stand. »Talon wird einmal ein sehr guter Reiter sein.«

»So weit verstehe ich die Sache, Nakor. Talon lernt Sprachen, Reiten, Schwertkampf … Aber warum sitzt er auch im Magieunterricht?«

Nakor grinste seinen ehemaligen Schüler an. »Magie? Es gibt keine Magie.«

Magnus versuchte vergebens, sich das Lachen zu verkneifen. »Darüber kannst du mit Vater bis zum Ende des Universums debattieren, aber wir wissen beide, dass du einfach eine andere Definition von Magie hast als er.«

»Es ist mehr als das, und das weißt du auch«, erwiderte Nakor. »Es ist eine Möglichkeit, den Geist von vorgefassten Ideen zu befreien. Und außerdem«, fügte er grinsend hinzu, »war dein Vater der Erste, der gesagt hat, dass es keine Magie gibt.«

»Werdet ihr mir eigentlich je erzählen, woher er wusste, dass er bei seiner ersten Reise nach Kesh diese Botschaft schicken sollte? Ihr beide wart euch nie begegnet.«

»Er hat mir nie erzählt, woher er das wusste«, erwiderte Nakor. »Es gibt Dinge, die dein Vater niemandem anvertraut, nicht einmal deiner Mutter.«

»Der Schwarze Zauberer«, sagte Magnus seufzend. »Es ist leicht zu vergessen, dass das nicht nur eine Rolle ist, um Seeleute zu erschrecken, die dieser Insel zu nahe kommen.«

»Nein, es ist viel mehr als das, und dein Großvater hat es gewusst.«

Magnus' Großvater Marcos war der erste Magier gewesen, der als Schwarzer Zauberer für die Abgeschiedenheit der Insel gesorgt hat. Er hatte im Auftrag von Saroc gehandelt, dem verlorenen Gott der Magie, und hatte die Zaubererinsel schließlich Pug und Miranda überlassen.

Nakor und Magnus hatten im Konklave der Schatten die höchstmöglichen Positionen erreicht, aber selbst sie verstanden die tiefsten Geheimnisse der Organisation nicht vollkommen. Magnus hatte seinen Vater einmal gefragt, wer seine Aufgabe übernehmen sollte, wenn ihm etwas zustieße, und Pug hatte nur erwidert, dass in diesem Fall jeder schon wissen würde, was zu tun sei.

Magnus wandte sich wieder der Gegenwart zu. »Dennoch, Magie oder nicht, du hast mir immer noch nicht gesagt, wieso Talon auch die mystischen Künste studiert.«

»Stimmt, das habe ich nicht.«

»Nakor, willst du mich den ganzen Tag ärgern?«

Nakor lachte. »Nein, ich habe nur vergessen, dass du manchmal ein Problem mit meinem Humor hast.« Er zeigte zum anderen Ende der Wiese, wo das Rennen beendet war und die drei Jungen nun auf Anweisungen warteten. »Talon muss über alle erdenklichen Gegner so viel wie möglich wissen. Unsere Feinde haben sich seit Jahren auf die schwarzen Künste verlassen, und dass Talon den Angriff dieser drei Todestänzer überlebt hat, hat mich auf eine Idee gebracht.«

Magnus schwieg. Er wusste, wenn *er* allein in der Hütte gewesen wäre, hätten ihn die Todestänzer sehr wahrscheinlich umgebracht. Er hatte bis tief in die Nacht mit seinem Vater darüber spekuliert, wieso der Feind einen solch gewagten Schritt unternommen und wieso man ausgerechnet ihn als Ziel ausgewählt hatte, aber am Ende war alles reine Spekulation geblieben.

»Möchtest du ihm beibringen, Magie zu erkennen?«, fragte Magnus.

»Wenn das möglich ist. Vor vielen Jahren hat mir Lord James, der Herzog von Krondor, einmal gesagt, dass sich immer dann, wenn Magie angewandt wurde, seine Nackenhaare sträubten. Auf ähnliche Weise spürte er es manchmal, wenn Ärger bevorstand. Es war eine besondere Art von Intuition, die James häufig geholfen hat.«

»Du glaubst, Talon hätte diese Fähigkeit ebenfalls?«

»Ich weiß es noch nicht, aber es könnte nützlich sein, wenn jemand offensichtlich kein Magier ist, aber etwas von Magie versteht. Er wäre vielleicht imstande, an Orte zu gelangen, die gegen Magier geschützt sind, und sich dort dennoch mit einiger Kompetenz zu bewegen.«

»Das scheint ein ziemlich vages Motiv dafür, dem Jungen noch weitere Unterrichtsstunden aufzubrummen, besonders, da alles abstrakt bleiben und er nie imstande sein wird, sein Wissen umzusetzen.«

»Das weiß man nie«, erwiderte Nakor. »Es wird ihn jedenfalls zu einem viel gebildeteren Mann machen, und das kann uns allen nur nutzen.« Er sah zu, wie die Jungen tauschten, sodass nun Demetrius und Talon das nächste Rennen reiten würden, während Rondar zum Zuschauer wurde.

»Ich denke, es wird Zeit, dass wir uns noch einer weiteren Phase von Talons Ausbildung zuwenden. Ich habe mit Interesse deine Notizen über seine Begegnungen mit diesen beiden Mädchen in *Kendricks Gasthaus* gelesen. Ich glaube, wir brauchen noch eine weitere Lektion.«

»Alysandra?«

»Ja. Ich denke, es ist an der Zeit, sie die Fähigkeiten einsetzen zu lassen, die wir ihr beigebracht haben.«

»Warum?«

»Weil Talon viel gefährlicheren Dingen gegenüberstehen wird als Stahl und Bannsprüchen.«

Magnus drehte sich um und blickte zum Haus seines Vaters. »Was ist nur aus uns geworden, Nakor? Wieso sind wir fähig, so etwas zu tun?«

»Die Ironie der Götter«, meinte Nakor. »Wir tun Böses im Namen des Guten, so wie unsere Feinde im Namen des Bösen manchmal Gutes getan haben.«

»Glaubst du, die Götter lachen uns aus?«

»Ununterbrochen.«

»Nakor ... du hast doch nicht ...«

»Was?«

»Als ich dein Schüler war, hast du doch nicht etwa ... Helena ... Sie war keine von deinen Leuten, oder?«

»Nein«, sagte Nakor, und seine Miene wurde sanft. Er legte die Hand auf Magnus' Arm und fügte hinzu: »Diese unangenehme Lektion hast du dir selbst ausgesucht. Manchmal ist das Leben eben so.« Dann wandte er seine Aufmerksamkeit wieder den drei Jungen zu, als das neue Rennen begann und Demetrius und Talon alles gaben, was sie konnten, während Rondar ihnen Beleidigungen zubrüllte.

Als Nakor Magnus wieder ansah, stellte er fest, dass der Magier in Gedanken versunken war. Er hatte eine gewisse Ahnung, um was es dabei ging, und sagte: »Du hättest dir längst eine andere suchen sollen, Magnus.«

Magnus schaute seinen ehemaligen Lehrer an. »Es gibt Wunden, die niemals heilen. Man verbindet sie einfach nur und macht weiter.«

Nakor nickte. »Ich weiß, Magnus.«

Magnus lächelte. Er wusste, dass Nakor ihn verstand, denn er war einmal mit Magnus' Großmutter verheiratet gewesen und hatte sie bis zu dem Augenblick geliebt, als er gezwungen gewesen war, sie zu töten.

Magnus holte tief Luft. »Also gut. Wann fangen wir an?«

»Am besten gleich heute Abend«, meinte Nakor.

»Dann sollte ich lieber gleich mit dem Mädchen reden«, sagte Magnus und ging.

»Sag ihr einfach nur, um was es geht«, rief Nakor ihm hinterher. »Sie wird schon wissen, wie sie es machen soll.«

Als er sich wieder umdrehte, sah er gerade noch, wie Talon knapp vor Demetrius das Ziel erreichte. Die beiden jungen Männer johlten laut, als sie vor Rondar die Pferde zügelten. Nakor dachte darüber nach, dass junge Leute häufig in der Lage waren, die Freuden des Augenblicks zu genießen, ohne viel über die Sorgen des nächsten Tages nachzudenken – und auch nicht über die Vergangenheit mit all dem Bedauern und den Schuldgefühlen. Leise sagte Nakor: »Genieße diesen Augenblick, Talon.«

Dann drehte er sich mit einem Seufzer um und ging auf Pugs Haus zu. Sie hatten viel zu besprechen, und vieles davon würde unangenehm sein.

Talon rubbelte sich das Haar mit einem kratzigen Handtuch trocken. Er badete gern, obwohl Baden kein regelmäßiger Bestandteil seiner Kindheit gewesen war.

Talon hatte Baden in einer Badewanne erst in *Kendricks Gasthaus* kennengelernt, aber dort hatten häufig schon andere das Wasser benutzt, sodass es ihm oft vorgekommen war, als würde er nur seinen eigenen Dreck gegen den von anderen tauschen. Doch die Villa Beata hatte wunderbare Bäder. Es gab drei miteinander verbundene Räume mit einem kalten, einem warmen und einem heißen Becken. Und in jedem Flügel von Pugs Anwesen gab es Räume mit kleineren Wannen.

Wenn er schwer gearbeitet hatte, wusch er sich gern den Dreck ab und zog frische Sachen an. Und die fand er jeden Tag in seiner Kleidertruhe. Er wusste, dass andere Schüler in der Wäscherei arbeiteten, aber es kam ihm immer noch vor wie Magie. Er ließ seine schmutzigen Sachen in einem Korb vor der Zimmertür, und wenn er von seinem Unterricht oder den Übungen zurückkehrte, wartete schon saubere Kleidung auf ihn.

Als er sich das Gesicht abtrocknete, spürte er die Stoppeln an seinem Kinn. Er hatte vor einem Jahr angefangen, sich zu rasieren.

Er holte gerade das Rasiermesser hervor, als Rondar und Demetrius vom Baden kamen. »Was habt ihr nach dem Abendessen vor?«, fragte er und seifte sich das Gesicht ein.

Rondar warf sich aufs Bett, nur mit einem Handtuch bekleidet, und grunzte etwas. Demetrius sagte: »Ich habe heute Abend Küchendienst, also werde ich servieren und hinterher Geschirr spülen. Und du?«

»Ich habe frei«, antwortete Talon und fing mit dem Rasieren an. »Ich dachte, wir könnten in der Grube unten am See ein Feuer anzünden und sehen, wer vorbeikommt.«

»Du solltest beim Abendessen davon erzählen.«

»Mädchen«, sagte Rondar.

»Solche spontanen kleinen Feste sind oft die besten.«

»Und morgen ist Sechstag, also können wir uns ab Mittag ausruhen.«

»Ich schon«, sagte Demetrius. »Und er auch.« Er zeigte auf Rondar. »Aber du nicht. Hast du den Zeitplan noch nicht gesehen?«

»Nein.«

»Du hast den ganzen Tag Küchendienst, von Sonnenaufgang bis nach der letzten Mahlzeit.«

Talon seufzte. »So viel also zum Thema Feiern.«

»Nun, die Idee ist gut, ob du nun dabei sein wirst oder nicht«, erklärte Demetrius.

»Ja«, stimmte Rondar zu.

»Danke! Erst habe ich die Idee, und dann kann ich nicht hingehen.«

»Du kannst hingehen«, erwiderte Demetrius. »Du darfst bloß nicht zu lange aufbleiben.«

»Wein«, sagte Rondar, setzte sich hin und fing an, sich anzuziehen.

»Ja, wir brauchen Wein.«

Demetrius warf Talon einen Blick zu, und der grinste. »Du bist heute Abend in der Küche.«

»Wenn Besalamo mich noch einmal im Weinkeller erwischt, wird er mich braten und fressen.«

»Taldarer«, stellte Rondar mit einem Nicken fest.

Talon lachte. Besalamo war ein Magier von einer anderen Welt – was zu begreifen Talon eine Weile gebraucht hatte – und sah beinahe wie ein Mensch aus, wenn man von fünf weißen Knochenbuckeln absah, die statt Haar oben und seitlich von seinem Gesicht verliefen. Und er hatte leuchtend rote Augen. »Ich glaube, er hat dieses Gerücht, dass Taldarer Jungen essen, nur aufgebracht, damit wir besser spuren.«

»Willst du derjenige sein, der den Beweis dafür erbringt?«

»Nein, aber ich bin derjenige, der uns Wein verschaffen soll. Wenn wir keinen Wein haben, werden die Mädchen nicht zum See kommen.«

»Vielleicht doch, wenn du sie bittest«, sagte Demetrius.

Talon errötete. Als Neuling war er für die Mädchen der Insel immer noch Gegenstand großer Neugier.

Insgesamt gab es etwa fünfzig Schüler auf der Insel, und wenn man die abzog, die keine Menschen waren, blieben noch sechzehn junge Männer, von Talons Alter bis etwa Mitte zwanzig, und vierzehn Mädchen zwischen vierzehn und zweiundzwanzig.

»Alysandra«, sagte Rondar.

»Ja«, stimmte Demetrius zu. »Lade sie ein. Wenn sie Ja sagt, werden auch alle Jungen kommen, und wenn alle Jungen unten am See sind, kommen die Mädchen ebenfalls.«

Talons Gesicht und Nacken wurden dunkelrot.

»Rot«, sagte Rondar lachend und zog sich die Hose an.

»Lass ihn in Ruhe, du nutzloser Barbar. Wenn wir heute Abend die Mädchen unten am See haben wollen, brauchen wir Talon, damit er Alysandra fragt.«

Talon warf Demetrius einen zweifelnden Blick zu, aber er schwieg. Es fiel ihm nicht so schwer, mit Alysandra zu sprechen, wie einigen anderen Jungen, aber er war zu dem Schluss gekommen, dass sie sich überhaupt nicht für ihn interessierte. Wann immer sie einander in den letzten Wochen begegnet waren, hatte sie höflich, aber nicht sonderlich begeistert reagiert, und daher war Talon zu dem Schluss gelangt, dass es Zeitverschwendung war, ihr den Hof zu machen.

Dennoch, wenn Demetrius den Zorn des Kochs riskieren wollte, um ihnen ein wenig Wein zu beschaffen, und selbst Rondar bei der Aussicht auf ein Fest begeistert war, fühlte sich Talon verpflichtet, ebenfalls seinen Teil beizutragen.

Er zog sich fertig an und machte sich auf, um Alysandra zu suchen.

Das Feuer brannte hell, und die jungen Männer und Frauen der Insel saßen zu zweit oder in größeren Gruppen da und unterhielten sich leise, mit Ausnahme von Rondar, der ein Stück entfernt von Demetrius und einem Mädchen saß, dessen Namen Talon nicht kannte.

Talon war überrascht, beinahe fünfzig Leute am Feuer zu sehen. Außer den beiden Flaschen Wein, die Demetrius gebracht hatte, gab es noch ein Fass Bier, das jemand heimlich aus der Vorratshütte besorgt hatte, und einigen Jungen war bereits der Alkohol anzumerken. Talon griff nach einem Becher und ging ein Stück weg von der Gruppe.

Er mochte Wein, aber Bier interessierte ihn nicht sonderlich. An die aus Honig gebrauten Getränke seiner Jugend konnte er sich kaum noch erinnern, und selbstverständlich hatte er von dem fermentierten Honig, den die Männer getrunken hatten, nichts bekommen. Er stand einfach da und genoss den Wein.

»Warum bist du allein?«

Talon blickte auf und sah, dass ein schlankes dunkelhaariges Mädchen namens Gabrielle neben ihm stand. Sie hatte schöne blaue Augen und ein liebenswertes Lächeln.

»Ich bin alles andere als allein«, sagte Talon.

Sie nickte. »Und dennoch scheinst du immer ein wenig abseits von den anderen zu sein, Talon.«

Er sah sich um und schwieg.

»Wartest du auf Alysandra?«

Es war, als hätte das Mädchen seine Gedanken gelesen, und auf dieser Insel war das durchaus möglich. Gabrielles Lächeln wurde intensiver.

»Nein ... Ja ... Ich denke schon. Ich habe vor dem Abendessen mit ihr darüber gesprochen, dass wir uns hier treffen, und«, er deutete auf die anderen Mädchen, »offenbar hat sie es auch ein paar andern gegenüber erwähnt.«

Gabrielle sah ihn forschend an, dann fragte sie: »Bist du also auch ihrem Zauber verfallen?«

»Zauber?«, fragte Talon. »Wie meinst du das?«

»Sie ist meine Freundin. Wir teilen ein Zimmer miteinander, und ich habe sie wirklich gern, aber sie ist anders als die anderen.« Gabrielle starrte ins Feuer, als sähe sie etwas in den Flammen. »Es ist leicht zu vergessen, dass wir alle anders sind als die anderen.«

Talon wusste nicht genau, in welche Richtung Gabrielle das Gespräch steuerte, also schwieg er lieber.

Nach einer langen Pause sagte sie: »Ich habe Visionen. Manchmal ist es nur ein kurzes Bild, das ich nicht einmal verstehe. Manchmal jedoch sind sie sehr ausführlich, als wäre ich in einem Zimmer und könnte die Personen dort beobachten und sie sprechen hören. Meine Familie hat mich deswegen verstoßen, als ich noch ein Kind war. Sie hatten Angst vor mir, weil ich den Tod eines Bauern vorhergesagt hatte, der in der Nähe wohnte, und die Dorfleute haben mich als Hexenkind bezeichnet.« Ihr Blick wurde finster. »Ich war vier Jahre alt.«

Als Talon die Hand ausstreckte, um sie zu berühren, wich sie zurück und zeigte ein gequältes Lächeln. »Ich lasse mich nicht gern anfassen.«

»Tut mir leid«, sagte er und zog die Hand zurück. »Ich wollte nur …«

»Ich weiß, dass du es gut gemeint hast. Bei all deinem eigenen Schmerz bist du immer noch großzügig und hast ein gutes Herz. Deshalb sehe ich für dich auch nur noch größeren Schmerz voraus.«

»Wie meinst du das?«

»Alysandra. Ich liebe sie wie eine Schwester, aber sie ist gefährlich, Talon. Sie wird heute Abend nicht herkommen. Aber du wirst sie sicher bald wiedersehen. Und dann wirst du dich in sie verlieben, und sie wird dir das Herz brechen.«

Bevor er nachfragen konnte, drehte sie sich um und ging ins Dunkel davon, und Talon starrte verdutzt hinter ihr her. Er dachte noch einmal darüber nach, was sie gesagt hatte, und es verwirrte ihn ebenso, wie es ihn zornig machte. Hatte er nicht schon genug Schmerz in seinem Leben? Er hatte alles verloren, was ihm lieb gewesen war, war beinahe getötet worden, war an seltsame Orte gebracht worden und musste Dinge lernen, die für ihn immer noch verstörend und fremd waren.

Und nun teilte ihm dieses Mädchen mit, dass er keine Wahl hatte, was sein Herz anging? Er wandte den Feiernden den Rücken zu und kehrte zur Siedlung zurück. Seine Gedanken überschlugen sich, und bevor er es wusste, war er wieder in seinem Zimmer, lag auf dem Bett und starrte an die Decke.

Zwei Gesichter schienen über ihm zu schweben und sich dabei abzuwechseln: das von Alysandra, deren strahlendes Lächeln Gabrielles Worte Lügen strafte – denn wie konnte jemand, der so sanft und schön war, gefährlich sein? –, und dann erschien Gabrielles Gesicht mit dem gequälten Blick, und er wusste, dass sie ihm keinen falschen Rat geben würde. Sie hatte die Gefahr gespürt, und Talon wusste, dass er diese Warnung nicht missachten durfte.

Er döste, als Rondar und Demetrius von der Versammlung zurückkehrten, beide ein wenig betrunken. Sie unterhielten sich. Oder genauer gesagt, redete Demetrius für beide.

»Du bist gegangen«, stellte Rondar fest.

»Ja«, sagte Talon. »Vergiss nicht, dass ich morgen einen langen Tag in der Küche vor mir habe, also tu uns allen einen Gefallen und sei still.«

Demetrius starrte erst Talon, dann Rondar an und fing an zu lachen: »Ja, das ist typisch Rondar: reden, reden, reden.«

Rondar zog die Stiefel aus, schnaubte und ließ sich aufs Bett fallen.

Talon drehte das Gesicht zur Wand und schloss die Augen, aber es dauerte lange, bis er einschlafen konnte.

Wochen vergingen, und die Ereignisse des Abends, an dem Gabrielle mit ihm über ihre Vision gesprochen hatte, verblassten bald in Talons Erinnerung. Er stellte fest, dass viele Arbeiten, die man ihm übertrug, langweilig und vorhersehbar waren, aber es gab auch immer genug Neues zu lernen. Wie Magnus vorhergesagt hatte, machte Rondar Talon zu einem guten Reiter, und in den nächsten Monaten entwickelte sich der Orosini zum besten Schwertkämpfer auf der Insel.

Das war allerdings eine etwas fragwürdige Ehre, da die meisten Schüler auf der Insel der Zauberer nur kurze Zeit mit dem Studium von Waffen zubrachten oder überhaupt nicht.

Der Magieunterricht war seltsam. Talon verstand nicht einmal die Hälfte dessen, was dort besprochen wurde, und er schien keine natürliche Begabung für das Fach zu haben. Hin und wieder hatte er ein seltsames Gefühl, kurz bevor ein Zauber bewirkt wurde, und als er das Magnus und Nakor erzählte, verbrachten sie über eine Stunde damit, ihn in allen Einzelheiten nach diesem Gefühl zu befragen.

Am amüsantesten in diesen Wochen war Rondars Verliebtheit in ein neu eingetroffenes Mädchen namens Selena. Sie war eine heißblütige, schlanke junge Keshianerin, die Ashunta-Reiter schon aus Prinzip verachtete, denn sie hatte sie als Kind häufig vor den Mauern ihrer Stadt gesehen. Ihr Zorn über die Art, wie diese Leute Frauen behandelten, konzentrierte sich nun auf Rondar, als wäre er allein schuld an den Werten und Bräuchen seiner Kultur. Zuerst hatte Rondar angesichts ihres Zorns geschwiegen und die spitzen Bemerkungen und Beleidigungen ignoriert. Dann hatte er den Zorn erwidert und zu Talons und Demetrius' Erheiterung sogar ein paar vollständige Sätze geäußert. Und dann hatte er sich gegen jede Vernunft in Selena verliebt.

Rondars Entschlossenheit, dieses Mädchen für sich zu gewinnen, bewirkte, dass Talon häufig still dasaß und sich auf die Zunge beißen musste, um nicht laut zu lachen, wenn Demetrius Rondar erklärte, wie man einer Frau den Hof machte. Talon wusste, dass auch er alles andere als ein Experte in diesen Dingen war, und er nahm an, dass das Mädchen dabei erheblich mehr zu sagen hatte als der Junge, aber seine Erfahrung mit Lela und Meggie bewirkte immerhin, dass er mit Mädchen ein wenig vertrauter war als Rondar und Demetrius. Mit allen Mädchen außer Alysandra.

Er fühlte sich seit Gabrielles Warnung nicht mehr so zu ihr hingezogen; er fand sie immer noch attraktiv, aber auch irgendwie einschüchternd. Es war etwas Gefährliches an ihr, und er fragte sich, ob er sich das nur einbildete oder ob es wirklich riskant war, näheren Kontakt zu ihr zu haben.

Er kam zu dem Schluss, dass die beste Lösung darin bestand, ihr aus dem Weg zu gehen, und wenn eine Situation erforderte, dass sie zusammen waren, verhielt er sich höflich, aber distanziert. Er fand so viele Ausreden wie möglich, um sich von ihr fernzuhalten, bis er herausgefunden hatte, wie er wirklich empfand.

Nakor und Magnus gaben ihm ständig etwas Neues zu tun, und eines Nachmittags übertrugen sie ihm eine ausgesprochen seltsame Aufgabe. Nakor brachte ihn oben auf einen kleinen Hügel, auf dem eine verkrüppelte Birke stand, beinahe abgestorben von irgendeiner Krankheit, mit verrenkten Ästen und nur wenigen Blättern. Nakor hatte Talon ein großes Stück Pergament gegeben, das auf einen Holzrahmen gespannt war, und dann einen im Feuer gehärteten kleinen Stab mit einer Holzkohlenspitze überreicht. »Zeichne diesen Baum«, sagte er und ging davon, bevor Talon irgendetwas sagen konnte.

Talon starrte den Baum lange an. Dann ging er zweimal um ihn herum und betrachtete beinahe eine halbe Stunde das leere Pergament.

Er bemerkte eine Biegung unterhalb eines Zweiges, wo sich ein Schatten bildete, der wie ein Fisch aussah. Er versuchte, das zu zeichnen.

Drei Stunden später schaute er seine Zeichnung an, dann wieder den Baum. Frustriert warf er das Pergament auf den Boden. Er lehnte sich zurück, starrte zu den Wolken hoch, die am Himmel entlangrasten, und ließ die Gedanken schweifen. In den großen weißen Wolken ließen sich leicht Formen erkennen: Gesichter, Tiere, eine Burgmauer.

Seine Gedanken wanderten weiter, und bald bemerkte er, dass er eingeschlafen war. Er war nicht sicher, wie lange er gedöst hatte – wahrscheinlich nur ein paar Minuten –, aber plötzlich wurde ihm etwas klar. Er setzte sich hin, sah sein Pergament und dann den Baum an und begann hektisch mit einer neuen Zeichnung links von der ursprünglichen. Diesmal hielt er nicht inne, um nach Einzelheiten Ausschau zu halten, er versuchte nur, das schlichte Wesen des Baums festzuhalten, die Linien und Schatten, die er mit seinem Jägerauge gesehen hatte. Die Einzelheiten waren nicht so wichtig, erkannte er – es war eher das allgemeine Gefühl des Gegenstands, das zählte.

Gerade als er fertig war, kehrte Nakor zurück und spähte ihm über die Schulter. »Bist du fertig?«

»Ja«, sagte Talon.

Nakor sah sich die beiden gezeichneten Bäume an. »Du hat diesen hier als Ersten gezeichnet?«

Er zeigte auf das Bild rechts.

»Ja.«

»Der hier ist besser«, erklärte Nakor und zeigte auf die Zeichnung links.

»Ja.«

»Warum?«

»Ich weiß es nicht. Ich habe einfach damit aufgehört, *alles* zeichnen zu wollen.«

»Gar nicht übel«, sagte Nakor und reichte ihm die Zeichnung zurück. »Du hast ein gutes Auge. Jetzt musst du lernen zu spüren, was wichtig und was unwesentlich ist. Morgen wirst du damit anfangen, malen zu lernen.«

»Malen?«

»Ja«, antwortete Nakor. Er wandte sich wieder der Siedlung zu und sagte: »Komm mit.«

Talon ging neben seinem Lehrer her und fragte sich, was Nakor mit »malen lernen« meinte.

Maceus beobachtete Talon stirnrunzelnd. Der Lehrer war wie durch Magie vor Nakors Quartier aufgetaucht, am Tag, nachdem Talon den Baum gezeichnet hatte. Er kam aus Queg, hatte eine Stupsnase, einen sehr gepflegten kleinen Schnurrbart und schnalzte immer mit der Zunge, wenn er Talons Arbeiten betrachtete. Er hatte Talon nun seit einem

Monat vom Morgengrauen bis zur Abenddämmerung Malunterricht erteilt.

Talon begriff schnell. Maceus behauptete, dass er vollkommen unbegabt sei und keinerlei wirkliches Talent hätte, aber er musste widerstrebend zugeben, dass sein Schüler über ein gutes Auge und ein paar grundlegende Fähigkeiten verfügte.

Nakor kam hin und wieder vorbei und sah zu, wie Talon sich anstrengte zu begreifen, um was es bei Licht, Form, Struktur und Farbe ging. Talon lernte auch, seine eigenen Farben und Öle zu mischen und Holz und Leinwand zum Bemalen vorzubereiten.

Talon setzte alles ein, was er in anderen Fächern gelernt hatte, denn sosehr er sich auch anstrengte, diese Fähigkeiten ebenfalls zu meistern, war die Malerei für ihn doch eine Quelle endloser Frustration. Nichts sah so aus, wie er es sich zu Anfang vorgestellt hatte. Maceus hatte ihn mit einfachen Dingen anfangen lassen – Obst auf einem Tisch, ein einzelner Lederhandschuh, ein Schwert und ein Schild –, aber selbst diese Gegenstände schienen entschlossen, sich seinen Anstrengungen zu entziehen.

Talon lernte dazu und versuchte es immer wieder. Er versagte häufiger, als dass er Erfolg hatte, aber nach und nach begann er zu begreifen.

Eines Morgens stand er auf, und nachdem er seinen Pflichten in der Küche nachgegangen war – das Malen bewirkte, dass er sich nach den relativ schlichten Freuden des Kochens sehnte –, stand er vor seinem letzten Versuch, einem Gemälde eines Porzellankrugs und einer Schale. Die Gegenstände waren weiß und hatten eine blaue Leiste mit einem Flechtmuster rings um den Rand der Schale und die Mitte des Kruges, und das verlangte eine subtile Herangehensweise.

Maceus erschien, als hätte er gespürt, dass Talon fertig war, und der junge Mann trat beiseite. Maceus spähte an seiner Nase entlang auf das Gemälde herab und schwieg einen Moment. Dann erklärte er: »Akzeptabel.«

»Es gefällt Euch?«, fragte Talon.

»Ich habe nicht gesagt, dass es mir gefällt, ich sagte, es ist akzeptabel. Du hast richtig entschieden, junger Talon. Du hast verstanden, dass es hier eher um eine grafische Darstellung als um eine exakte Wiedergabe des gemalten Flechtmusters geht. Und du hast das Weiß richtig wiedergegeben.«

Talon war selbst über solch bescheidenes Lob froh. »Und nun?«

»Nun fängst du damit an, Porträts zu malen.«

»Porträts?«

»Bilder von Leuten.«

»Oh.«

»Und jetzt geh und tu etwas vollkommen anderes. Mach einen Spaziergang und benutze dabei deine Augen ausschließlich, um dir den Horizont anzusehen. Du hast sie zu lange angestrengt, indem du sie auf Gegenstände konzentriert hast, die dicht vor dir standen.«

Talon nickte und ging.

Alle anderen waren bei der Arbeit, und er hatte keine Lust auf einen einsamen Ausritt oder darauf, allein schwimmen zu gehen. Also schlenderte er über die Wiese nördlich der Siedlung und traf schließlich ein paar Schüler, die in dem kleinen Obstgarten arbeiteten, der an den Wald grenzte.

Eine vertraute Gestalt rief ihm etwas zu, und er spürte, wie sich sein Pulsschlag beschleunigte.

»Talon!«, rief Alysandra. »Komm und hilf uns!«

Sie stand oben auf einer Leiter, die an einen Apfelbaum gelehnt war. Die Leiter wurde von einem Jungen namens Jom gehalten; Talon sah, dass insgesamt zwölf Schüler mit der Apfelernte beschäftigt waren – sechs Paare.

Er ging zum Fuß der Leiter und rief nach oben: »Was soll ich denn machen?«

Alysandra beugte sich vor und reichte ihm einen großen Beutel mit Äpfeln. »Bring das zu den anderen und hol mir einen neuen Beutel. Dann brauche ich nicht hinunter- und wieder hinaufzusteigen.«

Talon tat wie ihm geheißen und brachte die Äpfel zu einem großen Haufen voller Beutel. In der Ferne sah er einen weiteren Schüler, der einen Wagen auf sie zulenkte, also nahm er an, dass die Ernte beinahe beendet war. Er nahm einen leeren Beutel mit zur Leiter, stieg ein paar Sprossen hinauf und reichte ihn Alysandra.

Sie hatte das Haar zurückgebunden und unter eine weite Mütze gesteckt, was ihren schlanken Hals und die anmutige Haltung ihrer Schultern betonte. Talon sah, dass ihre Ohren ein klein wenig abstanden, und fand das hinreißend.

»Warum hilfst du nicht auch den andern?«, schlug sie vor. »Wir sind fast fertig.«

Talon sprang nach unten und holte die restlichen leeren Beutel. Er ging von Leiter zu Leiter, tauschte leere Beutel gegen volle aus, und als der Wagen die Wiese erreichte, hatten die Pflückerinnen ihre Arbeit zu Ende gebracht.

Die Schüler luden ihre Ernte schnell auf den Wagen und machten sich auf den Heimweg. Alysandra ging neben Talon her und fragte: »Wo hast du denn die ganze Zeit gesteckt? Man sieht dich ja kaum mehr.«

»Ich habe gemalt«, sagte Talon. »Meister Maceus hat mich im Malen unterrichtet.«

»Das ist ja wunderbar!«, rief sie, und ihre Augen schienen riesig, als sie zu Talon aufblickte. Sie hakte sich bei ihm ein, und er spürte ihre weiche Brust an seinem Ellbogen. Er konnte einen Hauch von ihrem Duft riechen, der sich mit dem überwältigenden Geruch der Äpfel vermischte. »Was hast du gemalt?«

»Überwiegend, was der Meister ›Stillleben‹ nennt – Gegenstände, die er auf einem Tisch arrangiert, oder Bilder von Landschaften. Morgen fange ich mit Porträts an.«

»Wunderbar!«, wiederholte sie. »Wirst du auch ein Porträt von mir malen?«

Talon geriet ins Stottern. »G-ganz bestimmt, wenn Meister Maceus das erlaubt.«

Sie stellte sich mit der Anmut einer Tänzerin auf die Zehenspitzen und gab ihm einen Kuss auf die Wange. »Ich erwarte, dass du dein Versprechen hältst.«

Und damit eilte sie davon, und Talon blieb stehen wie vom Donner gerührt, während mehrere andere Jungen über seine offensichtliche Verwirrung lachten.

Talon hob langsam die Hand und berührte die Wange, die Alysandra geküsst hatte. Lange Zeit konnte er an nichts anderes denken.

Liebe

Talon runzelte die Stirn.

»Nicht bewegen, bitte«, flehte er.

Demetrius und Rondar versuchten beide, die Pose noch einen Augenblick beizubehalten, aber schließlich rief Demetrius: »Ich kann einfach nicht mehr!«

Talon warf verärgert den Pinsel hin. »Also gut. Entspannt euch einen Moment.«

Rondar kam zu Talon hinter die Staffelei, auf der ein vorbehandeltes Holzbrett stand. Er betrachtete das Porträt der beiden jungen Männer, das Talon gerade malte, und knurrte: »Nicht schlecht.«

Demetrius nahm sich einen Apfel von dem kleinen Tisch an der Tür und biss hinein. Kauend sagte er: »Hast du eigentlich irgendeine Ahnung, wieso sie das machen?«

»Wieso sie was machen?«, fragte Talon.

»Dir das Malen beibringen.«

Talon zuckte mit den Schultern. »Sie haben mir in den letzten paar Jahren alle möglichen Dinge beigebracht, und ich habe keine Ahnung, warum. Aber ich verdanke Robert de Lyes mein Leben, und er hat mich in den Dienst von Meister Pug überstellt, also tue ich, was sie mir sagen.«

»Bist du denn kein bisschen neugierig?«, wollte Demetrius wissen.

»Selbstverständlich, aber sie werden mir schon sagen, was ich wissen muss, wenn ich es wissen muss.«

Rondar setzte sich aufs Bett. »Ist doch ganz klar.«

»Was?« Demetrius zog die Brauen hoch.

»Wieso er malt«, erwiderte Rondar.

»Würdest du dann so freundlich sein, es uns zu erläutern?« Demetrius schaute Talon lächelnd an.

Rondar schüttelte den Kopf, als ginge es um etwas, das eigentlich jeder erkennen müsste, der kein vollkommener Idiot war. Dann stand er auf, ging durchs Zimmer und legte Talon die Hand auf die Schulter. »Talon: Bergjunge.«

»Genau«, sagte Demetrius, aber er blickte drein, als hätte er schon das nicht begriffen.

»Talon: Adliger aus Roldem.« Mit diesen Worten setzte sich Rondar wieder hin.

Demetrius nickte, als hätte er tatsächlich etwas verstanden.

»Was?«, fragte Talon verdutzt.

»Wie viele Sprachen beherrschst du jetzt?«

»Sechs, wenn man Orosini mitzählt. Ich spreche Roldemisch, die Sprache des Königreichs und die Händlersprache fließend, ziemlich gut Keshianisch, und ich komme inzwischen auch ganz gut mit Queganisch zurecht, das dem alten Keshianisch nicht unähnlich ist. Als Nächstes soll ich Yabonesisch lernen.«

»Und du bist der beste Schwertkämpfer auf der Insel.«

»Ja«, bestätigte Talon ohne jede Bescheidenheit.

»Spielst du ein Instrument?«

»Flöte. Nakor hat mir gezeigt, wie ich selbst eine machen kann.«

»Nun?«

»Ich spiele nicht schlecht.«

»Und du spielst Schach und Karten- und Würfelspiele, oder?«

»Ja.«

»Und zwar ziemlich gut, oder?«

»Ja«, antwortete Talon abermals.

Demetrius grinste. »Rondar hat recht. Sie wollen dich als Adligen aus Roldem ausgeben.«

»Kannst du kochen?«

Talon grinste. »Um ehrlich zu sein, besser als Besalamo.«

»Das will nicht viel heißen«, stellte Demetrius fest. »Wenn sie anfangen, dir noch mehr Musikinstrumente und alles, was man über Wein wissen muss, beizubringen, dann hat Rondar recht. Die Herren dieser Insel machen dich zu einem Edelmann aus Roldem.«

»Aber warum?«, fragte Talon.

»Das wirst du wissen, wenn sie es dir verraten«, meinte Demetrius.

Talon dachte einen Augenblick darüber nach. »Also gut. Zurück auf eure Plätze. Ich habe Meister Maceus versprochen, dass ich vor dem Abendessen fertig sein werde.«

Die beiden Männer setzten sich wieder zurecht, und Talon wandte sich von der Frage, wozu man ihn ausbildete, ab und wieder der Aufgabe zu, die vor ihm lag.

Meister Maceus sah sich das Porträt an. Nach einer Weile verkündete er: »Passabel.«

»Danke«, erwiderte Talon wenig überzeugt. Er war frustriert wegen der Mängel seiner Arbeit; die Gestalten wirkten steif und unnatürlich und zeigten wenig vom Wesen seiner beiden Freunde.

»Du musst weiter an der Struktur des Körpers arbeiten«, sagte sein Lehrer.

»Ja.«

»Ich denke, als Nächstes solltest du einen Akt malen.«

Talon zog eine Braue hoch. Er war in einer Kultur aufgewachsen, für die der Anblick des menschlichen Körpers nichts Besonderes darstellte, aber seit er die Berge der Orosini verlassen hatte, hatte er gelernt, dass viele Völker Nacktheit anders betrachteten. Es gab Schüler, die nackt im See schwammen, während andere diese Versammlungen mieden und lieber allein schwammen und badeten oder Kleidung trugen, die speziell fürs Wasser entworfen war. Andere, wie zum Beispiel Rondar, schwammen überhaupt nicht.

Talon hatte sogar mit Nakor darüber gesprochen, was vielleicht nicht die richtige Wahl gewesen war, denn das Gespräch mit dem Lehrer hatte mehr Fragen aufgeworfen als Antworten gegeben.

»Meister Maceus?«

»Ja?«

»Sind solche Bilder üblich?«

»Durchaus«, erklärte Maceus, obwohl er verlegen hüstelte und hinzufügte: »Wenn sie auch nicht allzu häufig öffentlich ausgestellt werden. Eher in Privatsammlungen. Statuen sind da eine andere Sache. Große Helden werden häufig relativ oder vollkommen unbekleidet und mit dramatischen Wunden dargestellt. Aber es geht mir nicht darum, ob du imstande bist, etwas zu schaffen, das einen gelangweilten Adligen begeistert, und ich denke auch nicht, dass du das Zeug zu einem Bildhauer hast. Du sollst einfach lernen, unter die Oberfläche zu schauen, Talon.« Er zeigte auf die Arbeit auf der Staffelei. »Du hast die Oberfläche der Jungen eingefangen, ein allgemeines Gefühl von Flächen und Winkeln ihrer Gesichter und Kleidung, aber die Muskeln darunter, die Formung ihrer Schultern, der Arme, des Brustkorbs – all das fehlt. Wenn du ein Porträt malst, musst du an den Körper darunter denken, den Geist, dann kleidest du das Modell mit deinen Pinseln und Spachteln ein. Wenn du den nackten Körper siehst, sollst du Knochen, Sehnen und Muskeln darunter erkennen und sie in Haut und Haar kleiden. Du wirst noch lernen, das zu verstehen.« Er lächelte, was er nur selten tat. »Wir werden schon noch einen Maler aus dir machen.«

Talon überlegte, was es wohl brauchen würde, Rondar davon zu überzeugen, nackt Modell zu stehen, und er sagte: »Soll ich ein anderes Modell suchen?«

»Mach dir deshalb keine Sorgen. Ich schicke dir morgen jemanden.«

Talon nickte, ohne weiter darüber nachzudenken.

Nachdem sein Lehrer gegangen war, fing er langsam an, Pinsel und Farben wegzuräumen.

Talon verließ eilig die Küche. Er hatte Frühstücksdienst gehabt und war zwei Stunden vor allen anderen aufgestanden.

Er hatte die ganze Zeit in der Küche zugebracht, bis die Leute von der Nachmittagsschicht hereingekommen waren. Eigentlich hätte er nun in sein Zimmer zurückkehren und das Modell für sein neues Gemälde kennenlernen sollen, aber Nakor hatte ihn mit einem anderen Auftrag losgeschickt und ihm gesagt, er würde die entsprechende Person später treffen.

Talon hatte beinahe den ganzen Nachmittag gebraucht, um Nakors Auftrag zu erledigen, und nun wollte er in sein Zimmer zurück und sich vor dem Essen noch schnell waschen. Aber als er sein Quartier erreichte, sah er, dass Rondar und Demetrius gerade die Truhe mit seinen Sachen gepackt hatten. »Was soll das denn?«, fragte Talon.

»Du ziehst um«, antwortete Rondar.

»Wir ziehen um?«

»*Du* ziehst um«, sagte Demetrius. »Ich weiß nicht, warum, aber wir haben gerade die Anweisung erhalten, deine Sachen zu der kleinen Hütte drunten am See zu bringen. Du weißt schon welche.«

Talon grinste. Die Hütte wurde häufig von Schülern für Verabredungen benutzt. Dann verging ihm das Grinsen. Wenn er dort einziehen würde, wären die anderen Schüler darüber ganz bestimmt nicht erfreut.

Als hätte er Talons Gedanken gelesen, sagte Rondar: »Sie können in den Stall gehen.«

Demetrius lachte. »Er hat recht. Es gibt viele andere geeignete Orte. Ich selbst nutze gern die Bäder, wenn es erst dunkel ist. Das Wasser ist immer noch warm, es ist still …« Er ächzte dramatisch, als er die Truhe hochhob, aber Talon wusste, dass sie nur groß war, nicht schwer.

Er ließ die beiden mit der Truhe an sich vorbei und durch die Tür gehen, dann folgte er ihnen. »Und mein Bett?«

»Das haben wir schon hingebracht. Zusammen mit deinen Malsachen. Wir konnten nur die Truhe nicht mehr zu dem Rest auf den Wagen schaffen.«

»Wie das?«, fragte Talon. »Ich habe nicht viel, ganz bestimmt nicht genug für einen Wagen.«

Wieder grinste Demetrius. »Du wirst überrascht sein.«

Sie gingen den Flur entlang zu dem nun wieder leeren Wagen, luden die Truhe auf, und ein paar Minuten später fuhren sie den Weg entlang, der zu der kleinen Hütte führte.

Früher einmal war die Hütte vielleicht von einem Köhler oder einem Wildhüter benutzt worden, aber aus irgendeinem Grund war sie nun seit Jahren unbewohnt. Demetrius zügelte das Pferd, und Talon sprang vom Wagen. Er und Rondar luden die Truhe ab und manövrierten sie zu der Tür, die Demetrius schon für sie aufhielt.

Als er in die Hütte kam, blieb Talon wie erstarrt stehen. Dann sagte er leise: »Was …?«

»Die Mädchen waren gestern hier und haben sauber gemacht, und Rondar und ich haben alles andere hergebracht«, erklärte Demetrius.

»Aber wo kommt das alles her?«, fragte Talon und zeigte in den Raum.

Die Hütte war geräumig, größer als die, die er mit Magnus geteilt hatte. Eine Feuerstelle mit Spieß und einem Eisenkessel an einem Haken für Eintöpfe und Suppen wartete auf ein Feuer. Ein Speiseschrank stand in der Nähe, und zwischen diesem und der Feuerstelle gab es einen kleinen Tisch. Talons

Bett stand an der gegenüberliegenden Wand nahe der Tür, und neben dem Bett befand sich ein großer Holzschrank. Talon und Rondar stellten die Truhe neben den Schrank. Talon öffnete dessen Tür und rief erstaunt: »Seht euch das an!«

Vornehme Kleidung in unterschiedlicher Farbe und unterschiedlichem Zuschnitt war dort ordentlich aufgehängt.

Rondar sagte: »Edelmann.«

Demetrius nickte. »So sieht es aus. Aber warum sie das alles hierher gebracht haben, kann ich wirklich nicht sagen.«

Talon betrachtete ein Wams, das genügend Haken und Ösen hatte, um einen vollkommen durcheinanderzubringen. »Um damit zu üben, nehme ich an. Seht euch diese Sachen doch an!«

Hosen, Strumpfhosen, Westen, Hemden, Überröcke, alles hing schön ordentlich an Holzkleiderbügeln. Unten im Schrank war ein halbes Dutzend Stiefel und Schuhe aufgestellt.

Dann entdeckte Talon, was sich in einer anderen Ecke befand. »Bücher!«, rief er erfreut. Er ging zu dem Regal, um sich die Titel anzusehen. »Die kenne ich alle noch nicht«, sagte er leise.

»Nun«, erklärte Demetrius, »wir gehen jetzt essen. Man hat mir gesagt, dass du hier eine Weile allein sein wirst. Jemand wird dir heute das Abendessen und andere Vorräte bringen, und dann sollst du eine Weile allein leben.«

Talon fragte erst gar nicht nach dem Grund. Es war nicht zu erwarten, dass die Meister es Demetrius mitgeteilt hatten.

Rondar zeigte auf die Staffelei. »Üb schön!«

»Ja«, sagte Talon. »Ich nehme an, sie wollen, dass ich mich darauf konzentriere – und auf diese anderen Dinge.«

»Ich bin sicher, wir sehen uns bald wieder«, sagte Demetrius. »Komm schon, Rondar. Bringen wir den Wagen zum Stall zurück.«

Die beiden Freunde gingen, und Talon setzte sich und ließ die neue Umgebung auf sich wirken. Es war seltsam, sich vorzustellen, dass dies hier zumindest für eine Weile sein neues Zuhause sein sollte, und der Gedanke erfüllte ihn mit so etwas wie Melancholie. Er hatte in seinem ganzen Leben noch nie allein gewohnt. Die einzige Zeit, die er allein verbracht hatte, war damals auf dem Shatana Higo gewesen, als er auf seine Vision gewartet hatte.

Er saß still da, erinnerte sich daran, was man ihm beigebracht hatte, und gestattete der Sehnsucht nach seiner Kindheit, durch ihn hindurchzugehen. Er würde sich jetzt nicht diesem Kummer hingeben. Er würde ihn akzeptieren und seinen Schwur erneuern, dass er sein Volk eines Tages rächen würde, dann würde er all diese Gedanken wieder loslassen.

Der Abend dämmerte, ehe Talon noch so recht begriffen hatte, wie spät es war. Er war gerade dabei, eine Lampe zu entzünden, als er draußen einen Wagen hörte. Das war wohl sein Abendessen.

Er öffnete die Tür und wäre beinahe über seine eigenen Füße gefallen, um aus dem Weg zu gehen, denn Alysandra kam entschlossen ins Zimmer, einen dampfenden Kessel mit etwas wunderbar Duftendem in den Händen. Hinter ihr rief eine Stimme: »Ich lade ab.«

»Danke, Jom«, sagte sie über die Schulter hinweg.

»Was willst du hier?«, fragte Talon.

»Ich habe dir dein Abendessen gebracht«, erklärte sie. »Haben sie dir das nicht gesagt?«

»Sie haben gesagt, dass es jemand vorbeibringen würde, aber nicht wer«, antwortete er, und dann kam er sich wegen dieser Bemerkung dumm vor.

Sie lächelte und legte den leichten Umhang ab, den sie um die Schultern getragen hatte. Darunter trug sie ein schlichtes schulterfreies Kleid, und ihr Haar war offen. Talon spürte, wie sich sein Herz zusammenzog.

Er blieb eine Weile sprachlos stehen, dann sagte er: »Ich werde Jom helfen.«

Sie lächelte und fing an, nach Geschirr und Besteck zu suchen.

Jom reichte Talon zwei große Säcke. »In dieser Truhe da ist noch mehr.«

»Was ist das alles?«

»Essen. Du sollst für dich selbst kochen, soll ich dir ausrichten. Du sollst tun, was Leo dir beigebracht hat. Wer immer er war und was immer er dir beigebracht hat«, fügte Jom hinzu. Er griff nach einem dritten Sack und sprang vom Wagen.

Talon nahm sich die Lebensmittel und trug sie nach drinnen. »Du solltest lieber einen Eiskeller graben«, riet Jom, als er den Sack abstellte. »Ich soll dir ausrichten, dass du morgen noch Schinken und ein Rinderviertel kriegst. In dem Schuppen sind eine Schaufel und ein paar Werkzeuge, falls du das noch nicht weißt.«

»Danke«, sagte Talon, als Jom wieder hinausging.

Talon drehte sich um und erwartete, dass Alysandra Jom folgen würde, aber stattdessen war sie am Tisch stehen geblieben und schöpfte Eintopf in zwei Schalen. »Äh … bleibst du zum Essen?«, fragte Talon.

Sie bedeutete ihm, sich hinzusetzen, und holte eine Flasche Wein aus einem Korb. Dann füllte sie zwei Becher, zog einen der kleinen Hocker unter dem Tisch hervor und setzte sich hin. »Ja, ich werde mit dir essen. Haben sie dir das nicht gesagt?«

Talon nahm Platz. »Offensichtlich haben sie es allen anderen gesagt, nur nicht mir.« Er starrte Alysandra an, aber als sie ihn ansah, wandte er den Blick ab.

Sie lachte. »Manchmal ist das hier so, nicht wahr?«

»Es ist oft so«, erwiderte er, und sie lachte abermals.

Sie aßen schweigend, dann sagte Talon: »Ich freue mich, dass du hier bist, wirklich, aber … Nun … was sollst du hier eigentlich machen?«

»Oh, hat Meister Maceus dir das nicht gesagt?«

»Nein«, erwiderte Talon. »Niemand hat mir irgendwas gesagt.«

»Ich werde hier bei dir bleiben. Ich bin dein neues Modell.«

Talon stellte den Becher ab und traute seinen Ohren nicht. »Du bist das Modell?«

»Ja, für die Aktstudie, die du malen sollst.«

Talon spürte, wie seine Wangen glühten, aber er zwang sich, ruhig zu bleiben. Offensichtlich hatte sie kein Problem damit, also kam er zu dem Schluss, dass auch er sich nicht unbehaglich zu fühlen brauchte. Dennoch brachte er kaum einen Bissen hinunter, also goss er, was auf seinem Teller war, wieder in den Topf zurück. »Ich habe eigentlich gar keinen Hunger«, erklärte er. »Ich war fast den ganzen Tag in der Küche, und du weißt ja, wie das ist … Man probiert hier ein wenig, knabbert da ein bisschen …«

Sie lächelte und schwieg.

Als sie fertig gegessen hatte, sagte sie: »Hol mir Wasser vom See, und dann werde ich abspülen.«

Froh über die Gelegenheit, einen Moment allein zu sein, beeilte sich Talon, ihrer Bitte nachzukommen, griff nach dem großen Eicheneimer, der neben der Tür stand, und eilte zum See. Ein kleiner Bach floss in den See, und Talon füllte den Eimer dort, wo das Wasser am frischesten war. Er brachte ihn zurück zur Hütte und bemerkte, dass Alysandra den Tisch bereits abgeräumt und die Teller und Becher auf das Gestell draußen neben der Tür gestellt hatte. Sie nahm ihm den Eimer ohne Kommentar ab und spülte schnell das Geschirr.

Talon ging nach drinnen und dachte fieberhaft darüber nach, was er als Nächstes sagen sollte. Aber noch bevor ihm etwas eingefallen war, stand sie in der Tür, gerahmt vom Abendlicht. »Es ist warm heute Abend«, sagte sie.

»Ja«, erwiderte Talon und merkte erst jetzt, dass er schwitzte. Aber das hatte nichts mit dem Wetter zu tun. »Es ist ein bisschen warm.«

Plötzlich fing sie an, sich auszuziehen. »Gehen wir schwimmen.«

Talon stand vollkommen verdutzt da, während sie rasch

das Kleid auszog. Als sie seine Miene sah, lachte sie wieder. »Gewöhn dich schon mal daran, mich so zu sehen, Talon. Du wirst mich schließlich so malen, vergiss das nicht.«

»Ja, wahrscheinlich«, erwiderte er und sah sie an, als sie sich umdrehte und zum See eilte.

»Komm schon!«, rief sie und lachte über sein offensichtliches Unbehagen.

Talon zog Stiefel, Hemd und Hose aus und lief ihr hinterher. Alysandra watete bereits ins Wasser, als er das Ufer erreichte. Er rannte ins Wasser und sprang rasch hinein. Als er wieder hochkam, wischte er sich das Haar aus den Augen und sagte: »Wunderbar.«

Sie schwamm auf ihn zu. »Ja, nicht wahr?«

»Ich bin heute nicht zum Baden gekommen«, erklärte Talon. »Ich habe das hier wirklich gebraucht.«

»Du hast nicht schlimmer gerochen als sonst.«

»Wie?«, fragte er, erschrocken über die Bemerkung. »Rieche ich schlecht?«

Sie lachte. »Das war ein Witz, Dummkopf.« Sie bespritzte ihn mit Wasser.

Er spritzte zurück, und schon bald alberten sie herum wie Kinder. Anschließend schwammen sie beinahe eine Stunde, bis der große Mond im Osten aufging, und Alysandra sagte: »Zeit, nach Hause zu gehen.«

»Ich hab keine Handtücher oder Bademäntel mitgebracht«, erwiderte Talon, als wäre er dafür verantwortlich gewesen, an solche Dinge zu denken.

»Es ist warm. Wir werden schon halb trocken sein, bis wir die Hütte erreicht haben.«

Sie verließen das Wasser und gingen nebeneinanderher. Talon konnte den Blick nicht von ihrem Körper lösen. Sie war schlank, wie er schon wusste, aber ihre Brüste waren größer, als er sich vorgestellt hatte, und ihre Hüften schmaler, beinahe jungenhaft.

»Du starrst mich an.«

Er wurde rot. »Entschuldige. Ich habe nur daran gedacht, wie ich dich am besten malen soll.«

»Oh. Selbstverständlich.«

Verlegen bemerkte Talon, dass sein Körper auf ihren Anblick reagierte. Am liebsten wäre er im Boden versunken. Aber Alysandra schien es nicht zu bemerken oder ignorierte es.

Als sie die Hütte erreichten, blieb Talon an der Tür stehen. »Mir ist gerade erst aufgefallen …«

»Was denn?«, sagte sie und wandte sich ihm zu.

»Es gibt nur ein Bett.«

»Selbstverständlich«, erwiderte sie und machte einen Schritt auf ihn zu, bis sie ihn berührte. Sie schlang die Arme um seinen Hals, und plötzlich war ihr Gesicht vor seinem, und sie küsste ihn.

Talon zögerte, aber nur einen Augenblick. Dann zog er sie an sich, und alles andere auf der Welt war vergessen.

»Was pfeifst du denn da?«, fragte sie.

»Nicht bewegen«, befahl Talon grinsend. »Irgendeine Melodie, ich weiß auch nicht. Etwas, was ich erfunden habe.«

»Es gefällt mir. Kannst du es auf der Flöte spielen?«

»Ich glaube schon«, sagte er und trat einen Schritt zurück, um sich das Gemälde anzusehen, das er an diesem Morgen begonnen hatte, das dritte, seit Alysandra zur Hütte gekommen war. Zum ersten Mal, seit er angefangen hatte zu malen, war er wirklich überzeugt von dem, was er tat, und die erste Skizze, die er angefertigt hatte, brauchte kaum Verbesserungen. Er verlieh der schwarzweißen Skizze in großen Flächen Farbe und konnte sehen, wie das Bild vor seinen Augen Gestalt annahm.

Die erste Nacht mit ihr hatte er in einem Zustand vollkommener Euphorie verbracht. Er hätte sich nie vorstellen können, für eine Frau das zu empfinden, was er nun für Alysandra empfand. Sie war liebenswert, warmherzig, leidenschaftlich und hingebungsvoll, ebenso wie auf eine spielerische und sehr erregende Weise beharrlich und fordernd.

Sie waren kaum zum Schlafen gekommen. Am Ende hatte Alysandra behauptet, sie hätte zu großen Hunger, um schlafen zu können, und er hatte gekocht, während sie im See gebadet hatte. Er schwamm ein wenig, während sie aß, und kehrte dann zurück, schlang Brot und Käse hinunter, trank einen Schluck Wein und trug sie wieder ins Bett.

Irgendwo zwischen Liebe, Essen und Schlafen war es Talon gelungen, hinter der Hütte einen Eiskeller zu graben. Er hatte entzückt festgestellt, dass jemand damit schon vor Jahren begonnen hatte, und der größte Teil des Lochs war bereits vollendet, also brauchte er nur zu entfernen, was sich im Lauf der Jahre an Laub und Gebüsch angesammelt hatte, dann die Seiten zu begradigen, Stufen zu graben und eine Tür abzumessen.

Er beendete die Arbeit am zweiten Tag. Fleisch, Bier, Wein und Käse befanden sich nun im kalten Keller. Seitdem hatte er sich nur einer einzigen Sache gewidmet: Alysandra.

Er trat von dem Gemälde zurück und brummte nachdenklich vor sich hin.

Sie gab das Posieren auf und kam zu ihm. »Das soll *ich* sein?«

»Ja«, erklärte er mit gespielter Ernsthaftigkeit. »Warte nur ab, bis ich die Details ausgearbeitet habe.«

»Wie du meinst.« Sie stellte sich hinter ihn und umarmte ihn. Dann ließ sie die Hände tiefer gleiten und tat überrascht: »Oh, was ist denn das da?«

Er drehte sich in ihren Armen um, küsste sie und sagte: »Ich werde es dir erklären.«

Den ganzen Sommer über führten sie ein idyllisches Leben. Hin und wieder kam Meister Maceus vorbei, um sich Talons Arbeiten anzusehen und Vorschläge zu machen, wie er sie noch verbessern konnte, aber seine Kritik war recht wohlwollend. Als der Herbst begann, hatte Talon sein zwölftes Porträt von Alysandra fast vollendet – dieses Gemälde zeigte, wie sie sich auf dem Bett räkelte.

»Ich habe nachgedacht«, sagte er und fügte noch ein paar Einzelheiten hinzu, die ihm gerade erst aufgefallen waren. Nun begann er, Perfektion anzustreben.

»Worüber?«, fragte sie lächelnd.

»Darüber, was als Nächstes kommt.«

»Noch ein Bild?«, fragte sie grinsend.

»Nein, ich meine, wie es mit uns weitergeht.«

Plötzlich verschwand ihr Lächeln. Sie stand auf und kam rasch auf ihn zu. Ohne die geringste Spur von Zärtlichkeit hob sie die rechte Hand und legte ihm den Zeigefinger auf den Mund. »Still«, mahnte sie. »Da gibt es nichts zum Nachdenken. Wir sind hier und jetzt zusammen, und das ist alles, was zählt.«

»Aber …«

Sie drückte den Finger fester auf seine Lippen, und in ihren Augen war ein Glitzern, das er dort noch nie zuvor gesehen hatte. »Ich habe doch gesagt, du sollst still sein.« Dann kehrte ihr Lächeln zurück, aber es lag eine Härte darin, die Talon ebenfalls neu war. Sie griff nach unten, streichelte ihn und sagte: »Ich weiß, wie ich dich dazu bringen kann, nicht über Dinge nachzudenken, die man lieber ignorieren sollte.«

Er verspürte so etwas wie Sorge, denn er hatte etwas an ihr bemerkt, was ihm fremd und ein wenig beängstigend war. Aber wie stets entflammte ihn ihre Berührung, und Augenblicke später waren alle Sorgen seiner Leidenschaft gewichen.

Am nächsten Tag fing es an zu regnen. Sie erwachten durch das Prasseln der Tropfen auf dem Hüttendach, und Talon stellte bald fest, dass er ein halbes Dutzend undichte Stellen stopfen musste. Er versuchte es mit Sackleinen; das Dach war aus Stroh, und er würde warten müssen, bis es trocken war, um es richtig zu flicken.

Nach dem Essen stand Alysandra auf und fing an, sich anzuziehen.

»Willst du irgendwohin?«, fragte er.

»Zurück zur Siedlung«, sagte sie tonlos.

»Warum denn? Ist irgendwas nicht in Ordnung?«

»Nein, ich tue nur, was man mir gesagt hat.«

»Wer hat dir was gesagt?«

»Meister Maceus sagte, ich solle den Sommer über bleiben, bis du ein Dutzend Porträts von mir gemalt hast, dann soll ich zu anderen Pflichten in die Siedlung zurückkehren.«

»Und was ist mit mir?«, fragte Talon.

»Das hat er mir nicht gesagt. Ich werde ihm sagen, dass du die Bilder fertig hast, und ich bin sicher, er wird herkommen und sich die letzten beiden ansehen, und dann wirst du erfahren, was als Nächstes geschehen wird.«

Talon stellte sich neben die Tür. »Warte doch, bis der Regen vorbei ist.«

»Das geht nicht.« Sie wollte an ihm vorbeigehen.

»Warte!« Er packte sie am Arm. »Einen Augenblick.«

Sie blickte zu ihm auf, und in ihren Augen lag nicht einmal mehr eine Spur von Wärme. »Was ist?«

»Was ist mit uns?«

»Was soll mit uns sein?«

»Ich liebe dich.«

In einem Tonfall, den man nur als gereizt bezeichnen konnte, erwiderte Alysandra: »Talon, du bist ein netter Junge, und ich hatte in diesem Sommer viel Spaß. Aber mit Liebe hat das, was hier passiert ist, nichts zu tun. Ich mag Männer und genieße die Spiele zwischen Männern und Frauen. Ich glaube, ich habe einiges zu deiner Erziehung in dieser Hinsicht beigetragen, aber wenn du glaubst, ich hätte das getan, weil ich dich liebe, irrst du dich gewaltig.«

Talons Wangen begannen zu glühen, und seine Augen

fühlten sich an, als würden ihm gleich die Tränen kommen, aber keine Feuchtigkeit sammelte sich darin. Es war, als hätte ihm jemand einen Keulenschlag in den Bauch versetzt, denn er bekam kaum noch Luft. Seine Gedanken überschlugen sich, und er versuchte verzweifelt zu begreifen, was geschehen war.

»Warte«, sagte er schließlich leise.

»Worauf?«, fragte sie, öffnete die Tür und ging hinaus in den Regen. »Darauf, dass du erwachsen wirst? Du hast das Durchhaltevermögen eines Hengstes, und du hast gelernt, mir Vergnügen zu bereiten. Aber falls ich einmal heirate, dann wird das ein wichtiger Mann sein, ein mächtiger Mann, der mich mit Wohlstand überhäufen und mich und meine Kinder beschützen wird. Und Liebe wird dabei bestenfalls eine sehr geringe Rolle spielen.«

Mit diesen Worten drehte sie sich um und ging den Weg am See entlang, während Talon den Türrahmen so fest packte, dass er schließlich das Holz knacken hörte. Er starrte seine Handfläche an und sah, dass sie voller Splitter war, und dann spähte er hinaus in das heftiger werdende Unwetter.

Seit er in Roberts Wagen aufgewacht war, hatte er sich nicht mehr dermaßen jeglicher Freude beraubt gefühlt. Zum zweiten Mal in seinem Leben hatte er das Gefühl, dass ihm alles Gute genommen worden war.

Die Genesung

Talon stöhnte.

Er hatte zwei Tage lang im Bett gelegen und war nur aufgestanden, um sich zu erleichtern und Wasser zu trinken. Er fühlte sich schwach und unkonzentriert, als hätte er Fieber. Seine Gedanken schweiften umher, und er hörte immer wieder im Geist, was Alysandra ihm zum Abschied gesagt hatte.

Jemand packte und schüttelte ihn.

»Was ist?«, sagte er, zwang sich aus seinem betäubten Zustand und stellte fest, dass sich Magnus über ihn beugte.

»Es ist Zeit, dass du aufhörst, dich im Selbstmitleid zu suhlen.«

Talon setzte sich auf, und ihm wurde schwindlig.

»Wann hast du das letzte Mal etwas gegessen?«, fragte Magnus.

»Ich glaube gestern.«

»Eher vor drei Tagen«, sagte der Magier. Er suchte in der Küche herum und kam mit einem Apfel zurück. »Hier, iss.«

Talon biss hinein und spürte, wie ihm der Saft über das Kinn lief. Er wischte sich den Mund mit dem Handrücken ab und schluckte. Sein Magen schien sich zusammenzuziehen, als er nach dieser kurzen Fastenzeit wieder mit Essen bekannt gemacht wurde.

Magnus setzte sich neben ihn aufs Bett. »Geht es dir schlecht?«

Talon nickte, unfähig, Worte zu finden.

»Hat sie dir das Herz gebrochen?«

Talon schwieg, aber Tränen traten ihm in die Augen. Wieder nickte er.

»Gut so«, sagte Magnus und schlug ihm mit dem Stab aufs Knie.

»Au!«, rief Talon und rieb sich das Knie.

Magnus stand auf und schlug Talon fest genug gegen den Kopf, dass seine Ohren klangen und seine Augen noch feuchter wurden.

Magnus trat ein paar Schritte zurück und schrie: »Verteidige dich!«

Diesmal setzte er zu einem erheblich festeren Schlag auf die andere Seite von Talons Kopf an, und der junge Mann konnte kaum ausweichen. Er fiel auf die Knie, rollte sich weg und gewann einen Augenblick, weil Magnus um das Bett herumeilen musste, um ihn zu erreichen. Als er das tat, stand Talon schon neben dem Tisch, das Schwert gezogen.

»Meister Magnus!«, schrie er. »Was soll das?«

Magnus antwortete nicht, sondern fingierte stattdessen einen Stoß mit dem Ende des Stabs gegen Talons Kopf, zog aber den Stab in einem Bogen nach oben. Talon erwischte den Stab gerade noch mit dem Schwert und konnte ihn von seiner Schulter wegdrängen. Dann machte er einen Schritt vorwärts, packte seinen Lehrer vorn am Gewand und brachte ihn aus dem Gleichgewicht. Er legte Magnus das Schwert an die Kehle und sagte: »Soll ich dich jetzt umbringen?«

»Nein«, erwiderte Magnus grinsend. Er packte Talons Schwerthand, und Talon spürte, wie seine Finger taub wurden. Das Schwert fiel ihm aus der Hand, und er hörte Magnus sagen: »Das war sehr gut.«

Talon trat zurück und rieb sich die Hand. »Was soll das alles?«

»Wenn dich dein Feind überraschend angreift, glaubst du, er wird einen Augenblick vor dem tödlichen Schlag innehalten und sagen: ›Armer Talon. Er ist traurig wegen seiner verlorenen Liebe. Ich glaube, ich warte lieber noch einen Tag, bevor ich ihn umzubringen …‹«

Talon rieb weiterhin seine tauben Finger.

Magnus bedeutete Talon, sich wieder aufs Bett zu setzen. »Unsere Feinde werden uns auf Arten angreifen, die du dir nicht einmal vorstellen kannst. Caleb und andere können dich in der Handhabung von Waffen unterrichten und deine natürliche Begabung verfeinern. Ich kann dir einiges über deinen Geist zeigen und es für deine Feinde schwerer machen, dich zu verwirren oder zu täuschen. Aber das Herz …« Er tippte sich an die eigene Brust. »Dort sind Männer am verwundbarsten.«

»Das hier war also eine Lektion?«

»Ja«, antwortete Magnus mit grimmiger Miene. »Eine ausgesprochen grausame, aber notwendig.«

»Sie hat mich nicht geliebt?«

»Nie«, erklärte Magnus kalt. »Sie ist unser Geschöpf, Talon, und wir benutzen sie, genau wie wir dich und jeden anderen Schüler benutzen. Das hier war einmal ein Ort des Lernens und der Bildung um ihrer selbst willen. Mein Vater war der Gründer der Akademie der Magier unten in Stardock. Wusstest du das?«

»Nein.«

»Als die Politik die Akademie zu überrollen drohte, schuf er hier einen anderen Ort des Lernens, für Schüler mit besonderer Begabung. Ich bin hier aufgewachsen. Als der Schlangenkrieg tobte und Krondor zerstört wurde, erkannte mein Vater, dass unsere Feinde gnadenlos sind und man nicht damit rechnen darf, dass sie Mitgefühl für uns empfinden. Also wurde diese Schule ein Ort der Ausbildung. Einige Schüler kommen aus anderen Welten, aber es werden jedes Jahr weniger. Robert hat ein paar Lehrer aus diesen anderen Welten hergebracht, aber überwiegend ist es Vater, der unterrichtet, zusammen mit Mutter, Nakor, mir und anderen wie zum Beispiel Robert.«

»Ich habe noch nicht gefragt, weil ich annehme, dass ich es noch erfahren werde, aber wer ist dieser Feind?«

»Es ist sehr schwer, das jemandem, der so jung ist wie du, zu erklären. Ich überlasse es Vater und Nakor einzuschätzen, ob du bereit bist, es zu verstehen. Eines kann ich dir allerdings jetzt schon sagen: Die Agenten des Feindes werden versuchen, dich zu töten, und wie du an dem Abend gesehen hast, als die Todestänzer mich umbringen wollten, können sie auf unerwartete Weise zuschlagen und an Orten, die du für sicher hältst.«

»Also muss ich …«

»Lernen, vorsichtig sein und nur ganz wenigen vertrauen.« Magnus hielt inne und überlegte, was er als Nächstes sagen sollte. »Wenn ich Rondar oder Demetrius befehlen würde, dich zu töten, dann würden sie es tun. Sie würden annehmen, dass ich gute Gründe hätte und du eine Gefahr für uns darstelltest. Wenn ich Alysandra befehlen würde, dich zu töten, würde sie es ebenfalls tun. Der Unterschied ist, dass Rondar und Demetrius Bedauern empfinden würden, Alysandra nicht.«

»Und Ihr seid dafür verantwortlich, dass sie so geworden ist?«, fragte Talon. Sein Zorn wuchs, und sein Gerechtigkeitssinn stachelte ihn noch mehr an.

»Nein«, antwortete Magnus. »Sie war schon so, als wir sie fanden. Alysandra hat einen Makel, einen tragischen, schrecklichen Makel. Sie sieht andere nicht so wie du und ich. Sie betrachtet sie, wie wir ein Stück Holz betrachten oder«, er zeigte auf einen Stuhl, »ein Möbelstück. Nützlich. Etwas, um das man sich kümmert, damit es weiterhin nützlich bleibt, aber nichts, was außer diesem Nutzen irgendeinen Wert für sie hat. Wir fanden sie als schrecklich geschädigte Person und brachten sie her. Nakor kann dir mehr darüber sagen. Ich weiß nur, dass eines Tages dieses reizende junge Mädchen bei uns aufgetaucht ist und Nakor uns erklärt hat, was wir mit ihr tun sollten.«

»Aber warum? Warum hat er sie hergebracht?«

»Um sie auszubilden, damit sie für uns arbeitet. Um dieses gnadenlose Wesen für unsere Ziele zu nutzen. Ansonsten wäre sie in Krondor hingerichtet worden. Wir können sie zumindest brauchen und dadurch kontrollieren, wen sie verletzt.«

Talon saß schweigend da und starrte durch die offene Tür nach draußen. »Aber es hat sich so …«

»Echt angefühlt?«

»Ja. Ich dachte, sie hätte sich in mich verliebt.«

»Eine ihrer Begabungen besteht darin zu sein, was sie sein muss, Talon. Sie hätte dir im Schlaf die Kehle durchgeschnitten, wenn Nakor es ihr befohlen hätte. Und dann hätte sie sich angezogen und ein vergnügtes Liedchen gepfiffen, während sie zur Siedlung zurückkehrt.«

»Warum hast du mir das angetan?«

»Damit du tief in dich hineinschaust und verstehst, wie schwach das menschliche Herz ist, und dich dagegen wappnen kannst, wenn dir so etwas noch einmal passiert.«

»Bedeutet das, ich werde nie eine andere lieben können?«

Magnus starrte einen Augenblick durch die Tür ins Freie. »Das glaube ich nicht. Aber sicher wirst du nicht mehr einfach irgendeine junge Frau lieben, weil sie hübsche Beine und ein reizendes Lächeln hat und weil sie in deinem Bett liegt. Du kannst mit so vielen Frauen schlafen, wie du willst, wenn die Zeit und die Umstände es zulassen. Aber bilde dir nicht ein, sie zu lieben, Talon.« Magnus stand auf und ging zur Tür. »Denk eine Weile darüber nach: Erinnere dich an die stillen Zeiten, als dein Vater und deine Mutter sich um dich und die Familie gekümmert haben. Das war Liebe. Nicht die Leidenschaft eines Augenblicks in den Armen einer willigen Frau.«

Talon lehnte sich gegen die Wand. »Es gibt so vieles, worüber ich nachdenken muss.«

»Morgen fahren wir mit deiner Ausbildung fort. Und jetzt iss etwas und schlafe, denn wir haben viel zu tun.«

Magnus ging, und Talon ließ sich wieder aufs Bett sinken, den Arm hinter dem Kopf. Er starrte an die Decke und dachte darüber nach, was der Magier gesagt hatte. Es war, als hätte Magnus Eiswasser über ihn gegossen. Ihm war kalt und unbehaglich zumute. Er konnte immer noch Alysandras Gesicht vor seinem geistigen Auge sehen, aber es war kein spöttisches, grausames Gesicht, und er fragte sich, ob er je wieder eine Frau auf die gleiche Weise betrachten konnte wie sie.

Talon verbrachte eine ruhelose Nacht, obwohl er unendlich müde war. Es war eine noch tiefere Erschöpfung als bei den Gelegenheiten, als er sich von den schweren Wunden erholt hatte, die ihm bei dem Überfall auf sein Dorf und in Magnus' Hütte zugefügt worden waren. Es war eine Erschöpfung der Seele, eine Lethargie, die von seinem verwundeten Herzen herrührte.

Aber er spürte auch eine wilde Energie in sich, ein seltsames Aufblitzen von Bildern, Erinnerungen und Fantasien. Er störte sich daran, wie Magnus Alysandra so einfach verurteilte. Talon *wusste*, dass er sich ihre Gefühle nicht eingebildet hatte, und gleichzeitig wusste er, dass genau das geschehen war. Er war zornig, und sein Schmerz brauchte ein Ventil, aber es gab keine Möglichkeit, diesen Zorn zu konzentrieren. Er war wütend auf seine Lehrer, aber er wusste auch, dass sie ihm eine wichtige Lektion erteilt hatten, die ihm vielleicht eines Tages das Leben retten würde. Er war wütend auf Alysandra, aber nach dem, was Magnus ihm erzählt hatte, konnte man ihr die Schuld für das, was sie war, ebenso wenig geben, wie man eine Giftschlange dafür verurteilen konnte, dass sie giftig war.

Der Morgen dämmerte, und der Himmel verfärbte sich rosa und golden, ein frischer, klarer Herbstmorgen. Ein Klopfen scheuchte Talon aus seiner finsteren Versunkenheit, und er öffnete die Tür.

Caleb stand vor ihm. »Lass uns auf die Jagd gehen.«

Talon nickte, und er fragte sich nicht einmal, wie Caleb so plötzlich auf der Insel aufgetaucht war. Man konnte, wie bei vielem hier, wohl davon ausgehen, dass Magie im Spiel war.

Talon holte seinen Bogen aus dem Kleiderschrank, wo er ihn in die Ecke gestellt und vergessen hatte. Er hatte Stunden damit zugebracht, die Kleidung anzuziehen, die sich ebenfalls in diesem Schrank befand, und sie wieder auszuziehen, während er und Alysandra den Sommer über immer wieder neue Spiele erfunden hatten. Er hatte sie für Spiele der Liebe gehalten, aber nun betrachtete er sie als Übungen in Wollust.

Er hielt den Bogen in der Hand und wusste auf einmal, dass ihm in diesen Tagen mit dem Mädchen auch etwas gefehlt hatte. Er holte einen Köcher mit Pfeilen heraus, dann wandte er sich Caleb zu. »Gehen wir.«

Caleb schlug ein mörderisches Tempo an, eilte voraus und warf keinen Blick zurück, denn er erwartete, dass Talon jederzeit einen Schritt hinter ihm oder an seiner Seite war.

Sie wandten sich nach Norden und entfernten sich weit von der Siedlung. Die Hälfte der Zeit liefen sie. Gegen Mittag blieb Caleb stehen und zeigte auf etwas. Sie standen oben auf einem Hügel, der einen Blick auf den größten Teil des Nordens der Insel bot. In der Ferne konnte Talon die kleine Hütte ausmachen, in der er mit Magnus gewohnt hatte, als er auf die Insel gekommen war. Er schwieg.

Caleb sagte schließlich: »Ich habe auch einmal geglaubt, dass ich verliebt wäre.«

»Weiß es eigentlich jeder hier?«

»Nur die, die es wissen müssen. Es war eine Lektion.«

»Ja, aber mir kommt es wie ein grausamer Scherz vor.«

»Grausam war es zweifellos. Aber kein Scherz. Ich bezweifle, dass dir bisher jemand gesagt hat, was dir bevorsteht. Selbst ich weiß nicht genau, um was es geht, obwohl ich eine gewisse Vorstellung davon habe. Man wird dich an Orte schicken, wo du Dinge siehst, die sich kein Orosini-Junge je hätte träumen lassen. Und an diesen Orten können die Tricks einer schönen Frau so tödlich sein wie eine vergiftete Klinge.« Er stützte sich auf seinen Bogen. »Alysandra ist nicht das einzige Mädchen mit einer tödlichen Seite. Unsere Feinde haben viele solcher Frauen in ihren Reihen. Ebenso, wie sie Agenten wie dich haben werden.«

»Agenten?«

»Du arbeitest jetzt für das Konklave; soviel weißt du jedenfalls.« Er warf Talon einen Blick zu, und dieser nickte. »Nakor und mein Vater werden dir eines Tages mehr sagen, aber wir kämpfen für das Gute. Es ist die Ironie des Schicksals, dass wir manchmal Dinge tun müssen, die böse wirken, sodass das Gute schließlich siegen kann.«

»Ich bin kein Gelehrter. Ich habe einiges gelesen – genug, um zu wissen, dass ich sehr wenig weiß. Aber ich habe genug gelernt, um zu begreifen, dass alle Männer sich irgendwie für Helden halten, zumindest für die Helden ihres eigenen

Lebens, und dass kein Mann, der etwas Böses tat, je wirklich geglaubt hat, dass das so war.«

»In gewisser Weise hast du recht.« Caleb hielt einen Augenblick inne, als wollte er den frischen Herbstwind genießen. »In anderer Hinsicht weißt du sicher, dass du unrecht hast. Es gibt Männer, die wissentlich dem Bösen dienen, die sich ihm willig hingeben und die dadurch etwas erreichen wollen. Einige gieren nach Macht, andere nach Wohlstand. Einige andere haben noch dunklere Ziele. Aber sie alle bringen Unschuldigen Leid und Qual.«

»Was willst du mir damit sagen?«

»Nur, dass wir kurz davorstehen, mit der nächsten Phase deiner Erziehung zu beginnen, und du solltest darauf vorbereitet sein, auch Dinge zu akzeptieren, die dir schrecklich und unangenehm vorkommen. Es ist notwendig.«

Talon nickte. »Wann fängt diese nächste Phase an?«

»Morgen, wenn wir nach Krondor aufbrechen. Aber jetzt lass uns jagen.« Caleb setzte sich in Bewegung und eilte einen Wildpfad entlang, ohne einen Blick zurückzuwerfen, um sich zu vergewissern, dass Talon ihm folgte.

Talon hielt noch einen Moment inne, dann eilte er hinter Caleb her, wohl wissend, dass auch diese neueste Wunde, die er tief in seinem Innern spürte, heilen würde. Er befürchtete allerdings, dass sie eine Narbe hinterlassen würde, die ihm sein Leben lang erhalten blieb.

Das Schiff fuhr rasch nach Westen, getrieben von einem starken Wind, der beinahe schon ein Sturm war und wie ein lebendiges Geschöpf auf die Wellen eindrosch. Talon stand so weit vorn, wie er konnte, direkt hinter dem Bugspriet, denn selbst nach einer Woche auf See war er immer noch vom Meer fasziniert. Irgendwann an diesem Nachmittag oder am Abend würden sie ihr Ziel erreichen: Krondor, die Hauptstadt des westlichen Teils des Königreichs.

Talon hatte erwartet, dass Magnus ihn mithilfe der Magie zu seinem nächsten Ziel bringen würde, aber stattdessen reiste er auf konventionelle Weise und in Gesellschaft von Caleb.

Caleb übte einen beruhigenden Einfluss auf ihn aus, und Talon war froh, dass das Konklave ihm diesen Mann an die Seite gestellt hatte. Er antwortete, wenn Talon über etwas sprechen wollte, aber Stille störte ihn nicht. Sie hatten beide die Sinne eines Jägers, und von all den Leuten, die er seit der Zerstörung seines Dorfes kennengelernt hatte, fühlte sich Talon Caleb am nächsten.

Das Meer war Talon so fremd, wie Strände es gewesen waren, aber er fühlte sich ebenso dazu hingezogen wie zu den Bergen seiner Heimat. Es veränderte sich ununterbrochen, endlos und geheimnisvoll. Die Luft war frisch, wenn auch von anderer Art als an Land, und selbst in diesem ununterbrochen schlechten Wetter irgendwie wunderbar.

Das Schiff hieß *Dame aus dem Westen* und fuhr unter der Flagge von Kesh. Talon hatte jedoch aus Gesprächen der Besatzung, die er aufgeschnappt hatte, erfahren, dass es dabei nur um den Registrierhafen ging, denn das Schiff gehörte Pug. Der war für Talon immer noch ein Rätsel. Er schien noch jung zu sein oder gerade erst in mittleren Jahren, aber er war kräftig, lebhaft und energisch. Miranda schien etwa im gleichen

Alter, aber sie und Pug waren Magnus' Eltern, obwohl sie kein Jahr älter aussahen als der weißhaarige Magier.

Pug war ein stiller Mensch, der nur selten mit den Schülern sprach, aber wenn er es tat, war er liebenswert und zuvorkommend. Es gab allerdings etwas an ihm, das Talon beunruhigte. Er hatte Macht, das war sogar einem Jungen aus den östlichen Bergen sofort klar gewesen. Robert, Nakor, Magnus und Miranda verfügten alle über magische Fähigkeiten, das wusste Talon, aber an Pug spürte er etwas Größeres. Es war etwas, das sein Großvater »von den Göttern berührt« genannt hätte.

Talon dachte darüber nach, was für eine Kindheit ein Mann wie Pug wohl gehabt haben mochte. Wer waren seine Eltern, und was für eine Erziehung hatte ein Magier von solch großer Macht genossen? Vielleicht würde er ihn eines Tages das alles fragen, aber im Augenblick gab er sich damit zufrieden, es auf sich beruhen zu lassen und die Reise zu genießen.

Sein Liebeskummer war vergangen, und inzwischen verspürte er, wenn er auf die Tage mit Alysandra zurückblickte, nur noch bittersüße Ironie. An diesem letzten Tag mit ihr hatte er an Heirat gedacht oder zumindest daran, sein Leben mit ihr zu verbringen, und nun hielt er sie für nichts weiter als eine bemitleidenswerte oder verachtenswerte Frau. Oder für beides. Ein Geschöpf ohne Herz. Dennoch, Talon wusste, dass er lernen musste, in gewisser Hinsicht so zu sein wie sie, denn alles, was man ihm seit diesem Tag erzählt hatte, ließ ihn glauben, dass sie viel gefährlicher war, als er sich vorstellen konnte.

Caleb kam an Deck, in einem ölgetränkten Segeltuchumhang ganz ähnlich dem, den Talon trug. Eisige Gischt sprühte auf beide, aber Caleb kümmerte sich nicht darum. Er stellte sich neben Talon und schwieg, zufrieden damit, die Aussicht zu genießen.

Rollende Dünung und Gischt verschwanden im schwindenden Tageslicht, als dunklere Wolken über ihnen dahinrasten. In der Ferne sahen sie Blitze zucken. Schließlich sagte Caleb: »Wir sollen Krondor noch vor dem Unwetter erreichen, aber es wird knapp.«

Talon nickte. »Ich denke, ich könnte ein guter Seemann werden.«

»Das Meer ruft viele zu sich«, stellte Caleb fest.

Sie schwiegen den Rest des Nachmittags, bis eine halbe Stunde vor Einbruch der Dunkelheit der Mann im Ausguck rief: »Land in Sicht!«

Der Kapitän kam auf die beiden zu. »Meine Herren, wir werden Krondor nach Einbruch der Dunkelheit erreichen. Wir werden uns an der Windschattenseite des Wellenbrechers halten und dort Schutz vor dem Sturm suchen, und im ersten Morgengrauen werde ich dem Hafenmeister ein Zeichen geben, dann fahren wir in den eigentlichen Hafen ein. Es wird wohl eine laute, aber sichere Nacht werden.«

Talon nickte. Er wartete gespannt darauf, die Stadt zu sehen. Er hatte in der Biografie von Rupert Avery und in anderen Büchern einiges über Krondor gelesen.

Caleb legte Talon die Hand auf die Schulter und bedeutete ihm, dass sie nach unten gehen sollten. Talon drehte sich um und ging voran.

Als sie ihre Kabine erreichten, die kaum groß genug war für zwei Kojen übereinander, legten sie die nassen Umhänge ab und setzten sich, Talon in die obere Koje, Caleb in die untere.

»Wir haben vor dem Abendessen noch ein wenig Zeit«, sagte Caleb. »Ich weiß, dass du deine Geschichte schon eingeübt hast.«

»Ja«, erwiderte Talon. Er sollte allen, die sich dafür interessierten, erzählen, dass er ein Jäger aus den Wäldern nahe Crydee war, was seinen leichten Akzent erklären würde. Da zwischen Krondor und der Stadt an der Fernen Küste nicht viel Verbindung bestand, war es unwahrscheinlich, dass sie jemandem begegnen würden, der Crydee besser kannte. Und falls doch, würde Caleb das Wort führen, denn er kannte die Gegend.

»Caleb?«

»Ja, Talon?«

»Warum reisen wir auf diese Weise?« Das hatte er fragen wollen, seit sie die Insel verlassen hatten.

»Um deinen Horizont zu erweitern«, antwortete Caleb. »Mit dem Reisen ist es wie mit allem anderen; etwas darüber erzählt zu bekommen oder es zu lesen ist eine Sache, aber es zu tun ist etwas anderes. Du wirst tausend Dinge sehen, und vieles wird sich von dem unterscheiden, was ich sehe.«

»Wohin sind wir unterwegs?«

»In Krondor suchen wir uns eine Karawane und ziehen weiter nach Malacs Kreuz an der Grenze zwischen dem West- und dem Ostteil des Königreichs. Von dort aus geht es zu Pferd weiter nach Salador. Beide Städte werden dir viele Gelegenheiten bieten, etwas zu lernen.«

»Das klingt gut, aber was werden wir tun, sobald wir Salador erreicht haben?«

»Lernen«, antwortete Caleb und legte sich in die Koje. »Und nun sei still, damit ich ein Schläfchen halten kann, bis sie zum Abendessen rufen.«

»Lernen«, murmelte Talon. »Das ist offenbar mein Leben.«

»Und kein schlechtes. Und jetzt sei still.«

Das Boot wurde dicht an den Kai herangerudert, wo ein Hafenarbeiter es vertäute. Talon sprang an Land, gefolgt von Caleb. Ein Mann, der eine Armbinde mit dem Wappen eines Adlers über einem Berggipfel trug, kam näher, schaute sie von oben bis unten an und fragte dann gelangweilt: »Wo kommt Ihr her?«

»Crydee«, sagte Caleb.

»Ihr wart auf einem Schiff aus Kesh.«

»Es war das Nächstbeste, das in See stach, als wir aufgebrochen sind«, erwiderte Caleb freundlich.

»Nun, wenn Ihr Bürger des Königreichs seid, ist das in Ordnung.« Der Mann ging weiter und ließ Caleb und Talon stehen.

»Das war alles?«, fragte Talon.

»Die Zeiten sind friedlich.« Caleb bedeutete Talon, ihm zu folgen. »Zumindest hier im Westen. König Ryan hat seine Tochter mit dem Neffen der Kaiserin von Kesh verlobt, und der Kaiser von Queg hat eine Cousine, die König

Ryans jüngeren Sohn heiraten soll. Der Handel mit den Freien Städten ist lebhaft, und der Gouverneur von Durbin hält seine Freibeuter an der kurzen Leine. Es hat seit sieben Jahren keinen größeren Konflikt mehr gegeben.«

Als sie die Steintreppe vom Hafen zur Straße hinaufstiegen, fügte Caleb hinzu: »Im Osten stehen die Dinge allerdings auf Messers Schneide, und deshalb würdest du dort erheblich genauer begutachtet werden als hier.«

Sie gingen eine Straße entlang, die sie schließlich zur Stadtmitte bringen würde. Wenn Talon den Hals reckte, konnte er südlich des Hafens eine Burg ausmachen. »Dort wohnt der Prinz?«

»Prinz Matthew, Sohn von König Ryan. König Patrick ist noch keine zwei Jahre tot, und Matthew ist immer noch ein junger Mann, keine vierzehn Jahre alt. Aber er ist nicht die wirkliche Macht in der Stadt.«

»Wer dann?«

»Zwei Brüder. James ist Herzog von Krondor, wie sein Großvater vor ihm, und es heißt, er sei beinahe genauso wild wie sein legendärer Vorfahr. Sein jüngerer Bruder Dashel ist ein reicher Geschäftsmann. Beide sind gefährlich.«

»Ich werde daran denken«, versprach Talon.

»Nun, es ist unwahrscheinlich, dass du ihre Bekanntschaft machst, aber es sollen schon seltsamere Dinge passiert sein. Hier sind wir.«

Talon blickte auf und sah, dass sie vor einem Gasthaus standen, auf dessen Schild das verblasste Gesicht eines grinsenden Mannes mit einem dunklen Bart und einem Hut mit Feder zu sehen war. Darunter stand *Admiral Trask*.

Caleb schob die Tür auf, und sie traten in einen stickigen Raum, in dem es nach Braten, Tabakrauch, vergossenem Bier und Wein roch. Talons Augen fingen an zu tränen.

Caleb schob sich an mehreren Hafenarbeitern, Seeleuten und Reisenden vorbei, bis er die Theke erreicht hatte. Der Wirt blickte auf und grinste: »Caleb! Lange nicht gesehen, alter Freund!«

»Randolph«, erwiderte Caleb und schüttelte die Hand des Mannes. »Das hier ist Talon. Hast du ein Zimmer?«

»Ja«, sagte der Wirt. »Ihr könnt euch eins aussuchen. Das nach hinten raus?«

»Ja«, antwortete Caleb.

»Habt ihr Hunger?«

Caleb lächelte. »Immer.«

»Dann setzt euch, und das Mädchen wird euch etwas zu essen bringen. Habt ihr Gepäck?«

»Du weißt, dass ich immer mit leichtem Gepäck unterwegs bin.« Talon und Caleb hatten ihre Sachen in Rucksäcke gepackt.

Der Wirt warf Caleb einen schweren Eisenschlüssel zu, und der Jäger fing ihn geschickt auf. »Nehmt Platz«, sagte Randolph.

Sie setzten sich, und gleich darauf brachte ein Mädchen ein Tablett mit dampfendem Essen aus der Küche: Huhn, Ente, Lamm und Gemüse.

Als sie das Tablett auf den Tisch stellte, riss Talon erstaunt den Mund auf. Er wollte schon aufspringen, aber Caleb drückte ihn mit fester Hand wieder auf den Stuhl zurück. Lela schaute mit einem freundlichen Lächeln auf ihn hinab, aber in ihrem Blick lag kein Anzeichen, dass sie ihn erkannt hätte. »Kann ich Euch auch etwas zu trinken bringen?«

»Bier«, sagte Caleb, und sie eilte davon.

»Das …«, begann Talon stammelnd.

»Sie ist nicht die, für die du sie hältst«, sagte Caleb leise.

Beinahe sofort kehrte das Mädchen zurück und brachte zwei Zinnkrüge mit schäumendem Bier.

»Wie heißt du, Mädchen?«, fragte Caleb.

»Roxanne«, erwiderte sie. »Kann ich sonst noch etwas für Euch tun?«

»Nein«, antwortete Caleb, und das Mädchen ging.

»Das war Lela«, sagte Talon leise.

»Nein«, erwiderte Caleb. »Du irrst dich.«

Talon schaute seinen Freund an, dann nickte er. »Ja, so wird es wohl sein.«

Sie aßen schweigend.

Sie verbrachten drei Tage in Krondor und suchten sich dann für die nächste Etappe ihres Weges eine Karawane. Sie verpflichteten sich, im Austausch für Transport und Mahlzeiten als Wachen zu arbeiten. Der Karawanenmeister war froh, keinen Söldnerbonus zahlen zu müssen, und glaubte, einen guten Handel gemacht zu haben.

Sie sprachen nicht mehr darüber, warum Lela unter dem Namen Roxanne im Gasthaus arbeitete, und Talon nahm an, dass es sich um ein weiteres dieser Geheimnisse handelte, über die er niemals mehr erfahren würde. Aber es war seltsam tröstlich gewesen, in solch fremder Umgebung ein vertrautes Gesicht zu sehen, selbst wenn das unter Umständen geschah, die man nur als bizarr bezeichnen konnte.

Krondor war für Talon ein Wunder. Schon Latagore war dem unerfahrenen Jungen aus den Bergen wunderbar vorgekommen, als er die Stadt zum ersten Mal sah, aber im Vergleich mit der Hauptstadt des westlichen Teils des Königreichs erschien es ihm nun wie ein Dorf. In der Stadt wimmelte es nur so von Menschen, einige sogar aus der Konföderation von Kesh, den kleineren Staaten am Südrand des Reiches. Auf den Märkten und in den Gasthäusern waren die seltsamsten Sprachen und Dialekte zu hören.

Caleb zeigte Talon die Sehenswürdigkeiten, darunter die Überreste des Walls, der während des Schlangenkrieges zerstört worden war, als der Legende zufolge die Armeen der Smaragdkönigin übers Meer gekommen waren und die Stadt beinahe vollkommen zerstört hatten. Als Caleb die Geschichte erzählte, erinnerte sich Talon, dass Caleb hier von seiner eigenen Großmutter sprach, die von einem Dämon versklavt worden war. Talon nahm an, dass er über viele Geschichten, die er in seiner Kindheit am Lagerfeuer gehört hatte, noch einmal nachdenken sollte, statt sie wie bisher als Märchen abzutun.

Sie gingen zu *Barretts Kaffeehaus*, wo man sich mit Finanzangelegenheiten beschäftigte, die Talon beinahe so kompliziert und geheimnisvoll vorkamen wie Magie. Er hatte dank Rupert Averys Biografie eine vage Vorstellung davon, was dieser Ort für die Wirtschaft des Königreichs bedeutete, denn Avery war ein Geschäftsmann gewesen und bei *Barretts* ein und aus gegangen.

Die beiden Reisenden sahen sich auch den Palast an, wenn auch nur aus respektvollem Abstand. Caleb hatte zwar angedeutet, dass es in der Vergangenheit Verbindungen zwischen seiner Familie und der Krone gegeben hätte, aber deshalb würde man ihnen keinen Einlass gewähren. Und von Talons Neugier einmal abgesehen, hatten sie auch keinen Grund, den Palast aufzusuchen. Er war recht interessiert an diesen Dingen, wie an allem, was ihm noch fremd war. Wenn er an seine Kindheit dachte, wurde ihm klar, wie wenig er als Junge doch über die Welt gewusst hatte, und doch hatte er damals geglaubt, alles zu wissen, was wichtig im Leben war. Dies war das Erbe seines Volkes gewesen, das sich damit zufriedengegeben hatte, auf die gleiche Weise zu leben, wie es schon die Vorfahren getan hatten. Generationen waren vergangen, ohne dass sich bei den Orosini viel geändert hatte, und es war ein gutes Leben gewesen.

Talon sah sich in der Stadt um, betrachtete die Menschenmengen, die sich auf den Straßen drängten, und fragte sich, ob sein Volk nicht zumindest eines gewusst hatte: was ein gutes Leben war. Die meisten Leute, die er bei seinem Weg durch die Stadt sah, schienen wenig Freude zu empfinden. Sie konzentrierten sich auf ihre Geschäfte oder waren eilig irgendwohin unterwegs. Ein paar Kinder spielten auf der Straße, aber nur sehr kleine; die älteren hatten sich zu Banden von zehn oder mehr zusammengetan, und einige dieser Gruppen hatte Talon schon rennen gesehen, verfolgt von einem zornigen Wachtmeister.

Schließlich zogen sie mit der Karawane durch den Westteil des Reiches, durch hügeliges Gelände und niedrige Berge, die denen seiner Heimat nicht unähnlich waren. Aber wo die Berge der Orosini von Menschen in kleinen Dörfern mit Holzhütten und Palisaden bewohnt gewesen waren, gab es hier Städtchen und Burgen. In Ravensburg tranken die beiden Reisenden den besten Wein, den Talon bisher probiert hatte, und er stellte dem Wirt viele Fragen. Danach verbrachte er etwa eine Stunde bei einem Winzer und versuchte dort ebenfalls, so viel wie möglich zu lernen.

Demetrius hatte ihm gesagt, dass seine Lehrer Talon irgendwann auch alles über Wein beibringen würden, und der Aufenthalt in Ravensburg schien eine gute Gelegenheit zu sein, schon einmal Wissen darüber anzusammeln.

Die Reise führte sie bis in die Stadt Malacs Kreuz, wo sie sich vom Karawanenmeister verabschiedeten. Nach einer Nacht in einem relativ sauberen Gasthauszimmer kaufte Caleb zwei schöne Pferde, und sie machten sich auf den Weg nach Osten.

Als sie auf die aufgehende Sonne zuritten, fragte Talon: »Caleb, werde ich je erfahren, was wir hier machen?«

Caleb lachte. »Ich nehme an, es ist egal, ob ich es dir jetzt sage oder wenn wir Salador erreichen.«

»Dann sag es mir jetzt, denn ich platze vor Neugier.«

»In Salador werden wir weiter an deinen guten Manieren arbeiten«, erklärte Caleb. »Du wirst ein Jahr oder länger lernen, mindestens zwei Musikinstrumente zu spielen – die Laute und vielleicht das Horn oder eine weitere Flöte. Du wirst auch noch mehr über die Kunst des Kochens lernen, obwohl du in dieser Hinsicht dank Leo schon relativ gut ausgebildet bist. Und du wirst mehr über höfisches Verhalten erfahren, darüber, welche Kleidung welchem Anlass angemessen ist und wie man mit Personen jedweden Ranges umgeht. Du wirst lernen, Wein zu beurteilen, und man wird dir auch Gesangsunterricht erteilen, obwohl ich annehme, dass Letzteres eine ziemlich vergebliche Anstrengung sein wird.«

Talon lachte. »Ich kann singen.«

»Ich würde das kaum als Singen bezeichnen!«

»Aber wozu soll es gut sein, mich wie einen Adligen wirken zu lassen?«

Caleb wechselte von der Sprache des Königreichs, die sie seit ihrer Ankunft in Krondor gesprochen hatten, ins Roldemische. »Weil du in einem Jahr nach Roldem reisen wirst, mein junger Freund, und dort schreiben wir dich am Hof der Meister ein. Wir werden dich dort als einen jungen Mann von niederem Adel ausgeben, einen entfernten Verwandten einer der bekannteren Familien, reich an Ahnen, aber ansonsten nicht sonderlich wohlhabend und daher bereit, in den Dienst eines anderen zu treten.«

»Der Hof der Meister? Kendrick hat mir ein wenig davon erzählt. Er sagte, dort würden die besten Schwertkämpfer der Welt ausgebildet.«

»Und genau darin, mein Freund, wird deine Aufgabe bestehen: Wenn du Roldem verlässt, musst du der Beste sein. Man soll in dir den größten Schwertkämpfer der Welt sehen.«

Talon starrte seinen Freund verblüfft an, aber Caleb ritt einfach schweigend weiter.

Der Hof der Meister

Einige Jahre später …

Talon blinzelte. Die Klinge, die für einen Sekundenbruchteil vor seiner Nase verharrt hatte, zuckte nach rechts, und er zögerte, dann bewegte er sich in dieselbe Richtung. Wie er angenommen hatte, machte sein Gegner eine Finte nach rechts, bewegte sich dann aber nach links. Talon schlüpfte unter der Verteidigung des Mannes hindurch, so schnell, dass der andere nicht rechtzeitig reagieren konnte, und schlug dann zu.

»Berührt!«, rief der Meister.

Tal zog sich einen Schritt zurück, nahm Habtachtstellung an und salutierte vor seinem Gegner, einem jungen Adligen aus der Küstenstadt Shalan, Duzan oder Dusan. Tal konnte sich nicht so recht an seinen Namen erinnern. Die Zuschauer applaudierten höflich, als wäre es ein wirklich guter Kampf gewesen, und damit hatten sie nicht unrecht.

Der Hofmeister trat vor und erklärte: »Der Punkt geht an Mylord Falkner.«

Talwin Falkner, ein junger Adliger aus Ylith, entfernter Verwandter von Lord Seljan Falkner, Baron am Hof des Prinzen in Krondor, verbeugte sich vor dem Hofmeister und dann vor seinem Gegner. Die beiden Männer setzten die Drahtmasken ab, die sie zum Schutz getragen hatten, und gingen aufeinander zu, um sich die Hand zu reichen. Der junge roldemische Adlige lächelte und sagte: »Eines Tages werdet Ihr Euch irren, Tal, und dann erwische ich Euch.«

Tal erwiderte das Lächeln. »Ihr habt wahrscheinlich recht. Aber wie Pasko hier immer sagt: lieber Glück als Können. Stimmt's, Pasko?«

Der untersetzte Diener, der neben Tal aufgetaucht war und seinem Herrn nun Maske und Schwert abnahm, lächelte. »Wie mein Herr schon sagte, wenn ich die Wahl habe, ziehe ich Glück vor.«

Die beiden Kombattanten verbeugten sich noch einmal voreinander, dann zogen sie sich in gegenüberliegende Ecken der riesigen Duellhalle zurück, die das Herz des Hofs der Meister in Roldem bildete.

Große geschnitzte Holzsäulen umgaben einen Kampfplatz mit Parkettboden, der so intensiv poliert worden war, dass er nun wie Kupfer schimmerte. Kunstvolle Muster waren darin eingelegt, und nachdem er erst einmal die Lehrer kennengelernt hatte, hatte Tal schnell erkannt, dass diese Einlegearbeiten nicht nur einem ästhetischen Zweck dienten. Jedes Muster kennzeichnete einen Duellbereich, von den sehr engen und lang gezogenen Pfaden für die Arbeit mit dem Rapier zu einem größeren Achteck für alle Arten von längeren Klingen.

Denn Klingen waren die Existenzgrundlage des Hofs der Meister. Vor über zweihundert Jahren hatte der König von

Roldem ein Turnier veranstaltet, um den besten Schwertkämpfer der Welt zu ermitteln. Adlige, Bürgerliche, Soldaten und Söldner waren von weit her gekommen, sogar von hinter dem Gürtel von Kesh – den Bergen, die die Nord- und Südhälfte des Reiches trennen –, von der Fernen Küste, aus dem Königreich und aus allen Orten dazwischen. Der Preis war legendär: ein Breitschwert aus Gold, das mit Edelsteinen besetzt war – ein Kunstwerk, das die Steuereinnahmen eines ganzen Königreichs über mehrere Jahre hinweg wert war.

Zwei Wochen hatte der Wettbewerb gedauert, bis ein ortsansässiger Adliger, Graf Versi Dango, gesiegt hatte. Zum Erstaunen und Entzücken des Königs hatte er verkündet, er werde den Preis nicht annehmen, und den König gebeten, stattdessen für den Wert der Waffe eine Akademie zu errichten, die allein der Schwertkunst gewidmet war, und dort regelmäßig solche Wettbewerbe abzuhalten. So war der Hof der Meister entstanden.

Der König hatte die Schule bauen lassen, die einen gesamten Straßenblock in der Hauptstadt der Insel einnahm, und im Lauf der Jahre war sie immer wieder neu erbaut und erweitert worden, bis sie nun eher an einen Palast als an eine Schule erinnerte. Als sie fertig war, hatte ein weiteres Turnier stattgefunden, und Graf Dango hatte seinen Rang als bester Schwertkämpfer der Welt verteidigen können.

Alle fünf Jahre fand seither der Wettbewerb statt, bis Graf Dango beim vierten Mal von dem nächsten Sieger verwundet worden und gezwungen gewesen war, sich zurückzuziehen.

Seitdem hatten einunddreißig verschiedene Männer den

Titel gewonnen. Talon Silberfalke, nun als Tal Falkner bekannt, hatte vor, der zweiunddreißigste zu sein.

Der Duelllehrer kam näher, und Tal verbeugte sich. »Meister Dubkov«, sagte er respektvoll.

»Das war ein schöner Kampf, aber Ihr seid zu eindeutig davon ausgegangen, dass Ihr wisst, was Euer Gegner vorhat. Wenn Ihr das mit einem erfahreneren Kämpfer getan hättet, wäre es womöglich anders ausgegangen, mein junger Freund.«

Tal nickte zustimmend, denn er wusste, dass der Meister recht hatte. Dann grinste er und sagte: »Wenn ich Männern, die wenig Erfahrung haben, nie auch nur die geringste Gelegenheit biete, mich zu besiegen, welchen Sinn sollten sie dann noch in Übungskämpfen mit mir sehen?«

Meister Dubkov lachte. »Und jene mit mehr Erfahrung – sagen wir, die Männer, die vorhaben, an dem Turnier teilzunehmen –, werden keine Übungskämpfe mit Euch abhalten, weil sie Euch nicht zu viel von ihrer Kunst zeigen und sich damit in Nachteil bringen wollen, nicht wahr?«

»So ist es«, antwortete Tal.

»Nun«, sagte der Duellmeister und senkte die Stimme, »ich weiß nicht, ob diese Übungen Euch besonders guttun, aber die Zuschauer haben ihre Freude daran, besonders die jungen Damen.« Er nickte zu einem Bereich der Galerie hin, wo ein Dutzend von Roldems adligen Töchtern saß, um sich die Kämpfe anzusehen.

Mehrere lächelten und nickten Tal zu. Er erwiderte das Lächeln und nickte ebenfalls, ohne Augenkontakt mit einem bestimmten Mädchen herzustellen.

Meister Dubkov zog eine Braue hoch. »Nun, ich muss mich wieder an die Arbeit machen. Ich wünsche Euch einen guten Tag, junger Talwin.«

»Guten Tag, Meister.« Tal verbeugte sich, als hätte er sein ganzes Leben bei Hof verbracht.

Er zog mit Paskos Hilfe die gesteppte Jacke aus, und Pasko reichte ihm ein Handtuch. Tal trocknete sich den Hals und das feuchte Haar, das ihm am Kopf klebte. Dann zog er eine schöne Brokatjacke an, angemessen für den Nachmittag, und blieb geduldig stehen, während Pasko die Schnurverschlüsse schloss. »Einladungen zum Essen?«, fragte Tal.

»Vier, Mylord. Lady Sabrina bittet Euch, mit ihr und ihrem Vater zu Abend zu speisen. Die Ladys Jessica und Mathilda möchten Euch jeweils zum Abendessen mit ihren gesamten Familien einladen, und Lady Melinda lädt Euch ebenfalls ein und hat ausdrücklich erwähnt, dass sich ihr Vater auf Geschäftsreise befindet.«

»Also Melinda«, sagte Tal grinsend.

»Ihr wirkt heute ungewöhnlich vergnügt«, stellte Pasko fest. Roberts ehemaliger Diener war im ersten Monat, nachdem Tal und Caleb sich in Salador niedergelassen hatten, ebenfalls dort aufgetaucht. Er spielte die Rolle eines Kammerdieners derart überzeugend, dass Tal inzwischen davon ausging, dass Pasko irgendwann in seiner dunklen Vergangenheit tatsächlich einmal eine solche Stellung bei einem Edelmann innegehabt hatte. Es war Pasko gewesen, der Talon Silberfalke alle notwendigen Nuancen adliger Manieren eingeimpft hatte, die notwendig gewesen waren, um zu Talwin Falkner zu werden.

Tal nickte lächelnd. »Gerüchte, Klatsch und für gewöhnlich zuverlässige Quellen lassen mich glauben, dass ich vor dem Wettbewerb zu einer Audienz beim König in den Palast eingeladen oder doch mindestens unter den Gästen der nächsten Gala sein werde.«

»Das ist wenig überraschend, Herr«, erwiderte Pasko. Dann senkte er die Stimme, sodass nur Tal ihn hören konnte. »Es ist eher überraschend, dass es so lange gedauert hat.«

Talon lächelte. »In der Tat.«

Sie verließen die Übungshalle, gingen an der Galerie vorbei, und als sie die große Halle betraten, die zum Hof führte, drückten mehrere Diener kleine Briefe in Paskos Hand.

Die Porträts der Sieger vergangener Jahrzehnte säumten die große Halle, und in der Mitte des Eingangs stand eine überlebensgroße Bronzestatue von Versi Dango, die die Besucher und Schüler des Hofs der Meister willkommen hieß. Tal und Pasko eilten die Treppe zur wartenden Kutsche hinunter, und der Kutscher hielt ihnen die Tür auf.

Als sie drinnen saßen, erklärte Tal: »Ich bin der zweite Schwertkämpfer in der Geschichte des Hofs, der noch keinen Kampf verloren hat.«

»Hm«, sagte Pasko. »Irgendwie kann ich mich daran erinnern, dass Ihr eines Nachmittags von Meister Dubkov ganz schön in die Enge getrieben worden seid.«

»Das war kein Kampf«, sagte Tal. »Das war Unterricht. Und es ist nur passiert, weil ich es zugelassen habe.«

»Ihr habt es zugelassen?«

»Ja, aus zwei Gründen«, erklärte Tal, während die Kutsche aus dem Hof in die Straßen von Roldem hinausrollte.

»Erstens ist er ein Meister des Hofs, und ich brauche Freunde dort, und zweitens habe ich mehr gelernt, indem ich diesen Kampf verloren habe, als ich durch einen Sieg hätte gewinnen können.«

»Deshalb habt Ihr es also auch manchmal beim Unentschieden belassen?«

»Ja«, antwortete Tal. »Aber nur bei Übungskämpfen, wie du sicher bemerkt hast. Ich habe nie einen Wettkampf verloren, und ich habe auch nicht vor, das in der nächsten Zeit zu tun.«

»Schwertkämpfer aus der ganzen Welt werden an diesem Wettkampf teilnehmen, wie ich Euch erinnern darf, Mylord.«

»Ja, und ich könnte verlieren, aber ich habe es nicht vor.«

»Gut«, sagte Pasko.

Die Kutsche holperte über das Kopfsteinpflaster, und Tal lehnte sich zurück und schaute aus dem Fenster, während Pasko schnell die Briefe las, die man ihm in die Hand gedrückt hatte, und sie als unbedeutend abtat. Sie hatten alle den gleichen Inhalt: Junge Damen fragten Tal, warum er sich so lange nicht mehr hatte sehen lassen.

Tal ließ sich von der frischen Seeluft, die aus dem Westen kam, ein wenig abkühlen, während er die Aussicht genoss. Er hatte drei große Städte gesehen, Krondor, Salador und nun Roldem, und er zog seinen derzeitigen Wohnsitz bei Weitem vor. Krondor wirkte verglichen mit den beiden anderen rau und beinahe primitiv, vielleicht, weil es in den letzten dreißig Jahren wieder aufgebaut worden war, nachdem die Smaragdkönigin und ihre Streitkräfte die Stadt zerstört hatten.

Salador hingegen war eine uralte Stadt, ausgedehnt und großstädtisch. Die äußeren Viertel hatten ihre eigenen kleinen Marktplätze und Geschäftsstraßen, und die Innenstadt ähnelte kaum noch der von Mauern umgebenen Festung, die sie einmal gewesen war. Tal erinnerte sich daran, durch ein offenes Tor von einem Bezirk der Stadt in einen anderen gegangen zu sein, aber ansonsten gab es wenig Anzeichen der großen Mauer, die einmal die wichtigste Verteidigungsanlage der Stadt gewesen sein musste.

Salador hatte seinen eigenen Zauber, und die beiden Jahre, die Talon Silberfalke dort verbracht hatte, um sich in Talwin Falkner zu verwandeln, bevor er nach Roldem gegangen war, waren zwei der besten Jahre seines Lebens gewesen. Er hatte gelernt, Laute, Horn und diverse Schlaginstrumente zu spielen. Inzwischen sprach er die Sprache des Königreichs und Roldemisch vollkommen akzentfrei und konnte als Edelmann aus beiden Regionen durchgehen. Er hatte auch seine Maltechnik verfeinert, konnte inzwischen einen guten von einem schlechten Wein unterscheiden – und hatte eine gewisse Leidenschaft für ersteren entwickelt – und hatte die schwierigsten Klippen höfischen Tanzes gemeistert.

Er hatte Bücher und Schriftrollen gelesen und alles studiert, was er über die Geschichte der Länder dieses Kontinents hatte finden können. Er hatte sich auch bezüglich der anderen Länder, die er besucht hatte, weitergebildet und war ein begeisterter Student der Geschichte geworden.

Und er hatte Frauen kennengelernt. Zuerst hatte er sich noch die Wunden geleckt, die Alysandra ihm zugefügt hatte, aber Caleb hatte ihn eines Abends gezwungen, ihn in die Stadt zu begleiten, und sich mit ihm von Gasthaus zu Gasthaus getrunken, bis sie schließlich zu einem Bordell gekommen waren, das einen besonders guten Ruf genoss. Dort hatte er Tal der Obhut einer Gruppe fähiger und begeisterter junger Kurtisanen überlassen, denen es gelungen war, sein Interesse an Frauen wiederzubeleben. Danach hatte er Affären mit Dienerinnen gehabt, mit Kaufmannstöchtern und hin und wieder auch mit einer Tochter des niederen Adels.

Als er zwanzig wurde – er hatte sich dem Brauch im Königreich angeschlossen, den Mittsommertag als Geburtstag zu betrachten –, war er bereit gewesen, in den Hof der Meister einzutreten.

Robert war eines Abends mit gefälschten Dokumenten erschienen, die aus Talon Silberfalke Talwin Falkner hatten machen sollen, einen entfernten Verwandten eines niederen Adligen in Yabon im Westteil des Königreichs der Inseln. So war aus Talon ein Junker von Wildenhag und Klingenburg, Erbbaron von Silbersee, Vasall des Barons von Ylith geworden, der sein väterliches Zuhause verlassen hatte, um eine Weile als Leutnant unter dem Befehl des Herzogs von Yabon zu dienen, und nach seiner ehrenhaften Entlassung aus diesem Dienst weitergezogen war, um anderswo sein Glück zu machen: ein junger Mann von Adel, aber ohne Geld. Unterwegs war es ihm angeblich gelungen, zumindest genügend Wohlstand zu erringen, um sich eine bescheidene, aber geschmackvolle Wohnung in einem besseren Viertel der Stadt leisten zu können, wohin er hin und wieder kleine Gruppen junger Adliger einlud, und er hatte sich als hervorragender

Schwertkämpfer und begehrtester ausländischer Junggeselle erwiesen, der seit Jahren in der Stadt eingetroffen war.

Tal war beeindruckt davon, wie viel Mühe das Konklave investiert hatte, um seinen Weg in die Gesellschaft von Roldem zu ebnen. Kreditbriefe, Referenzen und Einführungsschreiben waren allesamt im Voraus vorbereitet worden. Mehrere Ortsansässige hatten sich ihm als alte Bekannte vorgestellt und waren sogar so weit gegangen, dass sie Tal an Einzelheiten früherer Begegnungen hatten erinnern wollen.

Zu Paskos und Roberts Freude hatte sich Tal als geschickter Spieler erwiesen – das Ergebnis der Logikübungen und Kartenspiele, die Robert und Magnus ihm während seiner Ausbildung aufgezwungen hatten. Er widerstand der Versuchung, große Summen zu gewinnen, und um sicherzustellen, dass man ihn auch wieder einlud, verlor er manchmal absichtlich, und das großzügig und mit Humor.

Alle, die ihn kannten, hielten ihn für einen tüchtigen jungen Mann. Offen und ehrlich, höflich und amüsant, war er ein beliebter Gast bei festlichen Anlässen. Dass er mehrere Sprachen fließend beherrschte, anmutig tanzen konnte, sang und mehrere Instrumente spielte, machte ihn zu einem der beliebtesten jungen Männer in der Stadt. Nur eine Einladung zu einer der Galas des Königs fehlte noch, und nun gaben ihm Gerüchte Hoffnung, dass auch dies kurz bevorstand.

Die einzige Kritik, die die Gesellschaft an Tal Falkner hatte, ging von den jungen Damen von Roldem aus. Er war charmant, sah gut aus, war schlagfertig und angemessen leidenschaftlich. Aber mehr als nur eine junge Frau bezichtigte ihn der Herzlosigkeit, denn er sprach niemals von Liebe.

Durch seine Direktheit und seine mutige Art hatte er einige junge Blüten von Roldem pflücken dürfen, die zunächst entschlossen gewesen waren, den berüchtigten jungen Mann aus dem Westen zurückzuweisen. Sein Bett war nur dann leer, wann er es wollte, doch er fand nur wenig Freude bei denen, die es mit ihm teilten. Erleichterung, Vergnügen und Amüsement, ja, aber keine Freude. Hin und wieder dachte er an Alysandra und fragte sich, ob er wohl dabei war, so wie sie zu werden. Aber dann kam er zu dem Schluss, dass das nicht der Fall sein konnte, denn er hatte seine Lehrer immer noch gern, und selbstverständlich empfand er tief im Herzen immer noch Liebe für seine Verwandten und die Leute aus seinem Dorf. Doch die jungen Frauen, mit denen er sich abgab, waren für ihn Mittel zum Zweck, entweder um seine Lust zu befriedigen oder um sich Zugang zu höheren Kreisen zu verschaffen.

Die Kutsche blieb vor dem Haus stehen, in dessen erstem Stockwerk er eine Dreizimmerwohnung gemietet hatte. Im Erdgeschoss wohnte ein Geldverleiher mit seiner Familie, und die hatte eine Tochter, die alles andere als unattraktiv war. Pasko jedoch hatte empfohlen, die junge Dame in Ruhe zu lassen, und Tal war einverstanden gewesen; einen zornigen, wohlhabenden Vater zum Nachbarn zu haben könnte sich als schwierig erweisen. Denn obwohl der Vater selbst vielleicht mit einem Schwert keine Gefahr darstellte, waren für Geld viele Schwerter zu kaufen. Also war Tal höflich zu Vater und Mutter, brüderlich zu dem kleinen Sohn, und er flirtete ein wenig mit dem Mädchen, beließ es aber dabei.

Der Kutscher öffnete die Tür, Tal und Pasko stiegen aus,

und Pasko ging voran zur Treppe, die zu ihrer Wohnung führte, während die Kutsche zu einem Mietstall eine Straße weiter rollte, wo der Kutscher ebenfalls wohnte und für Tal schnell erreichbar war.

Tal ging nach oben und betrat die Wohnung.

»Soll ich ein Bad einlassen?«, fragte Pasko.

»Nein«, antwortete Tal. »Im Augenblick habe ich auf kaltes Wasser keine Lust. Ich denke, ich lege mich ein wenig hin und werde in einer Stunde zu *Remargas Badehaus* gehen und mich dort für das Abendessen mit Melinda umziehen. Bitte schick ihr einen kurzen Brief, dass ich mehr als erfreut bin, heute Abend mit ihr speisen zu dürfen, und teile den anderen Damen, die mich eingeladen haben, mein Bedauern mit.«

»Jawohl, Mylord.«

Pasko hatte Tal, seit er in Salador eingetroffen war, zu dessen Überraschung wie einen echten Adligen behandelt und erwähnte niemals Talons Vergangenheit und vergaß seine Stellung auch dann nicht, wenn sie allein waren. Und seit sie in Roldem eingetroffen waren, hatte sich Tal Falkner so an die Rolle eines Edelmanns aus dem Königreich, der auf der Suche nach Abenteuern war, gewöhnt, dass alles, was vor seiner Ankunft in Salador geschehen war, inzwischen sogar für ihn kaum mehr als eine trübe Erinnerung war, so als handle es sich um die Vergangenheit eines anderen Mannes.

Tal zog Umhang, Jacke, Hemd und Stiefel aus, dann warf er sich aufs Bett. Er war müde von den Übungen, aber er konnte nicht schlafen, denn er war angespannt wegen des Gerüchts über seine Einladung in den Palast. Außerdem sollte das Turnier in weniger als einem Monat beginnen. Er spürte allmählich die wachsende Spannung. Er musste vorsichtig sein. Wurde er zu nervös, würde es schwierig sein, sich zu konzentrieren.

Er wusste auch, dass sich sein Leben nach dem Turnier grundlegend verändern würde, wenn ihm auch noch nicht klar war, in welche Richtung diese Änderung gehen würde. Wie Rondar schon festgestellt hatte, zielte all seine Ausbildung darauf ab, ihn glaubwürdig die Rolle eines Edelmanns aus dem Königreich spielen zu lassen, aber bisher hatte ihm noch niemand erklärt, wieso diese Rolle so wichtig war.

Seine eigenen Ziele hatten sich nicht verändert. Er würde jene jagen und vernichten, die seine Verwandten und Freunde ermordet hatten, aber bis seine derzeitige Rolle gespielt war, bis Meister Pug und seine Gefährten zu dem Schluss kamen, dass Talons Pflicht gegenüber dem Konklave erfüllt war, musste das warten.

Dennoch, in den letzten Monaten hatte eine Sorge immer mehr an ihm genagt: Was, wenn man ihn seiner Pflichten gegenüber dem Konklave niemals entbinden würde? Was, wenn er starb, bevor er sein Volk rächen konnte? Über die zweite Alternative brauchte er nicht weiter nachzudenken, denn wenn das Schicksal beschloss, den letzten Orosini sterben zu lassen, bevor er sein Volk gerächt hatte, ließ sich das nicht ändern. Aber die erste Möglichkeit beunruhigte ihn, denn welche Pflicht war wichtiger? Eine Lebensschuld war nichts, was ein Orosini so einfach wegschieben konnte, denn das hätte nicht nur Schande für den Mann, sondern auch für seine Familie und seine Ahnen bedeutet. Aber die Blutrache, die seine Kultur verlangte, war genauso wichtig. Vielleicht würden die Götter ja freundlich sein und ihm eine Möglichkeit aufzeigen, beiden Verpflichtungen ehrenhaft nachzukommen.

Schließlich sagte er sich, dass man solche Dinge ohnehin nicht ändern konnte. Also war es wohl das Beste, sich keine Gedanken zu machen.

Er lag beinahe eine Stunde still da, aber schlafen konnte er immer noch nicht. Am Ende beschloss er, dass ein längeres Bad, als er geplant hatte, in seiner derzeitigen Stimmung wohl am besten helfen würde. Er stand auf und rief nach Pasko, denn er hatte gehört, dass der Diener von seinen Botengängen zurückgekehrt war.

Pasko kam herein, und Tal sagte: »Ich gehe zu Remarga. Wir treffen uns dort, sobald du angemessene Kleidung für das Essen heute Abend herausgesucht hast. Die Kutsche soll uns eine Stunde nach Sonnenuntergang bei Remarga abholen.«

»Jawohl, Mylord«, erwiderte Pasko.

Tal zog sich an, verließ die Wohnung und ging rasch durch die Straßen von Roldem. Er wurde es nie müde, sich zu Fuß in der Stadt umzusehen. Die kleinen Läden an jeder Straße gefielen ihm ebenso wie das Gedränge von Menschen aller Art – Jung und Alt, Männer und Frauen, Kaufleute und Seefahrer, Adlige und Bürgerliche. Der Geruch der See war überall, und verbunden mit dem Lärm und dem Gewimmel war das berauschend für einen jungen Mann, der in der Einsamkeit der Berge aufgewachsen war.

Tal fragte sich, ob das Schicksal ihm je die Gelegenheit geben würde, an den Ort seiner Kindheit zurückzukehren, und ob er dann diese Gelegenheit nutzen würde. Nachdem er kaum einen Augenblick darüber nachgedacht hatte, war er sich dessen vollkommen sicher. Denn ganz gleich, wie erstaunlich die Dinge waren, die er erreicht hatte, das Wissen, die Erfahrung und der materielle Wohlstand verblassten im Vergleich zu dem, was er verloren hatte: ein Zuhause, Familie und ein Leben, in dem er sich wohlgefühlt hatte.

Wenn er einen Wunsch frei gehabt hätte, hätte er alles gegeben, um seine Mutter, seinen Vater, seine Schwester und den Rest des Clans gesund und glücklich zu Hause zu wissen. Es war ein bitterer Gedanke, dass ihm selbst der mächtigste Magier diesen Wunsch niemals würde erfüllen können.

Er erreichte eine Kreuzung, bog rechts ab und drängte sich durch die spätnachmittägliche Menschenmenge. Bereits nach ein paar Sekunden wusste er, dass man ihm folgte. Sein Jägerinstinkt oder seine Intuition, wie Nakor es genannt hatte, ein lässiger Blick zurück, ein Spiegelbild im Fenster eines Ladens … Irgendetwas hatte ihn darauf aufmerksam gemacht. Jedenfalls wusste er, dass sich jemand etwa dreißig Fuß hinter ihm befand und ihn vermutlich bereits verfolgte, seit er die Wohnung verlassen hatte.

Talon hielt inne und blickte in ein Schaufenster, als interessiere er sich für die dort ausgestellten Waren. Die Gestalt, die er aus den Augenwinkeln sah, wurde deutlicher, als der Mann stehen blieb und vorgab, nach etwas zu suchen, das er angeblich vergessen hatte. Er tat so, als wäre er verärgert, drehte sich um und ging davon, aber nicht, bevor Tal ihn deutlich gesehen hatte. Es war ein kleiner, dürrer Mann, aber er bewegte sich schnell und mit einer Gewandtheit, die Tal beunruhigte. Der Mann war gefährlich.

Tal wusste, dass sein Verfolger in der Menge verschwinden würde, also machte er sich nicht die Mühe, ihn zu verfolgen. Das wäre ohnehin sinnlos gewesen und hätte dem Mann außerdem verraten, dass Tal ihn bemerkt hatte. Dieser Mann oder ein anderer würde schon bald wieder da sein. Jemand verfolgte Tal, und er musste herausfinden, wer das war und warum er ihn verfolgte.

Falls es sich um einen Meuchelmörder handelte, der im Auftrag einer zornigen jungen Frau oder ihres Vaters handelte, dann war das eine Sache, aber wenn es irgendetwas mit dem Konklave der Schatten zu tun hatte, würde Talon vielleicht Pasko ausschicken müssen, um Robert und die anderen zu benachrichtigen.

Talon schlenderte lässig zum Badehaus, nahm aber nicht den üblichen Weg und blieb mehrere Male stehen, um sich zu überzeugen, dass man ihm nicht folgte.

Bei Remarga begrüßte ihn einer der vielen Diener, ein Mann, den er gut kannte. »Guten Tag, Mylord.«

»Guten Tag, Sven«, erwiderte Tal. »Ist Salmina frei?«

»Ich werde nachsehen, Mylord. Wünscht Ihr ihre Dienste?«

»Ja«, sagte Tal und ging in den Umkleideraum.

Sven begleitete ihn, um sich um Tals Kleidung zu kümmern, und versorgte ihn mit allem, was er brauchte. Zunächst erhielt Tal ein großes Baumwollhandtuch, in das er sich einwickelte. Als er den Umkleideraum verließ, brachte Sven die getragene Kleidung und das Schwert weg.

Tal stellte einen kleinen Holzhocker neben einen großen Eimer mit warmem Wasser. Neben dem Eimer lagen ein Stück Duftseife und eine Bürste. Neben dem Hocker stand ein Tablett mit kleinen irdenen Tiegeln mit Blumenmuster. Tal griff nach dem Eimer und goss sich das Wasser über den Kopf, und sobald er ihn wieder abgesetzt hatte, kam ein Junge mit einem frischen Eimer mit warmem Wasser und nahm den leeren mit.

Zuerst behandelte Tal sein Haar mit einem Duftöl, und dabei fragte er sich nicht zum ersten Mal, was sein Großvater wohl von alldem gehalten hätte. Der alte Mann hatte stets in den kältesten Seen und Bächen gebadet und es sehr genossen. Aber wenn Talon dann daran dachte, wie sehr sein Großvater Bequemlichkeit geliebt hatte, kam er zu dem Schluss, dass der alte Mann dieses Badehaus zu schätzen gewusst hätte.

Eine junge Frau erschien in einem kurzen Leinenhemd, das in der feuchten Hitze des Badehauses an ihrem Körper klebte. Dies, so wusste Tal genau, hätte seinem Großvater ganz bestimmt gefallen, denn der alte Mann hatte den Blick für Frauen nie verloren, worüber er zur Verärgerung von Tals Großmutter auch immer wieder entsprechende Bemerkungen gemacht hatte.

Tal empfand einen Augenblick der Sehnsucht, aber er sagte nichts und ließ sich von der jungen Frau den Rücken einseifen. Remarga bildete seine Leute gut aus: sie würde kein Wort sprechen, bevor er sie ansprach. Es gab Kunden, die Schäkern und Kokettieren erwarteten, und einige wünschten auch persönlichere Dienste, die gegen einen gewissen

Aufpreis arrangiert werden konnten, der einen kleinen Privatraum auf der Rückseite des Gebäudes einschloss. Andere zogen Ruhe und Frieden vor und wollten nichts weiter, als ihre Gedanken für sich zu behalten, während sie badeten.

Tal erhob sich, und das Mädchen hörte auf, seinen Rücken und die Schultern zu waschen, und fing mit der Brust an. Tal nahm ihr sanft die Seife ab und schickte sie weg, bevor er die Arbeit selbst beendete. Er wusste, hätte er das nicht getan, hätte sie jeden Zoll seines Körpers gewaschen, aber er hatte andere Dinge im Kopf, als sich mit einem Bademädchen zu vergnügen, und außerdem sollte er sich seine Energie für Melinda aufheben, die nach dem Abendessen mehr als bereit sein würde, seine Begierde zu befriedigen.

Tal griff nach einem weiteren Eimer und spülte die Seife ab, dann ging er ins Nebenzimmer, das voller Dampf war. Das Bad war sehr heiß, und Tal stieg langsam hinein und spürte, wie sich seine Haare am Nacken und an den Armen sträubten, als er sich zum tieferen Ende des Beckens begab, wo er auf einer Unterwasserbank sitzen und sich gegen den Beckenrand lehnen konnte.

Eine rundliche Frau mittleren Alters kam herein, reichte einem Diener das Handtuch und stieg ebenfalls ins Wasser. Tal war, seit Robert ihn gerettet hatte, weit genug herumgekommen, um inzwischen ein wenig mehr darüber zu wissen, wie unterschiedlich verschiedene Völker Nacktheit empfanden, aber Roldem kam ihm immer noch seltsam vor. Die Frauenmode war recht konservativ, wenn man von besonders festlichen Gelegenheiten absah, bei denen die Damen Gewänder trugen, die offenherzig bis zur Schamlosigkeit waren. Die Gräfin Amandi war in der vergangenen Woche bei Baron Gruders Gala in einem kunstvollen keshianischen Gewand erschienen, das ihre Brüste nicht bedeckt hatte, wofür sie aber mithilfe eines komplizieren Perlenhalsschmucks, der ihr bis auf den Busen hing, einen gewissen Ausgleich geschaffen hatte. Die sich ständig bewegenden Perlen hatten, um es einmal höflich auszudrücken, eine große Attraktion dargestellt.

Bei festlichen Gelegenheiten waren solch tiefe Ausschnitte vorn und hinten durchaus normal, auch für Frauen, die sich tagsüber nur vom Hals bis zu den Fußknöcheln eingehüllt durch die Straßen bewegten. Und noch seltsamer fand Tal, dass sich Männer und Frauen zwar in getrennten Räumen umzogen, aber gemeinsam badeten. Talon nahm an, dass irgendwann in der roldemischen Geschichte eine wichtige Persönlichkeit festgelegt hatte, dass Nacktheit in Ordnung war, Anziehen und Ausziehen in Gegenwart von Angehörigen des anderen Geschlechts jedoch unmoralisch.

Talon musste darüber leise lachen, was ihm einen fragenden Blick von der Matrone einbrachte. Er lächelte sie an und sagte: »Ich habe mich nur gerade an einen Scherz erinnert, Mylady.«

Sie nickte, aber sie schien nicht sonderlich überzeugt.

Talon spürte, wie er sich entspannte, und seine Gedanken schweiften ab. Falls er hier eindöste, würden die Diener schon auf seine Sachen aufpassen, und da ernsthaft betrunkene Kunden bei Remarga nicht unbedingt selten waren, wusste er, dass er hier auch davor bewahrt werden würde, vornüber ins Wasser zu fallen und zu ertrinken.

Pasko würde verhindern, dass er zu lange blieb, und er würde bald schon mit der Kleidung eintreffen, die er für diesen Abend ausgewählt hatte. Also döste Tal in einem warmen Nebel des Wohlgefühls vor sich hin, und die Traurigkeit, die er zuvor empfunden hatte, verging schnell.

Sven erschien kurze Zeit später und sagte: »Salmina hat jetzt Zeit für Euch, Mylord.«

Tal stieg aus dem Wasser, und einer der Jungen reichte ihm ein großes Handtuch. Er folgte Sven in ein kleines Zimmer, das durch einen Vorhang vom Umkleideraum abgetrennt war.

Salmina stammte aus Rodez und war beinahe so groß wie der sechs Fuß und einen Zoll messende Tal. Sie war stark und hatte kräftige Hände, war aber dennoch schlank. Tal wusste aus eigener Erfahrung, dass ihr Körper unter dem kurzen Hemd muskulös und biegsam war.

Sobald Sven gegangen war und den Vorhang zugezogen hatte, zog Salmina das Hemd aus und fing an, sich die Hände mit Duftöl einzureiben. »Vollständige Massage, Mylord?«, fragte sie spielerisch.

Tal legte sich auf den Bauch, das Kinn auf die Arme gestützt. »Heute nicht, meine Liebe. Ich muss meine Energie für eine andere aufsparen.«

Sie rieb sein nacktes Hinterteil mit Duftöl ein und versetzte ihm einen leichten Klaps, gerade fest genug, um ihm klarzumachen, dass sie mit dieser Antwort nicht so recht zufrieden war. Sie war zwar schon über vierzig, aber immer noch eine hinreißende Frau, und Jahre der Erfahrung hatten sie zu einer sehr geschickten Gespielin gemacht. Nach seiner ersten »vollständigen« Massage hatte Tal das Badehaus mit zitternden Knien verlassen.

»Ein Löwe wie Ihr wäre doch bestimmt imstande, erst mich zum Lächeln zu bringen und danach noch für ein halbes Dutzend anderer Damen bereit zu sein.«

Talon musste lachen. »Salmina, immer, wenn du mit mir fertig bist, kann ich mich auf dem Heimweg kaum noch an meinen Namen erinnern.«

»Ich bin stolz darauf, gute Arbeit zu leisten.«

»Das solltest du auch«, sagte er mit echter Zuneigung.

»Wer ist denn die Glückliche?«, fragte sie und begann, seine Schultern zu kneten.

»Könnte ich mich denn einen Mann von Welt nennen, wenn ich den Namen der Dame verriete?«

»Viele tun das, aber ich nehme an, Ihr seid ein wenig diskreter als die meisten.«

»Danke.«

Wie immer schnalzte sie missbilligend, als sie mit den Fingern über Talons viele Narben fuhr. »So jung und schon so viele Wunden«, stellte sie nicht zum ersten Mal fest. »Und, seid Ihr bereit für das Turnier?«

Er seufzte wohlig, als sie anfing, ihm den Nacken zu massieren. »Wenn ich das nicht bin, werde ich es bald wissen.«

Sie lachte leise. »Mag sein.«

Sie unterhielten sich weiter, dann drehte sich Salmina um, um eine andere Phiole mit Öl von einem Tisch an der Wand zu nehmen.

Plötzlich durchzuckte Talon eine Vorahnung von Gefahr, und er ließ sich nach rechts fallen.

Schmerz explodierte in seinem linken Arm, als eine Klinge die Haut von der Schulter bis zum Ellbogen aufschlitzte. Er rollte sich vom Tisch, kam geduckt auf dem Boden auf und ignorierte den brennenden Schmerz.

Salmina stand hoch aufgerichtet da, eine Hand fest gegen die Wand gedrückt. Sie starrte verwirrt ins Leere, während sie die Rechte hob und irgendwie versuchte, damit das Blut aufzuhalten, das ihr aus der rechten Seite des Halses floss. Einen grotesken Augenblick lang schien sie wegen des scharlachroten Flusses, der zwischen ihren Brüsten zu ihrem Bauch lief, peinlich berührt zu sein, als wäre das für eine Frau von ihrer Schönheit einfach nicht angemessen. Dann verdrehte sie die Augen und brach zusammen.

Der Mann war jener, der Talon zuvor gefolgt war, und er hielt eine tödliche Klinge in der Hand, schlank und scharf wie ein Rasiermesser. An seinen Bewegungen und an seiner schnellen Reaktion auf Tals Ausweichen war deutlich zu erkennen, dass er ein Meister seines Fachs war. Außerdem hatte er nicht versucht, Tal zu folgen, als der sich vom Tisch gerollt hatte, sondern hatte sich in die Gegenrichtung bewegt und sich zwischen sein Opfer und den Vorhang positioniert.

Tal wusste, dass der Mann weniger als eine Minute hatte, um ihn zu töten, denn er musste damit rechnen, dass sein Opfer schreien und jemand kommen würde, um nachzusehen, was hier passierte. Der Attentäter würde sofort zuschlagen müssen.

Tal war schneller. Sein Gegner hatte vielleicht erwartet, dass sich Tal zurückzog, um ein wenig mehr Platz zu haben, um dann auf den Vorhang zuzueilen, aber stattdessen packte

Tal mit beiden Händen den Tisch und kippte ihn um. Das konnte dem Attentäter eigentlich nicht gefährlich werden, aber er machte unwillkürlich einen Schritt zurück, um nicht getroffen zu werden, und das war genau das, was Tal beabsichtigt hatte.

Er sprang über den umgekippten Tisch und ignorierte die Klinge. Er hatte bereits eine frische Schnittwunde, von den alten Narben nicht zu reden, also würde eine weitere nicht zählen, solange er nur am Leben blieb.

Der Attentäter zielte auf Tals Kehle, und Tal duckte sich unter der Klinge hinweg und trieb dem Mann die Schulter in den Magen. Wie er schon befürchtet hatte, schlitzte ihm die Klinge daraufhin den Rücken auf, und Schmerzen wie von glühenden Kohlen breiteten sich dort aus. Aber immerhin hatte sein Gegner ihn nicht im Nacken getroffen, wo er am verwundbarsten war.

Er packte zu und ging mit seinem Gegner zu Boden, wo er sein eigenes Blut verteilte. Kunden, die nun neugierig in den Umkleideraum gerannt kamen, fingen an, beim Anblick des Bluts und zweier Männer, die auf dem Kachelboden miteinander rangen, zu schreien.

Tal kam wieder auf die Beine, nackt, waffenlos in geduckter Haltung und aus zwei tiefen Wunden blutend, aber bereit, sich so gut wie möglich zu verteidigen. Der Attentäter zögerte und war offenbar unsicher, ob er noch einmal angreifen oder lieber verschwinden sollte.

Das Zögern kostete ihn das Leben. Plötzlich weiteten sich seine Augen, und die Klinge fiel ihm aus der Hand.

Tal sah Pasko hinter dem Mann, wie er den Dolch wieder zurückriss, den er dem Attentäter gerade in den Rücken gestoßen hatte.

Pasko überzeugte sich kurz davon, dass der Kerl keine Gefahr mehr darstellte, dann kniete er sich rasch neben Tal, der auf dem Boden zusammengebrochen war.

»Ihr seht fürchterlich aus, Mylord.«

»Zweifellos«, sagte Tal, dem nun schwindlig wurde. Bevor er das Bewusstsein verlor, fügte er noch hinzu: »Ich glaube, du solltest mich bei Lady Melinda entschuldigen.«

Das Geheimnis

Tal wachte auf.

»Das war jetzt das dritte Mal«, sagte Pasko.

Tal stöhnte ein wenig, weil es so wehtat und so anstrengend war, sich zu bewegen, dann fragte er: »Das dritte Mal *was?*« Seine Lider schienen zusammenzukleben, und sein Mund war trocken. »Wasser, bitte …«

Pasko half ihm, den Kopf zu heben, und hielt ihm einen Becher an die Lippen. Talon nippte daran, als eine andere Stimme sagte: »Das dritte Mal, dass wir dich am Leben erhalten mussten.«

Robert de Lyes erschien in Tals Blickfeld, schüttelte den Kopf und fügte dann hinzu: »Das sind jetzt drei Leben, die du uns schuldest.«

Tal trank weiter, bis seine Kehle so feucht war, dass er sprechen konnte. »Ich gebe es ungern zu, aber ich habe nur ein einziges Leben, das ich irgendwem schulde. Und nennt mich bitte Tal, da mein Name jetzt Talwin lautet.«

»Dieses eine Leben hättest du gestern beinahe verloren, Tal«, sagte Robert.

Tal warf einen Blick auf seinen linken Arm und riss die Augen weit auf. Ihm tat immer noch alles weh, aber die Wunde an seinem Arm war verschwunden, ebenso wie die an seiner Brust. »Was …?«

»Magie«, erklärte Robert.

»Ihr habt in weniger als vier Wochen ein Turnier zu bestehen, Mylord«, erklärte Pasko, »doch bei der Tiefe der Wunden und dem Blutverlust, den Ihr erlitten habt, war klar, dass Ihr es niemals bis dahin schaffen würdet.«

»Einer der möglichen Gründe, wieso man dich angegriffen hat«, fügte Robert hinzu, »obwohl ich es nicht für den Hauptgrund halte.«

»Wie …?«

»Es gibt in Roldem ein paar sehr fähige Priester«, sagte Robert. »Und ein paar von ihnen verfügen über ausgesprochen bemerkenswerte Heilkräfte und arbeiten mit dem Konklave zusammen.«

»Seid Ihr deswegen gekommen?«, fragte Tal. Er bewegte die Arme und bemerkte, dass die Steifheit nachließ.

»Ich habe nach ihm geschickt, Mylord«, erklärte Pasko.

»Pasko hat etwas bemerkt, das es unbedingt notwendig machte, dass jemand vom Konklave mit magischen Fähigkeiten sofort herkam. Laut seinem Bericht gab es für den Attentäter eigentlich keine Möglichkeit, ungesehen in den Raum zu gelangen, in dem du massiert wurdest. Es sei denn, es war Magie im Spiel.«

Tal dachte darüber nach. Der Tisch war zwar groß genug gewesen, dass sich jemand darunter hätte verkriechen können, aber jeder hätte diese Person beim Hereinkommen bemerkt. Und es gab keine Schränke oder anderen Türen. »Das hätte mir ebenfalls auffallen müssen«, murmelte er.

»Du warst indisponiert«, sagte Robert. »Pasko hat bereits in der Stadt verbreiten lassen, dass das meiste Blut, das vergossen wurde, das der unglücklichen jungen Frau gewesen wäre, die getötet worden ist, und du hättest nur ein paar Prellungen und eine kleine Wunde davongetragen, die schnell heilen wird. Du wirst bis zum Turnier wieder gesund sein.«

Tal setzte sich auf und stellte fest, dass die Steifheit beinahe verschwunden war. »Ich habe schrecklichen Hunger.«

»Das ist das Ergebnis des Heilzaubers, den unser Priesterfreund angewandt hat. Du wirst auch feststellen, dass du abgenommen hast. Um zu heilen, braucht der Körper Energie, also hat er das wenige Fett, das du an dir hattest, verbrannt. Du bist jetzt ausgesprochen hager.«

Tal stand auf, und ihm wurde schwindlig. »Und ich bin so schwach wie ein neugeborenes Kätzchen.«

Pasko reichte ihm die Hand und half ihm, einen Morgenmantel anzuziehen, dann führte er ihn zum Tisch im Hauptraum der Wohnung. Dort wartete Essen, das Tal gierig hinunterschlang. Nach und nach kehrte seine Kraft zurück.

»Du wirst dich den Rest des Tages ausruhen müssen, Tal«, sagte Robert, »aber dann musst du dich in der Öffentlichkeit sehen lassen, um alle Gerüchte über deine Verwundung zu entkräften.«

»Warum?«, fragte Tal. »Wieso die Eile?«

»Weil die Leute bereits angefangen haben zu spekulieren, warum man dich angegriffen hat und wie schwer du verwundet bist«, antwortete Robert. »Das Warum überlassen wir den Mutmaßungen, denn wie ich gehört habe, gibt es hier durchaus ein paar Leute, die nicht wollen, dass du im Turnier kämpfst oder dass du dich mit ihren Töchtern triffst.«

Tal nickte, ohne rot zu werden.

»Was die Wunden angeht, so müssen wir denen, die den Attentäter geschickt haben, deutlich machen, dass sie versagt haben. Dann werden sie es sicher bald wieder versuchen.«

»Ah, ich bin also ein Köder?«

Robert zuckte mit den Schultern. »Jemand versucht, dich umzubringen. Betrachte es einfach als eine Art Jagd. Wenn du von einem Raubtier verfolgt wirst, was machst du dann?«

»Ich laufe nicht davon«, antwortete Tal. »Ich stelle ihm eine Falle.«

»Und genau das werden wir auch tun.«

Als Talon mit dem Essen fertig war, fragte er: »Wie spät ist es?« Er warf einen Blick aus dem Fenster und sah, dass es Nachmittag war. »Es wäre wohl das Beste, wenn ich wieder zum Hof der Meister ginge, dort ein paar Bemerkungen über die arme Frau machte, die ermordet wurde …« Plötzlich musste er an Salmina denken und begriff, dass er sie niemals wiedersehen, niemals wieder Liebesspiele mit ihr erleben würde, und einen Augenblick verspürte er schreckliches Bedauern. »Und dann gehe ich wieder zu Remarga, zu einem weiteren Bad und einer Massage.« Er warf Pasko einen Blick zu. »Einladungen?«

»Drei.«

»Lehn sie alle ab. Wenn ich mich in der Öffentlichkeit sehen lassen soll, dann werde ich bei *Dawson* zu Abend essen.«

Robert nickte. »Und dann?«

»Ein Spielchen im *Glücksrad*.«

»Gut. Das wird allen deutlich machen, dass es dir gut geht.«

Tal stand auf und streckte sich. »Ich fühle mich erstaunlich gesund für jemanden, der gestern beinahe wie ein Stück Wild ausgeweidet worden wäre.«

Robert grinste schief. »Dieser Zauber war nicht billig.«

Tal lächelte. »Gut, dass ich einem wohlhabenden Herrn diene.«

Roberts Miene verfinsterte sich. »Dieser Wohlstand wurde schwer errungen, junger Tal. Du stellst es dir vielleicht einfach vor, Wohlstand heraufzubeschwören, weil du keine Magie beherrschst, aber du weißt genug über unser Handwerk, um vernünftiger zu sein. Du hast die Insel gesehen und wie viele wir kleiden und ernähren müssen, und du bekommst gerade eben eine Vorstellung davon, wie viele Leute wir auch an anderen Orten unterstützen.« Er machte eine Geste, die die Wohnung, Tals Kleidung und andere Dinge einbezog. »Nichts davon war billig, und nichts wurde einfach ›hergezaubert‹.«

Tal war nicht sicher, was Robert damit sagen wollte, also erwiderte er nur: »Ich will wirklich nicht undankbar erscheinen. Aber ich bin mir auch *schmerzlich* bewusst, wer hier das Ziel von Attentätern ist, und es ist durchaus angenehm zu wissen, dass man im richtigen Augenblick eine machtvolle Unterstützung hinter sich hat.« Seine Miene wurde todernst. »Und wenn Ihr Euch erinnert, habe ich immer noch nicht den geringsten Hinweis darauf erhalten, wieso ich ausgebildet wurde und worin genau meine Aufgabe besteht, von einem Sieg in diesem elenden Turnier einmal abgesehen.«

Robert schwieg einen Moment. Dann sagte er: »Das stimmt. Wir haben dir nicht viel gesagt, und wir werden dich auch weiterhin so lange im Dunkeln lassen, wie es sein muss. Wenn du jetzt in die falschen Hände fallen würdest … Ein fähiger Magier könnte die Erinnerungen aus deinem Schädel holen, wie du das Kerngehäuse aus einem Apfel schneidest, Tal. Wenn sie keine Rücksicht auf deine Gesundheit nehmen, könnten sie es in weniger als einem Tag tun und dich dann vor einem Gasthaus sitzen lassen, und niemand würde dich für etwas anderes halten als für einen sabbernden Idioten, der sich um den Verstand gesoffen hat. Aber bevor sie mit dir fertig wären, hätten sie dir jedes Geheimnis abgerungen.«

Pasko nickte. »Ich habe gehört, dass diese Prozeduren sehr schmerzhaft sind.«

Robert stimmte zu. »Sie würden ihn an einen abgelegenen Ort bringen, damit sein Schreien niemanden stört.«

Tal streckte sich erneut. »Dann werde ich mich darauf verlassen, dass meine Mentoren ihre Magie anwenden, um mich vor einem solchen Schicksal zu bewahren. Aber wisst Ihr denn inzwischen, wer der Attentäter war?«

»Pasko hat sich vor allem darauf konzentriert, dich aus dem Badehaus zu schaffen.« Robert nickte dem anderen Mann anerkennend zu. »Er hat deine Wunden mit Handtüchern verbunden und dich in die Kutsche geschafft, bevor irgendwer sehen konnte, wie viel von dem Blut deins war und wie viel von der Frau. Und das hat er alles sehr gut gemacht.«

Pasko zuckte mit den Schultern. »Es ist nett von dir, dass du mich lobst, Robert. Aber die meisten Leute sind ohnehin in die andere Richtung gerannt oder waren von all dem Geschrei verwirrt. Das Badehaus ist nicht besonders gut beleuchtet, und … Nun, ich wusste einfach, dass es nicht gut wäre, wenn jemand Tal wie ein Stück Hackfleisch auf dem Boden liegen sehen würde.«

»Trotzdem, gut gemacht.« Robert schaute Tal an. »Du wirst mehr über deinen Auftrag erfahren, wenn die Zeit gekommen ist, junger Freund. Sei versichert, dass wir bisher mit dir sehr zufrieden sind, und im Augenblick brauchst du dich nur darum zu kümmern, dieses Turnier zu gewinnen.«

»Warum?«

»Wenn du siegst, werde ich dir sagen, warum.«

»Und wenn ich nicht siege?«

»Dann wirst du nicht wissen müssen, was danach passiert wäre, oder?«

Tal lächelte finster. »Das stimmt wohl, Meister.«

»Talon hat mich ›Herr‹ genannt. Junker Talwin Falkner kann mich Robert nennen.«

»Also gut, Robert«, sagte Tal. Dann fiel er wieder in seine Rolle zurück und sagte: »Pasko, bring frische Kleidung zum Badehaus und lass die Kutsche dort warten.« Robert fragte er: »Wollt Ihr nicht mit ins Badehaus kommen? Es ist recht erfrischend.«

Robert nickte. »Es wäre wohl klug, in deiner Nähe zu bleiben. Dieser Attentäter mag keine besonderen magischen Fähigkeiten gehabt haben, aber jemand hat ihn mithilfe von Magie in diesen Raum geschafft, entweder mit einem Transport- oder einem Unsichtbarkeitszauber. Wenn vor dem Turnier noch etwas passiert, besonders, wenn es mit meinem … ›Handwerk‹ zu tun hat, sollte ich lieber in der Nähe sein.«

»Habt Ihr eine Ahnung, wer der Attentäter gewesen sein könnte?«, fragte Tal ein weiteres Mal.

»Ein Mann«, sagte Pasko. »Niemand hat ihn erkannt, und die Stadtwache hat die Leiche mitgenommen.«

»Haben wir jemanden auf der Wache, den wir gut genug kennen, um mehr über diesen Mann herauszufinden?«

»Ihr habt mit Drogan, dem Hauptmann der Wache, Karten gespielt«, antwortete Pasko. »Den könntet ihr fragen, ohne dass es sonderlich auffällt.«

»Dann werde ich das morgen tun«, erwiderte Tal, und an Robert gewandt, fügte er hinzu: »Gehen wir doch zu Fuß zu Remarga und versuchen, die gestrigen Unannehmlichkeiten so gut wie möglich zu vergessen.«

»Oder es zumindest so aussehen zu lassen, als hätten wir dies«, sagte Robert. »Aber ich will, dass du keinen Augenblick vergisst, wie nahe diese Leute daran waren, dich umzubringen.«

»Welche Leute?«

Robert lächelte dünn. »Das werden wir sicher schon bald herausfinden.«

Also machten sich Tal und Robert auf den Weg, und Pasko fing an, die Kleidung für den Abend zusammenzustellen.

Am nächsten Morgen war es bewölkt, was zu Tals Stimmung passte, als er die engen Straßen zur Stadtwache entlangging, die sich in der Nähe des alten Markts in der Mitte von Roldem befand. Der Vorabend war ereignislos verlaufen, aber er war die ganze Zeit nervös gewesen, hatte einen weiteren Angriff erwartet und festgestellt, dass er die kleinen Dinge, die ihm sonst Freude machten, nicht recht genießen konnte. Das Abendessen bei *Dawson*, einem ehemaligen Gasthaus, das sich nun in privaten Speisesälen auf Mahlzeiten für die Adligen und Wohlhabenden spezialisiert hatte, die nicht zu Hause essen wollten, war hervorragend gewesen wie immer, aber obwohl das Fleisch perfekt gebraten gewesen war, die Glasuren und Soßen höchsten Ansprüchen genügt hatten und die Bedienung makellos gewesen war, hatten er und Robert relativ schweigend diniert und nicht einmal die guten Weine aus Ravensburg entsprechend gelobt.

Der Aufenthalt später im *Glücksrad* hatte wenig Neues gebracht. Tal spielte gleichgültig, und selbst Lady Thornhill stellte fest, dass er zerstreut wirkte, und machte eine Bemerkung darüber. Tal lächelte und versicherte ihr, dass das nichts mit dem Zwischenfall im Badehaus am Vortag zu tun habe, und, nein, er sei auch nicht ernstlich verwundet, es habe nur so ausgesehen, weil er so viel vom Blut dieser armen Frau abbekommen und sich den Kopf auf dem Kachelboden aufgeschlagen habe, und, ja, er sei einfach nur in Gedanken an das bevorstehende Turnier.

Er verabschiedete sich relativ früh, nachdem er ein paar kleinere Verluste hatte einstecken müssen, und er und Robert kehrten in ihre Wohnung zurück, wo Tal früh zu Bett ging, während sich Robert und Pasko im Nebenzimmer noch stundenlang unterhielten.

Um Antworten auf eine ganze Reihe von Fragen zu erhalten, begab sich Tal zur Stadtwache, wo Dennis Drogan, Neffe eines unwichtigeren Würdenträgers aus dem Palast, sein Büro hatte. Drogan hatte sein Amt durch politische Verbindungen erhalten, sich aber zum allgemeinen Erstaunen als kompetent erwiesen.

Als man Tal in Drogans Büro führte, grüßte der ihn mit einem höflichen, aber distanzierten Lächeln. »Tal, ich wäre heute ohnehin vorbeigekommen.« Drogan war ein kräftiger Mann in mittleren Jahren, mit einem beinahe vollkommen runden Kopf, was durch seinen kurzen Haarschnitt und sein rasiertes Kinn noch mehr hervorgehoben wurde. Er hatte eine Knollennase, die im Lauf der Jahre mehrmals gebrochen worden war, und die Hälfte eines Ohrs war bei einer Schlägerei abgebissen worden. Aber sein Blick war stets konzentriert, und ihm entging kaum etwas.

»Ich nehme an, Ihr wolltet mit mir über den Mord reden.«

»Genau.« Der Hauptmann zog die Brauen hoch. »Wer wollte Euch umbringen, Tal?«

»Mich?«, fragte Tal mit gespielter Überraschung. »Ich bin davon ausgegangen, dass es ein eifersüchtiger Liebhaber war, der es auf Salmina abgesehen hatte. Immerhin ist *sie* diejenige, die umgebracht wurde. Ich nehme an, er hat nur deshalb versucht, auch mich zu töten, weil ich zufällig Zeuge des Mordes geworden bin.«

Drogan dachte darüber nach. »Habt Ihr den Mann je zuvor gesehen?«

»Nein. Aber ich habe mich gefragt, ob er Euch bekannt ist.«

»Nein, keiner meiner Leute hat ihn je zuvor gesehen. Wir haben die Leiche durchsucht, bevor wir sie in die Kalkgrube geworfen haben, und nichts gefunden, was uns etwas über ihn mitgeteilt hätte, außer, dass er sich vor Kurzem im Königreich aufgehalten haben muss, denn er hatte ein paar Silbermünzen aus dieser Region dabei.«

Tal lehnte sich zurück, als müsse er nachdenken. »Das ist ziemlich verwirrend. Vielleicht ein Geliebter, der von einer Reise zurückgekehrt ist und nicht erfreut darüber war, dass Salmina im Badehaus gearbeitet hat?«

»Sie hat dort seit über zehn Jahren gearbeitet, mein Freund. Ein Liebhaber, der das noch überraschend fand, muss sehr lange nicht mehr hier gewesen sein.«

»Nun, es war nur eine Idee«, erwiderte Tal.

»Oft sind die offensichtlichsten Motive auch die tatsächlichen. Aber diesmal ist das wohl nicht so. Wenn jemand die Frau hat umbringen wollen, wieso hat er dann nicht gewartet, bis sie sich auf den Heimweg macht? Nein, ich halte es für erheblich wahrscheinlicher, dass jemand den besten Schwertkämpfer in Roldem hat erwischen wollen, wenn er gerade nackt auf dem Bauch liegt und sich sein Schwert nicht im selben Raum befindet. Das nehme ich jedenfalls an.«

»Aber wer sollte diesen Attentäter beauftragt haben?«

»Wer sagt denn, dass der Junge ein Attentäter war?«

»Ich habe ihn noch nie gesehen, Dennis. Es gibt vielleicht ein paar Leute, die etwas gegen mich haben, aber die kenne ich, wenn auch in einigen Fällen nur vom Sehen. Wenn jemand mich umbringen will, den ich nicht mal kenne, kann ich daraus nur folgern, dass er von anderen dafür bezahlt wird. Obwohl ich das immer noch für unwahrscheinlich halte.«

»Warum?«

»Weil es vielleicht den einen oder anderen Vater gibt, dem es lieber wäre, wenn ich mich nicht mit seiner Tochter treffen würde, oder vielleicht sogar eine Dame, die sich wünscht, ich wäre tot. Aber ich kenne niemanden, der tatsächlich jemanden schicken würde, um mich zu ermorden.«

»Wisst Ihr, was an dieser Sache das Seltsamste ist?«

»Was?

»Niemand hat gesehen, wie der Mann das Badehaus betrat. Um dorthin zu gelangen, wo er Euch angegriffen hat, hätte er an einem halben Dutzend Diener und Türsteher vorbeikommen müssen. Von dem Augenblick an, wenn das Badehaus am Morgen öffnet, bis zu der Minute, wenn es nachts wieder geschlossen wird, gibt es keine andere Möglichkeit, in diesen Teil des Gebäudes zu gelangen.«

»Ja, sehr seltsam, nicht wahr?«

»Habt Ihr eine Idee, wie er dort wie durch Zauberei auftauchen konnte?«

Tal zeigte ein bedauerndes Lächeln. »Magie? Das würde alles noch viel ... seltsamer machen, oder?«

»Es würde bedeuten, dass die Person, die Euch umbringen lassen will, bereit ist, eine Menge dafür zu bezahlen. Nicht nur für den Mann, der die Klinge schwang, sondern auch noch für einen anderen mit den magischen Fähigkeiten, den Attentäter unsichtbar ins Gebäude zu schaffen.«

»Ein Unsichtbarkeitszauber?«

»So etwas Ähnliches. Mein Onkel hat einen Freund, der

einen Magier kennt. Ich habe diesem Mann ein paar Fragen gestellt, und er sagt, ein Unsichtbarkeitszauber wäre die wahrscheinlichste Erklärung. Den Mann von einem anderen Ort aus in den Raum zu schicken, wo er Euch angegriffen hat … das sei sehr schwierig, und nur wenige Magier sind dazu imstande.«

Tal hielt es für das Beste, nicht zu erwähnen, dass er mindestens drei oder vier kannte, die so etwas bewirken konnten. Das sollte der Hauptmann, wenn überhaupt, lieber selbst herausfinden.

»Also weiß niemand etwas über diesen Mann?«

»Leider nein.«

»Und Ihr seid nicht einmal vollkommen sicher, wer nun wirklich das geplante Opfer war?«

»Nein. Es fällt mir nur schwer zu glauben, dass sich jemand solche Mühe wegen einer Frau geben sollte, die kaum mehr als eine gewöhnliche Hure war.«

»Salmina war nie gewöhnlich«, entgegnete Tal steif.

»Das habe ich gehört«, erwiderte Dennis.

Tal stand auf. »Nun, ich will Euch nicht länger von Euren Pflichten abhalten. Wenn Ihr etwas Neues erfahrt, lasst es mich bitte wissen.«

»Das werde ich bestimmt tun.«

Sie verabschiedeten sich, und Tal verließ die Wache und kehrte in sein Quartier zurück.

Er war enttäuscht, keine weiteren Informationen über den Attentäter erhalten zu haben, obwohl er das im Grunde auch nicht erwartet hatte.

Dennoch, er durfte nicht noch länger über diese Dinge

nachdenken, sondern musste sich auf das Turnier konzentrieren. Es waren nur noch zwei Wochen, bis der Wettbewerb begann, und wenn er siegen wollte, durfte er sich nicht weiter ablenken lassen.

Der Tag des Turniers rückte näher, und Tal bemerkte, dass er nervöser wurde. Ganz gleich, wie oft er sich der beruhigenden Übungen bediente, die ihm Magnus, Nakor und Robert beigebracht hatten, ganz gleich, wie sehr er versuchte, sich mit Würfelspielen, Karten oder liebenswerter Gesellschaft abzulenken, er wurde stets von den Gedanken an den bevorstehenden Wettbewerb verfolgt.

Nicht einmal eine Einladung in den Palast zwei Abende vor dem Beginn des Turniers konnte das ändern, aber immerhin verbrachte er Stunden bei einem Schneider und ließ sich die neueste höfische Mode anpassen. Es war bunte, geckenhafte Kleidung, beginnend mit der engen Hose, die in glänzende schwarze Stiefel gesteckt wurde, die für jeden praktischen Zweck absolut nutzlos waren, denn sie waren zum Reiten an der Wade zu niedrig – der Rand hätte nach einer Stunde Blasen verursacht – und zum Marschieren zu hoch. Aber sie hatten hübsche Silberschnallen und einen roten Streifen aus gefärbtem Leder an der Seite. Die Hose war so eng, dass sie einen beinahe bei jeder Bewegung behinderte, aber der Schneider versicherte Tal, dass dies die derzeitige Mode bei Hofe sei. Mode oder nicht, auf ein Suspensorium, das derzeit ebenso beliebt war, verzichtete Tal. Es gab Dinge, die ihm einfach zu albern vorkamen, selbst für höfische Kleidung.

Das Hemd war ein Kunstwerk an modischem Firlefanz, mit einem Spitzenkragen und noch mehr Spitze an den Manschetten, tief ausgeschnitten und unterhalb des Brustbeins mit einer Reihe von Perlenknöpfen versehen. Die Jacke diente ausschließlich dekorativen Zwecken – eine Ungeheuerlichkeit aus rotem und goldenem Brokat mit Perlen am Kragen und an den Manschetten, dazu entworfen, nur über dem linken Arm getragen zu werden, und mit einer goldenen Schnur über dem rechten Arm befestigt. Die Krönung war ein breitkrempiger Hut aus schneeweißem Pelz mit einem handgearbeiteten Band aus Silberdraht, in dem eine gefärbte Feder steckte. Tals Feder war schwarz, also war der Kontrast recht dramatisch.

Der Schneider versicherte ihm, dass sein Aufzug hervorragend für den Hof geeignet sei, aber Tal fühlte sich dennoch, als hätte jemand den Mann dafür bezahlt, sich einen Scherz mit ihm zu machen, damit er gleich bei seinem ersten Auftritt bei Hofe mit Lachen und Verachtung begrüßt würde.

Doch als seine Kutsche an dem betreffenden Abend vor dem Palasttor eintraf, sah er auch andere junge Männer in entsprechend absurder Kleidung. Sehnsüchtig dachte er an die schlichten Ledersachen und die Felljacken, die seine Leute im Winter in den Bergen getragen hatten, und daran, wie sie im Sommer fast nackt herumgelaufen waren.

Während er die Treppe zum Palast hinaufging, kam Tal zu dem Schluss, dass so etwas wie Mode nur eine Verschwörung der Schneider war, um den Adligen überzähliges Gold abzuluchsen. Er kannte sich mit solchen Dingen inzwischen genügend aus, um zu wissen, dass sein derzeitiger Aufzug in Salador oder Roldem schon in einem Jahr vollkommen altmodisch sein würde, ersetzt durch ganz neue Stile.

Tal reichte seine Einladung dem Junker, der dafür zu sorgen hatte, dass keine uneingeladenen Gäste bei Hofe erschienen. Dabei wurde er von mehreren Palastwachen unterstützt, die zwar die feine rotgoldene Livree des Palastes trugen, aber durchaus so wirkten, als wären sie imstande, eine Invasion zurückzuschlagen, von einem einzelnen uneingeladenen Gast ganz zu schweigen. Tal wurde ein Page zugeteilt, der ihn in die Haupthalle führen sollte. Auf dem Weg dorthin sagte der Page: »Herr, der König hat erklärt, dass es heute Abend keine offizielle Sitzordnung geben wird. Die Gäste werden sich am Büfett bedienen.«

Talon kannte das Wort nicht und musste seine Erinnerung danach durchforsten. »Bü-feh«, sagte er leise.

Der Junge zeigte auf die langen Tische an der Seite des Saals, die sich unter Tabletts mit Essen bogen, und auf Diener, die mit Bier- und Weinkrügen durch die Räume eilten und den Gästen die Kelche nachfüllten. Wohin er auch schaute, erblickte Tal Menschen in grellbunter Kleidung, die sich miteinander unterhielten. Einige von ihnen hielten einen Teller in der einen Hand und aßen mit der andern.

Dann fiel es ihm wieder ein: Büfett war ein Wort aus dem Königreich, aus dem Dialekt von Bas-Tyra. Und es bedeutete, dass man im Stehen aß, was man sich von einem Tisch geholt hatte. *Manchmal bildet man sich nur ein, eine Sprache vollkommen zu beherrschen*, erinnerte er sich.

Er ging durch den Saal, bemerkte ein halbes Dutzend vertrauter Gesichter und lächelte und verbeugte sich, während er weiter auf die Tische mit dem Essen zuschlenderte. Was immer er sich auch an Essbarem vorstellen konnte, war dort aufgetischt, von geräuchertem Wildgeflügel und gewürzten Eiern über Gemüse, das auf jede erdenkliche Weise zubereitet war – von frisch aus dem Kessel bis eingelegt –, und Käse und Obst – einiges davon sehr teuer, weil überhaupt nicht der Jahreszeit entsprechend – bis hin zu Gebäck und Nachspeisen.

Tal griff nach einem Teller, stellte fest, dass er leichter war, als er erwartet hatte, und eine rasche Untersuchung zeigte, dass es sich um eine Art fester Keramik und nicht um Steingut oder Metall handelte. Er war von Hand mit dem königlichen Wappen von Roldem bemalt, einem Delfin, der sich aus den Wellen erhebt und über einen Stern springt. Das alles war ziemlich beeindruckend.

»Ziemlich beeindruckend, wie?«, erklang eine Stimme rechts von ihm.

Tal drehte sich um und sah Quincy de Castle, einen Kaufmann aus Bas-Tyra, mit dem er hin und wieder Karten gespielt hatte. »Könnt Ihr Gedanken lesen?«, fragte er lächelnd.

»Nein«, antwortete der Kaufmann. »Wenn ich das könnte, hätte ich nicht so viel Geld an Euch verloren. Nein, ich habe gesehen, wie Ihr den Teller bewundert habt, und erraten, was Ihr denkt.«

»Wirklich ziemlich beeindruckend«, wiederholte Tal.

»Nun, König zu sein erlaubt einem, sich mit hübschen Dingen zu umgeben.«

In diesem Augenblick schlug der Zeremonienmeister mit dem eisenbeschlagenen Ende seines Amtsstabs auf den Boden. »Mylord und Myladys, meine Damen und Herren – der König!«

Alle Augen wandten sich dem Durchgang zu, der von den königlichen Gemächern in die Halle führte, und da kam König Carol der Sechste auch schon hereinstolziert. Er war mittleren Alters, wirkte aber immer noch so gesund und lebhaft wie ein Fünfundzwanzigjähriger, und er führte eine rundliche, freundlich aussehende Dame mit einer kleinen Krone am Arm. »Die Königin und die Königliche Familie!«, verkündete der Zeremonienmeister.

Alle verbeugten sich, und der König sagte: »Bitte lasst Euch nicht stören; wir sind heute Abend ganz zwanglos.«

Leiser Applaus erklang bei dieser Botschaft, und alle wandten sich wieder ihrer vorherigen Beschäftigung zu.

»Habt Ihr schon einmal an einer dieser Galas teilgenommen?«, fragte Tal an Quincy gewandt.

»Ja, aber da ging es förmlicher zu. Ich habe gehört, dass wegen des Turniers so viele Besucher in der Stadt sind, dass es nicht genug Stühle im Palast gab, um alle Gäste zu platzieren. Also haben wir stattdessen dieses Büfett und eins im benachbarten Saal und eins in dem dahinter.«

Tal nickte. »Ich fühle mich schon erheblich weniger geehrt von der Einladung als eine Minute zuvor, Freund Quincy.«

Der Mann lachte. »Ihr solltet Euch daran nicht stören, Tal. Für jeden von uns, der eingeladen wurde, gibt es dort draußen drei, die sich wünschen, hier zu sein. Ich bin nur hier, weil ich seit zwanzig Jahren mit dem Königlichen Einkäufer Handel treibe und schon früher zu Turnieren hergekommen bin. Das hier wird mein drittes sein. Ihr seid einer der Favoriten für das goldene Schwert, Tal, und als solcher wurdet Ihr selbstverständlich ebenfalls eingeladen. Der König wird sicher ein paar Worte mit Euch wechseln wollen, bevor der Abend vorüber ist.«

»Ich weiß überhaupt nicht, was ich in einem solchen Fall sagen soll«, erwiderte Tal.

»Sprecht nur wenig, lacht über seine Scherze und stimmt allem zu, was er vorschlägt. Das ist die ideale Art, mit Königen umzugehen.«

»Danke für den Rat.«

Sie trennten sich wieder, und Tal schlenderte durch die Säle, begrüßte diejenigen, die er kannte, und nickte allen zu, die ihm als Erste zunickten. Nach zwei Stunden kam ein Page zu ihm und fragte: »Herr, seid Ihr Tal Falkner?«

»Ja«, antwortete er.

»Der König befiehlt Euch zu sich, Herr. Folgt mir bitte.«

Der Junge führte Tal wieder in den mittleren der drei Säle zurück, wo der König mit Königin Gertrude und anderen Familienmitgliedern – einem etwa dreizehnjährigen Jungen, bei dem es sich wohl um Prinz Konstantin handelte, zwei weiteren Jungen und einem Mädchen – in einer Ecke stand. Die kleineren Kinder wirkten gelangweilt, aber sie benahmen sich gut.

Der Page flüsterte einem Diener etwas ins Ohr, der seinerseits mit dem Zeremonienmeister flüsterte. Der nickte Tal zu, dann sagte er: »Euer Majestät, darf ich Euch Talwin

Falkner vorstellen, Junker von Wildenhag und Klingenburg, Erbbaron von Silbersee.«

Tal verbeugte sich so höflich, wie er konnte, und schwieg. Auf keinen Fall durfte er etwas sagen, bevor der König ihn angesprochen hatte.

König Carol lächelte. »Ich habe von Euch gehört, junger Mann. Viele haben mir geraten, darauf zu setzen, dass Ihr unser Turnier gewinnt.«

»Euer Majestät sind sehr freundlich«, erwiderte Tal. »Ich würde mich schon glücklich schätzen, wenn ich mich gegen einige der meisterhaften Schwertkämpfer behaupten könnte, die zum Turnier kommen.«

»Ihr seid zu bescheiden«, sagte der König lachend. »Ich habe einiges über Euch gehört. Am Hof der Meister gibt es keine Geheimnisse.«

»Euer Majestät«, sagte Tal, »das glaube ich sofort.«

Das Lächeln des Königs wurde breiter. »Ah, hier kommt jemand, der versuchen wird zu verhindern, dass Ihr die goldene Klinge gewinnt.«

Tal drehte sich um und sah mehrere Männer, die sich ihm näherten. Sein Lächeln erstarrte, als der König sagte: »Junker Talwin, darf ich Euch unseren Vetter Kaspar, Herzog von Olasko, vorstellen.«

Der Mann an der Spitze hatte breite Schultern, aber eine schmale Taille, und Tal wusste sofort, dass er einen ebenso mächtigen wie gefährlichen Mann vor sich hatte. Sein Gesicht war rund, aber sein Kinn ragte vor, die dunklen Augen waren halb zusammengekniffen und der Blick sehr konzentriert, als wäre er auf der Jagd. Sein Kinnbart war dunkel, die

Oberlippe rasiert, und er verzog den Mund zu einem Lächeln, in dem eine Spur von Hohn lag.

»Das hier ist also der Junge, der verhindern will, dass mein Leutnant gewinnt?« Er machte eine Geste zu dem Mann in Ausgehuniform zu seiner Linken. »Majestät, das hier ist Leutnant Campaneal, der beste Schwertkämpfer in meinem Herzogtum und, wie ich annehme, auch der Mann, der das Turnier gewinnen wird.« Mit einem Lachen fügte er hinzu: »Und ich werde viel Geld auf ihn setzen.«

Der König lachte ebenfalls. Tal nickte dem Herzog und dem Leutnant zum Gruß zu. Nach einem Augenblick sagte der Herzog von Olasko zu Tal: »Junker, Ihr starrt den Leutnant an. Kennt Ihr einander?«

»Nein«, log Tal. »Ich glaubte einen Moment, ihn zu erkennen, aber ich habe mich geirrt.« Dann zwang er sich zu einem höflichen Lächeln und erklärte: »Es ist eine Ehre, Euch kennenzulernen, Herzog Kaspar.«

Tal gestattete dem Herzog, das Gespräch an sich zu reißen, und hielt sich im Hintergrund. Er brauchte all seine Selbstbeherrschung, um die Form zu wahren, denn er hatte Leutnant Campaneal tatsächlich schon einmal gesehen. Er war der Mann gewesen, der die Befehle von Hauptmann Quint Havrevrulen entgegengenommen hatte. Leutnant Campaneal hatte zu den Männern gehört, die Tals Volk ausgelöscht hatten. Er gehörte zu den Personen, die Tal zu töten geschworen hatte.

Das Turnier

Tal jubelte.

Das Turnier der Meister hatte endlich begonnen, und zu seiner Freude entdeckte Tal, dass sein überwältigender Erfolg am Hof der Meister im letzten Jahr dazu geführt hatte, dass man ihn ohne Vorentscheidungskämpfe zugelassen hatte.

Über vierhundert Schwertkämpfer waren nach Roldem gekommen, um das goldene Schwert und den Titel des besten Schwertkämpfers der Welt zu gewinnen. Die besten zweiunddreißig – entweder dem Ruf oder ihrer Stellung am Hof der Meister nach – durften die erste Runde des Wettbewerbs aussitzen. Diese zweiunddreißig Männer waren vom Hof der Meister noch nicht nach Rängen sortiert worden, aber die Buchmacher, die Wetten entgegennahmen, hatten ihre eigene Rangordnung aufgestellt. Auf den meisten Listen hatte Tal mindestens den dritten Rang inne, auf vielen war er sogar der Favorit.

Außer Tal war nur ein einziger Mann, der legendäre Versi Dango selbst, in einem Jahr von Übungskämpfen am Hof der Meister unbesiegt geblieben. Sollte Tal das Turnier dreimal gewinnen, würde vielleicht noch eine weitere Statue im Vorraum des Hofs der Meister aufgestellt werden.

Man gab Tal einen besonderen Platz in der Hauptgalerie, einem Bereich im oberen Stockwerk, mit Plätzen für die zweiunddreißig auserwählten Kämpfer und ihre Freunde, Diener und Begleiter. Im Augenblick saßen oder standen mehr als siebzig Personen dort, beobachteten das Geschehen und ließen sich von aufmerksamen Dienern Erfrischungen reichen.

Tal saß neben Pasko. »Ist das nicht Kendrick, der da in der Ecke im Schatten steht?«, fragte er.

»Ja, Mylord.«

»Kämpft er beim Turnier mit?«

»Nein, er ist nicht eitel genug, um beweisen zu wollen, ob er der Beste ist«, erklärte Pasko trocken, dann fügte er noch ein »Mylord« hinzu.

»Was will er dann hier?«

»Auf dich aufpassen«, sagte Caleb und setzte sich neben Talon.

»Ihr beide?«

»Und Magnus, der sich hier nicht sehen lassen will, sich aber ganz in der Nähe aufhält«, erklärte Pugs jüngerer Sohn.

Tal grinste. »Caleb, ich hätte nie gedacht, dich je so modisch gekleidet zu sehen.«

Caleb erwiderte das Lächeln, obwohl er keineswegs so amüsiert war wie Tal. »Tarnung«, erklärte er.

Er sah aus wie ein wohlhabender Kaufmann oder ein Mann aus dem niederen Adel des Königreichs. Das Einzige, was Talon an seiner Aufmachung wiedererkannte, war sein Schwert. Davon einmal abgesehen, war er von Kopf bis Fuß in der neuesten Mode gekleidet, obwohl erheblich weniger extravagant als die meisten Turnierbesucher in Roldem; er trug eine dunkelbraune Jacke, ein hellgelbes Hemd, eine schwarze Hose und Stiefel, und statt der bunteren Hüte, die die Dandys der Stadt bevorzugten, hatte sich Caleb für ein schlichtes schwarzes Barett mit einer goldenen Schnalle und einer einzelnen Falkenfeder entschieden.

Tal lachte. »Wahrhaftig, du siehst aus wie ein Adliger aus dem Königreich.«

»Bist du bei der Gala des Königs vor zwei Tagen dem Herzog von Olasko begegnet?«, fragte Caleb.

Tals Miene verfinsterte sich. Er beugte sich vor, stützte die Ellbogen auf die Knie und senkte die Stimme, sodass nur Caleb ihn hören konnte. »Ja, und er war nicht allein. Einen seiner Begleiter habe ich sofort erkannt, einen Leutnant namens Campaneal. Er hat die Soldaten aus Olasko angeführt, die Raven und seinen Mördern halfen, mein Volk zu vernichten.«

»Das weiß ich. Er wird am Turnier teilnehmen. Er ist einer der zweiunddreißig, also besteht durchaus die Möglichkeit, dass du ihm gegenüberstehen wirst.«

»Ich würde ihn lieber irgendwo treffen, wo es nicht so viele Zuschauer gibt«, erwiderte Tal.

»Es ist bei diesem Turnier schon öfter zu Unfällen gekommen. Auch zu tödlichen.«

Tal starrte Caleb an. »Willst du mir damit sagen, dass ich diesen Mann vor der Nase des Königs und tausend anderen Zeugen umbringen soll?«

Caleb schüttelte bedauernd den Kopf. »Oh, die Eitelkeit der Jugend! Nein, ich wollte dir damit sagen, dass du vorsichtig sein sollst, denn wenn Campaneal auch nur die geringste Ahnung hat, wer du bist, könntest *du* das Unfallopfer sein.«

»Woher sollte er das wissen?«, fragte Tal. »Ich habe keine Tätowierungen, die mich als Orosini kennzeichnen. Ich denke, ich bin in der Rolle des Sohns eines niederen Adligen recht überzeugend. Warum sollte er etwas anderes annehmen?«

»Wegen der Art, wie du ihn zweifellos angesehen hast. Ein Mann wie er macht sich viele Feinde, und er kennt nicht alle vom Sehen. Sei einfach vorsichtig.«

»Das werde ich.«

»Es könnte im Gefolge des Herzogs allerdings jemanden geben, der mich noch mehr interessieren würde – jemanden, der nicht ganz so ausgesehen hat, als ob er dazugehörte.«

»Nein«, sagte Tal. »Der Herzog hatte einen Verwandten dabei – der Ähnlichkeit nach war es einer seiner Söhne –, aber er hat ihn nicht vorgestellt. Mein Rang ist zweifellos nicht hoch genug, dass er sich dazu herabgelassen hat. Wen suchst du?«

»Das weiß ich nicht«, antwortete Caleb. »Es gibt da einen Mann, einen Magier. Er und mein Vater sind einander schon vor Jahren begegnet. Wir haben gehört, er könnte zurück sein. Wir haben ihn für tot gehalten, aber vielleicht haben wir uns geirrt …« Einen Moment schien er abgelenkt, dann sagte er: »Nach allem, was ich weiß, ist dieser Mann schwieriger umzubringen als eine Küchenschabe.«

»Wie heißt er?«

»Er hat unterschiedliche Namen benutzt, also bezweifle ich, dass er derzeit einen verwendet, den wir kennen.«

»Wie sieht er aus?«

»Sein Äußeres verändert sich.«

»Ein Mann, der aussehen kann, wie er will, mit einem Namen, den keiner kennt«, knurrte Tal gereizt. »Ich werde nach ihm Ausschau halten, Caleb.«

»Nach allem, was Vater mir erzählt hat, wirst du vielleicht etwas an ihm spüren, wenn ihr einander begegnet. Er ist ein mächtiger Magier, und sein Herz ist pechschwarz.«

Tal schwieg und beobachtete die Kämpfe, die unten in den vier Ecken der Halle stattfanden. Schließlich sagte er: »Ich werde den Herzog von Olasko irgendwann umbringen.«

»Ich weiß. Er ist es, der hinter der Vernichtung deines Volkes steckt, Tal.«

»Warum?«

»Weil die Orosini nicht in seine Pläne passten, das war alles. Er wollte eine offene Route zur Nordgrenze von Farinda, und dein Volk war im Weg. Es war leichter, die Orosini umzubringen, als mit ihnen zu verhandeln. Er wollte verhindern, dass deine Leute ihn an den König von Farinda verrieten.«

»Und deshalb hat er jeden Mann, jede Frau und jedes Kind in der Hohen Warte töten lassen.«

»Ja.« Caleb beugte sich ein wenig über das Geländer der Galerie. »Er arbeitet nun seit fünf Jahren an seinen Plänen für Farinda. Er hat Latagore so eingeschüchtert, dass sie einen Vertrag unterzeichnet haben, der ihm erlaubt, Truppen dort zu stationieren. Und es heißt, dass er im Frühjahr gegen die Orodon ziehen wird.«

»Warum das?«, fragte Tal. »Die Orodon sind doch wahrhaftig weit genug von Farinda entfernt!«

»Weil er etwas haben will, das ihnen gehört: ihre Goldminen. Krieg ist teuer, und die Orodon nutzen das Gold in ihrem Teil der Berge kaum. Mit dem, was er dort in einem Jahr erbeutet, kann er zehn Jahre Krieg finanzieren.«

Tals Gedanken überschlugen sich. Die Orodon waren entfernte Verwandte seines Volkes und als solche außer seinen Freunden die einzigen Menschen auf der Welt, denen er sich irgendwie nahe fühlte.

»Im Frühjahr?«

»Ja, so heißt es.«

Tal stand auf. »Caleb, lass uns in meine Wohnung zurückkehren. Ich muss mit Robert und Magnus sprechen.«

Caleb erhob sich ebenfalls. »Worüber denn?«

»Darüber, was ihr nach diesem verdammten Turnier von mir wollt.«

Ohne sich noch einmal umzuschauen, um sich zu überzeugen, ob Caleb ihm folgte, verließ Tal die Galerie und eilte die Treppe zur Vorhalle hinunter.

Robert und Magnus saßen am Tisch, und Pasko kochte eine Kanne keshianischen Kaffee. Caleb lehnte sich an die Wand, während Tal den beiden Magiern gegenüberstand. »Und wenn ich dieses Turnier gewinne, was dann?«

Magnus warf Robert einen Blick zu, und dieser nickte. »Dann haben wir eine Aufgabe für dich.«

»Das dachte ich mir schon, aber um was geht es?«

Magnus stützte die Ellbogen auf den Tisch. »Das wird

man dir sagen, wenn der richtige Zeitpunkt gekommen ist.«

Tal brauste auf: »Ich tue jetzt seit Jahren, was man mir sagt. Ja, ich weiß, Ihr habt mir mehrmals das Leben gerettet, und dafür bin ich Euch einiges schuldig. Aber irgendwann werdet Ihr auch mir vertrauen müssen. Diese Sache lenkt mich einfach zu sehr ab. Es sieht so aus, als wollte mich jemand umbringen, und ich weiß nicht, warum. Ich weiß nur, dass es mit euch zu tun hat«, er zeigte nacheinander auf die anderen Männer, »oder mit etwas, was ich in dieser Rolle, die Ihr für mich geschaffen habt, getan habe.«

»Du hast die Rolle selbst geschaffen, Tal«, widersprach Robert. »Wir haben dir gesagt, *was* du werden solltest, aber die Einzelheiten des Lebens von Talwin Falkner waren deine Wahl. Niemand hat dir befohlen, ein Spieler, Frauenheld und Freigeist zu sein. Du hättest als Gelehrter oder als Kaufmann auftreten können, aber du hast dich für diese Art von Leben entschieden.«

Magnus fügte hinzu: »Und so, wie es aussieht, ist es ein Leben, das zu dir passt, Tal.«

Tal konnte sich immer noch nicht beherrschen. »Es geht um mein Leben, und das hier *ist* mein Leben. Ich bin Robert etwas schuldig. Meine Erziehung im Lauf der letzten fünf Jahre hat mich vieles gelehrt, darunter auch, meine Entscheidungen mit anderen Augen zu betrachten. Ich bin Orosini, und ich werde meine Schuld abtragen. Niemand wird je erleben, dass ich einen Schwur breche. Aber das bedeutet nicht, dass ich blind gehorchen werde, Robert. Wenn ich Euch gut dienen soll, muss ich dann nicht über alles Bescheid wissen?«

Robert seufzte. »So viel kann ich dir jetzt schon sagen, Tal: Unsere Ziele liegen einander sehr nahe. Dieser Mann, vor dem wir dich gewarnt haben, wird sich ganz in der Nähe des Herzogs aufhalten – wenn nicht hier in Roldem, dann zu Hause in Opardum, der Hauptstadt von Olasko. Herzog Kaspar ist ehrgeizig.«

»Offensichtlich«, erwiderte Tal. »Das dachte ich mir schon, als ich seinen Hauptmann Havrevrulen in Latagore gesehen habe, wie er an der Verschwörung gegen den Dominar mitgewirkt hat. Ich weiß, dass Kaspar Farinda haben will. Ich weiß allerdings nicht, warum.«

»Im Süden von Kaspars Land liegt das der Grenzlords«, sagte Robert, »eine Gruppe von Herzogtümern, die sich ständig gegenseitig an die Kehlen gehen: Miskalon, Roskalon, das Herzogtum Maladon und Semrick, Salmarter und Lorin. Die einzig erfolgreiche Eroberung in der Geschichte dieser betrüblichen Region fand statt, als Maladon vor zweihundert Jahren Semrick unterwarf. Alle streiten sich um das ›Umstrittene Land‹, und Olasko sorgt dafür, dass keines dieser Herzogtümer die Oberhand gewinnt. Es ist zu Kaspars Vorteil, wenn seine Nachbarn schwach und die Verhältnisse dort instabil sind. Im Westen von Olasko befindet sich das Fürstentum Aranor. Der Fürst von Aranor ist Kaspars Vetter durch seine Mutter und seinen Vater ein Vetter des Königs von Roldem, also mussten Kaspar und seine Ahnen viele Jahrzehnte die Finger von Aranor lassen. Aber der derzeitige Fürst ist ein schwacher Narr, und Kaspar könnte ebenso gut gleich dort herrschen, wenn man bedenkt, welchen Einfluss er dort hat. Hinter Aranor liegen Lorin und Opast. Beide stehen in enger Verbindung mit dem Königreich, obwohl beide das Königreich auch schon bekriegt haben. Das Königreich würde schnell reagieren, wenn sich Olasko gegen Lorin und Opast wendet. Im Norden liegt Bardacs Klamm, was man kaum als ein eigenes Reich betrachten kann. Der ursprüngliche Herrscher, König Bardac der Erste, war ein größenwahnsinniger Pirat, und seine Abkömmlinge sind kaum mehr als das. Der größte Teil des ›Adels‹ dieses Landes besteht aus Banditen, und König Haloran kommt mit ihnen am besten zurecht, indem er sie in Ruhe lässt. Wenn Olasko dort einfallen würde, wäre es, als würde er in einen Sumpf marschieren. In Conar sieht es ein wenig besser aus, denn die Häuptlinge dort sind ehrenhafte Barbaren, ebenso wie die Sumpfleute im Norden. Aus diesem Grund braucht Kaspar Farinda, um seine Armeen an die Grenze des Königreichs der Inseln zu bringen, ohne seine anderen Nachbarn sonderlich zu stören.«

»Aber warum? Will er gegen das Königreich Krieg führen?« Tal zuckte mit den Schultern. »Meine geografischen Kenntnisse sind vielleicht ein bisschen ungenau, aber würde das seine Armee nicht mehrere hundert Meilen von der nächsten Stadt des Königreichs entfernen?«

»Ja, und wir wissen nicht, wieso er dort eine Armee haben will, aber wir haben diverse Theorien. Doch wir sollten uns die Spekulationen lieber für später aufheben. Nur so viel wissen wir sicher: Herzog Kaspar von Olasko stellt derzeit vielleicht die größte Gefahr dar, wenn es um den Frieden in dieser Gegend geht. Er will unbedingt seine Nachbarn im Osten beherrschen, und wir befürchten, dass er eine Möglichkeit sucht, Roldem in einen Krieg mit dem Königreich zu verwickeln.«

»Ah«, sagte Tal. »Und wenn Roldem einen Krieg mit dem Königreich anfängt, wird sich auch Kesh einmischen.«

»Und ein regionaler Konflikt würde sich in einen viel größeren verwandeln, der sowohl den Ost- als auch den Westteil des Königreichs umfasst.«

»Ich habe inzwischen einiges gelesen, auch über Ehrgeiz«, erklärte Tal, »aber es kommt mir so vor, als würde sich Kaspar da ganz gewaltig übernehmen.«

»Er wäre nicht der erste Herrscher, der sich aus den Schwierigkeiten anderer einen Vorteil verschafft«, sagte Robert. »Die Grenzlords könnte er einen nach dem anderen schlucken. An den wilden Völkern im Norden hat er allerdings kein Interesse oder bestenfalls irgendwann in der Zukunft. Nein, im Augenblick geht es ihm darum, seinen Zugriff auf Farinda zu sichern und den Krieg mit dem Königreich vorzubereiten. Also muss er als Erstes Farinda unterwerfen. Und um das ungehindert tun zu können, muss er die Orodon, Latagore und Hohenwald neutralisieren.«

Tal zog die Brauen hoch. »Darin besteht also das Muster! Erst vernichtet er mein Volk und sichert sich damit den Weg nach Farinda. Nun schützt er seine rechte Flanke, indem er dafür sorgt, dass Farinda keine Hilfe durch Hohenwald oder aus Latagore erhalten kann.«

»Genau. Alles überwiegend für den Fall, dass sich das Königreich früh einmischen sollte – und wenn König Ryan tatsächlich so klug ist, wie alle behaupten, wird er reagieren, sobald er die Gefahr erkennt. Er kann Olasko nicht direkt angreifen, ohne Aranor und Roldem in den Krieg einzubeziehen, aber er kann zum Beispiel Söldner anheuern und sie per Schiff nach Küstenwacht und von dort nach Latagore und Hohenwald bringen. Kaspar kann es sich nicht leisten, eine Armee im Rücken zu haben.«

»Wenn Herzog Kaspar ein solches Problem darstellt, warum hat sich dann noch niemand um ihn gekümmert?«, fragte Tal.

Robert warf Magnus einen Blick zu, und der weißhaarige Magier sagte: »Ich könnte Kaspar heute Abend eine Feuerkugel in den Schoß werfen, aber selbst wenn das den König, seine Familie und den halben Adel von Roldem umbringt, wird Kaspar immer noch unversehrt aus der Asche steigen. Dieser Mann in seinem Gefolge, von dem wir zuvor gesprochen haben, ist sehr mächtig, und seine Magie schützt Kaspar besser als jeden anderen Mann auf der Welt. Dessen Leibwachen sind zudem fanatisch, und er ist niemals unbewacht. Es wird schwierig sein, ihn umzubringen.«

»Ist das also *meine* Aufgabe?«

»Vielleicht«, erwiderte Robert. »Das wissen wir noch nicht. Wenn du das Turnier gewinnst, besteht eine gute Möglichkeit, dass sich Kaspar für dich interessieren wird. Er umgibt sich gern mit begabten Leuten, seien es nun Musiker, Sänger, Maler, Köche, Magier oder Schwertkämpfer.«

»Nun denn«, sagte Tal. »Jetzt verstehe ich, wieso es für Euch so wichtig ist, dass ich diesen Wettbewerb gewinne. Es scheint, dass uns allen gedient wäre, wenn Kaspar von Olasko stirbt.«

Robert blickte seinen ehemaligen Schüler direkt an. »Ja, so sieht es aus.«

»Dann habe ich eine einzige Bedingung«, sagte Tal grimmig. »Kaspar stirbt als Letzter.«

»Warum?«, fragte Magnus.

»Weil ich aus allem, was Ihr sagt, schließen kann, dass ich wahrscheinlich getötet werde, wenn ich ihn umbringe, und wenn ich mein Volk nicht rächen kann, ist es mir lieber, wenn nur noch ein einziger dieser Mörder am Leben bleibt als ein Dutzend. Kaspar stirbt nach Raven und seinen Männern, aber als Erster ist Leutnant Campaneal dran.« Tal schaute Robert, Magnus, Caleb und Pasko der Reihe nach an, dann erklärte er entschlossen: »Campaneal wird das Turnier nicht überleben.«

Die ersten Runden boten wenig Überraschungen, wenn man einmal davon absah, dass sich ein Mann hervortat, von dem man zuvor nie etwas gehört hatte: Ein junger Gemeiner aus Kesh namens Kakama wurde schnell mit jedem Gegner fertig, und die Zuschauer, die gern riskante Wetten abschlossen, setzten ihr Geld auf ihn.

Am vierten Tag standen schließlich die vierundsechzig Finalisten fest, und Tal trat zu seinem ersten Kampf an. Über vierhundert Schwertkämpfer hatten bis zu drei Kämpfe am Tag ausgefochten, um das Feld auf jene zweiunddreißig zu verringern, die gegen die zweiunddreißig antreten würden, die bereits nominiert worden waren. Jeweils am Morgen und am späten Nachmittag würden Kämpfe ausgetragen werden, und der letzte Kampf würde am Nachmittag des Sechstages stattfinden, und zwar im Palast, vor dem König und dem gesamten Hof.

Tals erster Gegner war ein Hauptmann aus der Leibwache eines roldemischen Barons. Er nahm zum dritten Mal an diesem Turnier teil, und zum ersten Mal war er unter den vierundsechzig Kämpfern, die in die Endrunde gelangt waren.

Die Kämpfe wurden mit blankem Stahl ausgefochten, entweder bis zum ersten Blut, bis sich einer der Gegner ergab oder bis er sein Recht auf Teilnahme verlor. Ein Kämpfer konnte sich jederzeit ergeben, tat das aber für gewöhnlich nur, wenn er Angst vor einer schlimmeren Verwundung oder einer öffentlichen Demütigung hatte. Das Recht auf Teilnahme war verwirkt, wenn ein Kämpfer nicht rechtzeitig auf dem Kampfplatz erschien oder wenn er von den Kampfrichtern disqualifiziert wurde, drei Meistern des Hofs, die jeden Kampf überwachten. Wenn man die Anweisungen der Kampfrichter ignorierte, absichtlich einen Gegner schwer verletzte oder nicht in dem festgeschriebenen Kampfbereich blieb, konnte man sofort ausgeschlossen werden.

Tal ließ dem Hauptmann ein paar Augenblicke des Triumphs, denn er wollte ihn nicht beschämen, nachdem der Mann sich zwölf Jahre lang angestrengt hatte, besser zu werden. Aber der Hauptmann war wirklich kein Gegner für ihn. Nach drei Minuten wusste Tal bereits, wie der Mann zu schlagen war.

Er hatte bemerkt, dass eine junge Frau dem Hauptmann liebevoll Glück gewünscht hatte, bevor der Kampf begann, und er nahm an, dass es sich um die Frau oder Verlobte des

Mannes handelte. Also hatte er vor, ihn mit Würde verlieren zu lassen. Er führte den Kampf noch zwei Minuten weiter und versetzte seinem Gegner dann einen leichten Schnitt am Arm, was ihm den Sieg brachte.

Der Hauptmann salutierte, Tal erwiderte den Gruß, dann zog sich sein Gegner in die tröstende Umarmung der jungen Frau zurück.

Andere Kämpfe waren nicht so angenehm. Ein paar Turnierteilnehmer waren laute, prahlerische Flegel, die nur eines konnten: mit einem Schwert umgehen. An diesem Morgen wurden drei Männer ernstlich verletzt – einer würde sein Leben lang verstümmelt bleiben –, und Tal sah sich so viele Kämpfe wie möglich an, um ein Gefühl für seine zukünftigen Gegner zu bekommen.

Der nächste, dem er gegenüberstehen würde, war ein großer, breitschultriger Schwertmeister aus Rodez namens Raimundo Velasquez. Er bewegte sich beinahe lautlos und sehr gekonnt und nutzte jede Gelegenheit, die sich ihm bot. Tal erkannte sofort, dass er bei seinem Kampf am Nachmittag mit diesem Mann vorsichtig sein musste.

Tal zog sich in einen Nebenraum zurück, wo Erfrischungen und üppiges Essen für die Kämpfer gereicht wurden. Tal mied alle Speisen, die ihn vielleicht träge und schläfrig machen würden, aß nur leicht und mied Bier und Wein. Er trank kaltes Wasser und kehrte dann wieder auf die Galerie zurück, um weiter zuzusehen.

Er sprach mit niemandem, und das schloss auch Caleb ein, der ebenfalls zusah. Tal wusste, dass Magnus und Robert nicht allzu weit entfernt waren und ihn vor jeder Gefahr durch Magie schützten, und nach allem, was er bisher gesehen hatte, war er relativ sicher, dass er siegen würde.

Als der letzte Kampf des Morgens vorüber war, ging er zu Remarga, um zu baden und sich massieren zu lassen, sodass er bei den Kämpfen des Nachmittags erfrischt sein würde.

Die nächsten beiden Runden waren schwieriger, aber Tal konnte beide Gegner besiegen: den Schwertmeister aus Rodez und dann einen Wachhauptmann aus dem königlichen Haushalt. Am Nachmittag des zweiten Tages waren mehr Zuschauer anwesend als zuvor. Alle Adligen und wohlhabenden Bürger, die sich Zugang verschaffen konnten, zwängten sich auf die Zuschauerränge, um zu sehen, wie das Feld aus acht auf vier reduziert wurde.

Tals erster Gegner war ein Söldner aus dem Königreich, ein Mann namens Bartlett aus Falkental. Er fragte, wie Tal mit dem bekannteren Falkner verwandt sei, und Tal erzählte seine Geschichte so beiläufig, als handle es sich um etwas, das allgemein bekannt war. Bartlett erklärte, er hätte noch nie von den Ländereien des Junkers gehört, und immerhin stammte er aus dieser Gegend.

Tal tat dies mit der Bemerkung ab, die Ländereien seines Vaters würden recht weit entfernt von denen des bekannteren Zweigs der Familie Falkner liegen, und er vermied weitere Gespräche, indem er erklärte, dass er nun bereit sei, sich seinem Gegner zu stellen.

Tal wurde mit dem Söldner in Rekordzeit fertig, innerhalb von Sekunden nach Beginn des Kampfes. Er machte zwei Schritte vorwärts, und statt eine Finte mit einer Kombination von Schlägen zu beginnen, stieß er zu und traf den Mann gleich am linken Oberarm.

Die Menge applaudierte, und der Söldner stand verdutzt da, sowohl wegen des Tempos als auch wegen des Mangels an kunstvollen Manövern, was ihn beides überraschte. Er schien zornig zu sein, aber eher auf sich selbst, weil er sich hatte zum Narren machen lassen. Er salutierte, und als sie den Kampfplatz verließen, sagte er: »Jetzt müsst Ihr aber auch gewinnen, Junker. Ich werde erheblich weniger dumm dastehen, wenn sich herausstellt, dass ich von dem späteren Sieger bezwungen wurde.«

»Ich werde mein Bestes geben«, erwiderte Tal lächelnd.

Als die anderen drei Kämpfe vorbei waren, wusste Tal, dass sein nächster Gegner Kakama sein würde, der Überraschungssieger aus Kesh, während Leutnant Campaneal Graf Jango Vahardak gegenüberstehen würde, dem Mann, der beim letzten Turnier gegen den Champion verloren hatte, der sich danach aus solchen Wettbewerben zurückgezogen hatte.

Tal verbrachte eine ruhelose Nacht, in der er sich mehr darum sorgte, dass Vahardak Campaneal besiegen würde, als um seinen eigenen Kampf. Er hatte den jungen Keshianer beobachtet und wusste, dass er seine Siege vor allem seiner Schnelligkeit verdankte – er war vielleicht noch schneller als Tal –, dem Wagemut und weil er seine Verteidigung vernachlässigte, da er stets auf Sieg setzte. Tal wusste bereits, wie er den Keshianer besiegen konnte.

Er erwachte und zog sich rasch an, dann weckte er Pasko und die anderen. Sie gingen zum Hof der Meister, wo Tal ein paar intensive Dehnübungen machte. Als er fertig war, nahm er eine leichte Mahlzeit ein und ließ sich in der Kutsche zum Badehaus bringen.

Die beiden Kämpfe, die über die Endkampfteilnehmer entscheiden würden, sollten am Mittag beginnen, und die Sieger würden nach Einbruch der Dunkelheit im Palast vor dem König und seinem Hof kämpfen.

Tal konzentrierte sich, so gut er konnte, auf den bevorstehenden Kampf, aber er konnte beinahe nur daran denken, dass er hoffentlich bald Campaneal gegenüberstehen würde.

Zwei Stunden vor Mittag kehrte er an den Hof der Meister zurück und betrat den Raum, der den Kämpfern zur Verfügung stand. Er war nicht der erste dort, denn der junge Mann aus Kesh saß bereits in einer Ecke. Am ersten Tag des Wettbewerbs war dieser Raum überfüllt gewesen, und überall hatte man die lauten Stimmen der Kämpfer und ihrer Diener gehört. An diesem Tag war es still wie in einem Grab.

Talon zog sich in eine andere Ecke zurück und nickte Kakama zu. Pasko beugte sich vor und flüsterte: »Ich glaube, der Junge ist ein Ismal wie Nakor.«

»Und wenn?«

»Ich will nur sagen, wenn er Nakor auch nur im Geringsten ähnlich ist, steckt er voller Überraschungen. Darauf solltet Ihr gefasst sein. Ich habe gesehen, wie er Euch beobachtet hat, noch bevor er seinen dritten Kampf gewann. Ich denke, wenn Ihr glaubt zu wissen, wie Ihr schnell mit ihm fertigwerdet, dann nur, weil Ihr das glauben *sollt*. Ihr seid eitel, Tal, und zeigt alles, was Ihr könnt. Ihr haltet Euch nicht zurück. Dieser Junge kennt inzwischen all Eure Strategien und Manöver. Im Gegensatz dazu habt Ihr keine Ahnung, wozu er fähig ist; also seid vorsichtig!«

Tal lehnte sich zurück. »Danke. Du hast mir vielleicht wieder einmal das Leben gerettet.«

»Nun, vielleicht rette ich Euch diesmal nicht vor dem Tod, aber zumindest davor, in eine peinliche Situation zu geraten.«

»Nein, ich glaube, hier geht es um mehr.«

»Was?«

»Sieh ihn dir doch an.«

Pasko drehte sich um und betrachtete den jungen Keshianer, der still dasaß und Talon unter halb gesenkten Lidern beobachtete.

»Es mag nur eine Vermutung sein«, sagte Talon, »aber wenn ich mich nicht irre, hat dieser Mann vor, mich heute umzubringen.«

Das Halbfinale wurde mit mehr Pomp eingeläutet als die früheren Runden. Viele Angehörige der königlichen Familie waren unter den Zuschauern, ebenso wie die wichtigsten Adligen.

Als die Gegner für den ersten Kampf angekündigt wurden, spürte Tal, wie sich sein Magen zusammenzog. Campaneal und Vahardak würden als Erste kämpfen, vor Tal und dem Keshianer. Offenbar wollten sich die Meister den Kampf des Favoriten für später aufheben. Tal selbst hätte die Sache jedoch gern schnell hinter sich gebracht.

Weder er noch der Keshianer sahen sich den ersten Kampf an; beide blieben in gegenüberliegenden Ecken des Kämpferraums sitzen. Vahardak und Campaneal saßen zunächst ebenfalls in den jeweiligen Ecken. Der Graf wurde von fünf Personen begleitet, während Leutnant Campaneal nur einen Offiziersburschen und einen Feldwebel aus der Wache des Herzogs von Olasko bei sich hatte. Tal hatte Pasko, und der Keshianer saß allein da.

Aus dem Dröhnen der Stimmen von draußen schloss Tal, dass der Meister, der die letzten Kämpfe ankündigte, sich Zeit ließ, um eine großartige Ansprache zu halten, und dem Jubel nach zu schließen genoss die Menge jedes Wort.

»Ich habe mich erkundigt«, sagte Pasko. »Dieser Junge ist vollkommen aus dem Nichts aufgetaucht. Kein anderer Keshianer, den ich gefragt habe, hat je von ihm gehört. Es ist seltsam, dass sich ein junger Mann mit seinen Fähigkeiten noch keinen Namen gemacht hat.«

»Ja, es ist merkwürdig, dass ihn hier niemand kennt oder auch nur von ihm gehört hat.«

»Ich weiß nicht, ob er versuchen wird, Euch umzubringen, Mylord, aber er hat etwas sehr Seltsames an sich. Er hat sich jetzt seit einer Stunde nicht mehr bewegt.«

»Vielleicht schläft er ja.«

»Dann muss er Nerven aus Stahl haben.«

Als es draußen in der Halle wieder lauter wurde, wussten sie, dass der erste Kampf vorüber war, und Tal und Pasko schauten zur Tür, um zu sehen, wer hereinkam und wie sich diejenigen hielten. Wenig später wurde die Tür aufgerissen, und herein kam Graf Vahardak, der seinen linken Arm umklammerte. Blut lief zwischen seinen Fingern hindurch. Einer seiner Begleiter versuchte ihn zu trösten: »... wirklich knapp,

Mylord. Es hätte auch anders ausgehen können, da bin ich sicher. Es war Glück und nichts weiter.«

Aber der Graf wollte sich offenbar nicht beruhigen lassen und knurrte nur: »Halt den Mund und verbinde diese verdammte Wunde!«

Dann kam Leutnant Campaneal herein, ein dünnes, zufriedenes Lächeln auf den Lippen. Er warf Tal und dem Keshianer einen Blick zu, als wollte er sagen: *Einen von euch sehe ich heute Abend im Palast!* Aber er schwieg, nickte stattdessen beiden zu, dann ging er zu Graf Vahardak, um mit ihm zu sprechen.

Ein Meister des Hofs kam herein. »Talwin Falkner und Kakama aus Kesh, bitte nehmt Eure Plätze ein.«

Der Keshianer hatte sein Schwert in ein langes schwarzes Tuch gehüllt, statt es in einer Scheide am Gürtel zu tragen. Nun kniete er nieder, schlug das Tuch auf, und Tal bekam große Augen. »Das ist nicht das Langschwert, das er bisher benutzt hat. Was ist das?«

Pasko fluchte. »Es ist ein *Katana*. Man benutzt sie sowohl ein- als auch beidhändig, und sie sind schärfer als ein Rasiermesser. Man sieht in dieser Gegend nicht viele davon, denn die schlechteren können gegen Rüstungen nicht bestehen, und die guten sind so teuer, dass nur die reichsten Adligen sie sich leisten können. Aber wenn man gegen einen Mann ohne Rüstung antritt, sind es tückische Waffen. Er wird Euch einen Kampfstil zeigen, den Ihr noch nie zuvor erlebt habt.«

»Sag schon, Pasko, was soll ich tun?«

Als sie sich erhoben, um dem Ruf des Meisters Folge zu leisten, sagte Pasko: »Denkt daran, was Ihr bei Nakor über den waffenlosen Kampf gelernt habt. Finten und plötzliches Zustoßen. Ihr habt vielleicht ein einziges Mal die Gelegenheit, gut hinzusehen, dann wird er angreifen. Wenn es je einen Zeitpunkt gab, sich lieber Glück als Können zu wünschen, dann ist er jetzt gekommen.«

Tal versuchte auf dem Weg zum Kampfplatz tief und gleichmäßig zu atmen.

Sie traten zu lautem Applaus ein, und jeder Mann wurde zu seiner Ecke des Raums geführt. Man hatte an den Ecken des größten Rechtecks auf dem Boden Markierungen angebracht, daher wusste Tal, dass sie für ihren Kampf viel Platz haben würden.

Als der Lärm nachließ, erhob der zuständige Meister die Stimme. »Mylords und Myladys, meine Damen und Herren, dies ist der letzte Kampf des Turniers, der hier im Hof der Meister stattfinden wird. Der Sieger bei diesem Kampf wird heute Abend im Palast um das Goldene Schwert und den Titel des besten Schwertkämpfers der Welt kämpfen. Zu meiner Linken seht Ihr Kakama aus dem Dorf Li-Pe im Kaiserreich von Groß-Kesh.«

Der Applaus war dröhnend, denn ein Teilnehmer, der sich vollkommen überraschend seinen Weg von der ersten Runde bis zur letzten erkämpft hatte, war beim Publikum meistens beliebt.

»Und zu meiner Rechten Talwin Falkner aus dem Königreich, Junker von Wildenhag und Klingenburg, Erbbaron von Silbersee.«

Er bedeutete den beiden Männern, zu den Markierungen zu treten, die ihre Anfangspositionen kennzeichneten. Dann sagte er: »Mylord, Meister Kakama, das hier ist ein Kampf bis zum ersten Blut. Befolgt die Anweisungen der Meister und verteidigt Euch gut. Auf mein Kommando … los!«

Tal sah, wie Kakama einen einzelnen Schritt zurückmachte und das Schwert mit der rechten Hand hob, die Linke ausgestreckt, die Handfläche nach oben. Dann machte er plötzlich einen Ausfall nach vorn, bei dem er sich drehte – ganz ähnlich, wie es Nakor bei seinen Tritten getan hatte – und die linke Hand zur rechten hochzog, und das Schwert raste mit unglaublicher Geschwindigkeit in einem Bogen auf Tals Kopf zu.

Tal duckte und überschlug sich – ein Manöver, wie man es beim Turnier bisher noch nicht gesehen hatte, das aber bei Kneipenschlägereien nicht ungewöhnlich war. Ein paar Zuschauer spotteten und lachten, aber die meisten jubelten, denn es war klar, dass der Keshianer vorgehabt hatte, Tal den Kopf abzuschlagen.

»Kakama!«, rief der Meister des Hofs. »Nur bis zum ersten Blut!«

Der Keshianer ignorierte es und eilte mit drei kurzen Schritten auf Tal zu. Tal wich nicht zurück, sondern sprang selbst vorwärts und riss die eigene Klinge, so schnell er konnte, herum.

Stahl klirrte auf Stahl, und die Menge keuchte, denn selbst die Trägsten hatten nun erkannt, dass sie keinen Schaukampf sahen – hier versuchten zwei Männer, einander umzubringen.

»Halt!«, befahl der oberste Kampfrichter, aber die Männer hörten nicht auf ihn. Kakama wirbelte abermals herum und führte ein Manöver aus, das Tal den Bauch aufgeschlitzt hätte, wenn er tatsächlich dem Befehl des Kampfrichters Folge geleistet und innegehalten hätte.

»Pasko, den Dolch!«, schrie Tal.

Pasko zog den Dolch aus dem Gürtel, und als Kakama abermals angriff und Tal auswich, warf Pasko seinem Herrn den Dolch zu. Tal fing ihn mit der Linken auf und wirbelte abermals herum, um Kakamas nächsten Angriff abzufangen.

Der Kampfstil des Keshianers war Tal fremd, aber er hoffte, dass der Duelldolch in der linken Hand, mit dem er die Klinge des Gegners abwehren konnte, das ein wenig ausgleichen würde.

Die Kampfrichter riefen zur Galerie hinauf nach Männern, die die beiden Teilnehmer aufhalten sollten, die eindeutig über alle Regeln hinausgegangen waren, aber niemand regte sich. Der Gedanke, sich zwischen zwei der tödlichsten Kämpfer auf der Insel zu stellen, behagte keinem der Anwesenden.

Tal glaubte zu hören, wie jemand nach Armbrüsten rief, aber er konnte keine Aufmerksamkeit darauf verwenden. Kakama bedrängte ihn hart, und Tal war der Platz zum Ausweichen ausgegangen.

Tatsächlich gelang es ihm nur mithilfe des Dolchs, sein Leben zu retten, denn Kakama drehte plötzlich leicht die Handgelenke und riss damit sein ursprünglich von oben nach unten geführtes Schwert seitlich gegen Tals Hals. Tal hob im Reflex die Hand und konnte die Klinge gerade noch abfangen. Das gab ihm selbst eine Gelegenheit, und er stieß mit dem Schwert zu und erwischte den Keshianer an der Schulter.

»Erstes Blut!«, rief einer der Kampfrichter, aber wieder ignorierte es Kakama und griff erneut an.

Tal wich zurück, als versuche er, Abstand zu gewinnen, dann blieb er plötzlich stehen und warf den Dolch aus Brusthöhe, so kräftig er konnte, nach Kakamas Bauch.

Der Keshianer drehte sein Schwert, das er immer noch mit beiden Händen gepackt hatte, und schlug den Dolch damit beiseite, aber diese Abwehr kostete ihn Zeit, und Tal bedrängte ihn weiterhin hart. Als Kakama versuchte, die Waffe zu heben, um den zweiten Schlag abzuwehren, war Tal bereits innerhalb seiner Deckung, und seine Klinge grub sich tief in den Hals des Keshianers.

Tal wich nicht zurück, denn er wollte nicht riskieren, von einem letzten Schlag des Sterbenden getroffen zu werden. Stattdessen stieß er abermals fest zu.

Der Keshianer sackte nach hinten, und die Waffe fiel ihm aus der Hand. Blut schoss aus der Wunde an seinem Hals.

Tal kniete sich neben den Sterbenden und sah ihm in die Augen. »Wer hat dich geschickt?«, fragte er, aber der Keshianer schwieg.

Pasko eilte zu Tal. In der Halle herrschte Totenstille. Niemand schien bereit, dem Sieger zu applaudieren, denn es war klar, dass dieser Kampf nichts mit Sport zu tun gehabt hatte.

Der Kampfrichter kam auf die beiden zu und erklärte: »Es ist eindeutig, dass Ihr Euch nur verteidigt habt, Junker Talwin, also werdet Ihr nicht disqualifiziert, weil Ihr nicht innegehalten habt, als ich es befohlen habe.«

Tal blickte auf, dann erhob er sich und sagte mit einem bitteren Lachen: »Ja, wir dürfen dem König auf keinen Fall sein Fest verderben.«

Der Meister schaute Tal an, antwortete aber nicht. Schließlich sagte er: »Findet Euch bei Sonnenuntergang im Palast ein, Junker Talwin.«

Die Menschen verharrten unsicher auf der Galerie, als wollten sie nicht gehen, bevor ihnen jemand erklärt hatte, was geschehen war. Schließlich erschienen Diener und brachten die Leiche weg, während andere das Blut vom Boden wischten.

Tal wandte sich Pasko zu. »Ich brauche ein Bad.«

»Und wir brauchen ein paar Antworten«, erwiderte Pasko.

Tal nickte. Pasko legte ihm einen Umhang um die Schultern und nahm ihm das Schwert ab.

»Ich weiß, wen *ich* umbringen will«, sagte Tal leise, »aber nun muss ich herausfinden, wer es auf *mich* abgesehen hat.«

»Und warum«, fügte Pasko finster hinzu.

Am Ziel

Tal wartete.

Die Meister des Hofs, der Zeremonienmeister aus dem Palast und der Hauptmann der königlichen Wache hatten sich um Tal und Leutnant Campaneal versammelt. Um sie herum stand ein weiteres halbes Dutzend königlicher Offiziere.

Meister Dubkov vom Hof der Meister ging aufgeregt auf und ab. »So etwas ist in all den zweihundert Jahren, in denen diese Turniere veranstaltet wurden, noch nie geschehen. Es hat Unfälle gegeben, und zwei Männer sind dabei ums Leben gekommen, aber niemals hat ein Teilnehmer des Turniers einen kaltblütigen Mordversuch unternommen. Er muss doch gewusst haben, dass es nicht einmal eine Möglichkeit zur Flucht gab.«

Tal hatte sich ebenfalls bereits darüber gewundert, wie vollkommen gleichgültig dem Keshianer sein Schicksal gewesen sein musste.

»Was uns beunruhigt«, erklärte der Hauptmann der Wache, ein hagerer Mann namens Talinko, »sind die möglichen Konsequenzen, falls es anders ausgegangen wäre und dieser Kampf hier im Palast stattgefunden hätte.«

»Meine Herren, ich habe das Gleiche gesehen wie Ihr«, sagte Leutnant Campaneal. »Junker Talwin hat sich nur verteidigt – und das sehr geschickt, wie ich gerne zugebe –, während sein Gegner eindeutig vorhatte, ihn umzubringen. Anstelle des Junkers hätte ich ebenso reagiert wie er.«

»Wir wollen nur dafür sorgen, dass so etwas nicht noch einmal passiert, vor allem nicht in Gegenwart des Königs«, erklärte Hauptmann Talinko entschlossen.

Leutnant Campaneal zuckte mit den Schultern. »Ich diene Herzog Kaspar seit vielen Jahren, und Junker Talwin lebt, wie man mir gesagt hat, schon seit einiger Zeit in Roldem und ist regelmäßiger Besucher am Hof der Meister. Wenn man seine Stellung hier in Roldem bedenkt, bestehen da irgendwelche Zweifel an ihm?« Er warf Meister Dubkov einen Blick zu, der zustimmend nickte. »Ich denke, wir können dafür garantieren, dass dieser Wettbewerb gerecht ausgetragen und entsprechend den Regeln durchgeführt wird.«

Auch Hauptmann Talinko nickte. »Davon gehen wir ebenfalls aus, aber die Sicherheit der königlichen Familie steht an erster Stelle, dicht gefolgt von der unserer verehrten Gäste.« Seine Kopfbewegung in Richtung Campaneal machte deutlich, dass er vom Herzog und von den anderen Würdenträgern sprach. »Also werden wir Vorsichtsmaßnahmen treffen. In der Galerie über der Halle werden Bogenschützen platziert und sofort schießen, wenn ich es befehle, wenn der Kampfrichter den Kampf unterbricht und seiner Anweisung nicht Folge geleistet wird oder wenn einer der Kämpfer die Linie überschreitet, die wir zwischen dem Kampfplatz und dem Thron des Königs einzeichnen werden. Und glaubt mir, meine Herren, diese Linie wird sich als tödlich erweisen, falls einer von Euch sie aus welchem Grund auch immer überschreiten sollte, bevor der Kampf zu Ende ist und der Sieger dem König vorgestellt wird. Wer es versucht, wird sterben, noch bevor er einen zweiten Schritt auf den Thron zu machen kann. Ist das klar?«

Beide Männer nickten.

»Also gut«, schloss der Hauptmann. »Wir werden die schändlichen Ereignisse des Nachmittags hinter uns lassen. Das war alles.« Als die Männer schon gehen wollten, fügte er hinzu: »Junker Talwin, noch einen Augenblick bitte.«

Tal blieb stehen, und als er mit dem Hauptmann allein war, fragte Talinko: »Habt Ihr eine Ahnung, wieso der Keshianer versucht hat, Euch umzubringen?«

Tal seufzte und schüttelte den Kopf. »Ich weiß es wirklich nicht. Ich kann mir viele Gründe vorstellen, aber keinen, der mich wirklich überzeugt.«

»Warum nennt Ihr nicht ein paar davon?«, erklang eine Stimme aus dem Schatten.

Tal lächelte, aber es war ein freudloses Lächeln. »Ah, ich habe mich schon gefragt, wann ich Euch wiedersehen würde.«

»Das ist nun das zweite Mal, dass Ihr neben einer blutigen Leiche steht, Junker«, sagte Hauptmann Drogan, »und diesmal könnt Ihr mir nicht mehr erzählen, dass der Anschlag nicht Euch galt. Es ist Euch vielleicht aufgefallen, dass wir diesmal ein paar Zeugen haben.«

»Darunter ich selbst und mehrere Angehörige der königlichen Familie«, fügte Hauptmann Talinko hinzu.

»Talwin«, sagte Drogan. »Die Gründe bitte.«

»Ich hatte ein paar Affären mit jungen Damen, die es mir übel genommen haben, dass ich an langfristigen Bindungen nicht so interessiert war wie sie.«

»Sie haben geglaubt, Ihr würdet sie heiraten, und sind verärgert, wenn Ihr das nicht tut«, sagte Drogan. »Fahrt fort.«

»Ich habe am Spieltisch einigen Erfolg gehabt.«

»Das habe ich bereits untersucht, und nach allem, was ich von den Besitzern der Etablissements gehört habe, die Ihr regelmäßig aufsucht, sind Eure Gewinne zwar stetig, aber so bescheiden, dass eigentlich niemand Euch aus Rache oder wegen einer unbezahlten Schuld nach dem Leben trachten könnte.«

»Ich habe noch nie einen Kampf am Hof der Meister verloren.«

»Wohl kaum ein Grund, die hohen Gebühren der Todesgilde zu bezahlen.«

»Todesgilde?«

Drogan schaute Tal an, als würde er mit einem besonders unfähigen Schüler reden. Tal hatte diese Miene im Lauf der Jahre hin und wieder auch bei Robert, Nakor und Magnus gesehen. »Der Mann war darauf vorbereitet zu sterben, er hat es sogar erwartet. Er hätte Euch vergiften, Euch in einer dunklen Nacht auf dem Heimweg überfallen können, Euch im Schlaf die Kehle durchschneiden oder Euch auf ein Dutzend andere Arten umbringen können. Aber stattdessen hat er versucht, Euch bei einem öffentlichen Turnier zu ermorden, und das, obwohl Ihr für Eure Fähigkeiten im Schwertkampf berühmt seid. Mit anderen Worten, er hat

Euch wissentlich eine Möglichkeit zu überleben gegeben und in Kauf genommen, selbst dabei umzukommen. Er war entweder wahnsinnig oder ein Mitglied der Gilde der Attentäter. Er war ein Ismali aus Kesh, und er ist gestorben, weil man es ihm befohlen hat.«

»Das ist mir alles vollkommen unverständlich«, sagte Tal.

»Und außerdem ist es teuer. Ich habe mich umgehört, und ein Selbstmordauftrag wie dieser kostet im Allgemeinen mehr als zehntausend Golddelfine.« Der Delfin war eine etwas schwerere Münze als der keshianische Imperial oder der Sovereign des Königreichs, also sprach Drogan von etwa elftausend Goldmünzen der üblichen Handelswährung. »Es wird immer unverständlicher, je mehr man darüber nachdenkt.«

»Jemand hat den Lohn von zehn Jahren gezahlt und mir dann die Möglichkeit gelassen, diesen Anschlag auf mein Leben abzuwehren?«

»Ich kann es nicht ausstehen, wenn die Dinge so kompliziert werden«, erklärte der Hauptmann der Stadtwache.

Talinko schüttelte missbilligend den Kopf. »Ich verstehe, dass Ihr vor Seiner Majestät Rechenschaft darüber ablegen müsst, was es mit diesem Verbrechen auf sich hat, aber ich habe Pflichten, um die ich mich kümmern muss. Meine Herren.« Er nickte ihnen zu und ging.

»Tal, ich habe Euch beim Kartenspiel erlebt«, sagte Hauptmann Drogan, »und Ihr blufft nicht schlecht. Aber ich bin nun schon beinahe zwanzig Jahre im Dienst, und ich glaube, ich hätte es Euch angesehen, wenn Ihr gelogen hättet. Ihr habt wirklich keine Ahnung, wer hinter diesem Anschlag steckt, nicht wahr?«

»Bei den Göttern, Dennis, ich weiß überhaupt nichts. Ich bin kaum zwanzig Jahre alt, und ich bin ziemlich viel gereist, also ist es schwer vorstellbar, dass ich mir einen Feind gemacht haben sollte, der einen solch komplizierten und teuren Mordversuch inszenieren würde.«

»Ich glaube nicht, dass es darum ging«, erwiderte Drogan. »Bei näherem Hinsehen wirkt es auf mich mehr wie eine Prüfung.«

»Eine Prüfung?«

»Jemand will wissen, wie gut Ihr wirklich seid, und hat einen Mann geschickt, der besser war als alle, denen Ihr hier im Turnier gegenübergestanden habt.«

»Besser?«, fragte Tal. »Der Sieger dieses Turniers ist angeblich der beste Schwertkämpfer der Welt.«

»Lasst Euch nicht von der Eitelkeit überwältigen, wenn Ihr siegt, Tal.« Drogan legte dem jüngeren Mann die Hand auf den Arm und führte ihn auf die Tür zu. »Ihr müsst Euch vorbereiten. Wir unterhalten uns unterwegs. Ihr seid vielleicht der Beste unter diesen Leuten, die sich entschließen, im Hof der Meister zu lernen, wie man aufeinander einschlägt. Aber die Ismali sind nur eine von einem Dutzend Gruppen, die jeden einzelnen Tag ihres Lebens damit verbringen zu lernen, wie man Menschen tötet.« Sie wichen zwei Dienern aus, die einen langen Tisch in den Besprechungsraum des Hauptmanns zurücktrugen. »Es gibt zwischen hier und den Inseln des Sonnenuntergangs vielleicht ein halbes Dutzend Soldaten, die besser sind als jeder Mann hier, die aber keinen Urlaub bekommen konnten, um am Turnier teilzunehmen. Und es gibt wahrscheinlich auch

Männer, die besser sind als Ihr, aber einfach kein Interesse an solch einem Wettbewerb haben, ganz gleich, worin der Preis bestehen mag. Ich bin sicher, es gibt hervorragende Schwertkämpfer auf der Welt, die nicht einmal von Roldem gehört haben, gar nicht zu reden vom Hof der Meister oder diesem Turnier. Wenn Ihr also siegt, lasst Euch die Worte ›bester Schwertkämpfer der Welt‹ nicht zu sehr zu Kopf steigen. Das könnte Euer Tod sein.«

Sie hatten das andere Ende des Flurs erreicht.

»Ihr müsst dorthin«, sagte Drogan und zeigte auf eine Tür. »Dort ist ein Salon, in dem Ihr Euch ausruhen könnt. Man wird Euch massieren, wenn Ihr wollt, Ihr könnt essen oder schlafen, was immer Ihr wünscht, bis man Euch ruft.« Er schüttelte Tal die Hand. »Viel Glück.«

Als er sich umdrehte, um zu gehen, sagte Tal: »Dennis?«

»Ja?« Der Hauptmann blieb stehen.

»Stehe ich unter Verdacht?«

Dennis Drogan lächelte. »Ich kann mir wirklich nicht vorstellen, wie ich Euch verdächtigen könnte, hinter diesem Unsinn zu stecken. Ich gehe nicht davon aus, dass Ihr eine Unsumme dafür bezahlt habt, dass jemand versucht, Euch zu töten, nur um die Damen zu beeindrucken.« Dann aber verblasste sein Lächeln. »Allerdings war ich schon immer ein misstrauischer Mensch.«

Er drehte sich um, ließ Tal stehen und ging davon.

Tal dachte über seine Worte nach, dann beschloss er, dass er die ganze Geschichte zumindest für die nächsten Stunden vergessen musste.

Tal wartete darauf, dass man ihn zum Kampf rief. Das Zimmer, das man ihm zugewiesen hatte, war luxuriös eingerichtet, und es fanden sich alle Arten von Speisen, von einer leichten Brühe bis zu einem kompletten Schinken, von Obst bis zu Kuchen. Es gab Wein, Bier und frisches Wasser in Krügen, und zwei Diener warteten in der Nähe auf Befehle. Es gab auch ein Bett, falls sich Tal hinlegen wollte.

Talon saß auf dem Bett, während Pasko vor dem Tisch mit den Speisen stand und an diesem und jenem knabberte. Magnus trat durch eine Tür vom Dienstbotenflügel aus ein und befahl den Dienern: »Lasst uns einen Augenblick allein.«

Die beiden Diener warfen Tal einen Blick zu, und als dieser nickte, verließen sie den Raum. Als sie weg waren, fragte Tal: »Wie bist du in den Palast gekommen?«

In Magnus' Lächeln lag eine Spur von Selbstzufriedenheit. »Wenn ich irgendwohin will, braucht es schon mehr als ein paar Wachen an der Tür, um mich fernzuhalten.«

Tal zuckte mit den Schultern. »Dann nehme ich an, die angemessenere Frage wäre, was bringt dich so unerwartet hierher?«

»Ich habe gerade mit unseren Leuten in Kesh gesprochen. Der Attentäter war ein Angehöriger einer besonders verborgen lebenden Ismali-Sekte, aber wir versuchen, so viel wie möglich über sie herauszufinden.«

Tal fragte nicht, wie es Magnus gelungen war, mit Leuten zu sprechen, die Tausende von Meilen entfernt waren, denn er nahm an, dass der Magier entweder einen Zauber kannte, mit dem er das bewerkstelligen konnte, oder seine Macht benutzt hatte, um sich nach Kesh und wieder zurückzutransportieren. »Ich würde wirklich gern wissen, ob sie es noch einmal versuchen oder ob das hier eine Art von Prüfung war, die ich bestanden habe.«

»Das werden wir nicht wissen, ehe sie noch einmal versuchen dich umzubringen«, erwiderte Magnus.

»Ich glaube, es war eine Art von Prüfung«, sagte Pasko. »Wenn sie Euch umbringen wollten, Mylord, hätte es erheblich einfachere Möglichkeiten gegeben, wie ich schon zuvor bemerkt habe. Ich glaube, jemand versucht, sich ein Bild von Euren Fähigkeiten zu machen.«

Tal rutschte auf dem Bett zurück, bis er sich mit dem Rücken an die Wand lehnen konnte. Dann griff er nach einem Kissen und steckte es hinter sich, um es bequemer zu haben. »Die Frage wäre also, wer versucht sich ein Bild von meinen Fähigkeiten zu machen, und warum?«

»Zwei Möglichkeiten fielen mir ein«, sagte Magnus. »Wer immer diese Todestänzer geschickt hat, um mich umzubringen, interessiert sich vielleicht nun für den Mann, der den Anschlag verhindern konnte.«

»Aber woher sollten sie wissen, dass ich das war? Ich meine, wir waren alle auf der Insel, und nach dem Anschlag wurde ich sofort zur Siedlung gebracht. Es hätte jeder auf der Insel sein können, der den Angriff abgewehrt hat.«

»Der schnellste Weg zum Tod besteht darin, seine Gegner zu unterschätzen. Unsere Feinde sind ungemein tückisch, und ich bin sicher, sie haben so viele Agenten wie wir, wenn nicht mehr.«

»Du glaubst doch nicht, dass es auf der Insel des Zauberers Spione gibt?«

»Nicht dort, aber an anderen Orten, wo sie etwas darüber erfahren können, was auf der Insel geschieht«, antwortete Magnus. »Je weiter wir von meinen Eltern entfernt sind, desto mehr sind wir in Gefahr. Das ist für alle Mitglieder des Konklaves eine schlichte Tatsache. Du befindest dich nun schon seit drei Jahren nicht mehr unter ihrer direkten Obhut, Tal, und in dieser Zeit kann jemand durchaus genügend Hinweise entdeckt haben, dass du derjenige warst, der den Angriff auf mich vereitelt hat.«

»Wenn ich die Art des Konflikts bedenke – über den du stets nur in Andeutungen sprichst, Magnus –, ist so etwas wie Rache ziemlich unwahrscheinlich.«

»Das stimmt«, gab Magnus zu. »Aber einen gefährlichen Gegner auszuschalten macht schon mehr Sinn. Tal, sie versuchen stets, uns zu schwächen, sie wollen alles verhindern, was uns einen Vorteil bringen könnte, und wenn sie einen unserer Leute identifizieren können, ist es sehr wahrscheinlich, dass sie tun, was sie können, um ihn zu entfernen.«

»Das erklärt immer noch nicht, wieso sie versuchen, mich auf eine Weise zu töten, bei der ich mich verteidigen kann, und dann auch noch vor Hunderten von Zeugen …« Tal schüttelte den Kopf. »Ich verstehe es einfach nicht.«

»Es wird verständlicher, wenn man davon ausgeht, dass jemand versucht, meinem Vater eine Botschaft zukommen zu lassen.«

»Was für eine Botschaft?«, fragte Tal.

»Dass keiner seiner Leute in Sicherheit ist, niemals und nirgends.«

Tal dachte darüber nach, dann sagte er: »Du hast vorhin erklärt, es gäbe zwei Möglichkeiten. Was ist die zweite?«

»Jemand will dich rekrutieren.«

»Wer?«

»Das werden wir wissen, wenn man dir eine Stellung anbietet, nicht wahr?«

»Du glaubst tatsächlich, dass sich jemand solche Mühe gibt, um herauszufinden, ob ich mein Geld wert bin?«

»Ein paar Leute, denen Ihr begegnen werdet, Mylord«, sagte Pasko, der sich ein Stück Käse in den Mund geschoben hatte, »sind beinahe zu allem fähig.« Er lehnte sich gegen den Tisch, griff nach einem Zwiebelring und tunkte ihn in Senf. »Immerhin seid Ihr ein gefährlicher Mann. Jemand möchte vielleicht einen guten Schwertkämpfer in seinem Dienst haben, aber nur, wenn der sich auch in einem echten Kampf auf Leben und Tod behaupten kann.«

»Stimmt«, sagte Magnus. »Das Konklave und unsere Feinde sind nicht die Einzigen mit ausreichend Mitteln und dem Wunsch, begabte Leute in Dienst zu nehmen.« Magnus warf Pasko einen Blick zu, der sich den Zwiebelring mit dem Senf in den Mund steckte, und fragte: »Wie kannst du so etwas essen?«

»Nach dem Käse schmeckt es wunderbar«, erklärte Pasko. »Und dann spült man es mit einem guten Weißwein hinunter …« Er machte eine Geste mit Daumen und Zeigefinger, verdrehte die Augen und murmelte genüsslich: »Einfach wunderbar.«

»Ich weiß gutes Essen wirklich zu schätzen, Pasko«, sagte Tal, »aber ich glaube, in diesem Fall steh ich auf Magnus' Seite.«

»Ihr solltet es zumindest einmal versuchen, Mylord.« Pasko griff nach einem Teller, legte ein weiteres Stück Käse darauf und wieder einen in Senf getauchten Zwiebelring dazu, dann griff er nach einem Becher Wein und brachte alles zu Tal. »Erst ein Stück Käse, dann die Zwiebel, dann der Wein.«

Tal biss ein Stück Käse ab, stellte fest, dass er herrlich würzig war, doch als er in die Zwiebel biss, bemerkte er, dass Pasko sie in besonders scharfen Senf getaucht hatte, und Tränen schossen ihm in die Augen, sodass er schnell einen Schluck Wein trank. Als er wieder sprechen konnte, sagte er: »Nicht schlecht, aber ein bisschen ... gewöhnungsbedürftig.«

Magnus lachte. »Ich muss gehen und mit Vater reden. Ich werde aber zum Kampf wieder da sein.«

»Es ist nicht einmal mehr eine Stunde«, wandte Pasko ein.

»Ich kehre rechtzeitig zurück.« Magnus griff nach seinem Stab, ein leises Rauschen war zu hören, dann ein Ploppen, und der Magier war verschwunden.

»Sehr dramatisch«, stellte Tal fest.

»Ein sehr gefährlicher junger Mann«, meinte Pasko. »Niemand spricht darüber, aber er könnte eines Tages sogar mächtiger als sein Vater sein.«

»Irgendwann wird mir jemand alles über diese Familie erzählen müssen.« Als Pasko zu einer Antwort ansetzte, hob Tal die Hand. »Aber nicht heute. Ich möchte mich noch eine halbe Stunde ausruhen und mich auf den Kampf konzentrieren. Ich hatte in letzter Zeit genug Aufregung für ein ganzes Leben, und in weniger als einer Stunde muss ich um den Titel kämpfen.« Er lehnte sich auf dem Bett zurück, den Kopf auf ein Kissen, und fügte hinzu: »Und ich muss immer noch herausfinden, wie ich den Mistkerl umbringen kann, ohne dass ich mit Pfeilen und Armbrustbolzen gespickt werde.«

Pasko, der sich gerade ein weiteres Stück Käse in den Mund hatte stecken wollen, hielt in der Bewegung inne und sah, dass Tal die Augen schloss. Dann steckte er sich den Käse langsam in den Mund.

Einen Moment später musste er zugeben, dass der Senf tatsächlich ein wenig scharf war.

Tal stand vor dem König, den Blick geradeaus gerichtet. Der Zeremonienmeister schwafelte und schwafelte und genoss offenbar die Gelegenheit, die versammelten Adligen und einflussreichen Bürger mit der Geschichte sämtlicher Turniere am Hof der Meister zu langweilen.

Tal widerstand dem Drang, nach links zu schauen und Campaneal zu beobachten. Er nahm an, dass der Leutnant der Wache des Herzogs von Olasko ähnlich reglos dastand wie er selbst, den Blick nach vorn gerichtet.

Endlich war die Geschichtsstunde vorbei, und der Zeremonienmeister sagte: »Euer Majestät, vor Euch stehen die beiden besten Schwertkämpfer der Welt, beide begierig, vor Eurem kritischen Auge ihren Wert unter Beweis zu stellen. Darf ich Euch Leutnant George Campaneal vorstellen, im Dienst Eures Vetters, des Herzogs von Olasko?«

Der Leutnant verbeugte sich vor dem König.

Dann verkündete der Würdenträger: »Und dies hier ist Talwin Falkner, Junker von Wildenhag und Klingenburg,

Erbbaron von Silbersee, im Dienste Seiner Gnaden, des Herzogs von Yabon.«

Auch Tal verbeugte sich.

»Meine Herren«, sagte der Zeremonienmeister, »Ihr habt Euch bewundernswert geschlagen und seid in dem schwierigsten Wettbewerb der Kampfkunst erfolgreich gewesen, und nun soll einer von Euch zum besten Schwertkämpfer der Welt erklärt werden. Man hat Euch die Regeln mitgeteilt, und sollte sich einer von Euch nun aus diesem Wettbewerb zurückziehen wollen, wird man Euch das nicht vorhalten.« Er sah die beiden Männer an, ob einer dieses Angebot tatsächlich annehmen wollte. Aber keiner reagierte auf seine Worte.

»Nun, dann lasst den Wettbewerb beginnen.«

Der älteste Meister des Hofs, der die Schule schon seit beinahe dreißig Jahren leitete, ging langsam in die Mitte des Bereichs, der für den Kampf abgesteckt war. Er winkte die beiden Männer heran, nahm Tal am Handgelenk und zog ihn leicht nach links, dann lenkte er Campaneal nach rechts. »Wendet Euch mir zu!«, forderte er mit immer noch beeindruckender Stimmkraft. »Wahrt beim Kampf Eure eigene Ehre und die dieses Hofs!«, verlangte er.

Tal warf einen Blick zur Galerie des Saals hinauf und sah, dass dort Männer mit Bögen und Armbrüsten bereitstanden.

Der Meister war freundlich genug, das nicht zu erwähnen. »Auf meinen Befehl beginnt mit dem Kampf, und mögen die Götter Euch Kraft und Würde verleihen.«

Tal wandte sich Campaneal zu, der sich vor ihm verbeugte. Tal neigte nur leicht den Kopf, denn er wollte diesem Mörder keine Höflichkeit erweisen.

Dann kam der Befehl, und Campaneal griff sofort an, das Breitschwert hoch erhoben, doch auf einmal zuckte es auf Tals Seite zu. Tal bog das Handgelenk und brachte seine Klinge mit der Spitze nach links unten, um den Schlag abzuwehren, und drehte sich sogleich nach rechts. Es war eine unerwartete Bewegung, und einen Sekundenbruchteil war sein Rücken ohne jeden Schutz, aber bis Campaneal das begriffen und sich gedreht hatte, hatte Tal schon selbst zugeschlagen, wobei er Campaneal an der linken Schulter treffen wollen.

Der erfahrene Schwertkämpfer duckte sich jedoch ein wenig, und die Klinge verfehlte seine Schulter. Tal musste einen Schritt rückwärts machen, damit die Wucht seines Schlags ihn nicht so weit drehte, dass sein Rücken wieder schutzlos war.

Nun, da die beiden Gegner die ersten Schläge ausgetauscht hatten, umkreisten sie einander, beide nach links, weg von der Klinge des anderen. Tal maß seinen Gegner. Campaneal war beinahe so schnell wie der Attentäter aus Kesh, und er machte seine etwas langsameren Angriffe dadurch wett, dass er mit dem Langschwert erheblich geübter war. Er hatte eine vollkommen ausbalancierte Waffe und wusste, wie man eine komplizierte Kombination von Schlägen, Finten und Nachstößen ausführte.

Jeder Angriff von Tal wurde abgewehrt und erwidert, und mehrmals waren es nur Tals beinahe übernatürlich schnelle Reaktionen, die ihn davor bewahrten, den Kampf jetzt schon zu verlieren. Innerhalb von Minuten waren beide Männer schweißgebadet und rangen nach Atem.

Der Jubel, das Anfeuern der Kämpfer und die lauten Kommentare wurden leiser, und als der Kampf noch weiter andauerte, verklangen sie vollkommen, bis der gesamte Hof schweigend verharrte und jede Bewegung der beiden Kämpfer gebannt beobachtete. Die Zuschauer hielten den Atem an und versuchten sogar, nicht mehr zu blinzeln, damit sie nicht das plötzliche Ende des Kampfes verpassten, das zweifellos bevorstand.

Tal spürte, wie seine Anspannung wuchs, denn Campaneal war der beste Schwertkämpfer, den er je erlebt hatte. Er war schlau genug, nicht in ein Muster von Bewegungen zu verfallen, das Tal erkennen und dadurch voraussehen konnte, und schon nach kurzer Zeit wurde ihm klar, dass seine Aussichten auf einem Sieg immer geringer wurden. Er wollte unbedingt einen Angriff führen, einen, der ein kleines bisschen »fehlerhaft« war und einen tödlichen Stoß erlaubte, der wie ein Unfall aussah. Aber nachdem Minuten vergangen waren und sich erste Müdigkeit in seine Arme und Beine schlich, begriff Tal, dass er wohl kaum die Gelegenheit erhalten würde, diesen Mann zu töten – er würde diesen Kampf vielleicht nicht einmal gewinnen.

Dann entdeckte er etwas. Er beobachtete, wie der Leutnant sein Schwert hochschnellen ließ, als er Tal seitlich angriff, dann die Klinge umdrehte, um Tals rechte Seite zu attackieren, sobald Tals Klinge in die andere Richtung zuckte. Dieses Manöver hatte Tal bei seinem Gegner schon einmal gesehen.

Die Minuten schleppten sich dahin, und lange Zeit umkreisten die beiden Kämpfer einander nur und versuchten, zu Atem zu kommen, während sie nach Schwachstellen des anderen Ausschau hielten. Tal beschloss, das Risiko einzugehen, bevor er zu müde war, um das schwierige Manöver auszuführen.

Er setzte zu einem recht ungeschickten Schlag von oben an und drehte das Handgelenk so, dass das Schwert in einem Abwärtsbogen auf Campaneals rechte Schulter zusauste. Dann drehte er das Handgelenk, als würde er versuchen, Campaneal unter dem Ellbogen zu erwischen, denn die Rippen des Mannes waren kurze Zeit ungeschützt, als er sein eigenes Schwert nach oben zog, um den Angriff abzufangen.

Campaneal sah eine Möglichkeit, und statt weiter abzuwehren, stieß er die Klinge nach vorn, um Tal an der rechten Schulter zu verwunden.

Tal ließ sich von seinem eigenen Schwung nach vorn tragen, bis er weit gestreckt dastand, die Beine gespreizt, der Oberkörper nach links gebogen, das Schwert beinahe am Boden, die Spitze auf seinen eigenen rechten Stiefel gerichtet. Statt zurückzuweichen warf er sich weiter nach vorn, bis sein rechtes Knie den Boden berührte, während Campaneals Schwertspitze ins Nichts ging. Als der verdutzte Leutnant erkannte, dass er sein Ziel verfehlt hatte, und die Klinge zurückziehen wollte, drehte Tal das Handgelenk, stieß nach oben und traf den Leutnant in die Lende.

Campaneal stieß einen Schmerzensschrei aus, brach zusammen und drückte die Hände auf die Wunde. Blut sprudelte zwischen seinen Fingern hindurch.

Tal stand auf und trat ein paar Schritte zurück, während die Zuschauer weiterhin verblüfft schwiegen.

Es war ein verrücktes, gefährliches Manöver gewesen, aber es hatte funktioniert. Die Menge fing an zu applaudieren und zu jubeln, als sich Tal einen weiteren Schritt von seinem Gegner entfernte.

Der Meister kam auf Tal zu und legte ihm die Hand auf die Schulter, um anzuzeigen, dass er gesiegt hatte. Tal ging demonstrativ zu dem Leutnant, beugte sich scheinbar besorgt über ihn und reichte ihm die Hand, als wolle er ihm auf die Beine helfen. Der Leutnant lag mit schmerzverzerrtem Gesicht da, und Tal hielt inne und sagte: »Jemand sollte nach einem Heiler schicken. Ich fürchte, der Stich ist tiefer gegangen, als ich gewollt hatte.«

Zwei Soldaten mit dem Wappen des Herzogs von Olasko eilten an Campaneals Seite und versuchten, ihm zu helfen. Schließlich erschien der Heiler des Königs. Er untersuchte die Wunde und befahl, den Leutnant in ein Nebenzimmer zu tragen, wo er ihn behandeln konnte.

Diener beeilten sich, das Blut wegzuwischen, und innerhalb von Minuten herrschte wieder Ordnung im Saal.

Tal hörte das Lob kaum, das der König und der Meister des Hofs aussprachen. Es gelang ihm aber, zu nicken und zu lächeln, wenn es angemessen war, und er nahm den Beifall der Zuschauer scheinbar erfreut entgegen. Als der König ihm schließlich das goldene Schwert überreichte, eine kleine Nachbildung des ursprünglichen Preises, den Graf Versi Dango vor zweihundert Jahren erhalten hatte, verbeugte er sich und sprach ein paar Dankesworte.

Aber die ganze Zeit fragte er sich, wie tief die Wunde war, die er Campaneal beigebracht hatte.

Pasko führte Tal wieder in das Zimmer, das er zuvor benutzt hatte. Dort fand er eine Wanne mit warmem Wasser, und er gestattete sich den Luxus, sich aufs Bett fallen und von Pasko die Stiefel ausziehen zu lassen.

»Ich hätte beinahe verloren.«

»Ja«, erwiderte Pasko ungerührt, »aber nun seid Ihr der Sieger. Er hat Euch ermüdet. Ihr seid ein gesunder und kräftiger Junge, aber er ist ein erfahrener Soldat, und er hat jahrelang Feldzüge und Schlachten erlebt, die ihn zäher gemacht haben. Das war sein Vorteil. Euer Vorteil war, dass Ihr alles auf ein verrücktes Manöver gesetzt habt. Und es hat funktioniert.«

»Ja, es hat funktioniert«, sagte Tal. »Ich habe beinahe verloren, weil ich immer wieder versucht habe, eine Möglichkeit zu finden, ihn zu töten, und ich habe fast zu spät erkannt, dass ich kaum noch eine Möglichkeit hatte, auch nur zu siegen.«

»Nun, es ist vorbei.« Pasko stellte die Stiefel ab. »Und jetzt wascht Euch, denn es gibt eine Gala, und Ihr werdet der Ehrengast sein.«

Tal stieg in die Wanne und spürte, wie die Wärme in seine Muskeln drang. »Wenn ich bedenke, dass ich als Junge einen kalten See wunderbar fand …«, murmelte er.

Es klopfte an der Tür. Pasko öffnete sie einen Spaltbreit und sprach kurz mit einer Person draußen, dann öffnete er die Tür ganz. Ein halbes Dutzend Pagen kam herein und brachte Kleidung, die einem König angemessen gewesen wäre, und der älteste Page sagte: »Seine Majestät sendet Euch Grüße, Junker, und wünscht, dass Ihr diese Kleidung als demütiges Zeichen seiner Wertschätzung und seiner Freude über Euren Sieg annehmt. Seine Majestät erwartet Euch im Bankettsaal.«

»Danke«, erwiderte Tal, stand auf und ließ sich von Pasko ein Handtuch reichen. »Sagt Seiner Majestät, dass ich von Dankbarkeit überwältigt bin, und ich werde mich bald im Saal einfinden.«

Die Pagen verbeugten sich und gingen, und Pasko half Tal rasch beim Anziehen. Die Kleidung war aus bestem Stoff und passte, als hätte ein Schneidermeister Maß genommen.

»Ich frage mich, ob es irgendwo auch ähnliche Sachen gibt, die Campaneal gepasst hätten«, murmelte Pasko nachdenklich.

»Zweifellos«, antwortete Tal. »Sind das hier Perlen?«

»Ja«, erklärte Pasko. »Euer Wams ist mit Süßwasserperlen bestickt. Dieser Aufzug ist beinahe so viel wert wie dieses putzige kleine Schwert, das Ihr gewonnen habt.«

Als er fertig angezogen war, stellte sich der junge Sieger vor einen wertvollen Spiegel aus poliertem Glas und betrachtete sich. Die gelbe Jacke und die schwarze Hose wurden von einem weißen Hemd und einem roten Hut vervollständigt. Aber es war ein Fremder, den Tal dort im Spiegel sah, und für einen Moment erkannte er sich selbst nicht wieder. Es gab keine Spur mehr von dem Jungen, der schaudernd auf einem eisigen Gipfel gesessen und auf seine Vision gewartet hatte. Vor ihm stand ein ausgesprochen teuer und nach der neuesten Mode gekleideter junger Mann, weltgewandt, gebildet, der mehrere Sprachen beherrschte, mehrere Instrumente spielte, kochen, malen und dichten konnte und der Damen von Rang umwarb. Einen bitteren Augenblick lang fragte sich Tal, ob der Junge aus dem Bergdorf für immer verloren war.

Er schob den finsteren Gedanken beiseite und sagte zu Pasko: »Komm, wir dürfen den König nicht warten lassen.«

Sie eilten zum Bankettsaal, wo der Zeremonienmeister Tal ankündigte. Der betrat daraufhin den Saal und schritt auf den König zu, während die Anwesenden begeistert applaudierten.

Neben der Königin stand der Herzog von Olasko, und als die angemessenen Höflichkeitsfloskeln ausgetauscht waren, trat Kaspar mit einem dünnen Lächeln vor und sagte: »Hättet Ihr vielleicht einen Moment Zeit, junger Herr?«

Tal gestattete dem Herzog, ihn ein Stück vom König wegzuführen. Herzog Kaspars Stimme war tief und ruhig und stand in einem gewissen Widerspruch zu der Ausstrahlung von Gefährlichkeit, die Tal deutlich spürte. »Habt Ihr eigentlich schon Pläne, was Ihr tun wollt, nun, da das Turnier vorüber ist, mein junger Freund?«

»Es gibt ein paar Familienangelegenheiten, um die ich mich unbedingt kümmern muss«, sagte Tal, »aber ich habe noch nicht darüber nachgedacht, was ich danach machen werde, Euer Gnaden.«

»Ich bin immer auf der Suche nach begabten Männern, junger Herr Falkner, und als ein solcher kommt Ihr mir vor. Wie Ihr mit diesem Ismali fertiggeworden seid, erhebt Euch schon über die meisten Schwertkämpfer, und Euer Sieg über meinen besten Mann heute … Nun, ich muss Euch sagen, dass es in Olasko niemanden gab, der es mit Campaneal aufnehmen konnte.«

»Ihr schmeichelt mir, Euer Gnaden.«

»Nein«, erwiderte der Herzog leise. »Hohle Schmeichelei ist Zeitverschwendung. Wer mir dient, wird gelobt, wenn er es verdient hat, ebenso wie ich jene bestrafe, die versagen. Ich bin froh, sagen zu können, dass Belohnungen an meinem Hof erheblich häufiger sind als Strafen, denn wie ich schon zuvor angemerkt habe: Ich versuche, nur die besten Männer um mich zu scharen.« Sein Lächeln wurde intensiver, und er fügte hinzu: »Und selbstverständlich auch nur die besten Frauen.«

Der Herzog spähte an Tal vorbei, und als Tal sich umblickte, sah er eine schlanke Frau mit goldblondem Haar näher kommen. Ein Lächeln umspielte ihre Mundwinkel.

Tals Miene blieb neutral, als der Herzog sagte: »Meine Liebe, darf ich dir Junker Talwin Falkner vorstellen, einen jungen Mann aus dem Königreich?« An Tal gewandt, erklärte er: »Junker, das hier ist meine Begleiterin, Lady Rowena von Taslin.«

»Mylady«, sagte Tal mit einer Verbeugung.

»Es ist mir ein Vergnügen, Junker. Ich bin erst spät in der Stadt eingetroffen, war aber noch rechtzeitig zum Duell im Palast. Ihr wart wunderbar!«

»Das ist zu viel des Lobes, Mylady.«

Sie wandte sich an den Herzog und murmelte: »Schade um Euren Leutnant.«

»Ja, nicht wahr?«, sagte Kaspar. Dann sprach er wieder Tal an. »Ah, Ihr habt es wahrscheinlich noch nicht gehört. Ihr habt ihm eine Arterie in der Lende durchtrennt, und offenbar an einer Stelle, an der sich das durchschnittene Blutgefäß in den Körper zurückzieht. Mein Leutnant ist leider verblutet, noch während der Heilerpriester auf dem Weg zu ihm war.«

Tal spürte, wie sein Herz einen Augenblick lang aussetzte. Dann sagte er: »Das ist in der Tat … bedauerlich, Euer Gnaden.«

»Ja, es ist erst der vierte Todesfall in der Geschichte des Turniers, und Ihr seid gleich für zwei davon verantwortlich, und das auch noch an einem Tag. Die Sache heute Nachmittag war selbstverständlich eindeutig, wenn man die Umstände bedenkt, aber heute Abend … Ein unglückliches Missgeschick. Eine mörderische Wunde.«

Tal setzte dazu an, etwas einzuwenden, aber der Herzog beeilte sich hinzuzufügen: »Nein, das war das falsche Wort, mein junger Freund. Ich habe den Kampf genau beobachtet, und Euer Stoß erfolgte blind. Ich glaube nicht, dass Ihr gesehen habt, wo Ihr treffen würdet. Es war eindeutig ein Unfall.«

»Es tut mir sehr leid, Euch um einen guten Offizier gebracht zu haben«, erwiderte Tal.

»Nun«, sagte der Herzog, »dann entschädigt mich, indem Ihr nach Opardum kommt und in meinen Dienst tretet.«

Tals Herz begann schneller zu schlagen. »Ich werde darüber nachdenken, Euer Gnaden. Wie ich schon sagte, es gibt Familienangelegenheiten, die meine Anwesenheit erfordern, aber sobald das erledigt ist … vielleicht.«

»Das ist sehr gut. Und nun entschuldigt mich bitte.« Der Herzog streckte seinen Arm aus und führte Lady Rowena mit sich davon.

Tal kehrte zu Pasko zurück und nahm auf dem Weg dorthin ein Dutzend Glückwünsche entgegen. Als Pasko Tals Gesicht sah, fragte er: »Was ist?«

»Wir müssen sofort gehen und herausfinden, wo Magnus sich aufhält.« Tal sah sich in der Großen Halle um. »Ich bin sicher, dass er hier irgendwo steckt.«

»Und dann?«

»Dann werde ich ihm sagen, wer die Attentäter geschickt hat. Es war der Herzog von Olasko.«

»Woher wisst Ihr das?«

»Er wusste, dass der zweite Attentäter Ismali war. Nur Magnus wusste das sicher, weil er in Kesh war. Und Olasko hatte nur eine einzige Möglichkeit, das ebenfalls zu wissen: Wenn er den Clan des Mannes bezahlt hat, damit sie ihn herschicken.«

»Ich werde ihn suchen.« Doch als Pasko an Tal vorbeigehen wollte, spürte er, dass der junge Schwertkämpfer ihm die Hand auf den Arm legte, um ihn zurückzuhalten.

»Noch eins«, sagte Tal.

»Was?«

»Diese junge Frau bei Olasko.«

»Ja, was ist mit ihr?«

»Es ist Alysandra.«

Entscheidungen

Magnus ging unruhig auf und ab.

»Ich habe meinem Vater wegen Alysandra Bescheid gegeben. Ich warte auf eine Antwort.«

»Du wusstest nicht, dass sie beim Herzog war?«, fragte Talon.

»Nein«, antwortete Magnus. »Ich erfahre nicht alle Einzelheiten der Pläne meines Vaters. Ich weiß nur, dass sie die Insel kaum ein Jahr nach dir verlassen hat.«

»Niemand hat mir etwas davon gesagt.«

Caleb hatte bisher schweigend in einer Ecke von Tals Wohnung gesessen. »Dazu gab es auch keinen Grund, Tal«, sagte er nun. »Man hat dir eine Lektion erteilt, aber wir nahmen an, du wärst darüber hinweg. Außerdem sind inzwischen viele von denen, die mit dir zusammen auf der Insel waren, woanders und erledigen Aufträge für Vater.«

»Wir können also davon ausgehen, dass sie für …« Er wollte sagen *für das Konklave arbeitet*, aber man hatte ihn davor gewarnt, die Organisation zu erwähnen, wenn er nicht vollkommen sicher war, dass man sie nicht belauschen konnte, und diese Sache mit dem Herzog von Olasko ließ ihn besonders vorsichtig werden. Stattdessen sagte er also: »… für uns arbeitet?«

»Wenn sie das nicht täte«, erwiderte Magnus, »wärst du bereits tot. Kaspar weiß keine Einzelheiten über uns, aber er weiß, dass jemand dort draußen seinen Interessen und denen seiner Verbündeten entgegenwirkt. Wenn er auch nur ahnte, dass du zu dieser Opposition gehörst …« Er zuckte mit den Schultern und vollendete den Satz nicht.

»Ich hätte mich verplappern können, weil ich so verdutzt war.«

»Wärst du so unbeherrscht«, erklärte Caleb, »wärst du nie so weit gekommen, Tal.« Er stand auf und ging zu seinem Bruder. »Wer beaufsichtigt das Mädchen?«

»Mutter.«

Caleb schüttelte den Kopf und lächelte kläglich. »Dann ist allerdings alles möglich, und deshalb wussten wir auch nicht, dass sich Alysandra hier im Osten befindet.« Zu Tal sagte er: »Mutter gehört nicht zu den Leuten, die ihre Informationen mit anderen teilen. Es hat viel mit ihrer Vergangenheit zu tun, aber was immer diesmal der genaue Grund sein mag, ist dies nicht das erste Mal, dass sie etwas unternimmt, ohne zuvor darüber auch nur mit Vater zu sprechen.«

Magnus verdrehte die Augen. »Diese Streitereien …« Dann sagte er: »Caleb hat recht. Ich werde heute Abend mit Mutter sprechen, was Alysandra hier beim Herzog macht.«

Es klopfte unten an der Tür. Pasko bedeutete, dass er nachsehen würde, und die anderen schwiegen. »Wahrscheinlich eine Einladung«, sagte Pasko, als er die Treppe hinunterging.

»Berühmtheit verschafft einem viele neue Freunde.« Tal verzog das Gesicht. »Ich habe in den letzten vier Stunden ein Dutzend Einladungen zum Abendessen erhalten.«

Pasko kehrte zurück und übergab Tal einen Brief mit einem Siegel, das er noch nicht kannte, und Pasko verkündete: »Von Lady Rowena von Taslin.«

Tal brach das Siegel und las. »Sie schreibt, dass sie in zwei Tagen zusammen mit dem Herzog aufbrechen und daher vielleicht keine Gelegenheit haben wird, mich zu sehen, also möchte sie mir auf diese Weise mitteilen, dass Olasko noch vor Ende des Sommers zur Hohen Warte ziehen wird.«

»Er will die Ostflanke seiner Armee sichern, um Farinda zu erobern«, erklärte Caleb.

»Und das bedeutet, dass er im kommenden Frühjahr ins Land der Orodon einfallen wird«, murmelte Tal. Er warf noch einen Blick auf den Brief, dann sagte er zu den Brüdern: »Zumindest sieht es so aus, als würde Alysandra noch für Eure Mutter arbeiten.«

»Offensichtlich«, erwiderte Caleb.

»Was willst du als Nächstes tun, Tal?«, fragte Magnus.

»Ich dachte, das würdest du mir sagen.«

Magnus stütze sich auf seinen Stab. »Wir können nicht jeden einzelnen Schritt der Leute überwachen, die wir in die Welt hinausschicken. Man hat dich nach Roldem gebracht, damit du dir einen Namen machst und Zugang zu einflussreichen Positionen erhältst. Wir haben viele solcher Leute im Königreich und beinahe ebenso viele in Kesh, und mittlerweile platzieren wir unsere Agenten auch in den östlichen Königreichen. Aber wenn wir zu dem Schluss kommen, dass ein Agent bereit ist, dann lassen wir ihn entscheiden, wie er unserer Sache am besten dient.«

»Ich könnte das besser, wenn ich mehr darüber wüsste, um was es eigentlich geht, Magnus.«

Magnus hob die Hände, seine Lippen bewegten sich, und für einen Augenblick glaubte Tal, dass es im Zimmer ein wenig dunkler wurde. »Innerhalb dieses Banns kann uns nun für ein oder zwei Minuten niemand sehen.« Er ging zum Tisch und setzte sich. »Tal, wir arbeiten für das Gute. Ich weiß, dass du das schon vorher gehört hast, doch viel von dem, was wir dir angetan haben, scheint eher auf das Gegenteil hinzudeuten, aber es stimmt. Es gibt vieles, was ich dir immer noch nicht sagen kann, aber da du nun diese Position in unserem Dienst erreicht hast, solltest du tatsächlich ein wenig mehr über unsere Arbeit erfahren. Es gibt einen Mann, der mit dem Herzog von Olasko zusammenarbeitet. Dieser Mann ist nicht mit ihm nach Roldem gekommen, aber das überrascht mich nicht. Er verlässt Opardum dieser Tage nur selten. Es kann sein, dass Mutter Alysandra nach Opardum geschickt hat, um Kaspar zu beeinflussen, aber es ist wahrscheinlicher, dass sie dort ist, um diesen Mann im Auge zu behalten. Er nennt sich Leso Varen, aber das ist ebenso wenig sein wirklicher Name wie ein Dutzend anderer, die er im Lauf der Jahre benutzt hat. Mein Vater hat diesem Mann schon öfter gegenübergestanden. Er ist ein Magier von schrecklicher Macht und höchst subtilen Fertigkeiten. Er mag verrückt sein, aber er ist alles andere als dumm und gefährlicher, als du dir je vorstellen könntest, Tal, und er steckt hinter Kaspars Ehrgeiz.«

»Magnus übertreibt nicht«, fügte Caleb hinzu. »Der Mann ist das Fleisch gewordene Böse.«

»Das zumindest solltest du wissen«, fuhr Magnus fort. »Wir, die meinen Eltern und den anderen dienen und von ihnen geleitet werden, werden in unserem eigenen Leben keinen endgültigen Sieg über unsere Feinde erringen, und selbst unsere Urenkel werden das nicht erleben dürfen. Dennoch tun wir, was wir tun, weil es nicht anders geht. Das Böse hat dabei einen Vorteil, denn alle Arten von Chaos und Verwirrung nutzen ihm. Es kann sich damit begnügen zu zerstören und zu verwüsten, während wir erhalten und aufbauen müssen. Unsere Arbeit ist daher viel schwieriger.«

»Nakor hat Magnus und mir einmal gesagt, dass das Böse von Natur aus wahnsinnig ist«, erklärte Caleb, »und wenn du dich an die Vernichtung deines Dorfes erinnerst, wirst du dem sicher zustimmen.«

Tal nickte. »Dass Kaspar mein Volk nur wegen seines Ehrgeizes ausgelöscht hat … Du hast recht, das ist Wahnsinn.«

»Also zurück zum Thema«, sagte Magnus. »Wir werden das Böse niemals vollkommen besiegen können, aber wir wollen es eindämmen und so viele Unschuldige wie möglich vor den Kräften schützen, die alles zerstört haben, was du als Kind kanntest. Zu diesem Zweck beschließen wir im Rat, was zu tun ist, aber jeder von uns spielt dabei eine andere Rolle.«

»Und eines dieser Ziele besteht darin, Kaspar zu töten?«, fragte Tal.

»Mag sein«, antwortete Caleb. »Sicherlich wird das irgendwann geschehen, aber im Augenblick müssen wir abwarten und sehen, ob wir Leso Varen isolieren können. Wenn es uns irgendwie gelingt, ihn endgültig zu vernichten, werden wir unsere Feinde damit um Jahrhunderte zurückwerfen.«

»Du sprichst über Dinge, die ich mir nicht einmal vorstellen kann, Caleb« sagte Tal. »In Jahrhunderten werde ich nicht mehr hier sein.«

»Das ist eine Gewohnheit, die wir von jenen übernommen haben, die erheblich längere Lebensspannen haben«, erklärte Magnus. »Nein, wir erwarten nicht, dass du alles verstehst, Tal, aber wenn du dir vorstellen kannst, eines Tages Vater zu sein, wird es vielleicht helfen, daran zu denken, dass alles, was du jetzt tust, dazu beitragen wird, eine sichere Zukunft für deine Kinder zu schaffen.«

Tal schwieg. Er war inzwischen seiner eigenen Geschichte so entfremdet und derart in der Rolle von Tal Falkner aufgegangen, dass der Gedanke an ein Privatleben, in dem er irgendwann heiraten und Kinder haben könnte, fast keine Bedeutung mehr für ihn hatte. Dann jedoch erinnerte er sich an diese berauschenden Wochen mit Alysandra, in denen er sich danach gesehnt hatte, für immer mit ihr zusammenzubleiben. Das Mädchen mochte ihn belogen haben – aus welchem Grund auch immer –, und vielleicht hasste er sie sogar dafür, aber seine eigenen Gefühle waren echt gewesen: Er hatte sie heiraten und mit ihr Kinder haben wollen.

Schließlich sagte er: »Ich verstehe.«

»Gut«, erwiderte Magnus. »Nun, hast du über Kaspars Angebot nachgedacht?«

»Ich kämpfe noch damit«, antwortete Tal. »Ich werde mit

Sicherheit nach Opardum gehen und mir seine Vorschläge anhören, aber ich kann mir nicht vorstellen, in seinen Dienst zu treten.«

»Es würde dich direkt ins Zentrum seiner Macht bringen, Tal«, erwiderte Caleb. »Du könntest unserer Sache erheblich helfen, wenn du dich bei Kaspar einschmeicheln und Zugang zu Leso Varen erhalten würdest.«

»Ich bin Orosini«, sagte Tal. »Ich sehe vielleicht aus wie ein Edelmann aus Roldem oder dem Königreich, aber ich bin immer noch Orosini.« Er berührte seine eigenen Wangen. »Ich habe keine Clantätowierungen, aber ich bin dennoch Orosini.«

Caleb schwieg, sah Tal nur an und wartete darauf, dass dieser fortfuhr. Magnus zog die Brauen hoch, aber er schwieg ebenfalls.

»Wenn ich einen Eid leiste, Kaspar zu dienen, dann werde ich mich auch daran halten müssen. Ich kann nichts Falsches schwören. Es ist unmöglich. Ich kann nicht gleichzeitig dem Konklave und Kaspar dienen. Ich verstehe, dass Alysandra und andere dazu in der Lage sind, aber für mich ist das vollkommen unmöglich.« Er senkte die Stimme. »Ich mag der Letzte meines Volkes sein, aber das ist nun einmal unsere Art, und ich will nicht davon abweichen.«

»Dann darfst du es auch nicht tun«, erwiderte Caleb.

»Außerdem«, sagte Magnus, »wird Kaspar Möglichkeiten haben herauszufinden, ob jemand lügt, wenn er einen Eid leistet. Leso Varen ist vielleicht nicht imstande, deine Gedanken zu lesen, aber ich nehme an, dass er erkennt, ob jemand die Wahrheit spricht oder nicht.«

»Nun«, fragte Caleb an Tal gewandt, »was schlägst du stattdessen vor?«

»Ich habe Kaspar gesagt, dass ich nach Opardum kommen werde, nachdem ich mich um eine Familienangelegenheit gekümmert habe.«

»Was für eine Familienangelegenheit soll das sein?«, fragte Magnus.

Mit einem tiefen Seufzer, als erlaube er endlich etwas Gequältem, Zornigem, sich zu befreien, sagte Tal: »Rache.«

Der Mann fiel nach hinten und riss dabei einen Tisch um. Die Leute in der Nähe flüchteten, denn niemand wollte sich mit dem offensichtlich zornigen jungen Kerl einlassen, der sich über die ächzende Gestalt beugte, die gerade gegen den Tisch gefallen war.

Der Angreifer war ein breitschultriger Mann Anfang zwanzig, glatt rasiert und mit klarem Blick. Sein langes Haar war zusammengebunden und unter ein schwarzes Tuch geschoben, das er im Nacken verknotet hatte wie ein Pirat aus Queg. Aber er war eindeutig kein Pirat, denn er trug Reitstiefel, und sein Schwert war eine lange Klinge und kein Entermesser. Er sah jedoch furchterregend genug aus, und sein Zorn war ihm deutlich anzumerken.

Er schaute den Mann an, der gegen den Tisch gefallen war und sich nun den Mund mit dem Handrücken rieb, und fragte: »Wo ist Raven?«

Der Mann wollte aufstehen, doch Tal trat seinen Arm weg, sodass er wieder nach hinten sackte. »Wo ist Raven?«, wiederholte er.

Tal war bis zum Mittwinterfest in Roldem geblieben und dann zu *Kendricks Gasthaus* gereist. Er hatte dort einige Zeit verbracht, die Gesellschaft von ein paar der vertrauten Freunde genossen und die meiste Zeit mit Leo in der Küche gestanden und neue Rezepte ausprobiert. Leo war beeindruckt gewesen von den Fortschritten, die der junge Talon in Essens- und Weinfragen gemacht hatte, aber er behandelte ihn immer noch, als wäre er ein dummer Küchenjunge.

Von Leo, seiner Frau, Gibbs und Kendrick abgesehen war das Gasthaus voller Leute gewesen, die Tal nicht kannte. Meggie war weg, und niemand wusste, wo sie hingegangen war, und Gibbs war überrascht gewesen, als Tal ihm erzählt hatte, dass er Lela in Krondor gesehen hatte. Es bedrückte Tal zu hören, dass Lars gestorben war; er war zu Beginn des Winters ertrunken, als er auf dem Eis eines Sees eingebrochen war.

Danach hatte sich Tal nach Latagore begeben und festgestellt, dass sich das Städtchen nur wenig verändert hatte, seit er und Caleb vor Jahren hier gewesen waren, obwohl nun ein neuer Dominar herrschte, der einer von Kaspars Speichelleckern war. Es schien mehr Wachen in der Stadt zu geben, aber ansonsten gingen die Leute ihren Angelegenheiten nach, als wäre nichts geschehen; die Sonne schien, und nichts wies darauf hin, dass dunkle Mächte am Werk waren.

Tal hatte sich diskret wegen bevorstehender Konflikte umgehört. Es gab bereits Kämpfe in der Hohen Warte, denn Olaskos Leute hatten dort Stellung bezogen, aber die Söldnertruppen, die normalerweise rasch an Ort und Stelle waren, wenn so etwas geschah, hielten sich verdächtig zurück.

Der Mann auf dem Boden hieß Zemos, und er war willens gewesen, für einen gewissen Preis mit Tal zu reden, weil er angenommen hatte, dass Tal ein Söldner auf der Suche nach Arbeit war. Zemos war, wenn man den Kneipenwirten glauben wollte, eine Art Makler, der für einen Mann einen Platz bei einer Söldnertruppe finden konnte, wenn dieser genug zahlte. Aber sobald Ravens Name gefallen war, hatte Zemos offenbar auf der Stelle alles vergessen, was er je über Söldner gewusst hatte.

Tal hatte beschlossen, seinem Gedächtnis auf die Sprünge zu helfen.

»Immer noch schlechte Manieren, wie ich sehe«, sagte eine Stimme vom Ende der Theke her.

Tal warf einen Blick dorthin und sah ein Gesicht, das ihm vage vertraut vorkam. Er brauchte einen Moment, bis er den Mann erkannte. »John Creed«, sagte er mit einem Nicken. »Ich vergesse meine gute Erziehung nur, wenn jemand plötzlich alles vergisst, wofür ich ihn bezahlt habe.«

»Ich gebe dir dein Gold zurück«, sagte Zemos. »Ich dachte, du wärst nur auf der Suche nach Arbeit.«

Creed kam auf Tal zu. »Entschuldige, aber ich kann mich nicht an deinen Namen erinnern.«

»Tal Falkner.«

Einen Moment stand so etwas wie Wiedererkennen in seinem Blick, dann nickte er. »Mit dem da kommst du nicht weiter.« Er stieß Zemos mit dem Fuß an und befahl: »Steh auf, Mann!« Als Zemos dem Folge leistete, herrschte ihn Creed an: »Gib dem Jungen sein Gold zurück, und mach in Zukunft keine Versprechen, die du nicht halten kannst!«

Das Gold wurde zurückerstattet, und Zemos verließ eilig die Schankstube und betupfte sich dabei die aufgeplatzte Lippe.

Creed sah sich um. »Warum suchen wir uns nicht ein besseres Gasthaus?«

Tal nickte und folgte ihm nach draußen.

»Was ist aus dem Burschen geworden, mit dem du damals unterwegs warst«, fragte Creed grinsend. »Dem, der dich beinahe umgebracht hat, damit du mich nicht umbringst?«

»Warum?«

»Weil ich ihm danken möchte. Ich habe es erst jetzt begriffen, aber du bist der Mann, der letzten Sommer das Turnier am Hof der Meister gewonnen hat, nicht wahr?«

Tal nickte. »Mir war nicht klar, dass sich solche Nachrichten so schnell verbreiten.«

»Oh doch, mein junger Sieger«, erwiderte Creed. »Und nachdem ich das nun weiß, gehe ich davon aus, dass dein Freund vielleicht meinen Dank verdient hat, denn wenn du wirklich so gut bist, hättest du mich vermutlich in Stücke gehackt.«

Tal grinste. »Zwischen unserer ersten Begegnung und dem Sieg bei diesem Wettbewerb habe ich viel geübt und trainiert. Du hättest mich damals wahrscheinlich schon in der ersten Minute aufgespießt.«

»Ich hätte es zumindest versucht, und das wäre eine Schande gewesen. Aber wieso suchst du nach diesem Schwein Raven?«

»Ich habe etwas mit ihm zu besprechen«, antwortete Tal.

»Besprechen? Klingt nach einer ernsten Unterredung.«

»Ja.«

Sie gingen die Straße entlang, und Creed sagte: »Es geht das Gerücht, dass er ein Lager außerhalb von Küstenwacht aufgeschlagen hat und sich darauf vorbereitet, in ein paar Wochen nach Norden zu ziehen.«

»Er wird die Orodon-Dörfer niederbrennen«, erklärte Tal. »Genau, wie er es vor ein paar Jahren bei den Orosini gemacht hat.«

»Schlimme Sache«, brummte Creed. »Ich habe nichts dagegen, für Geld zu kämpfen, und ich habe ganz bestimmt kein Problem damit, einen Mann aufzuschlitzen, der ein Schwert in der Hand hat. Aber Frauen und Kinder umzubringen, da mach ich nicht mit. Viele Jungs sehen das ähnlich, also muss Raven einen sehr hohen Preis zahlen, um überhaupt genug Schwerter zusammenzukriegen. Aber irgendwas stimmt an dieser Sache nicht.«

»Was?«

»Zemos und die anderen, die für gewöhnlich ganz versessen darauf sind, einen zu einem Söldnerhauptmann zu bringen, um ihre Kaution einzustreichen, sind derzeit nicht so gut im Geschäft.«

»Wieso das?«

Sie hatten ein anderes Gasthaus erreicht, und Creed nickte zum Eingang hin.

Drinnen war es ruhig, und nur ein halbes Dutzend Männer saß an den Tischen und unterhielt sich leise. Einer nickte Creed zu, der den Gruß erwiderte. Er und Tal setzten sich ebenfalls an einen Tisch.

»Plötzlich weiß niemand genau, wo sich Ravens Lager befindet«, sagte Creed, »und auch nicht die Lager von ein paar anderen Truppen, die wohl ebenfalls für Olasko arbeiten.«

»Die Leute wissen, dass Kaspar dahintersteckt?«

»Wenn man berufsmäßig Leute umbringt, will man schon wissen, wer einen bezahlt«, erwiderte Creed. »Raven wird für diesen Einsatz keine guten Schwerter kriegen, wenn er ihnen nur die Kriegsbeute verspricht, denn die Clans haben nichts Wertvolles, was man ihnen abnehmen könnte. Raven wird seinen Männern Garantien geben müssen, und das bedeutet, dass die Jungs wissen müssen, woher das Gold kommt, damit sie sicher sein können, dass am Ende des Feldzugs die Versprechen auch eingehalten werden.«

Er hielt inne und sah sich einen Augenblick um.

»Tatsache ist«, fuhr er nach einer Weile fort, »dass ein paar Jungs hoffen, dass sich die andere Seite sehen lässt und ebenfalls anfängt zu rekrutieren.«

»Andere Seite?«

»Die Orodon. Sie sind nicht reich, aber sie haben ein bisschen Gold und andere Dinge einzutauschen.«

Tal gab dem Wirt ein Zeichen, er sollte ihnen zwei Bier bringen. »Warum sollte sich jemand gegen eine Armee von Eroberern stellen wollen?«

»Es wird keine Armee sein.« Creed beugte sich vor und stützte die Ellbogen auf den Tisch. Sein zottiges hellbraunes Haar hing ihm in die Augen, sodass man deren Ausdruck darin nie so recht erkennen konnte. »Es werden zwei, vielleicht drei Söldnertruppen sein. Sie werden Dörfer an der Küste angreifen und hoffen, dass sie ihre Opfer überraschen und ihre dreckige Arbeit erledigen können, bevor die anderen Orodon davon erfahren.«

Tal nickte. Genau das hatten sie auch getan, als sie die Orosini-Dörfer vernichtet hatten. »Wenn also ein einziges Dorf auf Raven und seine Männer vorbreitet ist und ihnen erfolgreich Widerstand leistet, könnte das gesamte Unternehmen scheitern?«

»Genau. Ein guter Kampf, und wenn man gewinnt, muss Kaspar die Sache mit den Orodon noch mal neu überdenken. Vielleicht wird er dann mit ihnen verhandeln, damit sie ihn in Ruhe lassen, wenn er Hohenwald angreift. Ich weiß, dass er bestimmt nicht an zwei Fronten kämpfen möchte. Das will kein gescheiter Feldherr.«

Talon nickte. »Was brauchst du, um eine Kompanie zusammenzustellen?«

»Ich?« Creed lächelte. »Ich bin kein Hauptmann. Ich kann die Jungs rekrutieren und innerhalb einer Woche fünfzig beisammenhaben, aber ich bin kein Anführer. Warum?«

»Ich denke, es wäre nicht dumm, eine Kompanie zusammenzustellen, rauf zur Grenze zu reiten und zu sehen, ob wir einen Handel mit den Orodon abschließen können.«

»Wir?«

»Klar. Ich suche nach Raven, weil ich ihm die Innereien einzeln rausreißen will. Und das kann ich ebenso gut bei einem offenen Kampf, als wenn ich ihm durch die Wälder nachschleichen und seinen Leuten aus dem Weg gehen muss.«

»Da hast du dir ja einiges vorgenommen, Junge.«

»Ich weiß, aber es ist eine Privatsache.«

»Dann brauchst du Folgendes«, sagte Creed, während der Wirt ihnen zwei Bier brachte. Tal zahlte, und Creed fuhr fort: »Du brauchst genug Gold, um fünfzig Männer für drei Monate zu bezahlen, von den Prämien nicht zu reden.«

»Das wäre zu schaffen.«

»Dann brauchst du Vorräte, Wagen – mindestens zwei – und Maultiere. Wenn du ein paar Pioniere auftreiben kannst, wären die teurer, aber sie könnten auch Leben retten und es Raven oder den anderen Truppen viel schwerer machen, einfach durchzubrechen.«

»Weiter«, forderte Tal interessiert.

Und Creed redete weiter, Tal saugte jedes Wort auf und verbrachte den ganzen Nachmittag damit zu planen. Bei Sonnenuntergang brachte der Wirt ihnen etwas zu essen, und die beiden unterhielten sich noch bis tief in die Nacht.

Im Morgengrauen ritt ein Trupp von Männern gemächlich über den Pass. Creed zog den schweren Wollumhang fester um sich und sagte: »Wir werden beobachtet, Tal.«

»Ich weiß. Schon etwa eine Stunde, seit wir über die Anhöhe gekommen sind.«

Sie hatten Latagore eine Woche zuvor verlassen, vierzig Schwertkämpfer und Bogenschützen, ein Dutzend Pioniere, ein halbes Dutzend Lastenträger und zwei Wagen. Sie zogen nur langsam voran, und Tal schickte auch keine Späher mehr aus, denn er wollte nicht bedrohlich wirken, wenn sie das Land der Orodon erreichten.

An der Grenze zwischen Latagore und dem Orodon-Territorium hatten sie ihr Lager vor einem kleinen Gasthaus aufgeschlagen, und dort hatte Tal versucht, so viel wie möglich über das Land auf der anderen Seite der Berge in Erfahrung zu bringen. Sie hatten drei Tage gebraucht, bis sie die Wiese erreicht hatten, auf der sie die letzte Nacht verbracht hatten, und dann hatten sie eine Stunde vor Sonnenaufgang das Lager wieder abgebrochen.

»Wenn der Wirt wusste, wovon er redet«, sagte Creed, »sollte das erste Dorf fünf Meilen entfernt liegen.«

»Näher, denke ich«, war Tal überzeugt. »Sie würden keine Wachposten so weit entfernt aufstellen.«

»Es sei denn, sie erwarten Ärger.«

Sie ritten weiter, während die Sonne aufging, und als sie die Gebirgsausläufer erreichten, kam Tal die Landschaft recht vertraut vor. In der Ferne konnte er den Dunst sehen, der über dem Meer hing, aber zwischen der Küste und ihrem derzeitigen Standort erinnerte ihn das Land quälend an seine heimatlichen Berge. In der Ferne sah er Rauch aufsteigen.

»Herdfeuer«, murmelte er, und den Männern zugewandt, sagte er: »Ruht Euch hier aus, bis ich wiederkomme, aber macht es euch nicht allzu bequem.«

Die Männer rissen ein paar Witze, aber Tal war ihr Hauptmann und bezahlte sie gut, also gehorchten sie.

Creed hatte Tal überredet, die Rolle des Hauptmanns selbst zu übernehmen, denn ansonsten würde es nur Unruhe geben. Männer, die Seite an Seite oder manchmal auch gegeneinander gekämpft hatten, nahmen nicht gern Befehle von einem der Ihren entgegen, aber ein junger Hauptmann, der offensichtlich aus adliger Familie stammte, war etwas anderes – besonders, wenn er gut zahlte und einen Teil davon sogar im Voraus.

Talon ritt langsam weiter, denn er wollte nicht nervös wirken. Er spürte, dass man ihn beobachtete, und wenn er sich dem Orodon-Dorf weiter näherte, würden viele Blicke auf ihn gerichtet sein, von Pfeilen und Schwertern ganz abgesehen.

Dann sah er die Palisade. Das Tor war geschlossen. Er konnte zwar niemanden auf dem Wall entdecken, aber er wusste, dass sie da waren, ebenso wie ihn andere Krieger im Wald hinter ihm genau im Auge behielten, als er auf die Lichtung hinausritt.

In Bogenschussweite des Tors stieg er ab. Statt etwas zu sagen, hockte er sich einfach hin, das Gewicht überwiegend auf dem rechten Fuß, den linken ein wenig nach vorn gestreckt, um im Gleichgewicht zu bleiben, wie man es bei seinem Volk gemacht hatte. Er wartete.

Beinahe eine Stunde verging, bevor das Tor geöffnet wurde und ein einzelner Mann herauskam. Er war etwa Ende fünfzig, sein Haar war überwiegend silbergrau, aber er war immer noch stark und bewegte sich geschmeidig. Er ging auf Tal zu und ließ sich auf ähnliche Art vor ihm nieder, ohne ein Wort zu sprechen.

Tal sagte langsam in seiner eigenen Sprache: »Ich möchte mit den Orodon verhandeln.«

»Du sprichst die Sprache der Orosini«, sagte der Mann mit schwerem Akzent. »Es ist eine Sprache, die ich nicht mehr gehört habe, seit ich ein Junge war.«

»Ich bin Orosini.«

Der Mann lächelte. »Das bist du nicht. Du bist nicht tätowiert.«

»Ich bin Talon Silberfalke aus dem Dorf Kulaam, und ich hieß als Junge einmal Kielianapuna. Mein Dorf wurde an meinem Namenstag zerstört, als ich auf Shatana Higo auf meine Namensvision wartete. Die, die mein Volk ermordet haben, hielten auch mich für tot und haben mich liegen lassen. Ich bin der letzte Orosini.«

»Wer sind deine Verwandten?«

»Ich bin Sohn von Elchruf und Nachtwindgeflüster, Enkel von Lachende Augen. Mein Bruder war Sonnenhand, und meine Schwester hieß Miliana. Sie wurden alle getötet, und ich bin hier, weil ich Rache üben will.«

»Warum kommst du deswegen hierher zu uns, Talon Silberfalke?«

»Männer werden kommen, um Eure Dörfer niederzubrennen, euch zu töten und eure Asche im Wind zu zerstreuen. Es sind die gleichen, die auch die Orosini vernichtet haben.«

»Ich heiße Jasquenel«, sagte der Häuptling. »In unserer Sprache heißt das Felsenbrecher. Wenn du ein Feind unserer Feinde bist, bist du ein Freund und willkommen. Was ist mit den anderen, die du in den Hügeln zurückgelassen hast?«

»Das sind meine Leute«, erklärte Tal. »Sie werden mir gehorchen und an der Seite deiner Krieger kämpfen. Ich habe Waffen im Wagen, und ich habe auch Pioniere mitgebracht, und wenn wir die Eindringlinge abwehren und andere Dörfer warnen können, können wir dein Volk retten.«

Der alte Mann nickte, dann stand er auf. »Du darfst das Dorf betreten. Ich werde einen Mann ausschicken, der die

Händlersprache spricht, um deine Leute zu holen. Heute Abend werden wir zusammen essen und besprechen, was zu tun ist, wenn die Feinde kommen.«

Auch Tal erhob sich. Er streckte die Hand aus, und der Orodon-Häuptling packte seinen Unterarm, wie es auch bei den Orosini Brauch war. »Sei willkommen, Talon Silberfalke.«

Tal lächelte. »Bei meinen Männern bin ich als Tal Falkner bekannt. Sie wissen nicht, dass ich Orosini bin, und halten mich für einen Edelmann aus dem Königreich.«

»Dann werden wir dich ebenfalls Tal Falkner nennen. Komm. Gehen wir nach drinnen und reden mit den anderen Männern aus dem Dorf.«

Tal folgte ihm und führte dabei sein Pferd am Zügel. Als er durch das Tor trat, zog sich sein Herz zusammen. Alles hier war seinem Dorf so ähnlich, aber es war auch anders genug, dass er wusste, dass es nicht sein Zuhause war.

Ein Zuhause würde es für ihn nie wieder geben.

Die Verteidigung

Tal wartete.

Jasquenel stand neben ihm auf der Palisade und wartete mit ihm darauf, dass sich Raven und seine Leute sehen ließen. Tal ging ein weiteres Mal im Geist all die Dinge durch, die sie in den letzten zehn Tagen erledigt hatten. Boten waren zu allen Dörfern in der Nähe geschickt worden, und von dort waren wiederum Boten in die Dörfer weiter im Norden geschickt worden. Wenn Raven und seine Truppe an diesem Dorf hier, das Queala hieß, vorbeikommen würden, würden sie in jeder weiteren Siedlung der Orodon ebenfalls auf Widerstand stoßen, bis man sie schließlich wieder nach Süden trieb.

In den zehn Tagen, seit Tal mit seinen Leuten eingetroffen war, hatten ihn Kummer und Sehnsucht immer wieder wie ein plötzlicher stechender Schmerz überfallen, denn Queala erinnerte ihn sehr an seine Kindheit. Die Orodon waren keine Orosini, aber es war eindeutig, dass sie irgendwann einmal eng verwandt gewesen waren, denn ihre Lebensweise war denen der Orosini ausgesprochen ähnlich. Es gab ein Langhaus, wo sich die Männer zu Beratungen versammelten, und ein Rundhaus, wo die Frauen arbeiteten. Ihre Bekleidung und die Bräuche waren denen von Talons Volk ebenfalls sehr ähnlich. Aber es gab auch Unterschiede, und häufig waren es ebenso diese Unterschiede wie die Ähnlichkeiten, die ihn daran erinnerten, wie viel er verloren hatte.

Queala war größer, als Talons Heimatdorf gewesen war, denn hier wohnten dreißig Familien, während Kulaam nur zwölf beherbergt hatte. Es gab vier Gemeinschaftsgebäude, das Langhaus der Männer, das Rundhaus der Frauen, eine Gemeinschaftsküche und ein Badehaus. Dazu drängten sich die kleineren Häuser innerhalb der Palisade, und in der Mitte befand sich ein kleiner Platz.

Tal schaute hinunter auf die Lichtung vor der Palisade. Die Pioniere hatten Fallgruben gegraben, diese mit Segeltuch zugedeckt und zur Tarnung eine dünne Schicht Erde daraufgeschaufelt, und der Wind und leichter Schneefall vor zwei Tagen verbarg die Gruben schließlich vollkommen. Es gab einen unauffällig aussehenden Zweig, der fünfzig Schritte von der Palisade entfernt im Boden steckte, und einen großen Stein am Rand der Lichtung. Vom Stein zum Zweig und vom Zweig zum Tor verlief der sichere Weg, ansonsten riskierte man, in einer der Gruben gepfählt zu werden.

Tal dachte über die Verteidigung des Dorfes nach und erkannte, dass er Glück gehabt hatte: Das Dorf hatte nur zwei Wälle, die leicht angegriffen werden könnten, im Süden und im Westen, wo sich das Haupttor befand. Hinter dem Nordwall fiel das Gelände steil ab, und es war eigentlich unmöglich, dass eine ganze Truppe von Männern dort heraufkletterte. Zudem sollten zwei Bogenschützen imstande sein, mit jedem Feind fertigzuwerden, der dumm genug war, das Dorf von dort aus anzugreifen. Und hinter dem Ostwall klaffte eine Schlucht, deren steile Wände sechzig Fuß tief abfielen.

Die Pioniere hatten zwei massive Katapulte gebaut. Diese Männer hatten Tal fasziniert, denn sie waren nur mit ein paar schlichten Werkzeugen, Seilen, Nägeln und Bolzen in den Wald gegangen und drei Tage später mit den beiden beeindruckenden Geräten zurückgekehrt. Ihr Anführer, ein Mann namens Gaskle, erklärte, wenn sie eine gute Schmiede, ein wenig Eisenerz und eine Esse hätten, könnten sie in einer Woche eine richtige Steinschleudermaschine bauen. Aber Tal ging davon aus, dass diese einfacheren Katapulte genügen würden, denn nach dem Beschuss würden sich Raven und seine Männer schnell zurückziehen.

Wenn Tal die Palisade hinabschaute, sah er, wie gut die Pioniere die Palisade verstärkt hatten, für den Fall, dass die Angreifer eine Ramme benutzten. Es war unwahrscheinlich, dass sie eine schwere Ramme mit Schutzdach mit sich führten, aber sie würden es vielleicht mit einem dicken Baumstamm auf Holzrädern versuchen, den sie den Hügel hinab auf das Tor zurollen konnten. Doch eine solche improvisierte Ramme würde an den Verstärkungen abprallen, wenn sie nicht zuvor in den Gruben stecken blieb. Tal stellte zufrieden fest, dass alles getan war, was getan werden konnte.

Also warteten sie. Späher hatten vor zwei Tagen Nachricht von Gruppen bewaffneter Männer gebracht, die sich einen halben Tagesritt entfernt im Süden sammelten. Tal warf einen Blick zum Himmel. Es war nun Vormittag, und der Angriff konnte jederzeit erfolgen. Vom Südwall her nickte John Creed ihm zu. Im Wald dort war nichts zu sehen.

Tal dachte nach. Er war kein Experte für Taktik und Strategie, er hatte nur bei seinen Studien in Salador ein paar Bücher darüber gelesen, und er hatte keinerlei praktische Erfahrung in Kriegsführung. Er war zudem alles andere als sicher, ob ihm seine Fähigkeiten mit dem Schwert auf einem echten Schlachtfeld helfen würden. Deshalb verließ er sich auf John Creed und dessen Erfahrung. Es gab in dessen Söldnertruppe keine Ränge, aber es war allen anderen Männern klar, dass Creed der inoffizielle stellvertretende Kommandant war.

Im Augenblick standen dreißig seiner Leute in den Eingängen der Häuser oder unterhalb der Palisade und warteten darauf, dass der Kampf begann. Tal hatte jeweils zehn Männer zu den nächsten beiden Dörfern geschickt, zusammen mit den Pionieren, um sich auch dort um die Verteidigungsanlagen zu kümmern.

Wenn man den Gerüchten glauben durfte, war mehr als eine Söldnertruppe auf dem Weg nach Norden, wahrscheinlich zwei, vielleicht auch drei. Tal wurde hin und wieder von der Angst ergriffen, dass sich Raven und seine Leute einem anderen Dorf zuwenden und Queala einer anderen Söldnertruppe überlassen würden, was Tal die Gelegenheit nehmen würde, sich an dem Söldnerführer zu rächen. Er versuchte jedoch, nicht daran zu denken und sich damit zufriedenzugeben, was das Schicksal für ihn bereithielt. Auf jeden Fall würde er die Orodon davor bewahren, das gleiche Schicksal zu erleiden wie die Orosini. Er würde sich an Raven und den anderen rächen, die sein Volk vernichtet hatten, wenn nicht in der kommenden Schlacht, dann in der nächsten oder in der danach.

»Das Zeichen!«, sagte Jasquenel plötzlich.

Tal folgte mit dem Blick Jasquenels ausgestrecktem Arm und sah Sonnenlicht auf einem Spiegel blitzen. Er wartete und zählte, und als das Zeichen wiederholt wurde, sagte er: »Zweihundert Reiter kommen über den Pass im Süden.« Er rechnete schnell. »Weniger als eine Stunde entfernt.« Dann rief er: »Creed!«

»Ja, Hauptmann?«

»Zweihundert Reiter von Süden her!«

Creed nickte, und Tal wusste, dass jeder andere Mann im Dorf seine Worte ebenfalls gehört hatte. »Wir sind bereit!«

Orodon-Krieger machten sich auf den Weg entlang der Palisade, in den Händen sowohl ihre traditionellen Waffen als auch die neuen Schwerter und Bögen, die Tal in einem der beiden Wagen mitgebracht hatte. Wie Tal bereits angenommen hatte, führten die Orodon ganz ähnlich wie die Orosini sowohl gute als auch recht unbrauchbare Waffen mit sich. Viele Schwerter waren Familienerbstücke, die vom Vater an den Sohn weitergereicht wurden, zusammen mit Geschichten darüber, woher jeder einzelne Kratzer und jede Kerbe stammte. Diese Waffen waren Symbole von Ruhm und Ehre, aber die meisten würden schon beim ersten Schlag zerbrechen.

Und obwohl die Orodon gute Jagdbögen hatten, waren Kriegsbögen weitaus besser für die Schlacht. Doch die Männer aus Queala waren nicht dumm und nutzten die neuen doppelt gebogenen, die Tal in Roldem von einem Kaufmann aus Kesh erworben hatte. Zum ersten Mal hatte er einen dieser Bögen gesehen, als Rondar ihn benutzte, denn sie waren die Lieblingswaffe der Ashunta, die sie vom Pferderücken aus abschossen. Die Bögen waren aus Knochen und Holz gefertigt und immer noch recht kurz, aber jeder Schuss durch die doppelte Biegung von erstaunlicher Wucht. Ein entsprechend kräftiger Schütze konnte damit einen Pfeil so abschießen, dass er durch eine leichte Rüstung drang, was sonst nur mit einer Armbrust möglich wäre.

Tal hatte auch Armbrüste mitgebracht. Ein Dutzend Orodon-Frauen stand in Haustüren im Dorf, mit diesen Armbrüsten bewaffnet. Sollte das Tor fallen und sollten die Reiter tatsächlich ins Dorf eindringen, würden sie von jedem Gebäude aus, an dem sie vorbeikamen, beschossen werden.

Auch die älteren Kinder waren bewaffnet. Jedes Kind über zehn trug eine kurze Klinge, und die älteren Mädchen und Jungen hatten gelernt, wie man die Armbrüste lud, spannte und abschoss. Tal hatte am Lagerfeuer an seinem ersten Abend im Dorf nur ein einziges Mal erzählen müssen, was mit den Frauen und Kindern seines Dorfes geschehen war, um die Männer davon zu überzeugen, dass sie die Tradition, die Familien im Rundhaus zu verstecken, vergessen mussten. Die Orodon-Männer waren liebevolle Ehemänner und Väter und hatten sich rasch darangemacht, ihre Frauen und Kinder auf den Kampf vorzubereiten.

Creed verließ den Südwall, überquerte den Dorfplatz und stieg die Leiter zu Tal hinauf. »Ich wünschte, du hättest mich ein halbes Dutzend Jungs in den Wald führen lassen, Hauptmann.«

»Ich weiß, und wenn ich nicht zwanzig in die anderen Dörfer geschickt hätte, würde ich dich gern gehen lassen.«

»Es wird sie durcheinanderbringen, wenn wir ihnen noch

zusätzlich in den Hintern treten, sobald sie an der Palisade auf Widerstand stoßen. Ich kenne mich mit Söldnern aus, und Raven mag ein blutrünstiger Irrer sein, aber ein paar von seinen Jungs werden schnell Fersengeld geben, bevor sie sich niedermetzeln lassen. Sie halten sich nicht alle für unbesiegbar.«

»Dass sie es nicht sind, können wir ihnen auch von hier aus beweisen.«

»Nun, ich wollte es nur noch einmal gesagt haben«, meinte Creed. »Diese Gruben halten sie fern, aber sie setzen uns hier fest.« Er zeigte auf die Stelle, wo der Zweig den sicheren Weg markierte. »Wir müssen dort rüber und dann zu dem Felsen, um rauszukommen, und wenn erst ein paar von ihnen in der Grube verschwunden sind, werden sie das wissen. Raven kann drei Bogenschützen dort drüben postieren«, er zeigte auf eine relativ sichere Stelle am Waldrand, »dann sitzen wir fest, während er seine Truppe wieder sammelt. Wenn wir nicht mindestens die Hälfte seiner Männer umbringen, kann uns der Mistkerl belagern, und er wird nicht lange brauchen, um das zu erkennen.« Plötzlich hielt er inne und schnupperte. »Rauch!«

»Ja«, bestätigte Jasquenel. »Pechrauch.«

»Sie wollen uns ausräuchern«, erkannte Tal grimmig. »Sie haben mein Dorf damals in Brand gesteckt.« Er drehte sich um und schrie auf Orodon: »Bogenschützen! Zielt auf die Reiter mit den Fackeln!« Dann wiederholte er den Befehl in der Händlersprache.

Die Bogenschützen auf der Palisade murmelten zustimmend.

Tal sah John Creed an. »Du solltest lieber wieder zum Südwall gehen. Ich bin sicher, sie werden uns von beiden Seiten angreifen.«

Creed nickte und kehrte auf seinen Posten zurück.

Nur Augenblicke später schrie eine Wache an der Südwestecke: »Bewegung im Wald!«

Plötzlich brachen Reiter aus dem Wald und preschten auf die Lichtung.

»Zielt gut und verschwendet eure Pfeile nicht!«, rief Creed.

Tal beobachtete fasziniert, wie die Reiter auf die erste Reihe der Fallen zugaloppierten. Er versuchte, Raven oder einen anderen Mann auszumachen, der vielleicht bei dem Angriff auf sein Dorf dabei gewesen war, aber es waren nur anonyme Gestalten, und sein Herz zog sich bei dem Gedanken zusammen, dass einige, die für den Tod seines Volkes verantwortlich waren, vielleicht nie bestraft werden würden.

Dann erreichte der vordere Reiter die erste Grube. Einen winzigen Moment fragte sich Tal, ob die Abdeckung aus Erde und Plane zu fest war, denn die Vorderhufe des Pferds trafen sie, und dennoch geschah einen Augenblick lang nichts. Dann brach der Rahmen aus Zweigen unter der Plane, und das Pferd stürzte in die Grube. Der Schrei eines Mannes folgte dem des Pferdes, als Tier und Reiter auf den zugespitzten Pfählen aufgespießt wurden.

Die anderen Reiter waren zu schnell, als dass die in der zweiten oder dritten Reihe ihre Pferde noch hätten zügeln können, bevor sie ebenfalls in die Fallen stürzten. Ein paar glücklichere schafften es, mit den Pferden über die Gräben zu springen und dahinter sicher zu landen, nur um feststellen zu müssen, dass ein paar Schritte weiter noch mehr Fallen auf sie warteten.

Als die vierte Reihe von Reitern stürmte, schrie Tal: »Katapulte!«

Die beiden Jungen, denen man die Verantwortung für die Maschinen übertragen hatte, rissen an den Abzugsleinen, die großen Arme mit den Körben sausten nach vorn, und faustgroße Steinen rasten auf die Feinde zu. Die Geschosse zermalmten ein Dutzend Reiter und rissen sie von ihren Pferden.

Tal zählte und kam zu dem Schluss, dass mehr als dreißig Reiter außer Gefecht gesetzt waren, entweder verwundet oder tot. Seine Männer hingegen waren noch alle unverletzt. Er wusste jedoch, dass das nicht lange so bleiben würde.

Dann entdeckte er Raven. Der Anführer der Söldner ritt aus dem Wald und befahl seinen Männern, sich wieder zu sammeln. Ein paar Söldner, die der Palisade am nächsten gekommen waren, wurden von Bogenschützen niedergestreckt, und jeder Mann mit einer Fackel war mit einem halben Dutzend Pfeilen gespickt, noch bevor er seinen Feuerbrand werfen konnte.

Selbst mit seinen guten Augen konnte Talon Ravens Miene nicht sehen, aber er konnte sich gut vorstellen, dass das Gesicht des Söldnerhauptmanns eine Maske des Zorns war, während er auf seine panischen Männer einschrie. Was sie für einen einfachen Einsatz gehalten hatten – das Niederbrennen eines verschlafenen Dorfes –, hatte sich schon in den ersten Minuten in ein militärisches Desaster verwandelt, bei der beinahe ein Viertel von Ravens Männern umgekommen oder doch zumindest kampfunfähig gemacht worden war.

Plötzlich begriff Tal, dass er tatsächlich zu vorsichtig gewesen war. Wenn er zugelassen hätte, dass Creed ein halbes Dutzend Bogenschützen in die Bäume hinter Ravens Position geführt hätte, wären sicher viele Söldner nach dem Beschuss mit Pfeilen geflohen, statt sich jetzt zu einem weiteren Angriff zu sammeln. Nun aber würde Raven nicht zulassen, dass sich die Verteidiger ausruhten, sondern einen neuen Plan aushecken.

Talon beobachtete, wie Männer vom Pferd stiegen und sich in den Wald zurückzogen. Schon bald hörte er das Schlagen von Äxten, mit denen Bäume gefällt wurden.

»Was machen die da?«, rief Tal Creed zu.

»Ich nehme an, Raven will versuchen, die Gruben zu überqueren«, erwiderte Creed und deutete auf den vernarbten Boden, wo das Netz von Fallgruben nun deutlich zu sehen war.

Tal sah sich um und stellte fest, dass alle noch auf ihren Plätzen waren. Er eilte eine Leiter hinunter, lief über den Hof und stieg zu Creed auf den Südwall. »Du hattest hinsichtlich der Bogenschützen recht, also werde ich ab jetzt besser zuhören, wenn du einen Vorschlag machst.«

»Ich könnte immer noch ein paar Männer über den Nordwall schicken«, entgegnete Creed, »aber wir können sie nicht mehr überraschen. Ich denke, wir sollten hierbleiben, bis wir wissen, was Raven noch im Ärmel hat.«

»Was würdest du an seiner Stelle tun?«

»Umkehren und wieder nach Süden ziehen, aber ich bin kein mörderischer Verrückter, der es nicht wagt, seinem Herrn sein Versagen einzugestehen. Nein, wäre ich er, würde ich Schildkröten für meine Männer bauen lassen und ein paar Rampen, um über die Gräben zu gelangen, und dann würde ich ein paar Männer nahe genug an die Palisade bringen, um das Holz anzuzünden. Danach würden entweder die Tore niederbrennen, und ich könnte das Dorf stürmen, oder ich würde warten, bis die Verteidiger herauskommen, und sie dann töten.«

»Und was machen wir mit diesen Schildkröten?«

Creed fluchte. »Wenn das hier eine konventionelle Belagerung wäre, wären sie ordentlich gebaut, also große Dinger auf Rädern mit einer Ramme unter dem Dach oder mit Platz für die Männer, sodass sie nicht von Pfeilen getroffen werden können. Dann müssten sie nahe genug zum Tor oder zum Wall kommen, und dort würden wir kochendes Öl auf sie gießen oder Haken an Seilen auswerfen und sie mithilfe einer Winde umkippen ...«

»Aber das hier ist keine Burg, und sie bauen nichts so Kompliziertes. Was glaubst du, das sie tun werden?«

»Eine Art Hülle bauen, in der ein halbes Dutzend Männer Deckung haben, bis sie nahe genug an der Palisade sind, um etwas werfen zu können. Wenn er die richtige Art Öl dabeihat, können sie einen Teil der Palisade niederbrennen und haben dann eine Bresche.«

Tal warf einen Blick zu den Jungen neben den Katapulten. »Könnt ihr die Dinger neu spannen?«, rief er ihnen zu.

Einer der älteren Jungen nickte begeistert und erwiderte:

»Ich habe zugesehen, wie sie geladen wurden!« Er griff nach einem langen Stab, steckte ihn in eine Kerbe im Spannmechanismus und rief den anderen zu: »Kommt und helft mir!«

Die Jungen hängten sich an den Stab und hebelten den Arm des Katapults wieder in die ursprüngliche Position. Eine der Frauen, die in der Tür eines Hauses in der Nähe gestanden hatte, kam ihnen zu Hilfe, und mit einem Mal waren alle Frauen und Kinder da, spannten die Katapulte neu und verankerten die Wurfarme.

»Werft alles hinein, was Schaden anrichten könnte!«, rief Tal, und zu Creed sagte er: »Ich wünschte, wir hätten gewusst, dass wir eine zweite Runde abschießen können. Ich hätte mehr Steine sammeln lassen.«

»Es hat keinen Sinn, sich wegen Dingen Gedanken zu machen, die wir nicht getan haben«, erwiderte Creed. »Wir sollten lieber darüber nachdenken, was Raven wohl als Nächstes vorhat.«

»Wann wird er wieder angreifen?«

Creed sah sich um und schien lange Zeit nachzudenken. Schließlich sagte er: »Ich denke, er wird warten, bis es dunkel ist. Wenn er uns im Dunkeln angreift, verlieren wir ein paar Vorteile, die wir jetzt haben. Er kann seine Rampen auslegen, und die Bogenschützen werden nicht so gut treffen, während er das tut. Vielleicht wird er auch noch einen kleinen Trupp zum Ostwall schicken, während die meisten auf die Palisade hier im Westen eindreschen.«

Creeds Vorhersage erwies sich als zutreffend. Den ganzen Nachmittag konnten die Verteidiger das Schlagen von Äxten und Hämmern hören, die durch den Wald hallten, aber kein Angriff erfolgte. Dann, als die Sonne unterging und die letzten Strahlen von den Wolken hoch über dem westlichen Horizont eingefangen wurden, hörten die Geräusche auf. Lange Augenblicke hielten die Dorfbewohner den Atem an. Der Wind ließ die Blätter rauschen, und Vögel sangen ihr Abendlied, aber ansonsten war alles still.

Dann erklangen ein tiefes Grollen, das Geräusch von Stiefeln, das Brechen von Zweigen und das Schnauben von Pferden. Einen Augenblick später tauchte eine lange Holzbrücke unter den Bäumen auf, und danach kam die Schildkröte. Sie sah aus wie ein flaches Boot mit geraden Enden, etwa zwanzig Fuß lang, und die Männer, die sie trugen, bewegten sich in einer Reihe und hielten ihr hölzernes Schutzdach hoch über den Köpfen.

Tal griff nach dem Bogen, obwohl die Entfernung für einen vernünftigen Schuss bei diesem schlechten Licht noch zu groß war. Die Männer unter der Schildkröte drehten sich zum Wall hin und gingen vorwärts, und die mit der Holzbrücke folgten ihnen.

»Werden Brandpfeile etwas nutzen?«, fragte Tal.

»Das da ist frisches Holz, beinahe noch grün. Wenn wir Naphtha oder Öl hätten, das kleben bleibt und brennt, wäre es vielleicht möglich, aber …« Creed zuckte mit den Schultern. »Wir können es stellenweise ansengen, aber es wird kein Feuer fangen.«

Ein Pfeil zischte durch die Luft und bohrte sich ein paar Schritte vor der sich nähernden Schildkröte in den Boden. »Spart euch die Pfeile!«, rief Tal, dann wandte er sich wieder an Creed. »Ich habe einen Plan.«

»Gut«, erwiderte Creed. »Es gefällt mir immer, wenn ein Hauptmann einen Plan hat. Das macht den Tod ein bisschen weniger zufällig.«

»Nimm ein paar Männer und reißt die Verstärkung am Tor nieder.«

Creed runzelte die Stirn. »Du willst, dass das Tor nachgibt?«

»Im richtigen Augenblick.«

Creed nickte. Er drehte sich um und rief einer Gruppe von Männern in der Nähe zu: »Folgt mir!«

Sie machten sich rasch daran, eine Reihe von Stützen und Balken abzubauen, die angebracht worden waren, damit das Tor schwerer einzureißen war. Talon warf einen Blick von den Männern, die hektisch an den Balken rissen, zu der Schildkröte, die sich von außen näherte. Sie erreichte die erste Reihe von Gruben und hielt inne. Die Männer darunter warteten, dass ihre Kameraden die Brücke nach vorn brachten.

»Pfeile!«, rief Tal.

Bogenschützen schossen hoch in den dunkler werdenden Himmel. Die meisten Pfeile gingen ins Leere, aber ein Schrei und ein Ruf legten nahe, dass auch einer getroffen hatte. Tal hatte nicht angenommen, dass er mit den Bogenschützen viel Erfolg zu haben, aber er wusste, dass Raven misstrauisch werden würde, wenn die Verteidiger die Angreifer nicht abzuwehren versuchten, sobald sie den ersten Graben überbrückten.

Ravens Männer ächzten vor Anstrengung, als sie schnell die Brücke über den Graben schoben. Die Männer in der

Schildkröte wichen ein Stück zurück, dann stellten sie sich in einer Reihe ans Ende der Brücke und eilten schnell über den ersten Graben. Als sie den Rand des zweiten erreichten, drehten sie sich wieder um, sodass sie so viel Schutz hatten wie möglich, und eine zweite Brücke tauchte aus dem Wald auf.

Tal konnte im schwächer werdenden Licht sehen, wie Raven seine Leute antrieb, obwohl er nicht hören konnte, was er rief. Fackeln wurden innerhalb der Palisade entzündet, und Tal wandte sich an Jasquenels Sohn, einen jungen Mann namens Tansa. »Schichtet so viel brennbares Material wie möglich rings um die Katapulte auf, und haltet Euch bereit, es anzuzünden, wenn ich das Zeichen gebe.«

Der junge Mann rannte, ohne zu zögern, los, um den Befehl weiterzugeben. Sofort brachten Frauen, Kinder und ein paar alte Männer Sachen aus den Holzhäusern und stapelten alles rings um die Katapulte.

Creed rief nach oben: »Wir sind fertig!«

»Bleib, wo du bist!«, erwiderte Tal und eilte die Leiter hinunter. »Ich will, dass du jetzt Folgendes tust: Nimm ein Dutzend deiner Männer und Pferde und bring sie weit hinten zur Ostseite des Dorfes. Haltet euch bereit. Ich will deine anderen Männer hinter diesem Gebäude hier«, er zeigte auf das erste Haus rechts, wenn man durchs das Tor kam, »wo sie nicht zu sehen sind, wenn das Tor bricht. Raven soll glauben, dass sein Plan funktioniert, und ich hoffe, er kommt hereingestürzt und ist so wütend, dass er nicht begreift, dass er nicht nur einem Haufen Orodon gegenübersteht.«

»Was hast du vor?«

»Ich werde auf der Palisade sein, mit so viel Orodon, wie mit mir kommen wollen.«

»Mann, ihr werdet da oben verbrennen!«

»Nicht, wenn wir rechtzeitig runterkommen.«

Creed zuckte mit den Schultern. »Also gut. Was ist das Signal?«

»Kein Signal von mir. Das könnte uns verraten. Sag dem Mann, den du für den besten hältst, er soll anfangen, vom Südwall aus zu schießen, wenn der größte Teil von Ravens Leuten innerhalb der Palisade ist, dann gib den Männern hinter dem Haus das Zeichen, dass sie sich von hinten auf sie stürzen. Wenn du den Zeitpunkt für gekommen hältst, reitest du sie nieder, und wir erledigen sie.«

»Hauptmann, das ist Wahnsinn. Wir haben nur ein Dutzend Männer, und Raven hat hundertzwanzig oder mehr.«

»Bis du sie erreichst, werden es schon weniger sein. Und er wird nicht wissen, wie viele Reiter du hast. Versucht, so viel Krach zu machen wie möglich. Er wird bei all dem Rauch nicht viel sehen können.«

»Rauch?«

Tal zeigte dorthin, wo die Dorfbewohner damit beschäftigt waren, alles Brennbare um die Katapulte aufzuschichten.

Creed schüttelte den Kopf. »Der Mann kommt her, um das Dorf niederzubrennen, und du erledigst die Arbeit für ihn?«

Tal lachte. »Die Orodon können ihre Häuser wieder aufbauen, aber dazu müssen sie am Leben sein.« Er dachte einen Augenblick nach. Er hatte fünfunddreißig Söldner und fünfundzwanzig weitere erwachsene Orodon-Krieger, dazu ein paar Jungen und etwa dreißig gesunde Frauen, die ebenfalls kämpfen würden, wenn es notwendig wurde. »Wenn ich Ravens Streitmacht auf unter siebzig verringern kann, bis ihr sie angreift, sind wir beinahe gleich stark.«

»Das wird ein Gemetzel«, sagte Creed.

»Diese Leute hier kämpfen um ihr Leben, John. Wofür kämpfen Ravens Leute?«

»Für Gold, aber sie sind erfahrene Männer und ...« Creed schüttelte resigniert den Kopf. »Du bist der Hauptmann, und ich will verdammt sein, wenn ich einen besseren Plan habe, also machen wir es, wie du sagst.«

Ein Mann auf der Palisade rief Tal zu, dass die zweite Brücke über den zweiten Graben gelegt war.

»Wähl deine besten Reiter aus, John, und mögen die Götter uns beistehen.« Damit drehte sich Tal um und rannte zur Leiter, stieg schnell auf die Palisade hinauf und erklärte den Männern, was er von ihnen erwartete.

Die Söldner machten sich sofort auf, einige zum Südwall, die anderen hinter das Gebäude, wie er befohlen hatte. Zu Jasquenel sagte Tal: »Ich brauche tapfere Männer, die hier bei mir bleiben und Pfeile auf Raven schießen, sobald er im Dorf ist.«

»Alle Männer werden hierbleiben, wenn du das willst.«

»Ich brauche nur zehn«, erwiderte Tal. »Fünf auf dieser Seite des Tors bei mir und fünf auf der anderen. Wähl deine besten Jäger aus. Aber sie müssen die Eindringlinge glauben lassen, dass wir hier oben viel mehr Leute sind, also sag ihnen, sie sollen Krach machen und hin und her laufen.«

»Das werde ich.«

»Und sag den anderen, sie sollen zu dem Gebäude dort unter uns gehen«, er zeigte auf das Haus gegenüber von dem, wo Creed die achtzehn Söldner aufgestellt hatte, »und dahinter warten. Wenn ihr seht, wie die Männer, die ich mitgebracht habe, von dem Haus dort drüben aus angreifen, greift ebenfalls an, mit allen, die kämpfen können.« Er hielt inne. »Und sag den Frauen, sie sollen schreien, als würden ihre Kinder vor ihrer Nase abgestochen, wenn ich das Feuer dort drüben anzünde.« Er zeigte auf die Katapulte. »Es soll klingen, als wäre alles verloren, aber ich will, dass sie bewaffnet und bereit sind, die Kinder zu verteidigen.«

»Das werden sie, Talon Silberfalke.« Jasquenel verbeugte sich. »Ganz gleich, was heute Nacht geschieht, die Orodon werden deinen Namen preisen, Letzter der Orosini.«

Tal packte ihn am Arm und sagte: »Mögen unsere Ahnen uns zusehen und heute Nacht auf uns herablächeln.«

»So soll es sein«, erwiderte der Häuptling und machte sich daran, die Befehle weiterzugeben.

Von seinem Aussichtspunkt aus sah Tal, dass die Schildkröte die Palisade beinahe erreicht hatte. Pfeile ragten aus dem Holz wie die Stacheln eines Stachelschweins, und noch mehr bohrten sich in den Boden. »Spart euch die Pfeile!«, rief er.

Die Schildkröte drehte sich und blieb beinahe eine halbe Stunde am Tor, und niemand konnte erkennen, was die Männer darunter taten. Als sie sich schließlich wieder zurückzogen, sah Tal, dass etwas ans Tor gebunden war, aber er konnte nicht genau erkennen, was es war. Er eilte nach unten und rannte zu Creed, um zu beschreiben, was er gesehen hatte.

»Schläuche mit etwas Widerwärtigem, Brennbarem«, sagte Creed. »Haltet Ausschau nach ihren Bogenschützen, die es mit Brandpfeilen entzünden werden.«

Tal nickte. »Danke. Viel Glück.«

Er eilte zurück und erreichte die Palisade gerade, als die Bogenschützen, die vor Raven und seinen Hauptleuten standen, ihre Pfeile anzündeten. Tal griff nach seinem eigenen Bogen und zielte. Wenn sie nahe genug waren, um das Tor zu treffen, waren sie auch nahe genug, um selbst ein Ziel abzugeben. Sobald der erste Feuerpfeil flog, schoss auch Tal. Ein Bogenschütze schrie auf. Tal zog die nächsten Pfeile aus dem Köcher und schoss sie so schnell wie möglich hintereinander ab. Fünf von Ravens Bogenschützen wurden verwundet oder getötet, bevor auch nur genügend Pfeile die Ölbeutel am Tor trafen, um sie zu entzünden.

Wie Creed schon gesagt hatte, war das Zeug in den Schläuchen am Tor ein widerliches, übel riechendes Öl, das mit intensiver Hitze brannte. Schwarzer Rauch stieg auf und drohte, Tal und die anderen auf dem Wall zu ersticken, aber sie hielten stand. Tal blinzelte die Tränen weg, die der Rauch verursachte, und wartete ab.

Das Tor brannte zehn Minuten lang, und Tal duckte sich hinter den oberen Teil der Palisade. Er hörte Holz knacken, während die Hitze in Wellen auf ihn eindrang, und er wusste, dass das Tor bald nachgeben würde.

Augenblicke später brach es tatsächlich in sich zusammen. Von fern hörte Tal einen Ruf, dann erklang das Donnern von Hufen, als gut hundert Reiter auf die erste Brücke zupreschten.

Tal hob den Bogen. »Haltet euch bereit!«, befahl er, und er wartete darauf, dass der erste Reiter in Schussweite kam.

Die Schlacht

Tal zielte.

Der erste Reiter in Schussweite fiel nach hinten aus dem Sattel, als ein anderer Bogenschütze Tals Ziel traf. Tal schoss einen Augenblick später, und einer von Ravens Söldnern schrie auf, als er ebenfalls aus dem Sattel flog.

Tal schrie den Jungen am Katapult zu: »Abschuss!«

Die Jungen, die die Abzugsleinen hielten, rissen fest daran, und Steine, Töpfe und Möbelteile sausten auf den Feind zu.

»Anzünden!«

Fackeln wurden in ölgetränkte Lappen gesteckt, sodass schwarzer Qualm um die Katapulte her aufstieg, während die Jungen zu den vorgesehenen Plätzen eilten. Die Älteren unter ihnen griffen nach den Bögen und machten sich bereit, auf jeden Reiter zu schießen, der in Schussweite kam.

Tal wandte seine Aufmerksamkeit wieder den Angreifern zu und ließ seine Pfeile von der Sehne schnellen. Er traf mindestens zwei weitere, bevor die Reiter den offenen Platz mitten im Dorf erreichten. Rauch vom Tor hing in der Luft, und die Feuer von den Katapulten beleuchteten den Feind.

Tal rief einer Frau unten zu: »Sag den anderen, sie sollen mit dem Schreien anfangen!«

Sie gehorchte, und sofort waren laute Entsetzensschreie zu hören, die Frauen kreischten und jammerten, als würden ihre Kinder vor ihren Augen niedergemetzelt.

Die Reiter, die durchs Tor geprescht waren, sahen sich verwirrt um und wussten einen Augenblick nicht, was um sie herum geschah. Sie hörten das Geschrei, aber es war keine der Frauen zu sehen, und keine Männer griffen sie vom Boden aus an. Stattdessen wurden sie im nächsten Moment von denen auf dem Wall mit Pfeilen beschossen. Die ersten Söldner fielen.

»Absteigen!«, schrie ein Mann, sprang vom Pferd und duckte sich hinter das Tier. »Sie sind oben auf dem Wall!« Er zeigte hinauf.

Tal und die anderen schossen ihre Pfeile so schnell wie möglich ab und sorgten dafür, dass die Reiter in Deckung blieben. Auf Orodon rief Tal: »Bleibt hier und schießt weiter!«

Statt die Leiter zu benutzen, sprang er einfach aufs Dach des nächststehenden Hauses. Sogleich war er am Giebel des Gebäudes und warf sich auf den nächstbesten Feind, der im Sattel geblieben war, riss den Mann vom Pferd und zog das Schwert, als er wieder auf die Beine kam. Der Söldner hielt sein Schwert noch in der Hand, aber er starb, bevor er auch nur wusste, wo sich sein Gegner befand.

Tal war nun inmitten einer Truppe von mehr als hundert Männern, die alle versuchten, ihre Pferde zu beruhigen, die vom Rauch, von den Schreien der Sterbenden und der Frauen und dem ununterbrochenen Sirren von Pfeilen vollkommen verängstigt waren. Hin und wieder traf ein Pfeil ein Tier, und dann bäumte es sich auf oder keilte aus, und wenn dies geschah, gerieten die Pferde in der Nähe ebenfalls in Panik und versuchten davonzurennen. Mehr als ein Angreifer wurde plötzlich von den Beinen gerissen und von einem verängstigten Pferd ein paar Schritte weit mitgeschleift.

Tal duckte sich unter den Hälsen der Pferde hindurch und tötete jeden Mann, auf den er traf. Sechs Männer hatte er schon getötet oder schwer verwundet, bevor die Söldner begriffen, dass ein Feind mitten unter ihnen war. Gerade, als entsprechende Befehle gebrüllt wurden, griff John Creed mit seinen Leuten an.

Creeds Männer rasten hinter dem Gebäude hervor, wo sie sich versteckt hatten, und einen Augenblick später folgten Jasquenel und die Orodon von der anderen Seite. Ravens Leute waren immer noch in der Überzahl, aber sie waren verwirrt, während Tals Streitmacht ein eindeutiges Ziel hatte.

Einen Augenblick lang schien ein Gleichgewicht zu herrschen, als sich die Verteidiger den Angreifern stellten. Tal bewegte sich unter den Feinden wie der leibhaftig gewordene Tod und machte sie mit gespenstischer Präzision nieder. Seine Gegner sahen ihn einen Moment, dann verschwand er schon wieder hinter einem sich aufbäumenden Pferd, nur um einen Augenblick später über die Leiche eines Söldners hinwegzuspringen.

Schließlich aber sammelte sich der Feind, um den Hinterhalt der Orodon und ihrer Verbündeten zurückzuschlagen. »Nicht nachlassen!«, rief Tal in der Sprache der Orodon, dann wiederholte er es in der Händlersprache.

Pferde rannten zwischen den Gebäuden hin und her und wieder aus dem Dorf, und allmählich wurde die Lage wieder übersichtlicher. Tal war plötzlich von sechs Feinden umringt, und in diesem Augenblick glaubte er, selbst dem Tod geweiht zu sein.

Im nächsten Moment aber wurde der Mann direkt vor ihm von einem Pfeil in den Hals getroffen, und der neben ihm riss die Augen auf, als ihn John Creeds Klinge von hinten traf. Tal fuhr herum und schlug mit aller Kraft zu, trennte einem Mann den Kopf von den Schultern und führte den Schlag weiter, sodass die Klinge auch noch in die Schulter des Mannes neben ihm drang.

Nun griffen die Reiter aus dem hinteren Teil des Dorfes an.

Die Feinde drehten sich um und sahen Reiter aus dem Rauch kommen, die sich schreiend auf sie stürzten, und einige von Ravens Männern flohen. Weitere folgten, und plötzlich schienen alle nur noch Flucht im Sinn zu haben.

Wer von den Feinden noch aufs Pferd steigen konnte, tat dies und preschte über die Lichtung zurück in den Wald, während andere zu Fuß flohen. Mehrere wurden von den Bogenschützen getötet, die trotz der gefährlichen Nähe zu dem brennenden Tor und dem erstickenden Rauch auf der Palisade geblieben waren.

»Halt!«, schrie Tal.

Die Orodon und die Söldnerreiter hielten inne, und Tal

rief: »Nicht dort draußen im Dunkeln verteilen, sonst könnten wir alles verlieren, was wir erreicht haben!«

Die Orodon fingen an zu jubeln. Dann begannen sie, sich um die Feuer zu kümmern, holten Wasser aus dem Dorfbrunnen und löschten kleinere Brände mit Decken und Erde.

Einen Augenblick lang genossen alle das Triumphgefühl, aber schon bald entdeckten sie gefallene Kameraden in anderen Teilen des Dorfes oder hinter der Palisade. Tal wollte den Männern gerade befehlen, nach Verwundeten zu suchen und sich um sie zu kümmern, als von der Palisade ein Ruf erklang: »Sie bleiben stehen!«

Tal eilte zum Tor, das nun nur noch rauchende Trümmer zu beiden Seiten der Mauer war, und blickte hinaus. Das Feuer hinter ihm blendete ihn, sodass es etwas dauerte, bis er erkannte, was auf der anderen Seite der Lichtung geschah.

Raven trieb seine Leute zusammen!

Tal konnte es sich nicht leisten zu zögern. »Haltet euch bereit!«, schrie er. »Sie kommen zurück.« Den wenigen verbliebenen Bogenschützen rief er zu: »Auf die Palisade! Wählt eure Ziele sorgfältig!« Er legte die linke Hand auf Jasquenels Schulter und sagte: »Die älteren Kinder sollen die jüngeren in den Wald bringen, aber die Frauen bleiben und kämpfen, wenn sie können.«

»Deine Augen sind besser als meine«, sagte Creed. »Ich kann nur sehen, dass sich dort etwas bewegt.«

Das Feuer hinter ihnen beleuchtete die Hälfte der Strecke zwischen dem Tor und dem Rand der Lichtung, und die meisten Männer nahe Tal konnten nicht mehr sehen als Creed.

»Sie kommen!«, erklärte Tal. »Die meisten sind zu Fuß, aber ich glaube, er hat dort draußen irgendwo auch noch ein Dutzend Pferde aufgetrieben.« Dann rief er: »Wir halten stand!«

»Nun, ich ziehe Standhalten jederzeit einem Kampf im Laufen oder einer Belagerung vor«, erwiderte Creed. Dann senkte er die Stimme und fragte: »Wie viele?«

»Mehr als wir«, antwortete Tal.

»Na ja, das wäre nicht das erste Mal.«

Tal blinzelte die Tränen infolge des beißenden Rauchs weg und starrte wieder ins Dunkel.

Als Gestalten zu erkennen waren, begriff Tal, dass Raven seine Leute in eine Art von Ordnung gezwungen hatte. Sie näherten sich in drei Reihen, etwa zwanzig Mann nebeneinander, und die erste Reihe hielt Schilde vor sich. Die Männer in der zweiten Reihe hatten sich mit Hellebarden und Speeren bewaffnet, und die dritte Reihe bestand aus Bogenschützen.

Tal rief den Männern auf dem Wall zu: »Ignoriert die Männer ganz vorn. Tötet die Bogenschützen, wenn ihr könnt!«

Creed blinzelte. »Er erwartet einen Reiterangriff.«

Tal nickte. »Zu schade, dass wir ihm den Gefallen nicht tun können. Er weiß nicht, dass unsere Kavallerie aus einem Dutzend Männern bestand, die jetzt alle hier stehen.«

Zwei Dutzend Kinder, von denen die ältesten die jüngsten trugen, rannten an ihnen vorbei durch die Toröffnung, bogen sofort nach links ab und eilten an der Palisade entlang in den Wald im Süden.

Die Frauen kamen heran, viele mit Waffen, die einmal

Ravens Leuten gehört hatten. Tal schickte sie in die Häuser links und rechts und befahl ihnen, die Feinde von hinten anzugreifen, sobald die Bogenschützen hinter der Palisade waren.

Tal zog seine Streitmacht zurück, so nahe an die brennenden Katapulte wie möglich. Sie würden sich als Silhouetten vor den Flammen abzeichnen, während Ravens Männer im Licht deutlich zu sehen sein würden, sobald sie das Dorf betraten.

Als die Angreifer die erste Brücke erreicht hatten, eilten die Männer der ersten Reihe in Paaren hinüber und hielten dabei die Schilde hoch, um sich vor den Bogenschützen zu schützen. Die erwarteten Pfeile blieben jedoch aus, denn die Männer auf dem Wall warteten darauf, dass Ravens Bogenschützen in Schussweite kamen.

»Haltet euch bereit!«, brüllte Tal, und plötzlich griff die erste Reihe von Feinden an. »Haltet stand!«

Mit lautem Kriegsgeschrei rannten die ersten zwanzig Feinde ins Dorf, und der Kampf begann erneut. Tal wünschte sich, er hätte mehr Zeit damit verbracht, gegen Männer mit Schilden zu kämpfen, als er in Salador ausgebildet worden war, denn er konnte zwar mit einem Schwertkämpfer schnell fertigwerden, aber ein Mann mit einem Schild war eine ganz andere Sache.

Das Geräusch schnappender Bogensehnen machte deutlich, dass die Schützen auf beiden Seiten recht beschäftigt waren. Tal hörte in der Nähe Rufe und Schmerzensschreie und nahm an, dass sich Ravens Bogenschützen den Leuten am Boden zugewandt hatten und das halbe Dutzend Schützen, das sie unter Beschuss genommen hatte, ignorierten. Er hoffte nur, dass seine eigenen Leute die Anzahl der Feinde rasch verringern konnten.

Tal schlug und stieß so heftig zu, wie er konnte, und versuchte, die Männer an seiner Seite ebenso zu verteidigen wie sich selbst. Weitere Feinde fielen, aber es drängten immer mehr nach.

Die Zeit schien langsamer zu vergehen, während Tal, beinahe ohne nachzudenken, Hiebe austeilte, abfing und sich dabei vollkommen seinem Instinkt überließ. Ein Teil seines Geistes versuchte, das Chaos rings um ihn herum zu verstehen, aber er konnte nicht wirklich begreifen, was geschah.

Ein großer, kräftiger Söldner mit einer Narbe stieß ein Kampfgebrüll aus, sprang auf Tal zu und schlug ihm mit dem Schild ins Gesicht. Tal wurde nach hinten geschleudert, stürzte und spürte einen stechenden Schmerz im Rücken. Er rollte nach rechts und begriff, dass er auf ein Stück Holz gefallen war, das immer noch rot glühte, und sich das rechte Schulterblatt verbrannt hatte.

Er sprang auf, das Schwert bereit, und sah den Söldner mit der Narbe auf dem Bauch liegen. John Creed zog das Schwert gerade aus der Seite des Mannes.

»John, Achtung!«, schrie Tal, und der Söldner duckte sich gerade noch rechtzeitig, um der Klinge eines weiteren Feindes zu entgehen.

Tal drängte sich zwischen Creed und einen Orodon-Krieger und tötete den Mann, der Creed beinahe umgebracht hätte.

Dann brachen die Kampfgeräusche wieder über ihn herein – Klirren von Metall, angestrengtes Ächzen, Schmerzensschreie, Flüche und unartikuliertes Wutgebrüll. Die Luft war geschwängert vom Gestank nach Blut, Kot, Urin, Rauch und Schweiß.

Der Wahnsinn schien noch heftiger zu werden, denn nun kamen auch die Orodon-Frauen aus ihren Verstecken und stürzten sich auf die feindlichen Bogenschützen. Die Männer waren gezwungen, die Bögen fallen zu lassen und die Schwerter zu ziehen, doch die Frauen nutzten das Überraschungsmoment, stürzten sich auf die Bogenschützen und rissen mehrere von ihnen zu Boden, die sie mit Dolchen, Küchenmessern und Schürhaken erstachen oder totschlugen. Eine Frau tötete einen Feind, indem sie ihm eine Stricknadel aus Knochen ins Auge stieß. Dann riss sie ihm das Messer aus der Hand und drehte sich um, um einen weiteren Söldner anzugreifen.

Tal trat ein paar Schritte zurück. Einen Augenblick lang sah er alles vor sich wie bei einem Stillleben und hatte das Gefühl, jede Einzelheit erkennen zu können. Vier Bogenschützen der Orodon waren noch am Leben und schossen weiterhin von der Palisade aus, darauf bedacht, Feinde auszuwählen, die sich am Rand der Schlacht befanden. Die Kerntruppe von Ravens Leuten geriet ins Wanken, aufgehalten von Tals Linie, während die Feinde dahinter hart von den Frauen bedrängt wurden. Die Dorfleute waren zum ersten Mal in der Überzahl.

Hinter alldem entdeckte Tal etwas, das ihn staunen ließ. Zwei von den Jungen, die mit den kleineren Kindern in den

Wald geschickt worden waren, waren zurückgekehrt, griffen nach Bögen, die die Schützen fallen gelassen hatten, und schossen Ravens Männern, die mit den Frauen kämpften, Pfeile in den Rücken.

Tal spürte, dass dies der Augenblick war, auf den er gewartet hatte: »Angriff!«, rief er und sprang mitten ins Gemetzel.

Er tötete zwei Männer links und rechts von sich, und mit einem Mal versuchten die Feinde zu fliehen. »Tötet sie alle!«, schrie er, ebenso sehr, um die Eindringlinge zu erschrecken, wie um den Zorn hinauszubrüllen, den er seit dem Tod seiner eigenen Leute gegen diese Männer hegte.

Er riss das Schwert nach unten und hackte einem Mann die Hand ab, der gerade eine Frau, die auf einem anderen Feind hockte, angreifen wollte. Der Mann starrte einen Augenblick ungläubig seinen durchtrennten Unterarm an, aus dem das Blut sprudelte, dann warfen ihn Schmerz und Schock auf die Knie, und er umklammerte den verstümmelten Arm. Tal traf ihn mit der Klinge im Genick, und der Mann sackte in sich zusammen.

Tal trat fest gegen die Wade eines Mannes, der sich gerade von ihm abwandte und fliehen wollte, und brachte ihn so zum Stolpern, was den Gegner zwang, seinen Schild fallen zu lassen, und einem Orodon-Krieger die Möglichkeit gab, ihn zu töten. Im nächsten Augenblick wurde Tal beinahe von drei Feinden überwältigt, die sich ihm alle gleichzeitig zuwandten, sodass er drei Schläge in rascher Folge abwehren musste, aber dann wurde der Mann links von ihm von hinten getroffen, der rechts von ihm bekam einen Pfeil in die Schulter, und da sich Tal nun auf den Mann in der Mitte konzentrieren konnte, wurde er schnell mit ihm fertig.

Er drängte sich durchs Getümmel, schlug nach zwei weiteren Gegnern, verfehlte einen und drehte sich um die eigene Achse. Er stolperte zur Seite, denn er war aus dem Gleichgewicht geraten und hatte einen Feind hinter sich.

Er bemerkte aus den Augenwinkeln eine Bewegung und drehte sich erneut um. Etwas explodierte in seinem Gesicht, und die Welt wurde grellgelb, dann rot. Dann wurde es vollkommen dunkel.

Tal kam wieder zu sich, als ihm Wasser ins Gesicht gegossen wurde. Er blinzelte und sah, dass John Creed neben ihm kniete, einen Schöpflöffel in der Hand. Es gab keine Kampfgeräusche mehr. Er hörte Rufe und andere Laute, aber kein Waffenklirren, keine Schreie, kein Fluchen.

»Was ist passiert?«, fragte er und versuchte, sich aufzusetzen. Ihm war schwindlig vor Erschöpfung.

»Immer mit der Ruhe«, sagte Creed, während eine Orodon-Frau Tal half. »Du bist von einem Schwert getroffen worden, als der Mann nach hinten ausholte, um mich anzugreifen. Hat dich mit der flachen Seite erwischt, sonst würdest du jetzt in Lims-Kragmas Halle sitzen.«

Bei der Erwähnung der Todesgöttin murmelte die Orodon-Frau ein Stoßgebet, um die Gottheit zu beschwichtigen.

»Wie lange war ich bewusstlos?«

»Nur ein paar Minuten«, antwortete Creed und half Tal auf die Beine. »Vorsichtig.«

Tal nickte und hob die Hand an die Stirn. Er konnte spüren, wie die Beule anschwoll, und die Schmerzen sagten ihm, dass er wirklich Glück hatte, noch am Leben zu sein. »Lieber Glück als Können«, sagte er und dachte zum ersten Mal seit Monaten wieder an Pasko. Er sah sich um. »Ist es vorbei?«

»Die meisten haben die Waffen gestreckt und um Gnade gefleht. Einige sind nach draußen gerannt und wurden von den Bogenschützen niedergemacht. Nur eine Handvoll hat es bis zum Wald geschafft und ist entkommen.«

»Raven?«

»Auf dem Weg nach Süden, nehme ich an, so weit sein Pferd ihn tragen kann.«

Tal sah sich um. Ein Dutzend Feinde hockte auf den Knien, die Hände auf dem Rücken gefesselt. Die toten Feinde wurden zu einem Platz nahe dem Tor gebracht und aufgestapelt wie Klafterholz.

Mehrere Frauen weinten, denn sie hatten die Leichen ihrer Männer entdeckt, und mehr als ein Mann weinte um seine Frau.

Jasquenel näherte sich ehrfürchtig. »Du hast mein Volk gerettet, Talon Silberfalke.«

Er sprach auf Orodon, damit John Creed es nicht verstehen konnte, aber die Dankbarkeit schwang deutlich in seiner Stimme mit.

»Ihr habt mir geholfen, mein eigenes Volk rächen zu können«, entgegnete Tal in der Sprache der Orosini. Dann sagte er in der Händlersprache: »Ich brauche ein Pferd!«

»Sofort«, erwiderte Jasquenel und erteilte einem Jungen den entsprechenden Befehl.

»Was hast du vor?«, fragte Creed.

»Ich werde Raven verfolgen«, erklärte Tal.

»Du bist von diesem Schlag noch durcheinander. Es ist Nacht, und er wird eine halbe Stunde Vorsprung haben, bis du das Dorf verlässt, und wahrscheinlich ist er nicht allein.«

Tal nickte. »Ich weiß, aber ich kann ihn zumindest verfolgen.«

»Verfolgen? Nachts, hier im Gebirge?«

Jasquenel wandte sich Creed zu. »Wenn er sagt, er kann ihn verfolgen, kann er das.«

»Soll ich mitkommen?«, fragte John Creed.

»Nein. Du würdest mich nur aufhalten.« Tal legte Creed die Hand auf die Schulter. »Danke für alles, John. Ich wäre nicht in der Lage gewesen, diesen Leuten zu helfen, wenn du mich nicht beraten hättest.«

»Gern geschehen, Tal. Du bist ein guter Hauptmann. Wenn du dich je entscheiden solltest, noch einmal eine Truppe zu führen, lass es mich wissen. Ich bin immer gern bereit, unter einem Mann zu dienen, der keine Angst hat, an der Spitze zu stehen.«

»Meine Söldnertage sind vorüber. Das hier war eine einmalige Sache. Im Wagen findest du einen kleinen Beutel mit Goldmünzen. Teil sie unter den Männern auf, wie es dir passt, und behalte etwas mehr davon für dich. Und spiele wenigstens lange genug Hauptmann, um die Jungs wieder nach Latagore zu bringen, ja?«

»Das werde ich schon schaffen.« Creed zeigte auf das Dutzend Gefangene. »Was machen wir mit denen?«

»Was macht ihr normalerweise mit Söldnern der Gegenseite, die sich ergeben?«

»Wenn es uns überlassen wird, lassen wir sie gegen das Versprechen gehen, dass sie nicht mehr gegen uns kämpfen werden, aber für gewöhnlich entscheiden die Auftraggeber.«

Tal wandte sich an Jasquenel. »Das da sind die Männer, die mein Volk getötet haben. Sie hätten eure Häuser niedergebrannt und eure Frauen und Kinder gnadenlos umgebracht. Du entscheidest.«

Jasquenel zögerte nicht. Er wandte sich den Kriegern zu, die die Gefangenen bewachten, und befahl: »Tötet sie!«

Bevor die Gefangenen auch nur versuchen konnten aufzustehen, hatte man bereits jedem von ihnen den Kopf zurückgerissen und die Kehle durchgeschnitten.

Jasquenel sah Creed und Tal an und erklärte: »Das ist nur gerecht. Sie erhalten die gleiche Gnade, die sie uns gewährt hätten.«

Creed schien das nicht so recht zu gefallen, aber er nickte. »Niemand hier hat viel für Ravens Leute übrig, aber ein paar von meinen Jungs wird das nicht gefallen. Wir machen uns lieber gleich morgen früh auf nach Süden.«

Der Junge brachte das Pferd, und Tal stieg auf und sagte: »Ich brauche einen vollen Wasserschlauch.«

Eine Frau lief zu ihrer Hütte und kehrte einen Augenblick später mit einem vollen Schlauch zurück. Sie reichte Tal auch ein Bündel. »Essen für die Jagd.«

Tal nickte. Er führte seine Waffen – Schwert und Bogen – mit sich sowie einen vollen Köcher. Er winkte, dann drückte er dem Pferd die Fersen in die Flanken und galoppierte in die Nacht hinaus.

Die Jagd

Tal hielt inne.

Er hatte sein Pferd heftig angetrieben, und nun ließ er das Tier eine kurze Pause machen. Seit er das Dorf Queala verlassen hatte, war er dreimal abgestiegen, um sich zu überzeugen, dass er Ravens Spur nicht verloren hatte.

Wie er angenommen hatte, nahm Raven den direkten Weg nach Küstenwacht im Süden und dachte in seiner Hast nicht daran, dass er deutliche Spuren hinterließ. Tal spähte nach Osten, wo die Sonne den Himmel schon stahlgrau färbte, obwohl sie selbst noch nicht zu sehen war, und er wusste, dass es nur noch Minuten bis zur Morgendämmerung waren. Er nahm an, dass Raven ein Lager aufschlagen, einen Wachposten aufstellen und sich ausruhen würde, bevor er weiterzog, wahrscheinlich gegen Mittag. Zumindest war es das, was Tal getan hätte, wäre er davon ausgegangen, dass ihn niemand verfolgte.

Er beschloss, sich selbst ein wenig auszuruhen. Er fand eine kleine grasbewachsene Lichtung, keine zweihundert Schritte breit und vielleicht doppelt so lang, sattelte das Pferd ab und pflockte es an, sodass es in Ruhe grasen konnte. Dann benutzte er den Sattel als Kissen und legte sich unter einen Baum.

Er merkte sich den Sonnenstand, dann schloss er die Augen und schlief erschöpft ein.

Zwei Stunden später erwachte er, wie er es geplant hatte. Die Sonne brannte mit für die Jahreszeit ungewöhnlicher Intensität. Tal spürte, wie die Luft die Feuchtigkeit aus seiner Haut saugte, noch bevor sich Schweiß bilden konnte. Wenn das Klima hier ähnlich war wie in seiner Heimat, würde es tagelang heiß und trocken sein.

Er sattelte sein Pferd und machte sich wieder auf den Weg. Nach einer Weile fand er einen kleinen Bach und ließ sein Pferd trinken, während er seinen Wasserschlauch füllte. Dann ritt er weiter. Eine halbe Stunde später roch er ein Lagerfeuer.

Tal stieg ab, band sein Pferd an und ging zu Fuß weiter. Im Unterholz kam er zwar nur langsam voran, aber er wollte sich dem Lager heimlich nähern.

Schnell und beinahe lautlos fand er den Weg durchs Gebüsch, hielt aber immer wieder inne, um zu lauschen. Als er das vierte Mal stehen blieb, konnte er Pferdeäpfel riechen und die leisen Geräusche der Tiere hören, die sich bewegten und Gras abrissen.

Er schlich vorsichtig weiter, und jeder Schritt brachte ihn seinen Feinden näher. Das Unterholz wurde vor ihm lichter, und er erwartete eine kleine Wiese oder Lichtung vor sich, wo Raven und die überlebenden Söldner rasten würden.

Er bewegte sich beinahe lautlos von einem Baum zum anderen, den Bogen und einen Pfeil in der linken Hand, sodass er sofort schießen konnte. Jeder Nerv war bis zum Zerreißen gespannt, denn er erwartete jeden Augenblick, dass die Söldner ihn entdeckten und Alarm schlugen.

Schließlich sah er die Pferde, die in einer Reihe ein Stück von den Bäumen entfernt angebunden waren, nahe einem kleinen Bach, der in ein schmales Tal plätscherte. Die Tiere hoben die Köpfe, als Tal näher kam, also blieb er stehen und wartete, bis sie sich wieder dem Gras zuwandten.

Raven und seine Männer hatten das Feuer niederbrennen lassen, aber der Geruch hing immer noch in der Luft. Fünf Gestalten lagen nahe der kalten Feuerstelle, und sechs Pferde grasten. Tal sah sich um und versuchte zu entdecken, wo der Wachposten stand.

Er schlich direkt am Waldrand entlang, und die dicken Stämme schützten ihn vor einer möglichen Entdeckung. Er bemerkte eine Bewegung nahe der Stelle, an der der Weg in das kleine Tal mündete, und erstarrte.

Jemand stand so dicht an einem Baum, dass er im dunklen Schatten der Äste kaum zu sehen war. Tal wusste, wenn er nicht so erschöpft gewesen wäre, hätte er den Mann bereits einige Sekunden früher bemerkt. Er holte tief Luft und schlich weiter.

Der Wachposten bewachte den Weg und hatte Tal den Rücken zugewandt. Tal warf einen Blick zurück zum Lager und überzeugte sich davon, dass sich die anderen fünf Gestalten noch immer nicht rührten.

Er überlegte, was er tun sollte. Er könnte den Wachposten umbringen, aber würde das lautlos vonstattengehen? Langsam legte er den Pfeil an und spannte den Bogen. Der Wachposten lehnte sich gegen den Baum, aber Tal wartete.

Der Mann streckte sich, zog die Schultern hoch, und Tal schoss. Der Pfeil traf den Mann im Nacken, und er fiel ohne einen Laut um. Sein Aufschlagen auf dem Boden war allerdings geräuschvoll genug, dass eins der Pferde scheute und wieherte. Sobald sie den Geruch von Blut bemerkten, drehten sich die anderen Pferde ebenfalls zu der Stelle um, wo der Mann gefallen war.

Zwei Söldner hatten offenbar nur einen leichten Schlaf, waren innerhalb von Sekunden aufgesprungen und hatten die Waffen gezogen. »Garth!«, rief einer von ihnen. »Was ist los?«

Tal nahm an, dass das der Name des Mannes war, den er getötet hatte, und zog sich tiefer in den Wald zurück. Als er das Lager nicht mehr sehen konnte, hörte er einen Mann rufen: »Raven!«

Tal eilte weiter durch den Wald, als er Ravens Stimme zum ersten Mal deutlich vernahm: »Schwärmt aus! Sucht ihn!«

Tal wusste, dass er nicht einfach gegen die Feinde kämpfen konnte. Er war zu müde und konnte nicht mehr klar denken. Er hatte sich die Gelegenheit entgehen lassen, die beiden Söldner zu töten, als sie aufgewacht waren, und vielleicht auch die anderen drei umzubringen, bevor sie in Deckung gehen konnten. Er hatte einen Fehler gemacht, und das konnte ihn das Leben kosten.

Er nahm hinter sich eine Bewegung wahr und begriff, dass zumindest einer der Söldner imstande war, einer Spur zu folgen. Er entdeckte einen Felskamm, der sich etwa hundert Schritt weit erstreckte, bevor er zu hoch wurde, um hinaufklettern zu können, und sprang darauf. Wie auf einem Seil eilte er dort entlang, so schnell er konnte, und als er die Stelle erreichte, wo es zu steil wurde, sprang er wieder hinunter und versteckte sich.

Er legte einen anderen Pfeil an die Sehne und wartete.

Der Mann, der ihn verfolgte, war gut, das musste er nach ein paar Minuten des Wartens zugeben. Er hörte und sah nichts.

Er wartete weiter.

Nachdem wieder ein paar Minuten vergangen waren, veränderte sich etwas. Es war schwierig, genau zu sagen, was es war, aber die Geräusche im Wald – das Rauschen der Blätter, das kaum lauter war als ein Flüstern, das Fallen von Blättern und Nadeln – veränderten sich.

Es war nicht wichtig, was sich da genau verändert hatte, aber es bedeutete auf jeden Fall, dass Tal nicht mehr allein war. Er duckte sich hinter den Felsen und schnupperte, hielt nach Schatten Ausschau, die nicht hierher gehörten, und lauschte nach allem, das ihm verraten könnte, wo sich sein Verfolger aufhielt.

Die Zeit schien sich endlos zu dehnen, aber Tal wusste, der Mann, der ihn verfolgte, spielte das gleiche Spiel und wartete nur darauf, dass er einen Fehler machte.

Dann hörte er ein leises Geräusch – das kaum wahrnehmbare Knirschen einer Stiefelsohle auf Stein –, sprang auf und fuhr herum. Für einen Augenblick konnte er das Gesicht seines Feindes sehen. Die Zeit schien stillzustehen, als Tal seinen Fingern befahl, den Pfeil loszulassen, und in diesem Moment nahm er sogar Einzelheiten wahr. Das Haar des Mannes war schwarz und staubig, weil er sich zu Boden geworfen hatte, vielleicht weil er einen weiteren Pfeilschuss befürchtete, nachdem Tal den Wachposten getötet hatte. Er hatte dunkle Haut, und auch seine Augen waren beinahe schwarz, also waren seine Ahnen wahrscheinlich Keshianer gewesen. In diesen Augen stand so etwas wie Erkennen, eine Mischung aus Angst und Resignation, als der Pfeil von Tals Bogen schnellte. Der Mann spannte die Muskeln an, als wollte er sich bewegen, aber bevor er das tun konnte, traf ihn der Pfeil in die Kehle.

Der Mann riss die Augen auf, dann verschwand das Licht aus ihnen, bevor er aus Tals Blickfeld sackte.

Tal kletterte über die Felsen und untersuchte den Mann rasch. Er hatte nur seine Waffen dabei. Tal behielt seinen eigenen Bogen, nahm aber zusätzlich die Pfeile des Spurenlesers mit.

Er sah sich um, ob die anderen Söldner ebenfalls in der Nähe waren, konnte aber niemanden ausmachen, und auch angestrengtes Lauschen blieb erfolglos.

Er ließ den Toten für die Aasfresser zurück und eilte davon.

Nun waren es nur noch vier.

Tal schlief. Er hatte eine kleine Schlucht gefunden, die ein Bach in den Waldboden geschnitten hatte, und sein Pferd dort angebunden. Es würde ausgesprochenes Glück oder einen hervorragenden Spurenleser brauchen, um ihn zu finden, und Tal war sicher, Ravens besten Fährtensucher bereits getötet zu haben.

Außerdem nahm er an, dass Raven nur ein oder zwei Stunden warten würde, bevor er mit seinen verbliebenen Gefährten weiter nach Süden floh. Sehr wahrscheinlich hielt der Söldnerhauptmann Tal für einen Späher der Orodon und musste daher befürchten, dass zwanzig Krieger schon auf dem Weg hierher waren.

Tal hatte in den Beutel mit Vorräten geschaut, den ihm die Frau am Vorabend gegeben hatte, und dort Hartkäse gefunden, Brot, das beinahe ebenso hart war, und Trockenobst. Eine sättigende Mahlzeit, wenn es auch nach nichts schmeckte. Er aß alles, denn er wusste, dass es ein Fehler wäre, jetzt die Lebensmittel zu rationieren. Er hatte noch genug Zeit, vor Hunger ohnmächtig zu werden, nachdem er Raven getötet hatte.

Er wollte sich ein paar Stunden ausruhen, also hatte er sich, so gut er konnte, unter einem überhängenden Felsen zusammengerollt und die Feuchtigkeit und Kälte ignoriert. Er träumte, und in diesem Traum befand er sich wieder oben auf dem Shatana Higo und wartete auf seine Vision, erfüllt von freudiger Erwartung auf seine Feier im Dorf.

Als er aufwachte, bereitete er sich sogleich darauf vor, die Jagd fortzusetzen, obwohl er immer noch todmüde war. Die Kälte hatte sich in seinen Gliedern festgesetzt, und er musste sich bewegen, um wieder warm zu werden. Er nahm an, dass es kaum noch zwei Stunden bis zum Sonnenuntergang waren, und er wusste, dass er beinahe drei Stunden geschlafen hatte.

Er hatte Raven einen Vorsprung gegeben, aber er war sicher, dass er die Söldner wieder einholen würde. Sie würden weitere drei Tage scharf reiten müssen, um das Flachland und die Straße nach Küstenwacht zu erreichen. Tal wusste, wenn er unterwegs etwas zu essen finden und bei Kräften bleiben konnte, würde er sie vorher erwischen.

Und falls es notwendig war, dass er in die Stadt ritt und dort nach ihnen suchte, würde er auch das tun.

Tal sattelte sein müdes Pferd und ritt im Schritt am Bachufer entlang, bis er eine Stelle fand, an der er wieder nach oben gelangen konnte. Über eine Lichtung erreichte er den Weg, wandte sich nach Süden und ritt in langsamem Trab. Er wusste, wo sich Ravens letztes Lager befand, doch er war sich ziemlich sicher, dass er den Söldnerführer dort nicht mehr antreffen würde, also war es im Augenblick unnötig, sich zu beeilen. Er ließ zu, dass sich das Pferd ein paar Minuten aufwärmte, dann trieb er es zu einem leichten Galopp an.

Als er sich Ravens Lager näherte, brachte er das Pferd ins Unterholz und stieg ab. Er wäre wirklich verwundert, wenn sich Raven immer noch dort aufhielt, aber er wollte lieber ganz sicher sein.

Rasch ging er zu der Stelle, wo er den Wachposten getötet hatte, und sah, dass der Mann immer noch an der Stelle lag, wo er gefallen war. Tal beugte sich über ihn, konnte aber nichts finden, was den Mann identifiziert hätte. Ein weiterer namenloser Kämpfer, der fürs Töten bezahlt worden war. Tal sah nach, was er bei sich trug, und fand nur noch einen Dolch in seinem Gürtel. Der Beutel mit den Wertsachen war abgeschnitten worden – was sollte das Gold einem Toten noch nutzen?

Tal ging auf die Lichtung und sah sich um. Die kalte

Feuerstelle gab es noch, aber ansonsten war nichts geblieben. Sie hatten alle Pferde mitgenommen, was sinnvoll war. Raven würde nicht riskieren, erwischt zu werden, nur weil ein Pferd lahmte.

Tal besah sich die Spuren. Die Söldner hatten sich nicht die Mühe gemacht, sie zu verwischen, und waren wieder auf die Straße nach Süden zurückgekehrt.

Tal eilte zurück zu seinem Pferd und stieg in den Sattel, dann machte er sich an die Verfolgung.

Der Tag ging zu Ende, und die Geräusche veränderten sich, wie es immer war, wenn die Bewohner des Bergwalds, die tagsüber aktiv waren, den Nachttieren wichen. Tal wusste, dass dies die Zeitspanne war, in der beide Welten einander überlappten, wenn die nächtlichen Jäger früh erwachten und hin und wieder den Tagtieren auflauerten, die sich zu viel Zeit damit ließen, ihre Zuflucht aufzusuchen.

Tal sah sich den Weg an und dachte darüber nach, was Raven wohl als Nächstes tun würde. Nach der Überraschung und dem Verlust von zwei Männern würde der Söldnerführer wohl nicht mehr so sorglos sein, ein relativ ungeschütztes Lager aufzuschlagen und nur eine einzige Wache aufzustellen. Er würde sich irgendwo verkriechen – in einer Höhle oder unter einem überhängenden Felsen – und kein Lagerfeuer entzünden, und er würde jederzeit zwei Wachen aufgestellt haben.

Bei Sonnenuntergang fand Tal die Spur wieder und folgte ihr, bis es vollkommen dunkel wurde. Er suchte sich eine halbwegs geeignete Stelle, an der er warten konnte, und er wusste, dass sich Raven ebenso unbehaglich fühlte wie er selbst.

Er erwachte kurz vor Sonnenaufgang und versuchte, sich aufzuwärmen, indem er Arme und Beine bewegte. Sein Hals und Rücken waren steif, und seine Nase lief. Er wusste, er würde vor Erschöpfung und Hunger krank werden. Er hatte nichts Essbares gefunden, seit er das Dorf verlassen hatte. Er wusste allerdings auch, dass Wassermangel erheblich schlimmer war, als ein paar Tage zu hungern, und daher trank er, was noch im Wasserschlauch war, und hielt dann Ausschau nach einer Gelegenheit, ihn wieder zu füllen.

Schließlich folgte er einem Abhang, bis er einen der vielen Bäche erreichte, die es in diesen Bergen gab. Zu seiner Freude gab es am Ufer auch Brombeerbüsche, und er stürzte sich gierig darauf. Die meisten Beeren waren noch nicht reif, aber es gab doch genügend, um die vollkommene Erschöpfung durch den Hunger ein wenig aufzuschieben. Er verbrachte eine Stunde damit, seinen leeren Essensbeutel mit reifen Beeren zu füllen. Immer noch hungrig, aber belebt von den Beeren und dem Wasser, machte er sich wieder auf den Weg.

Am Vormittag wurde ihm bewusst, dass etwas nicht stimmte. Aus der Entfernung zwischen den Hufabdrücken konnte er ablesen, dass Raven und seine Männer offenbar nicht in Eile waren. Etwas nagte an ihm, als er die Spuren betrachtete.

Er war vor einer halben Stunde an einem Haufen Pferdeäpfeln vorbeigekommen, und sie waren noch nicht trocken gewesen. Also war er Raven ziemlich dicht auf den Fersen. Aber etwas an den Spuren beunruhigte ihn.

Er stieg ab. Raven und seine drei Begleiter hatten die überzähligen Pferde mitgenommen. Dann fiel es ihm auf: Ein Pferd fehlte. Er überzeugte sich rasch noch einmal, ob er die Spuren richtig gedeutet hatte. Ja, er hatte hier die Hufabdrücke von vier Pferden vor sich, nicht von fünf. Und nur drei Spuren waren tief genug für ein Pferd mit einem Reiter.

Einer der Männer hatte sich unterwegs davongestohlen.

Tal sprang wieder auf sein Pferd, und da raste auch schon ein Pfeil an ihm vorbei. Er legte sich flach auf den Hals des Tieres und stieß einen Schrei aus, der es vorwärtstrieb. Er ließ das Pferd unter die Bäume flüchten, dann wendete er es und wartete.

Der Mann, der auf ihn geschossen hatte, war ihm nicht gefolgt. Tal blieb ruhig sitzen, die Hand am Hals der Stute, um das müde und schlecht gelaunte Tier zu beruhigen. Er wartete.

Die Zeit schien sich endlos zu dehnen. Es konnte sein, dass der unsichtbare Schütze nicht in der Nähe geblieben war, um zu sehen, ob er getroffen hatte, sondern den Weg entlanggeflohen war, um Raven zu alarmieren. Oder er lauerte noch im Unterholz auf der anderen Seite der Straße und wartete, ob Tal auftauchen würde.

Schließlich hatte Tal genug vom Warten, also glitt er vom Pferd, band es an einen Busch und schlich parallel zur Straße durchs Unterholz. Er bewegte sich nach Süden, und an der schmalsten Stelle, die Tal finden konnte, huschte er über die Straße und wandte sich dann wieder nach Norden. Wenn der Mann mit dem Bogen nach Süden geflohen war, würde Tal eine Spur von ihm finden, aber falls der Schütze immer noch darauf wartete, dass Tal sich sehen ließ, würde dieser ihn bald erreichen.

Tal schlich leise voran und hielt Augen und Ohren offen.

Der Mann hustete. Tal erstarrte – die Laute waren aus Richtung Norden gekommen, nur ein Dutzend Schritte entfernt. Tal wusste, dass ein Niesen oder Husten schon mehr als einem Mann den Tod gebracht hatte. Er wartete, lauschte auf andere Geräusche, mit denen der Mann verriet, wo er sich befand.

Dann bewegte er sich wieder langsam vorwärts, setzte dabei einen Fuß leicht auf den Boden und verlagerte sein Gewicht, bevor er den anderen hob. Er wollte nicht, dass knisterndes Laub oder knackende Zweige seine Anwesenheit verrieten.

Auf einmal bemerkte er den Geruch. Der Wind kam von Nordwesten, durch einen Pass in den Bergen, und daher konnte Tal nun den Gestank des Mannes riechen. Der Bogenschütze hatte sich offenbar seit Wochen nicht gewaschen, und er musste gestern im Orodon-Dorf mitten in all dem Rauch gewesen sein, denn er stank fürchterlich.

Tal lauschte und spähte noch angestrengter, und dann entdeckte er den Mann.

Der Söldner hatte sich an einen Baum gedrückt, drängte sich fest gegen den Stamm. Er hatte einen weiteren Pfeil bereit und suchte den Weg unruhig nach Anzeichen von Tal ab. Der nahm an, dass Raven seinem Mann gesagt hatte, er bräuchte nicht zurückzukommen, wenn er nicht Tals Kopf mitbrachte.

Er zielte auf den Mann und bewegte sich in einem Bogen,

bis er sicher war, ihn mit seinem Pfeil töten zu können. Dann sagte er leise: »Leg den Bogen hin.«

Der Mann erstarrte. Er drehte den Körper nicht, aber er bewegte den Kopf, sodass er Tal aus den Augenwinkeln sehen konnte, und ließ den Bogen fallen.

»Dreh dich langsam um.«

Der Mann folgte dem Befehl, sodass er schließlich mit dem Rücken zum Baum stand.

Tal richtete den Pfeil auf die Brust seines Gegners. »Wo ist Raven?«

»Südlich von hier, vielleicht zwei Meilen. Er wartet darauf, dass ich dich mitbringe oder du in seine nächste Falle reitest.«

»Wie heißt du?«

»Killgore.«

»Wie lange gehörst du schon zu Ravens Truppe?«

»Seit zehn Jahren.«

Die Sehne sirrte, und plötzlich fand sich der Mann namens Killgore an den Baum genagelt. Er riss die Augen auf und blickte einen Moment nach unten, dann sackte sein Kopf vor, und er wurde schlaff.

»Zehn Jahre heißt, dass auch du in meinem Dorf warst, Mörder«, sagte Tal leise.

Er ließ Killgore, wo er war, und eilte zurück auf die Straße, um sein Pferd zu holen.

Nun waren es nur noch drei, und Tal wusste, dass sie wenige Meilen entfernt auf ihn warteten.

Tal fluchte. Es war eine große Wiese, und er verstand sofort, wieso sich Raven diesen Platz ausgesucht hatte. Die Wiese war zu groß, um aus der Deckung der Bäume heraus jemanden zu töten.

Raven und die beiden verbliebenen Söldner saßen auf ihren Pferden in der Mitte des Feldes, die Hände lässig auf den Sattelknäufen, und warteten.

Tal konnte sie entweder umgehen, und sie würden weiter nach Süden ziehen, oder er konnte sich zeigen, und dann würde die Jagd ein Ende haben. Er dachte nach. Er konnte sich zwischen den Bäumen verstecken und warten, bis Raven aufgeben und weiter nach Süden ziehen würde oder sich nach Norden wandte, um nachzusehen, was aus Killgore geworden war. Aber Tal hatte nur eine Tasche voller Beeren und einen Schlauch Wasser, und er war sehr müde. Er würde nur schwächer werden, wenn er noch länger wartete.

Auch Raven war müde, aber er hatte noch zwei andere Schwerter bei sich.

Tal war angeblich der beste Schwertkämpfer, zumindest bis zum nächsten Turnier am Hof der Meister, aber Raven und seine Leute waren zu dritt, und sie würden zu Pferd kämpfen. Tal glaubte nicht, dass sie sich bereit erklären würden, abzusteigen und ihm einzeln entgegenzutreten.

Er holte tief Luft. Es war Zeit, die Sache zu Ende zu bringen.

Er griff nach seinem kurzen Bogen, steckte sich einen Pfeil zwischen die Zähne und nahm einen anderen in die Bogenhand. Er drängte sein Pferd mit den Beinen und mit einer Hand am Zügel vorwärts und ritt auf die Lichtung.

Die drei Söldner sahen ihn und zogen die Waffen. Tal verspürte plötzlich wieder Hoffnung. Keiner schien einen Bogen bei sich zu haben.

Er dankte den Göttern, dass Rondar ein so guter Reitlehrer gewesen war, stieß einen Schrei aus und trieb sein Pferd zum Galopp an. Er ritt direkt auf die drei Männer zu und richtete dabei den Blick auf Raven, der in der Mitte war.

Raven regte sich nicht, aber seine beiden Begleiter lenkten ihre Pferde zur Seite, sodass Tal einem von ihnen den Rücken zuwenden musste. Tal ließ die Zügel los, richtete sich im Sattel auf und packte das Pferd fest mit den Knien.

Er schoss den ersten Pfeil ab. Der Reiter auf seiner rechten Seite duckte sich, aber Tal hatte das vorausgesehen und niedrig gezielt, und der Pfeil traf den Mann in den Oberschenkel nahe dem Hüftgelenk, sodass er schreiend vom Pferd fiel. Es war keine tödliche Wunde, aber er würde so schnell nicht wieder auf die Beine kommen, um zu kämpfen.

Tal wirkte mit den Unterschenkeln auf das Pferd ein, um es von Raven und dem anderen Mann wegzulenken, während er den zweiten Pfeil auf die Sehne legte. Der Reiter, der nach links ausgewichen war, war jetzt direkt hinter ihm und ritt auf seinen Rücken zu.

Immer noch hoch aufgerichtet im Sattel, drehte sich Tal nach rechts und riss das Pferd herum. Er drehte sich so weit er konnte, bis er beinahe nach hinten schaute. Er konnte die Überraschung in der Miene des zweiten Mannes sehen, als er den Pfeil abschoss.

Der Söldner wurde direkt zwischen Hals und Schulter getroffen, an einer Stelle, wo ihn das Kettenhemd nicht schützte. Er fiel aus dem Sattel, überschlug sich und blieb hinter seinem Pferd liegen. Er war bereits tot gewesen, bevor er auf dem Boden aufprallte.

Raven griff an.

Der Söldnerführer konnte es sich nicht leisten, Tal die Gelegenheit zu geben, hinter sich zu greifen und einen weiteren Pfeil aus dem Köcher zu ziehen, nachdem er nun gesehen hatte, wozu er fähig war.

Tal warf den Bogen weg, zog sein Schwert und drehte sich in letzter Sekunde, um den Angriff abzuwehren. Ravens Pferd krachte in Tals Tier, und die Stute wäre beinahe gestürzt, stolperte zur Seite.

Tal riss sie fest herum, und sein Schwert raste auf die Stelle zu, wo er hoffte, Ravens Kopf zu finden. Er erkannte seinen Fehler und versuchte innezuhalten, aber es war zu spät – Schmerz zuckte durch seine linke Schulter, als Ravens Schwertspitze in sein Fleisch eindrang und über den Schulterkochen kratzte.

Tal verzog das Gesicht, aber sein Kopf blieb klar. Er drängte sein Pferd weiter, widerstand der Versuchung, mit der rechten Hand an die Schulter zu fassen, und hob stattdessen das Schwert, um einen weiteren Schlag Ravens abzuwehren.

Tal blinzelte die Tränen weg und zwang sich, die Schmerzen in der Schulter zu ignorieren, denn es war klar, dass Raven zu Pferd der erfahrenere Kämpfer war. Dennoch, Schwertkampf war Schwertkampf, und Tal wusste, dass er noch nie ein wichtigeres Duell ausgefochten hatte.

Rondar hatte ihm beigebracht, wie man ein Pferd mit

einer Hand oder ganz ohne Hände beherrschte und dem Tier mit den Beinen zeigte, was man wollte. Er hatte ihn gelehrt, so zu denken, als wären die Pferdebeine seine eigenen.

Er vergaß die Schmerzen in der linken Schulter, aber er wusste, wenn Ravens Schlag ein paar Zoll tiefer gegangen wäre, wäre er jetzt tot, denn dann hätte die Klinge Sehnen zerschnitten oder vielleicht sogar den Arm abgetrennt, und der Blutverlust hätte ihn umgebracht. Er hatte Glück gehabt, dass es nur ein oberflächlicher Schnitt war, der jetzt sein Hemd mit Blut durchtränkte, aber er würde überleben, wenn er diesen Kampf schnell zu Ende bringen konnte.

Tal zog sein Pferd herum, damit Raven rechts von ihm blieb und Tals verwundeten Arm nicht noch schwerer verletzen konnte. Raven versuchte, mit seinem Pferd Tals Tier und vielleicht auch den Reiter zu bedrängen. Er kam ganz nah, und Tal sah seinen Feind zum ersten Mal, seit er Kulaam überfallen hatte, wirklich von Angesicht zu Angesicht.

Der einstmals ordentlich geschnittene Bart war nun zottig und verfilzt, das schmale Gesicht des Mannes hager und abgehärmt. Ravens Haut hatte eine gräuliche Färbung angenommen, und seine dunklen, tief liegenden Augen waren rot gerändert und umschattet.

Aber in seiner Miene war auch ein eiserner Wille zu erkennen, was Tal deutlich machte, dass er es hier mit einem äußerst gefährlichen Mann zu tun hatte. Er wusste, er würde ebenso große Willenskraft aufbringen müssen wie sein Gegner. Es war ohne Bedeutung, ob er selbst am Leben blieb, solange Raven starb. Er musste für das, was er Tals Volk angetan hatte, büßen.

Sie umkreisten einander und schlugen beide zu, Stahl klirrte auf Stahl, aber keiner konnte einen Vorteil erlangen. Raven war geschickter, was den Umgang mit dem Pferd anging, aber wenn er nahe genug kam, erwies sich Tal als der bessere Schwertkämpfer.

Lange Minuten kreisten sie umeinander, tauschten Schläge aus, und keiner gewann die Oberhand. Raven versuchte dreimal, Tal anzugreifen, aber beide Pferde waren vollkommen erschöpft, und beim dritten Mal musste sich Raven mit einer Schnittwunde an der Wange zurückziehen. Blut floss über die rechte Seite seines Gesichts, doch dann fiel ihm auch etwas im Gesicht seines Gegners auf …

Die Entschlossenheit in Ravens Miene war verschwunden! Raven schien plötzlich Angst vor dem Tod zu haben!

Tal griff an. Er schrie so laut er konnte, stellte sich in die Steigbügel und schlug mit aller Kraft zu.

Aber Raven überraschte Tal, hob seinerseits das Schwert und beugte sich vor, mit der linken Hand an den Sattel geklammert, um Tals rechtes Bein zu treffen.

Tal spürte, wie sich Ravens Klinge tief in seine Wadenmuskeln grub und sein Bein nachgab. Sein eigener Schwung von dem Abwärtsschlag ließ ihn kopfüber vom Pferd stürzen.

Er zog die Schultern ein und versuchte sich abzurollen, aber der Aufprall betäubte ihn beinahe. Sein müdes und verängstigtes Pferd trabte davon, und er selbst blieb ungeschützt am Boden liegen.

Raven wendete sein Tier und drängte es zu einem weiteren Angriff, wollte Tal niederreiten. Tal rollte sich weg und schaffte es kaum, den Hufen des Tiers zu entgehen. Er spürte Ravens Schwert über sich hinwegzischen, und es verfehlte ihn um ein paar Zoll, denn der Söldnerhauptmann hatte sich nicht weit genug vorgebeugt, um ihm einen tödlichen Schlag versetzen zu können.

Tal stützte sich auf, verlagerte das Gewicht auf das unverletzte Bein und wappnete sich für den nächsten Angriff. Aber stattdessen sah er, wie Raven sich nach Süden wandte.

Der Mörder hatte genug und flüchtete, obwohl sein erschöpftes Pferd beinahe nicht einmal mehr imstande war zu traben.

Tal schrie nach seiner Stute, aber sie beachtete ihn nicht. Sie war zu weit entfernt, als dass er sie mit dem verletzten Bein hätte erreichen können. Er musste sich um seine Wunden kümmern, oder er würde durch den Blutverlust das Bewusstsein verlieren. Von dem Schlag auf den Kopf, den er sich beim Sturz zugezogen hatte, war ihm schon schwindlig genug.

Finsterste Frustration stieg in ihm auf und hätte ihn beinahe überwältigt, aber dann sah er seinen Bogen und den Köcher, die nur ein paar Schritte entfernt lagen. So schnell er konnte, hinkte er darauf zu und griff nach dem Bogen. Er zog einen Pfeil aus dem Köcher, legte ihn auf die Sehne und spannte den Bogen. Er schätzte Windrichtung und -stärke ab und schoss. Er wusste, er würde nur diese eine Gelegenheit haben.

Raven hörte den Pfeil nicht einmal kommen. Er ritt weiter, ein wenig über den Hals des Tieres gebeugt.

Dann traf der Pfeil. Er bohrte sich in Ravens Rücken, zwischen die Schulterblätter, und drang glatt durch die Lederrüstung, die er trug.

Tal sah, wie die Haltung des Söldnerhauptmanns erschlaffte und der Mann vom Pferd fiel. Tal musste den Leichnam nicht einmal begutachten, um völlig überzeugt zu sein, dass Raven endlich tot war.

Seine Beine gaben unter ihm nach. Er fühlte sich, als wäre alle Willenskraft, alle Stärke aus ihm gewichen. Sein Pferd weidete etwa hundert Schritte entfernt von ihm. In einer Minute würde er versuchen, es zu erreichen. Aber erst musste er sich ein wenig ausruhen. Einfach nur hinsetzen und wieder zu Atem kommen. Dann würde er sich um das Bein und die Schulter kümmern.

Sein letzter Gedanke, bevor er das Bewusstsein verlor, war, dass dies sein bisher bester Schuss gewesen war.

Er wachte auf und roch Essen und Kaffee. Er lag unter Decken neben einem Wagen. Jemand hatte die Wunden an Schulter und Bein verbunden. Es war Nacht.

»Kaffee?«

Tal drehte sich um und sah John Creed neben dem Feuer sitzen, während sich ein halbes Dutzend Männer aus seiner Truppe um ein größeres Lagerfeuer ein paar Schritte entfernt versammelt hatte.

Tal nutzte den unverletzten Arm, um sich aufzustützen, und lehnte sich mit dem Rücken gegen das Wagenrad. »Danke«, sagte er.

Creed reichte ihm einen Becher, und während Tal das bittere Gebräu trank, sagte er: »Gut, dass wir vorbeigekommen sind. Du wärst beinahe verblutet.«

»Wie habt ihr mich gefunden?«

Creed lachte. »Das war nicht schwer.« Er reichte Tal ein immer noch warmes Stück Fleisch, das in Fladenbrot gewickelt war, und Tal bemerkte, dass er einen Bärenhunger hatte. Er schlang das Essen hinunter, während Creed weitersprach. »Du hast eine Spur aus Leichen hinterlassen.« Er zeigte nach Norden. »Wir haben das Dorf bei Tagesanbruch verlassen, vielleicht sieben Stunden, nachdem du hinter Raven hergeritten bist.« Er kratzte sich am Kinn. »Tatsächlich habe ich schon geglaubt, du wärst ebenfalls tot, aber du hast es gut gemacht, Tal Falkner. Als ich die erste Leiche sah, bin ich mit ein paar Jungs weitergeritten, um zu sehen, ob du Hilfe brauchst. Aber das war offenbar nicht der Fall.« Wieder lachte er leise. »Offensichtlich nicht. Schade, dass du Ravens Miene nicht sehen konntest. Ich habe sie mir angesehen. Er ist sehr überrascht gestorben.« Creed kicherte. »Dein Pfeil ist direkt durch ihn hindurchgegangen, und er hatte den Kopf gesenkt, als wollte er nachsehen, was ihm da gerade aus der Brust gewachsen war. Der Mistkerl hatte einfach keinen Humor.« Er stand auf und zeigte über die Wiese. »Wir haben dich dort drüben gefunden, so gut wie tot. Ich habe dich zusammengeflickt, und der Wagen und der Rest der Jungs sind vor zwei Stunden hier angekommen. Du kannst im Wagen sitzen, bis wir nach Küstenwacht kommen. Dein Bein sieht ziemlich übel aus, aber wenn es sich nicht entzündet, wird es schon wieder.«

Tal kaute den letzten Bissen. »Wo ist der andere Wagen?«

»Den hab ich im Dorf gelassen. Wir haben keine zwei gebraucht, und ich dachte, du hättest nichts dagegen, wenn die Orodon ihn behalten.«

»Nein, habe ich nicht.«

»Sie werden an den Feuern Lieder über dich singen, Tal. Für diese Leute bist du ein Held.«

Tal lehnte sich zurück und stellte den Becher hin. »Ich bin kein Held. Ich habe mich einfach nur um ein paar Dinge gekümmert.«

»Das hast du«, erwiderte Creed.

»Danke, dass du dich um mich gekümmert hast, John.«

»Du würdest einen guten Hauptmann abgeben, Tal. Wenn du Männer brauchst, hättest du kein Problem, welche zu kriegen. Du bist gerecht, kümmerst dich um deine Leute und zahlst besser als die meisten.«

»Wenn ich je wieder eine starke Hand brauche, John Creed, wirst du der Erste sein, an den ich mich wende.«

»Ich werde da sein«, sagte der Söldner grinsend. Dann schaute er in die Nacht hinaus und fragte: »Was kommt als Nächstes?«

Tal blickte zu den Sternen am Himmel. »Ein bisschen Ruhe. Dann sind da noch mehr Dinge, um die ich mich kümmern muss.«

»Die können noch ein paar Tage warten«, erwiderte Creed. »Ich sage immer, man muss alle Ruhe genießen, die man kriegen kann.«

Tal ließ sich wieder auf die Decken sinken und spürte, wie der Schlaf sich seiner bemächtigte. Er dachte an seine Familie und hoffte, dass sie nun ein wenig Frieden finden würde.

Dann dachte er an den Herzog von Olasko und seinen Hauptmann, Quint Havrevrulen. Die beiden würden ebenso sterben müssen wie Raven, bevor Talons Volk Ruhe finden konnte.

Und mit solch unangenehmen Gedanken fiel Talon Silberfalke in tiefen, erschöpften Schlaf.

Epilog

Der Skorpion

Tal trank einen Schluck Wein.

»Was du getan hast«, sagte Nakor, »hatte durchaus Auswirkungen, doch sind die nur begrenzt.«

»Nicht für die Orodon«, erwiderte Tal.

Er saß in Pugs Arbeitszimmer auf der Insel des Zauberers. Magnus, Caleb und Robert waren ebenfalls anwesend. Ein flackerndes Feuer im Kamin tauchte den Raum in eine angenehme Atmosphäre. Pug und Miranda waren nicht da; sie hatten sich laut Nakor auf eine geheimnisvolle Reise begeben.

Tal war nach Küstenwacht weitergezogen, wo er eine Schiffspassage nach Salador erworben hatte. Dort hatte er ein paar Leute aufgesucht, die er kennengelernt hatte, als er mit Caleb in Salador wohnte, und Magnus eine Nachricht geschickt, dass seine Angelegenheiten im Norden erledigt seien.

Magnus war erschienen und hatte Tal mit seinem Zauber

zur Insel gebracht, genau wie beim ersten Mal, als er den jungen Mann von *Kendricks Gasthaus* zu der Hütte nahe Pugs Anwesen transportiert hatte. Tal hatte sich mehr als einmal danach gesehnt, das auch zu können; er hatte genug von Pferden, Schiffen und Kutschen.

Er war erst einen Tag auf der Insel, und die Ereignisse des vergangenen Monats schienen bereits weit zurückzuliegen. Seine Wunden waren verheilt, obwohl seine Schulter und das Bein noch steif waren, aber die Heiler auf der Insel hatten ihm versichert, es würde kein bleibender Schaden zurückbleiben, nur zwei weitere beeindruckende Narben für seine Sammlung.

»Du hast dich gut gehalten, Talon«, meinte Nakor.

»Tal, bitte«, erwiderte er. »Ich habe mich daran gewöhnt, Tal Falkner zu sein.«

»Also gut, Tal«, sagte Nakor.

»Deine Verteidigung des Orodon-Dorfes war ziemlich eindrucksvoll für jemanden, der keine militärische Ausbildung hat«, bemerkte Magnus. »Du hast mit dem gearbeitet, was du vorgefunden hast, obwohl ich immer noch nicht so recht begriffen habe, wieso du die Katapulte verbrannt hast.«

Tal wirkte verblüfft. »Das habe ich Euch gegenüber doch gar nicht erwähnt!«

Magnus lächelte. »Nein, das hast du nicht. Ich habe dich beobachtet.«

»Wo?«

»Ganz aus der Nähe, von einem Hügel aus.«

»Du warst dort?« Tal beugte sich vor und starrte Magnus anklagend an. »Du warst dort und hast uns nicht geholfen?«

»Das konnte er nicht, Tal«, sagte Caleb.

»Es gibt vieles, was du noch nicht weißt«, fügte Nakor hinzu. »Aber so viel solltest du bereits verstehen: Der Magier, von dem wir gesprochen haben – Leso Varen – darf nicht erfahren, dass wir etwas mit dir zu tun haben. Wenn ein Magier von Magnus' Macht erschienen wäre und Raven und seine Truppe vernichtet hätte, hätte Varen umgehend davon erfahren und dich mit uns in Verbindung gebracht.«

Tal nickte. »Also gut. Es gefällt mir immer noch nicht, aber ich verstehe.«

»Was uns wieder zu der Frage bringt, was als Nächstes passieren soll«, sagte Nakor.

»Wenn Ihr derzeit keine andere Aufgabe für mich vorgesehen habt, muss ich mich jetzt entscheiden, wie ich mich Kaspar von Olasko gegenüber verhalte.«

»Da gibt es gar nichts zu entscheiden«, erklärte Nakor. »Du musst in seinen Dienst treten.«

Tal riss die Augen auf. »Das kann ich nicht!«

»Warum nicht?«, fragte Caleb. »Mutter hat bereits ihre ›Lady Rowena‹ in seinem Dienst, doch es wäre besser, mehr als einen Agenten in seiner Nähe zu haben.«

»Ich kann keinen falschen Schwur leisten, also kann ich keinen Schwur leisten, an den ich mich nicht halten werde.«

»Das lässt sich nicht ändern«, murmelte Nakor.

»Ich kann einem Mann wie Kaspar nicht dienen, selbst wenn ihr es irgendwie bewerkstelligen könnt, dass sein Magier nicht bemerkt, dass ich lüge. Denn ich werde nicht lügen und keine falschen Eide leisten.«

»Nein«, entgegnete Nakor. »Du verstehst mich falsch.

Als ich sagte, das ließe sich nicht ändern, meinte ich nicht, dass du einen falschen Schwur leisten sollst. Du musst diesen Eid aus ganzem Herzen leisten und Kaspar so dienen, wie es von dir verlangt wird, auch wenn das dein Leben in Gefahr bringt. Wenn man dir befiehlt, einen von uns aufzuspüren und zu töten, dann musst du mit all deiner Kraft versuchen, dies auch zu bewerkstelligen.«

Tal runzelte die Stirn. »Ihr wollt, dass ich mich vollkommen unseren Feinden verpflichte?«

»Ja«, sagte Nakor, »denn nur so kannst du nahe genug an Kaspar herankommen, um ihn zu töten, wenn der Zeitpunkt gekommen ist.«

Tal lehnte sich zurück. »Das verstehe ich nicht. Wie kann ich ihm dienen, ohne meinen Eid zu verletzen, und immer noch planen, ihn zu töten?«

»Dein Eid hat so lange Gültigkeit, wie Kaspar sich an den seinen hält, nicht wahr?«, fragte Nakor.

»Ah«, sagte Tal und zitierte: »›Es ist die Pflicht eines jeden Lehensherrn, seinen Teil des Vertrags ebenso einzuhalten, wie es die der Diener ist, zu tun, wozu sie sich verpflichtet haben.‹«

»Hast du je die Parabel vom Skorpion gehört?«, fragte Nakor.

»Nein.«

»Ein Skorpion saß einmal am Ufer eines Flusses, der zu tief und zu schnell war, als dass er ihn hätte überqueren können. Ein Frosch kam vorbeigeschwommen, und der Skorpion rief: ›Frosch, trag mich auf deinem Rücken ans andere Ufer!‹ Der Frosch erwiderte: ›Das werde ich nicht tun, denn du wirst mich stechen, und dann sterbe ich.‹ Der Skorpion erwiderte: ›Aber warum sollte ich das tun? Ich würde dann doch selbst ertrinken.‹ Der Frosch dachte darüber nach, und schließlich sagte er: ›Also gut. Ich werde dich über den Fluss tragen.‹ Also kam der Frosch an Land und nahm den Skorpion auf den Rücken, und auf halbem Weg stach der Skorpion den Frosch. Mit seinem letzten Atemzug rief der Frosch: ›Warum hast du das getan? Nun werden wir beide sterben!‹ Und mit seinem letzten Atemzug antwortete der Skorpion: ›Weil das meine Natur ist.‹« Nakor blickte Talon an. »Wenn du lange genug am Leben bleibst, wird dich Kaspar von Olasko verraten, Tal, denn Verrat ist *seine* Natur. Und wenn er das tut, bist du frei von deinem Schwur und kannst ihn töten.«

Tal lehnte sich zurück. Er wusste nicht, was er sagen sollte. Lange Zeit dachte er über das nach, was Nakor ihm eben erzählt hatte. Dann holte er tief Luft und nickte.

»Also gut. Ich gehe nach Opardum, und dort werde ich in den Dienst des Herzogs von Olasko treten.«

Danksagung

Viele Jahre habe ich meine Danksagung mit den Müttern und Vätern von Midkemia begonnen, und das soll auch hier wieder geschehen. Jedes Mal, wenn ich in der Welt spielen darf, die ihr geschaffen habt, bin ich ein glücklicher Mensch.

Und wieder einmal danke ich all denen, die mir in den letzten beiden Jahren geholfen haben, eine große Veränderung in meinem Leben zu überstehen, indem sie es durch ihre Anwesenheit so viel besser gemacht haben: Andy, Rich, Ray und Kim, Jim und Karen, Rick und Audrey, Jim und Jenny, Mira, Leyla, Roseanna und Rebecca, ich danke euch allen. Eure Freundschaft hat mich davor bewahrt, den Verstand zu verlieren, hat mein Leben bereichert und mir die Freude am Leben zurückgegeben.

Ich möchte auch meinen Mitarbeitern danken, Janny Wurts, William R. Forstchen, Joel Rosenberg und S. M. Stirling, die so schön in meinem Sandkasten gespielt haben und ihn in einem viel besseren Zustand zurückließen, als sie ihn vorgefunden haben. Es war jedes Mal eine lehrreiche Erfahrung, und ich bin ein besserer Autor geworden, weil ich von euch so viel lernen konnte.

Und besonders danke ich meinen beiden Lektorinnen Jane Johnson und Jennifer Brehl, die aus wohlbekannten Gründen mit ansehen mussten, wie ich meine Kerze an beiden Enden angezündet habe, um dieses Buch zu Ende zu bringen, und die mich tatkräftig unterstützt und angefeuert haben.